CERVANTES

LA GALATEA

Prologado y anotado
por
JUAN BAUTISTA BERGUA

Colección La Crítica Literaria
www.LaCriticaLiteraria.com

Copyright del texto: ©2010 Ediciones Ibéricas
Ediciones Ibéricas - Clásicos Bergua - Librería Editorial Bergua
Madrid (España)

Copyright de esta edición: ©2010 LaCriticaLiteraria.com
Colección La Crítica Literaria
www.LaCriticaLiteraria.com
ISBN: 978-84-7083-182-9

Imagen de la portada: "Retrato de Cervantes de Saavedra por el mismo"
1742, William Kent y George Vertue

Ediciones Ibéricas - LaCriticaLiteraria.com
Calle Ferraz, 26
28008 Madrid
www.EdicionesIbericas.es
www.LaCriticaLiteraria.com

Impreso por LSI (Internacional) y SAFEKAT S.L. (España)

ÍNDICE

EL CRÍTICO - JUAN BAUTISTA BERGUA

Juan Bautista Bergua nació en España en 1892. Ya desde joven sobresalió por su capacidad para el estudio y su determinación para el trabajo. A los 16 años empezó la universidad y obtuvo el título de abogado en tan sólo dos años. Fascinado por los idiomas, en especial los clásicos, latín y griego, llegó a convertirse en un célebre crítico literario, traductor de una gran colección de obras de la literatura clásica y en un especialista en filosofía y religiones del mundo. A lo largo de su extraordinaria vida tradujo por primera vez al español las más importantes obras de la antigüedad, además de ser autor de numerosos títulos propios.

Su librería, la editorial y la "Generación del 27"

Juan B. Bergua fundó la Librería-Editorial Bergua en 1927, luego Ediciones Ibéricas y Clásicos Bergua. Quiso que la lectura de España dejara de ser una afición elitista. Publicó títulos importantes a precios asequibles a todos, entre otros, los diálogos de Platón, las obras de Darwin, Sócrates, Pitágoras, Séneca, Descartes, Voltaire, Erasmo de Rotterdam, Nietzsche, Kant y los poemas épicos de La Ilíada, La Odisea y La Eneida. Se atrevió con colecciones de las grandes obras eróticas, filosóficas, políticas, y la literatura y poesía castellana. Su librería fue un epicentro cultural para los aficionados a literatura, y sus compañeros fueron conocidos autores y poetas como Valle-Inclán, Machado y los de la Generación del 27.

El Partido Comunista Libre Español y las amenazas de la izquierda

Poco antes de la Guerra Civil Española, en los años 30, Juan B. Bergua publicó varios títulos sobre el comunismo. El éxito, mucho mayor de lo esperado, le llevó a fundar el Partido Comunista Libre Español que llegaría a tener más de 12.000 afiliados, superando en número al Partido Comunista prosoviético oficial existente. Su carrera política no duró mucho después que estos últimos le amenazaran de muerte viéndose obligado a esconderse en Getafe.

La Censura, quema de libros y sentencia de muerte de la derecha

Juan B. Bergua ofreció a la sociedad española la oportunidad de conocer otras culturas, la literatura universal y las religiones del mundo, algo peligrosamente progresivo durante esta época en España.

En el 1936 el ejército nacionalista de General Franco llegó hasta Getafe, donde Bergua tenía los almacenes de la editorial. Fue capturado, encarcelado y sentenciado a muerte por los Falangistas, la extrema derecha.

Mientras estuvo en la cárcel temiendo su fusilamiento, los falangistas quemaron miles de libros de sus almacenes por encontrarlos contradictorios a la Censura, todas las existencias de las colecciones de la Historia de Las Religiones y la Mitología Universal, los libros sagrados de los muertos de los Egipcios y Tibetanos, las traducciones de El Corán, El Avesta de Zoroastrismo, Los Vedas (hinduismo), las enseñanzas de Confucio y El Mito de Jesús de Georg Brandes, entre otros.

Aparte de los libros religiosos y políticos, los falangistas quemaron otras colecciones como Los Grandes Hitos Del Pensamiento. Ardieron 40.000 ejemplares de La Crítica de la Razón Pura de Kant, y miles de libros más de la filosofía y la literatura clásica universal. La pérdida de su negocio fue un golpe tremendo, el fin de tantos esfuerzos y el sustento para él y su familia…fue una gran pérdida también para el pueblo español.

PROTEGIDO POR GENERAL MOLA Y EXILIADO A FRANCIA

Cuando General Emilio Mola, jefe del Ejército del Norte nacionalista y gran amigo de Bergua, recibe el telegrama de su detención en Getafe intercede inmediatamente para evitar su fusilamiento. Le fue alternando en cárceles según el peligro en cada momento. No hay que olvidar que durante la guerra civil, los falangistas iban a buscar a los "rojos peligrosos" a las cárceles, o a sus casas, y los llevaban en camiones a las afueras de las ciudades para fusilarlos.

¿El General y "El Rojo"? Su amistad venía de cuando Mola había sido Director General de Seguridad antes de la guerra civil. En 1931, tras la proclamación de la Segunda República, Mola se refugió durante casi tres meses en casa de Bergua y para solventar sus dificultades económicas Bergua publicó sus memorias. Mola fue encarcelado, pero en 1934 regresó al ejército nacionalista y en 1936 encabezó el golpe de estado contra la República que dio origen a la Guerra Civil Española. Mola fue nombrado jefe del Ejército del Norte de España, mientras Franco controlaba el Sur.

Tras la muerte de Mola en 1937, su coronel ayudante dio a Bergua un salvoconducto con el que pudo escapar a Francia. Allí siguió traduciendo y escribiendo sus libros y comentarios. En 1959, después de 22 años de exilio, el escritor regresó a España y a sus 65 años comenzó a publicar de nuevo hasta su fallecimiento en 1991. Juan Bautista Bergua llegó a su fin casi centenario.

Escritor, traductor y maestro de la literatura clásica, todas sus traducciones están acompañadas de extensas y exhaustivas anotaciones referentes a la obra original. Gracias a su dedicado esfuerzo y su cuidado en los detalles, nos sumerge con su prosa clara y su perspicaz sentido del humor en las grandes obras de la literatura universal con prólogos y notas fundamentales para su entendimiento y disfrute.

Cultura unde abiit, libertas nunquam redit.
Donde no hay cultura, la libertad no existe.

El Editor

PRÓLOGO

AL INMORTAL Y QUERIDO ESPÍRITU DE CERVANTES

"LA MAS TRISTE AVENTURA DEL INGENIOSO HIDALGO" [1]

El sutil y traicionero vientecillo que llega de todas partes, sin venir, al parecer, de ninguna, ha quebrado la tarde. Un hidalgo, de frente más despejada que el cielo, que a toda prisa se cubre de oscuros nubarrones, acelera el paso, ya vivo de por sí, temiendo la tormenta que se avecina. ¿Por qué salió de Illescas cuando el sol doblaba? ¿Adónde va? ¿Qué busca perdido por medio de los campos yermos, donde todo es adusto, aire, tierra, cielos, hasta la triste y cansada hora del anochecer? ¡Si hubiese sido siquiera un mes antes, cuando las alegres y lujuriantes cepas estaban en todo su esplendor!... Pero ahora, tan acabado octubre, nada verdea en los campos, ya mustios, fuera del siempre vestido olivo, más gris que verde, y de algún matojo aquí y allá de vivaz retama, que ya amarillea como los calvos cornijales de esparto y las aulagas de los gollizos.

Según va anda que te anda por la áspera y maravillosa tierra toledana — esa tierra seca, todo miga, que despreciando al Tajo, que la cruza ceñudo, hundido, saca del aire, de la noche, de la luna, de su misma secura tal vez, de no se sabe dónde, la dulce y prodigiosa agua que llena las tersas sandías y la suave miel de los incomparables melones, ¡los mejores del mundo! —; según va anda que te anda nuestro hidalgo, parece que se alarga el camino a medida que se acorta el día. Diríase que ante él se ensanchan los campos adustos: aquellos campos donde nada convida al descanso, ni sonríe, ni alegra la vista. Todo es como la propia imagen de su vida, errante, afanosa, dura, con leves claridades, como la de aquel sol cegado por espesas nubes.

Pensando en ello va tragando camino. Pero aún más aprisa la noche se le vuelca encima. Por suerte, al dominar un repecho, cuando el viento, cada vez más recio, le trae las primeras gotas que arrancó a la nube, divisa al otro lado de la hondonada, en una ladera y sentado en su halda, un pueblecillo. Allí está la vieja iglesia rodeada de casas cercadas de amplias y abrasadas tapias de adobes. Es Esquivias.

La lluvia arrecia. Pronto es diluvio. El hidalgo se cubre como puede con el pardinegro ferreruelo, y desatando la espada que le traba las piernas al correr, echa ladera abajo. Pero corren más el agua y la noche, y el vivo

---

[1] Cuento con el lema "Sansón Carrasco", premiado en el concurso abierto por "El Liberal" en memoria del escritor Nogales.

resplandor de los relámpagos y el fragor de los truenos. Es aún media hora terrible: unos minutos de fatigosa carrera, el resto de más aún fatigoso jadear.

La tierra, que parecía no tendría bastante para su sed con toda el agua de los mares, se ha convertido en un inmenso barrizal. El cielo ha humillado en un instante al polvo, que antes se levantaba pródigamente en torno del hidalgo. A su turno, el polvo vencido quiere ser vencedor del hombre una vez más y trata de sujetarle en cada paso.

Menester es la dura lucha con los elementos y la escasísima claridad para que no tenga ocasión el hidalgo de notar el triste e ingrato aspecto del cercano pueblo. Pero no está la noche, ni la tierra, ni los cielos, para reflexiones, y alcanzándole al fin, acude a la primera puerta para informarse.

Así, con las últimas luces, chorreando, rendido y muy quebrantados el ánimo y el cuerpo, se detiene ante un presuntuoso caserón, donde buscando refugio bajo el balcón saledizo que domina al rancio y carcomido escudo que honra puerta y casa, empuña el pesado aldabón.

—¿Quién?—pregunta una agria voz lejana.

—¡Gente de paz!

—¿Quién?—vuelve a demandar la voz.

—¿Es esta, por ventura, la casa de doña Catalina Palacios, viuda de don Hernán de Salazar?

—¿Qué quiere?

—¡Pardiez! Hospitalidad, abrigo, lumbre. Lo menos que puede querer y se le puede dar a un cristiano con esta noche. Cristiano, y pariente por añadidura. Diga, y va muy rogada la merced, que está aquí, ¡y harto necesitado!, Miguel de Cervantes.

La alcoba es alta, fría, inmensa. A la izquierda de la puerta hay una mesa grande de pino con torneadas patas. En la inmediata pared un arcón. Frente a él otra mesa no menos recia y espaciosa, y sobre ella un niño Jesús con mustio faldellín de terciopelo granate bordado y primorosa camisilla aljofarada. Varias sillas de moscovia, aún otra arqueta y la enorme cama de columnas con su paño azul, con rodapiés para cobertor y su cielo de angeo colorado forman el resto del macizo y oscuro mobiliario. Junto a la cama una estera de pleita. Otra más grande a los pies, entre mesas, sillas y arcones. En un rincón un pequeño brasero de azófar, que no se enciende sino cuando repican gordo. En fin, un ventanuco de a pie deja pasar al inmenso y frío aposento las luces y aires de un corral poco más grande y apenas más frío.

Pero la cama es buena. Entre las olorosas sábanas recias perfumadas con membrillos, y bajo las gruesas frazadas de lana de Sonseca, el hidalgo ya no tirita. Antes, una buena lumbre, una cena sencilla y abundante, como los banquetes homéricos, y largos tragos de ese vino seco y ardiente de la tierra, y como de la tierra—en que parece que el sol deja a porfía en las vidas el fuego que no podrá dar en invierno—, le han reconfortado. Y ahora sueña antes de dormirse.

Su parienta doña Catalina le ha recibido todo lo bien de que es capaz una mujer de su temple tacaño y taciturno. Más cordial, largo y mundano el hermano y clérigo. Y pasando mucho a ambos la hija, doña Catalina, cuyos hermanos hállanse a la sazón ausentes.

¡Ah, esta doña Catalina! El hidalgo, al pensar en ella, olvida su triste y menesterosa condición presente, su azarosa vida pasada, la reciente huida de Illescas (adonde le llevó su amistad con el farandulero Pedro Morales, que en mala hora creyó que en tal lugar gustarían sus farsas — entre ellas "El Trato de Argel", de nuestro hidalgo—), la tarde fría, los campos hoscos, la lluvia, la tormenta, el ceño adusto de la madre... ¡Ah, doña Catalina!

Doña Catalina tiene diecinueve años, los ojos pardos, la mirada viva y ardiente. Su pelo es negro, sus manos y su cara muy blancas. Sobre esta blancura pinta rosas todo el año el gracioso, quizá un poco fuerte, carmín de sus mejillas. ¡Ah, doña Catalina!

Doña Catalina no puede ser, como la madre, una mujer fría y calculadora. Doña Catalina es, él está seguro sin saberlo, una víctima de aquel pueblo triste, de aquel ambiente estrecho, de aquella casa yerta, en la que jamás hubo una rendija por donde pudiera pasar Amor siquiera una de sus flechas. Pero en su pecho, martirizado por el justillo, hay un corazón ardiente, que él ha visto asomarse veinte veces a los ojos durante la velada, cuando ha relatado sus pasadas aventuras. Hay un corazón rebosante de amor y de deseos de amar. ¡Cómo no adivinarlo en las húmedas pupilas y leve suspirar de los rojos labios finos cuando ha escuchado sus miserias y andanzas en la patria o fuera de ella, sus campañas de Lepanto y de la Goleta y las angustias del largo cautiverio en Argel! Hay un deseo inaplacado en la doncella de libertad, de alegría, de otra existencia que él puede ofrecerla con sólo darla de su tesoro, ¡de su inagotable tesoro de experiencia y de amor! Y piensa que a su lado ni el pueblo será mezquino, ni la tierra adusta, ni fría la casa, ni la vida tan grave. Al contrario, segura y tranquila para él; dulce y nueva y radiante para ella. Y sueña en quedarse allí. ¿Por qué no atracar a aquel puerto imprevisto que se le ofrece en medio de la borrasca de su vida? De un lado están las miserias y amarguras pasadas. De otro, aquella casa rica, de amplios graneros colmados, de bien provistas despensas, de alacenas repletas y aún más repletas bodegas... ¿Es quizá que al fin acaba para él la tormenta y sale el sol? ¡No ha de salir estando allí ella, tan blanca, tan joven, tan señora, tan virgen, tan pura!...

¡Ah, sí; él se casará con doña Catalina Salazar Palacios y Vozmediano!

Han pasado varios meses. En la parte más alta de la loma en cuya falda descansa Esquivias hay una ermita. En ella se venera a Santa Bárbara. El edificio no tiene ningún mérito, ni siquiera estilo. No posee en su modestia ni una torre gallarda y elegante, como la de Illescas, que se ve allá lejos vigilando la llanura, que ya verdea por la fuerza y merced de la primavera. A derecha e izquierda de la puerta de la ermita hay largos poyos de piedra. En uno de ellos, solo, pensativo y taciturno, está el hidalgo. Su actitud parece la de un vencido. Su cuerpo diríase fatigado, tal es su abandono. Sus brazos penden. Sus manos se cruzan por medio de las entreabiertas piernas. Sólo en sus ojos brilla la chispa que revela el temple no apagado de su alma. Y sus ojos están fijos en la ondulante llanura que se pierde a lo lejos. ¿En qué piensa? De sus labios parece que sale sin ruido una palabra: ¡Desencanto! Por sus pupilas habla su mente: ¡Desencanto...! ¿Qué ha sido de sus sueños pasados? ¿Qué de las dulces venturas que forjó un día?... ¡Nada! Las ilusiones no pasaron de ilusiones. Las realidades fueron realidades amargas. El hidalgo tiene una vez más el alma herida por el desengaño, y a través de su melancolía ni la apacible tarde es apacible, ni puro el puro cielo, ni bello el sol en su maravilloso ocaso, ni sereno el crepúsculo, ni perfumado el aire, que llega sutil y fragante y gozoso porque ha robado a fuerza de caricias los efluvios virginales de las primeras florecillas de los campos, el perfume del cantueso y del tomillo de la ladera y hasta el fresco verdor de los trigales.

En cambio, allí está más adusto que nunca el pueblo, con sus casas miserables y sus tapiales y zagalejos de bardazos. Allí sus gentes estrechas. Allí la tiesa casona, siempre fría; cada vez más fría. ¡Su casa! Porque es de doña Catalina, y doña Catalina es su mujer. ¡Su mujer! ¿Pero es realmente aquella doña Catalina la que él soñó? ¿Es aquélla la compañera comprensiva, alentadora, sufrida y animosa? ¿Es cómo la imaginó, casta y alegre, suave y cordial, abierta y generosa? No. Aquélla no es su casa, ni aquella gente huraña, triste, desconfiada, ordenada y seria, su gente; ni aquella familia reparadora, egoísta, ahorrativa y devota, su familia. Ni puede ser su mujer aquella mujer que tanto de todo ello tiene. ¿Cómo ha de ser su compañera siendo tan poco de su cuerpo por no ser nada de su espíritu? ¿Aquella mujer, que no escucha ni hace suyas sus ilusiones y que tacha de fantásticos sus sueños y de necias majaderías sus más bellas quimeras? ¿Qué había quedado del llamear de los oscuros ojos y del dulce temblor de los labios, que parecían abrirse a nueva vida cuando la contó por primera vez sus desdichas pasadas y la confió sus esperanzas venideras? ¿Cómo se pudo engañar tanto? ¿Por qué había vendido su libertad? ¿En dónde sintió tanta hambre de todo como en aquella casa tan sobrada? ¡Ah, si pudiera hacer como los pajarillos, que se aman volando! ¡Volar siquiera, ya que no amar como ellos! ¿Mas quién se lo impedía? ¿No estaba seguro de que en la casa fría no habrían de lamentar su ausencia? ¿Qué dejaba ni qué se llevaba? El cariño que sembró no había fructificado. Los desengaños eran su bagaje. Entonces, ¿qué le detenía?

Volvió a tender la vista por la llanura. El silencio era augusto; la calma, solemne; la paz, completa. Delante de sí tenía otra vez el mundo, y otra vez la vida. A un lado el pueblo; a otro, libre, el camino. Aquí el cuerpo ahito y el

alma ayuna. Allá de nuevo la batalla, la lucha, el hambre quizá, tal vez la
miseria; ¿pero no encontraría un espíritu hermano y un alma amiga? ¿Por qué
no volar?

Se levantó. Volvió por última vez la vista al caserío abrasado que
descansaba a sus pies. Dejó escapar un suspiro, con el que se fueron ilusiones
rotas que iban a dejar franco el paso a otras nuevas, y enderezándose,
enterrando el pasado con un ademán, los ojos brillantes de resolución y
entreabiertos los labios de esperanza, echó a correr ladera abajo, dejando
Esquivias a su espalda. Y corrió loco, raudo, veloz, como si le faltase tiempo
para llegar adonde el sol, todo luz, se ocultaba incendiando el firmamento.

JUAN B. BERGUA

CERVANTES

"LA GALATEA"

PERSONAJES MENCIONADOS EN "LA GALATEA"

AMARILI, *amada de Damón.*—ARMINDA, *pastora.*—ARSINDO, *anciano.*—
ARTANDRO, *caballero aragonés, amante de Rosaura.*—ARTIDORO, *pastor forastero,
amante de Teolinda e hijo de Briseno.*—ASTOR *(véase* Silerio*).*—ASTRALIANO,
famoso pastor.—AURELIO, *el* Venerable, *padre de Galatea.*—BELISA, *amada de
Marsilio.*—BLANCA, *amante de Silerio, con quien se casa, y hermana, de Nísida.*—
BRISENO, *padre de Artidoro y de Galercio.*—CARINO, *el* Astuto, *amigo de Crisalvo y
pariente de Silvia.*— CLARAURA, *amada de Crisio.*—CRISALVO, *el* Cruel, *hermano
de Leonida.*—CRISIO, *el* Ausente, *amante de Claraura.*—DAMÓN, *amante de
Amarili, oriundo de las montañas de León y educado en Madrid.*—DARANIO, *amante
de Silveria, con quien se casa.*—DARINTO, *caballero amante de Blanca.*—EANDRA,
amada de Orfenio.—ELEUCO, *anciano pastor.*—ELICIO, *pastor de las riberas del Tajo
y amante de Galatea.*—ERANIO, *famoso* pastor.—ERASTRO, *rústico ganadero,
amante de Galatea.*—EUGENIO, *amante de Leocadia.* — FILARDO, *famoso*
pastor.—FILI, *amada de Tirsi.*—FLORISA, *amiga de Galatea.*—FRANCENIO,
famoso pastor, amigo de Lauso.—GALATEA, *nacida en riberas del Tajo y amada de
Elicio y de Erastro.*—GALERCIO, *amante de Gelasia y hermano de Artidoro.*—
GELASIA, *pastora desamorada.*--GRISALDO, *amante de Rosaura.*— LARSILEO,
amigo de Lauso y experimentado en negocios cortesanos.—LAURENCIO, *padre de
Grisaldo.*— LAUSO, *amante de Silena y antiguo amigo de Damón. Fue cortesano y
guerrero, habiendo visitado Asia y Europa.*— LEANDRA, *pastora.*—LENIO, *pastor
desamorado y luego amante de Gelasia. Estudió* en las riberas del Tormes.—
LEOCADIA, *hija de Lisalco.*—LEONARDA, *amante de Galercio y hermana de
Teolinda; se casa con Artidoro.*—LEONIDA, *amante de Lisandro, nacida en las riberas
del Betis e hija de Permindro.*—LEOPERSIA, *amante de Grisaldo e hija de Marcelio.*
LIBEO, *pastor.*—LICEA, *pastora.*—LIDIA, *amada de Eugenio y amiga de Teolinda.*—
LISALCO, *rabadán, padre de Leocadia.*—LISANDRO, *amante de Leonida, nacido en
las riberas del Betis.*—LISARDO, *famoso pastor del Tajo.*—LISTEA, *amada de
Orompo.*—MARCELIO, *padre de Leopersia.*—MARSILIO, *el* Desamado, *amante de
Belisa.*—MATUNTOS *(los dos), músico el uno y poeta el otro; ambos de las riberas del
Tajo.*—MAURISA, *hermana de Galercio y de Artidoro.*—MELISO, *famoso pastor,
cuyos funerales se celebran en el libro VI.*—MIRENO, *el* Desdichado, *amante de
Silveria.*—NÍSIDA, *natural de Nápales y amante de Timbrio.*—ORFENIO, *el* Celoso,
amante de Eandra.—OROMPO, *el* Triste, *amante de Listea.*—PARMINDRO, *padre
de Leonida.*—PASTOR LUSITANO *(sin nombre), residente en las riberas del Lima.*—
PRANSILES, *caballero enemigo de Timbrio.*—ROSAURA, *amante de Grisaldo e hija
de Roselio.*— ROSELIO, *padre de Rosaura.*—SILENA, *pastora, amada primero y luego
desamada de Lauso.*—SILERIO *(llamado también Astor), amante de Nísida y después
de Blanca, con quien se casa.*—SILVANO, *famoso pastor del Tajo.*—SILVERIA, *amante
de Mireno y luego esposa de Daranio.*—SILVIA, *amiga de Leonida.*—SIRALVO, *famoso*

pastor del Tajo.—TELESIO, *sacerdote.* TEOLINDA, *amante de Artidoro, nacida en las riberas del Henares.*—TIMBRIO, *caballero de Jerez, amante de Nísida.*—TIRSI, *natural de Alcalá de Henares, amante de Fili.*

DEDICATORIA

AL ILUSTRISIMO SEÑOR ASCANIO COLONA

ABAD DE SANTA SOFÍA

Ha podido tanto conmigo el valor de V. S. Ilustrísima, que me ha quitado el miedo que, con razón, debiera tener en osar ofrecerle estas primicias de mi corto ingenio. Mas, considerando que el extremado de V. S. Ilustrísima no sólo vino a España para ilustrar las mejores Universidades della, sino también para ser norte por donde se encaminen los que alguna virtuosa ciencia profesan, especialmente los que en la de la poesía se ejercitan, no he querido perder la ocasión de seguir esta guía, pues sé que en ella y por ella todos hallan seguro puerto y favorable acogimiento. Hágale Vuestra Santidad Ilustrísima bueno a mi deseo, el cual envío delante, para dar algún ser a este mi pequeño servicio. Y si por esto no lo mereciere, merézcalo, a lo menos, por haber seguido algunos años las vencedoras banderas de aquel sol de la milicia que ayer nos quitó el cielo delante de los ojos, pero no de la memoria de aquellos que procuran tenerla de cosas dignas della, que fue el excelentísimo padre de V. S. Ilustrísima. Juntando a esto el efecto de reverencia que hacían en mi ánimo las cosas que, como en profecía, oí muchas veces decir de V. S. Ilustrísima al cardenal de Acquaviva, siendo yo su camarero en Roma, las cuales ahora no sólo las veo cumplidas, sino todo el mundo que goza de la virtud, cristiandad, magnificencia y bondad de V. S. Ilustrísima, con que da cada día señales de la clara y generosa estirpe do desciende, la cual en antigüedad compite con el principio y príncipes de la grandeza romana, y en las virtudes y heroicas obras con la mesma virtud y más encumbradas hazañas, como nos lo certifican mil verdaderas historias, llenas de los famosos hechos del tronco y ramos de la real casa Colona, debajo de cuya fuerza y sitio yo me pongo ahora para hacer escudo a los murmuradores, que ninguna cosa perdonan, aunque si V. S. Ilustrísima perdona este mi atrevimiento ni tendré que temer, ni más que desear sino que Nuestro Señor guarde la Ilustrísima persona de V. S. con el acrecentamiento de dignidad y estado que sus servidores deseamos.

Ilustrísimo señor, B. L. M. de V. S. su mayor servidor,

MIGUEL DE CERVANTES SAAVEDRA.

CURIOSOS LECTORES

S.

La ocupación de escribir églogas en tiempo que, en general, la poesía anda tan desfavorecida, bien recelo que no será tenido por ejercicio tan loable que no sea necesario dar alguna particular satisfacción a los que, siguiendo el diverso gusto de su inclinación natural, todo lo que es diferente dél estiman por trabajo y tiempo perdido. Mas, pues a ninguno toca satisfacer ingenios que se encierran en términos tan limitados, sólo quiero responder a los que, libres de pasión, con mayor fundamento se mueven a no admitir las diferencias de la poesía vulgar, creyendo que los que en esta edad tratan de ella se mueven a publicar sus escritos con ligera consideración, llevados de la fuerza que la pasión de las composiciones propias suele tener en los autores de ellas, para lo cual puedo alegar de mi parte la inclinación que a la poesía siempre he tenido, y la edad que, habiendo apenas salido de los límites de la juventud, parece que da licencia a semejantes ocupaciones. De más de que no puede negarse que los estudios de esta facultad —en el pasado tiempo, con razón, tan estimada—traen consigo más que medianos provechos, como son enriquecer el poeta considerando su propia lengua, y enseñorearse del artificio de la elocuencia que en ella cabe, para empresas más altas y de mayor importancia, y abrir camino para que, a su imitación, los ánimos estrechos, que en la brevedad del lenguaje antiguo quieren que se acabe la abundancia de la lengua castellana, entiendan que tienen campo abierto, fértil y espacioso, por el cual, con facilidad y dulzura, con gravedad y elocuencia, pueden correr con libertad, descubriendo la diversidad de conceptos agudos, graves, sutiles y levantados que en la fertilidad de los ingenios españoles la favorable influencia del cielo con tal ventaja en diversas partes ha producido y cada hora produce en la edad dichosa nuestra, de lo cual puedo ser yo cierto testigo, que conozco algunos que, con justo derecho y sin el empacho que yo llevo, pudieran pasar con seguridad carrera tan peligrosa. Mas son tan ordinarias y tan diferentes las humanas dificultades, y tan varios los fines y las acciones, que unos, con deseo de gloria, se aventuran; otros, con temor de infamia, no se atreven a publicar lo que, una vez descubierto, ha de sufrir el juicio del vulgo, peligroso y casi siempre engañado. Yo no porque tenga razón para ser confiado, he dado muestras de atrevido en la publicación deste libro, sino porque no sabría determinarme, de estos dos inconvenientes, cuál sea el mayor: o el de quien con ligereza, deseando comunicar el talento que del Cielo ha recebido, temprano se aventura a ofrecer los frutos de su ingenio a su patria y amigos, o el que, de puro escrupuloso, perezoso y tardío, jamás acabando de contentarse de lo que hace y entiende, tiniendo sólo por acertado lo que no alcanza, nunca se determina a descubrir y comunicar sus escritos. De manera que así como la osadía y confianza del uno podría condenarse por la licencia demasiada, que con seguridad se concede, así mismo el recelo y la tardanza del otro es vicioso, pues tarde o nunca aprovecha con el fruto de su ingenio y estudio a los que esperan y desean ayudas y ejemplos semejantes para pasar adelante en sus ejercicios. Huyendo destos dos inconvenientes, no he publicado antes de ahora este libro, ni tampoco quise tenerle para mí solo más tiempo guardado, pues para más que para mi gusto solo le compuso mi entendimiento. Bien sé lo que suele condenarse exceder nadie en la materia del estilo que debe guardarse en ella, pues el príncipe de la poesía latina fue calumniado en algunas de sus églogas por haberse levantado más que en las otras, y así no temeré mucho que alguno condene haber mezclado razones de filosofía entre algunas amorosas de pastores; que pocas veces se lavantan a más que a tratar cosas del campo, y esto con su acostumbrada llaneza. Mas advirtiendo—como en el discurso de la obra alguna vez se hace—que muchos de los disfrazados pastores della lo eran sólo en el hábito, queda llana esta objeción. Las demás que en la invención y en la disposición se pudieren poner, discúlpelas la intención segura del que leyere, como lo hará siendo discreto, y la voluntad del autor, que fue de agradar, haciendo en esto lo que pudo y alcanzó; que ya que en esa parte la obra no responda a su deseo, otras ofrece para adelante de más gusto y de mayor artificio.

DE LUIS GALVEZ DE MONTALVO

Al autor

SONETO

Mientras del yugo sarraceno anduvo
tu cuello preso y tu cerviz domada,
y allí tu alma, al de la fe amarrada,
a más rigor mayor firmeza tuvo,

gozóse el Cielo; mas la tierra estuvo
casi viuda sin ti, y desamparada
de nuestras musas, la real morada
tristeza, llanto, soledad mantuvo.

Pero después que diste al patrio suelo
tu alma sana y tu garganta suelta
de entre las fuerzas bárbaras confusas,

descubre claro tu valor el Cielo;
gózase el mundo en tu felice vuelta,
y cobra España las perdidas musas.

DE DON LUIS DE BARGAS MANRIQUE

SONETO

Hicieron muestra en vos de su grandeza,
gran Cervantes, los dioses celestiales,
y cual primera, dones inmortales
sin tasa os repartió Naturaleza.

Jove su rayo os dio, que es la viveza
de palabras que mueven pedernales;
Diana, en exceder a los mortales
en castidad de estilo con pureza;

Mercurio, las historias marañadas;
Marte, el fuerte vigor que el brazo os mueve;
Cupido y Venus, todos sus amores;

Apolo, las canciones concertadas;
su ciencia, las hermanas todas nueve;
y, al fin, el dios silvestre, sus pastores.

DE LOPEZ MALDONADO

SONETO

Salen del mar, y vuelven a sus senos,
después de una veloz larga carrera,
como a su madre universal primera,
los hijos della largo tiempo ajenos.

Con su partida no la hacen menos,
ni con su vuelta más soberbia y fiera,
porque tiene, quedándose ella entera,
de su humor siempre sus estanques llenos.

La mar sois vos, ¡oh *Galatea* extremada!;
los ríos, los loores, premio y fruto
con que ensalzáis la más ilustre vida.

Por más que deis, jamás seréis menguada,
y menos, cuando os den todos tributo,
con él vendréis a veros más crecida.

LIBRO PRIMERO DE GALATEA

Mientras que al triste lamentable acento
del mal acorde son del canto mío,
en eco amargo de cansado aliento
responde el monte, el prado, el llano, el río,
demos al sordo y presuroso viento
las quejas que del pecho ardiente y frío
salen a mi pesar, pidiendo en vano
ayuda al río, al monte, al prado, al llano.

Crece el humor de mis cansados ojos
las aguas deste río, y deste prado
las variadas flores son abrojos
y espinas que en el alma se han entrado;
no escucha el alto monte mis enojos,
y el llano de escucharlos se ha cansado;
y así, un pequeño alivio al dolor mío
no hallo en monte, en llano, en prado, en río.

Creí que el fuego que en el alma enciende
el niño alado, el lazo con que aprieta,
la red sutil con que a los dioses prende,
y la furia y rigor de su saeta,
que así ofendiera como a mí me ofende
al sujeto sin par que me sujeta;
mas contraun alma que es de mármol hecha,
la red no puede, el fuego, el lazo y flecha.

Yo sí que al fuego me consumo y quemo,
y al lazo pongo humilde la garganta,
y a la red invisible poco temo,
y el rigor de la flecha no me espanta;
por esto soy llegado a tal extremo,
a tanto daño, a desventura tanta,
que tengo por mi gloria y mi sosiego
la saeta, la red, el lazo, el fuego.

Esto cantaba Elicio, pastor en las riberas del Tajo, con quien Naturaleza se mostró tan liberal cuanto la fortuna y el amor escasos; aunque los discursos del tiempo, consumidor y renovador de las humanas obras, le trujeron a términos, que tuvo por dichosos los infinitos y desdichados en que se había visto, y en los que su deseo le había puesto, por la incomparable belleza de la sin par Galatea, pastora en las mesmas riberas nacida, y, aunque en el pastoral y rústico ejercicio criada, fue de tan alto y subido entendimiento, que las discretas damas en los reales palacios crecidas y al discreto trato de la corte acostumbradas, se tuvieran por dichosas de parecérsela en algo, así en la discreción como en la hermosura. Por los infinitos y ricos dones con que el Cielo a Galatea había adornado, fue querida y con entrañable ahínco amada de muchos pastores y ganaderos que por las riberas del Tajo su ganado apacentaban, entre los cuales se atrevió a quererla el gallardo Elicio, con tan puro y sincero amor cuanto la virtud y honestidad de Galatea permitían. De Galatea no se entiende que aborreciese a Elicio, ni menos que le amase; porque a veces, casi como convencida y obligada a los muchos servicios de Elicio, con algún honesto favor le subía al cielo, y otras veces, sin tener cuenta con esto, de tal manera le desdeñaba, que el enamorado pastor la suerte de su estado apenas conocía. No eran las buenas partes y virtudes de Elicio para aborrecerse, ni la hermosura, gracia y bondad de Galatea para no amarse. Por lo uno, Galatea no desechaba de todo punto a Elicio; por lo otro, Elicio no podía, ni debía, ni quería olvidar a Galatea. Parecíale a Galatea que, pues Elicio con tanto miramiento de su honra la amaba, que sería demasiada ingratitud no pagarle con algún honesto favor sus honestos pensamientos. Imaginábase Elicio que, pues Galatea no desdeñaba sus servicios, que tendrían buen suceso sus deseos; y cuando estas imaginaciones le avivaban la esperanza, hallábase tan contento y atrevido, que mil veces quiso descubrir a Galatea lo que con tanta dificultad encubría. Pero la discreción de Galatea conocía bien, en los movimientos del rostro, lo que Elicio en el alma traía; y tal el suyo mostraba, que al enamorado pastor se le helaban las palabras en la boca, y quedábase solamente con el gusto de aquel primer movimiento, por parecerle que a la honestidad de Galatea se le hacía agravio en tratarle de cosas que en alguna manera pudiesen tener sombra de no ser tan honestas, que la misma honestidad en ella se transformase. Con estos altibajos de su vida, la pasaba el pastor tan mala, que a veces tuviera por bien el mal de perderla, a trueco de no sentir el que le causaba no acabarla. Y así, un día, puesta la consideración en la variedad de sus pensamientos, hallándose en medio de un deleitoso prado, convidado de la soledad y del murmurio de un deleitoso arroyuelo que por el llano corría, sacando de su zurrón un polido rabel, al son del cual sus querellas con el cielo cantando comunicaba, con voz en extremo buena cantó los siguientes versos:

Amoroso pensamiento,
si te precias de ser mío,
camina con tan buen tiento,
que ni te humille el desvío,
ni ensoberbezca el contento;
ten un medio—si se acierta
a tenerse en tal porfía—:
no huyas el alegría,
ni menos cierres la puerta
al llanto que amor envía.

    Si quieres que de mi vida
no se acabe la carrera
no la lleves tan corrida,
ni subas do no se espera
sino muerte en la caída;
esa vana presunción
en dos cosas parará:
la una, en tu perdición;
la otra, en que pagará
tus deudas el corazón.

    De él naciste, y, en naciendo,
pecaste, y págalo él;
huyes dél, y, si pretendo
recogerte un poco en él,
ni te alcanzo ni te entiendo;
ese vuelo peligroso
con que te subes al cielo,
si no fueres venturoso,
ha de poner por el suelo
mi descanso y tu reposo.

    Dirás que quien bien se emplea
y se ofrece a la ventura,
que no es posible que sea
del tal juzgado a locura
el brío de que se arrea,
y que, en tan alta ocasión,
es gloria que par no tiene
tener tanta presunción,
cuanto más si le conviene
al alma y al corazón.

Yo lo tengo así entendido;
mas quiero desengañarte,
que es señal ser atrevido
tener de amor menos parte
que el humilde y encogido:
subes tras una beldad
que no puede ser mayor:
no entiendo tu calidad,
que puedas tener amor
con tanta desigualdad.

Que si el pensamiento mira
un sujeto levantado,
contémplalo y se retira,
por no ser caso acertado
poner tan alta la mira;
cuanto más que el amor nace
junto con la confianza,
y en ella se ceba y pace,
y, en faltando la esperanza,
como niebla se deshace.

Pues tú, que ves tan distante
el medio del fin que quieres,
sin esperanza y constante
si en el camino murieres,
morirás como ignorante;
pero no se te dé nada,
que en esta empresa amorosa,
do la causa es sublimada,
el morir es vida honrosa;
la pena gloria extremada.

No dejara tan presto el agradable canto el enamorado Elicio si no sonaran a su derecha mano las voces de Erastro, que, con el rebaño de sus cabras, hacia el lugar donde él estaba se venía. Era Erastro un rústico ganadero; pero no le valió tanto su rústica y selvática suerte que defendiese que de su robusto pecho el blando amor no tomase entera posesión, haciéndole querer más que a su vida a la hermosa Galatea, a la cual sus querellas, cuando ocasión se le ofrecía, declaraba. Y, aunque rústico, era, como verdadero enamorado, en las cosas del amor tan discreto, que cuando en ellas hablaba parecía que el mismo amor se las mostraba y por su lengua las profería; pero, con todo eso, puesto que de Galatea eran escuchadas, eran en aquella cuenta tenidas en que las cosas de burla se tienen. No le daba a Elicio pena la competencia de Erastro, porque entendía del ingenio de Galatea que a cosas más altas la inclinaba; antes tenía lástima y envidia a Erastro: lástima, en ver que al fin amaba, y en parte donde era imposible coger el fruto de sus deseos; envidia, por parecerle que quizá no era tal su entendimiento que diese lugar al alma a que sintiese los desdenes o favores de Galatea, de suerte, o que los unos le acabasen o los otros le enloqueciesen.

Venía Erastro acompañado de sus mastines, fieles guardadores de las simples ovejuelas, que debajo de su amparo están seguras de los carniceros dientes de los hambrientos lobos, holgándose con ellos, y por sus nombres los llamaba, dando a cada uno el título que con su condición y ánimo merecían: a quién llamaba *León*, a quién *Gavilán*, a quién *Robusto*, a quién *Manchado;* y ellos, como si de entendimiento fueran dotados, con el mover las cabezas, viniéndose para él, daban a entender el gusto que de su gusto sentían. De esta manera llegó Erastro adonde de Elicio fue agradablemente recibido, y aun rogado que, si en otra parte no había determinado de pasar el sol de la calurosa siesta, pues aquella en que estaban era tan aparejada para ello, no le fuese enojoso pasarla en su compañía.

—Con nadie —respondió Erastro— la podría yo tener mejor que contigo, Elicio, si ya no fuese con aquella que está tan enrobrescida a mis demandas cuan hecha encina a tus continuos quejidos.

Luego los dos se sentaron sobre la menuda yerba, dejando andar a sus anchuras el ganado despuntando con los rumiadores dientes las tiernas yerbezuelas del herboso llano. Y como Erastro, por muchas y descubiertas señales, conocía claramente que Elicio a Galatea amaba, y que el merecimiento de Elicio era de mayores quilates que el suyo, en señal de que reconocía esta verdad, en medio de sus pláticas, entre otras razones, le dijo las siguientes:

—No sé, gallardo y enamorado Elicio, si habrá sido causa de darte pesadumbre el amor que a Galatea tengo; y, si lo ha sido, debes perdonarme, porque jamás imaginé de enojarte, ni de Galatea quise otra cosa que servirla. Mala rabia o cruda roña consuma y acabe mis retozadores chivatos, y mis ternezuelos corderillos, cuando dejaren las tetas de las queridas madres, no hallen en el verde prado para sustentarse sino amargos tueros y ponzoñosas adelfas, si no he procurado mil veces quitarla de la memoria y si otras tantas no he andado a los médicos y curas del lugar a que me diesen remedio para las ansias que por su causa padezco. Los unos me mandan que tome no sé qué bebedizos de paciencia; los otros dicen que me encomiende a Dios, que todo lo cura, o que todo es locura. Permíteme, buen Elicio, que yo la quiera, pues puedes estar seguro que, si tú con tus habilidades y extremadas gracias y razones no la ablandas, mal podré yo con mis simplezas enternecerla. Esta licencia te pido, por lo que estoy obligado a tu merecimiento; que, puesto que no me la dieses, tan imposible sería dejar de amarla como hacer que estas aguas no mojasen, ni el Sol con sus peinados cabellos no nos alumbrase.

No pudo dejar de reírse Elicio de las razones de Erastro y del comedimiento con que la licencia de amar a Galatea le pedía; y así, le respondió:

—No me pesa a mí, Erastro, que tú ames a Galatea; pésame bien de entender de su condición que podrán poco para con ella tus verdaderas razones y no fingidas palabras; déte Dios tan buen suceso en tus deseos cuanto merece la sinceridad de tus pensamientos; y de aquí adelante no dejes por mi respeto de querer a Galatea, que no soy de tan ruin condición que, ya que a mí me falte ventura, huelgue de que otros no la tengan; antes te ruego, por lo que debes a la voluntad que te muestro, que no me niegues tu conversación y amistad, pues de la mía puedes estar tan seguro como te he certificado; anden nuestros ganados juntos, pues andan nuestros pensamientos apareados; tú, al son de tu zampoña, publicarás el contento o pena que el alegre o triste rostro de Galatea te causare; yo, al de mi rabel, en el silencio de las sosegadas noches o en el calor de las ardientes siestas, a la fresca sombra de los verdes árboles de que esta nuestra ribera está tan adornada, te ayudaré a llevar la pesada carga de tus trabajos, dando noticia al Cielo de los míos. Y para señal de nuestro buen propósito y verdadera amistad, en tanto que se hacen mayores las sombras destos árboles y el Sol hacia el Occidente se declina, acordemos nuestros instrumentos y demos principio al ejercicio que de aquí adelante hemos de tener.

No se hizo de rogar Erastro; antes, con muestras de extraño contento por verse en tanta amistad con Elicio, sacó su zampoña, y Elicio su rabel, y, comenzando el uno y replicando el otro, cantaron lo que sigue:

ELICIO

Blanda, suave, reposadamente,
ingrato amor, me sujetaste el día
que los cabellos de oro y bella frente
miré del sol que al Sol escurecía;
tu tósigo cruel, cual de serpiente,
en las rubias madejas se escondía:
yo, por mirar el sol en los manojos,
todo vine a beberle por los ojos.

ERASTRO

Atónito quedé y embelesado,
como estatua sin voz de piedra dura,
cuando de Galatea el extremado
donaire vi, la gracia y hermosura;
Amor me estaba en el siniestro lado,
con las saetas de oro—¡ay muerte dura!—
haciéndome una puerta por do entrase
Galatea y el alma me robase.

ELICIO

¿Con qué milagro, Amor, abres el pecho
del miserable amante que te sigue,
y de la llaga interna que le has hecho
crecida gloria muestra que consigue?
¿Cómo el daño que haces es provecho?
¿Cómo en tu muerte alegre vida vive?
La alma que prueba estos afectos todos
la causa sabe, pero no los modos.

ERASTRO

No se ven tantos rostros figurados
en roto espejo, o hecho por tal arte,
que, si uno en él se mira, retratados
se ve una multitud en cada parte,
cuantos nacen cuidados y cuidados
de un cuidado cruel que no se parte
del alma mía, a su rigor vencida,
hasta apartarse junto con la vida

ELICIO

La blanca nieve y colorada rosa,
que el verano no gasta ni el invierno;
el sol de dos luceros, do reposa
el blando amor, y a do estará in eterno
la voz, cual la de Orfeo poderosa
de suspender las furias del infierno,
y otras cosas que vi quedando ciego,
yesca me han hecho al invisible fuego.

ERASTRO

Dos hermosas manzanas coloradas,
que tales me semejan dos mejillas,
y el arco de dos cejas levantadas,
que el de Iris no llegó a sus maravillas,
dos rayos, dos hileras extremadas
de perlas entre grana, y si hay decillas,
mil gracias que no tienen par ni cuento;
niebla me han hecho al amoroso viento.

ELICIO

Yo ardo y no me abraso, vivo y muero
estoy lejos y cerca de mí mismo;
espero en solo un punto y desespero;
súbome al cielo, bájome al abismo;
quiero lo que aborrezco, blando y fiero;
me ponen al amaros parasismo;
y, con estos contrarios, paso a paso,
cerca estoy ya del último traspaso.

ERASTRO

Yo te prometo, Elicio, que le diera
todo cuanto en la vida me ha quedado
a Galatea, porque me volviera
el alma y corazón que me ha robado;
y, con estos contrarios, paso a paso,
mi perro *Gavilán* con el *Manchado;*
pero, como ella debe de ser diosa,
el alma querrá más que no otra cosa.

ELICIO

Erasmo, el corazón, que en alta parte
es puesto por el hado, suerte o signo,
quererle derribar por fuerza o arte
o diligencia humana es desatino;
debes de su ventura contentarte,
que, aunque mueras sin ella, yo imagino
que no hay vida en el mundo más dichosa
como el morir por causa tan honrosa.

Ya se aparejaba Erastro para seguir adelante en su canto cuando sintieron, por un espeso montecillo que a sus espaldas estaba, un no pequeño estruendo y ruido; y levantándose los dos en pie por ver lo que era, vieron que del monte salía un pastor, corriendo a la mayor prisa del mundo, con un cuchillo desnudo en la mano, y la color del rostro demudada; y que tras él venía otro ligero pastor, que a pocos pasos alcanzó al primero, y, asiéndole por el cabezón del pellico, levantó el brazo en el aire cuanto pudo, y un agudo puñal que sin vaina traía se le escondió dos veces en el cuerpo, diciendo:

—Recibe, ¡oh mal lograda Leonida!, la vida deste traidor, que en venganza de tu muerte sacrifico.

Y esto fue con tanta presteza hecho, que no tuvieron lugar Elicio y Erastro de estorbárselo, porque llegaron a tiempo que ya el herido pastor daba el último aliento, envuelto en estas pocas y mal formadas palabras:

—Dejárasme, Lisandro, satisfacer al Cielo con más largo arrepentimiento el agravio que te hice, y después quitárasme la vida, que ahora, por la causa que he dicho, mal contenta de estas carnes se aparta.

Y, sin poder decir más, cerró los ojos en sempiterna noche.

Por las cuales palabras imaginaron Elicio y Erastro que no con pequeña causa había el otro pastor ejecutado con él tan cruda y violenta muerte. Y por mejor informarse de todo el suceso, quisieran preguntárselo al pastor homicida; pero él, con tirado paso, dejando al pastor muerto y a los dos admirados, se tornó a entrar por el montecillo adelante. Y queriendo Elicio seguirle y saber dél lo que deseaba, le vieron tornar a salir del bosque, y, estando por buen espacio desviado dellos, en alta voz les dijo:

—Perdonadme, comedidos pastores, si yo no lo he sido en haber hecho en vuestra presencia lo que habéis visto, porque la justa y mortal ira que contra ese traidor tenía concebida no me dio lugar a más moderados discursos; lo que os aviso es que, si no queréis enojar a la deidad que en el alto cielo mora, no hagáis las obsequias ni plegarias acostumbradas por el alma traidora dese cuerpo que delante tenéis, ni a él deis sepultura, si ya aquí en vuestra tierra no se acostumbra darla a los traidores.

Y diciendo esto, a todo correr se volvió a entrar por el monte, con tanta priesa, que quitó la esperanza a Elicio de alcanzarle aunque le siguiese; y así se volvieron los dos con tiernas entrañas a hacer el piadoso oficio, y dar sepultura como mejor pudiesen al miserable cuerpo que tan repentinamente había acabado el curso de sus cortos días. Erastro fue a su cabaña, que no lejos estaba, y trayendo suficiente aderezo hizo una sepultura en el mismo lugar donde el cuerpo estaba, y, dándole el último vale, le pusieron en ella, y, no sin compasión de su desdichado caso, se volvieron a sus ganados, y, recogiéndolos con alguna priesa, porque ya el Sol se entraba a más andar por las puertas de Occidente, se recogieron a sus acostumbrados albergues, donde no su sosiego dellos, ni el poco que sus cuidados le concedían, podían apartar a Elicio de pensar qué causas habían motivado a los dos pastores para venir a tan desesperado trance; y ya le pesaba de no haber seguido al pastor homicida, y saber dél, si fuera posible, lo que deseaba. Con este pensamiento, y con los muchos que sus amores le causaban, después de haber dejado en segura parte su rebaño, se salió de su cabaña, como otras veces solía, y, con la luz de la hermosa Diana, que resplandeciente en el cielo se mostraba, se entró por la espesura de un espeso bosque adelante, buscando algún solitario lugar adonde en el silencio de la noche con más quietud pudiese soltar la rienda a sus amorosas imaginaciones, por ser cosa ya averiguada que, a los tristes imaginativos corazones, ninguna cosa les es de mayor gusto que la soledad, despertadora de memorias tristes o alegres. Y así, yéndose poco a poco gustando de un templado céfiro que en el rostro le hería, lleno del suavísimo olor que de las olorosas flores, de que el verde suelo estaba colmado, al pasar por ellas blandamente robaba envuelto en el aire delicado, oyó una voz como de persona que dolorosamente se quejaba, y, recogiendo por un poco en sí mismo el aliento, porque el ruido no le estorbase de oír lo que era, sintió que de unas apretadas zarzas, que poco desviadas dél estaban, la entristecida voz salía; y, aunque interrota de infinitos suspiros, entendió que estas tristes razones pronunciaba:

—Cobarde y temeroso brazo, enemigo mortal de lo que a ti mismo debes: mira que ya no queda de quién tomar venganza sino de ti mismo. ¿De qué te sirve alargar la vida que tan aborrecida tengo? Si piensas que es nuestro mal de los que el tiempo suele curar, vives engañado, porque no hay cosa más fuera de remedio que nuestra desventura; pues quien la pudiera hacer buena, la tuvo tan corta, que en los verdes años de su alegre juventud ofreció la vida al carnicero cuchillo, que se la quitase por la traición del malvado Carino, que hoy, con perder la suya, habrá aplacado en parte a aquella venturosa alma de Leonida, si en la celeste parte donde mora puede caber deseo de venganza alguna. ¡Ah, Carino, Carino! Ruego yo a los altos Cielos, si dellos las justas plegarias son oídas, que no admitan la disculpa, si alguna dieres, de la traición que me hiciste, y que permitan que tu cuerpo carezca de sepultura, así como tu alma careció de misericordia. Y tú, hermosa y mal lograda Leonida, recibe, en muestra del amor que en vida te tuve, las lágrimas que en tu muerte derramo, y no atribuyas a poco sentimiento el no acabar la vida con el que de tu muerte recibo, pues sería poca recompensa a lo que debo y deseo sentir el dolor que tan presto se acabase. Tú verás, si de las cosas de acá tienes cuenta, cómo este miserable cuerpo quedará un día consumido del dolor poco a poco, para mayor pena y sentimiento, bien así como la mojada y encendida pólvora, que, sin hacer estrépito ni levantar llama en alto entre sí mesma se consume, sin dejar de sí sino el rastro de las consumidas cenizas. Duéleme cuanto puede dolerme, ¡oh alma del alma mía!, que, ya que no pude gozarte en la vida, en la muerte no puedo hacerte las obsequias y honras que a tu bondad y virtud se convenían; pero yo te prometo y juro que el poco tiempo —que será bien poco—que esta apasionada ánima mía rigiere la pesada carga deste miserable cuerpo, y la voz cansada tuviere aliento que la forme, de no tratar otra cosa en mis tristes y amargas canciones que de tus alabanzas y merecimientos.

A este punto cesó la voz, por la cual Elicio conoció claramente que aquél era el pastor homicida, de que recibió mucho gusto, por parecerle que estaba en parte donde podría saber dél lo que deseaba; y queriéndose llegar más cerca, hubo de tornarse a parar, porque le pareció que el pastor templaba un rabel, y quiso escuchar primero si al son dél alguna cosa diría; y no tardó mucho que con suave y acordada voz oyó que de esta manera cantaba:

LISANDRO

¡Oh alma venturosa,
que del humano velo
libre al alta región viva volaste,
dejando en tenebrosa
cárcel de desconsuelo
mi vida, aunque contigo la llevaste!
Sin ti, escura dejaste
la luz clara del día,
por tierra derribada
la esperanza fundada
en el más firme asiento de alegría;
en fin, con tu partida,
quedó vivo el dolor, muerta la vida.

Envuelto en tus despojos
la muerte se ha llevado
el más subido extremo de belleza,

la luz de aquellos ojos
que en haberte mirado
tenían encerrada su riqueza;
con presta ligereza, del alto pensamiento
y enamorado pecho
la gloria se ha deshecho,
como la cera al sol o niebla al viento;
y toda mi ventura
cierra la piedra de tu sepultura.

¿Cómo pudo la mano
inexorable y cruda,
y el intento cruel, facineroso,
del vengativo hermano,
dejar libre y desnuda
tu alma del mortal velo hermoso?
¿Por qué turbó el reposo
de nuestros corazones?
Que, si no se acabaran,
en uno se juntaran
con honestas y santas condiciones.
¡Ay fiera mano esquiva!
¿Cómo ordenaste que muriendo viva?

En llanto sempiterno
mi ánima mezquina
los años pasara meses y días;
la tuya, en gozo eterno
y edad firme y contina,
no temerá del tiempo las porfías;
con dulces alegrías
verás firme la gloria
que tu loable vida
te tuvo merecida;
y, si puede caber en tu memoria
del suelo no perderla,
de quien tanto te amó debes tenerla.

Mas, ¡oh cuán simple he sido,
alma bendita y bella,
de pedir que te acuerdes, ni aun burlando,
de mí, que te he querido,
pues sé que mi querella

se irá con tal favor eternizando!
Mejor es que, pensando
que soy de ti olvidado,
me apriete con mi llaga,
hasta que se deshaga
con el dolor la vida que ha quedado
en tan extraña suerte,
que no tiene por mal el de la muerte.

Goza en el santo coro
con otras almas santas
alma, de aquel seguro bien entero,
alto, rico tesoro,
mercedes, gracias tantas
que goza el que no huye el buen sendero
allí gozar espero,
si por tus pasos guío,
contigo en paz entera
de eterna primavera,
sin temor, sobresalto ni desvío;
a esto me encamina,
pues será hazaña de tus obras digna.

Y pues vosotras, celestiales almas,
veis el bien que deseo,
creced las alas a tan buen deseo.

Aquí cesó la voz, pero no los sospiros del desdichado que cantado había, y lo uno y lo otro fue parte de acrecentar en Elicio la gana de saber quién era. Y, rompiendo por las espinosas zarzas, por llegar más presto a do la voz salía, salió a un pequeño prado, que, todo en redondo, a manera de teatro, de espesísimas e intrincadas matas estaba ceñido, en el cual vio un pastor que, con extremado brío, estaba con el pie derecho delante y el izquierdo atrás, y el diestro brazo levantado, a guisa de quien esperaba hacer algún recio tiro. Y así era la verdad, porque, con el ruido que Elicio al romper por las matas había hecho, pensando ser alguna fiera de la cual convenía defenderse, el pastor del bosque se había puesto a punto de arrojarle una pesada piedra que en la mano tenía. Elicio, conociendo por su postura su intento, antes que le efectuase, dijo:

—Sosiega el pecho, lastimado pastor, que el que aquí viene trae el suyo aparejado a lo que mandarle quisieres, y quien el deseo de saber tu ventura le ha hecho romper tus lágrimas y turbar el alivio que de estar solo se te podría seguir.

Con estas blandas y comedidas palabras de Elicio, se sosegó el pastor, y con no menos blandura le respondió diciendo:

—Tu buen ofrecimiento agradezco, cualquiera que tú seas, comedido pastor; pero si ventura quieres saber de mí, que nunca la tuve, mal podrás ser satisfecho

—Verdad dices—respondió Elicio—, pues por las palabras y quejas que esta noche te he oído, muestras bien claro la poca o ninguna que tienes; pero no menos satisfarás mi deseo con decirme tus trabajos que con declararme tus contentos; y así la fortuna te los dé en lo que deseas, que no me niegues lo que te suplico, si ya el no conocerme no lo impide, aunque, para asegurarte y moverte, te hago saber que no tengo el alma tan contenta que no sienta en el punto que es razón las miserias que me contares. Esto te digo, porque sé que no hay cosa más excusada y aun perdida que contar el miserable sus desdichas a quien tiene el pecho colmo de contentos.

—Tus buenas razones me obligan—respondió el pastor— a que te satisfaga en lo que me pides, así porque no imagines que de poco y acobardado ánimo nacen las quejas y lamentaciones que dices que de mí has oído, como porque conozcas que aún es muy poco el sentimiento que muestro a la causa que tengo de mostrarlo.

Elicio se lo agradeció mucho, y, después de haber pasado entre los dos más palabras de comedimiento, dando señales Elicio de ser verdadero amigo del pastor del bosque, y conociendo él que no eran fingidos ofrecimientos, vino a conceder lo que Elicio rogaba. Y sentándose los dos sobre la verde yerba, cubiertos con el resplandor de la hermosa Diana, que en claridad aquella noche con su hermano competir podía, el pastor del bosque, con muestras de un interno dolor, comenzó a decir de esta manera:

—En las riberas de Betis, caudalosísimo río que la gran Vandalia enriquece, nació Lisandro—que este es el nombre desdichado mío—, y de tan nobles padres cual pluguiera al soberano Dios que en más baja fortuna fuera engendrado; porque muchas veces la nobleza del linaje pone alas y esfuerza el ánimo a levantar los ojos adonde la humilde suerte no osara jamás levantarlos, y de tales atrevimientos suelen suceder a menudo semejantes calamidades como las que de mí oirás si con atención me escuchas. Nació asi mismo en mi aldea una pastora, cuyo nombre era Leonida, suma de toda la hermosura que en gran parte de la Tierra —según yo imagino—pudiera hallarse; de no menos nobles y ricos padres nacida que su hermosura y virtud merecían. De do nació que por ser los parientes de entrambos de los más principales del lugar y estar en ellos el mando y gobernación del pueblo, la envidia, enemiga mortal de la sosegada vida, sobre algunas diferencias del gobierno del pueblo vino a poner entre ellos cizaña y mortalísima discordia; de manera que el pueblo fue dividido en dos parcialidades: la una seguía la de mis parientes, la otra la de los de Leonida, con tan arraigado rencor y mal ánimo que no ha sido parte para ponerlos en paz ninguna humana diligencia.

Ordenó, pues, la suerte, para echar de todo punto el sello a nuestra enemistad, que yo me enamorase de la hermosa Leonida, hija de Parmindro, principal cabeza del bando contrario; y fue mi amor tan de veras que, aunque procuré con infinitos medios quitarle de mis entrañas, el fin de todos venía a parar a quedar más vencido y sujeto. Poníaseme delante un monte de dificultades que conseguir el fin de mi deseo me estorbaban, como eran el mucho valor de Leonida, la endurecida enemistad de nuestros padres, las pocas coyunturas, o ninguna, que se me ofrecían para descubrirle mi pensamiento; y, con todo esto, cuando ponía los ojos de la imaginación en la singular belleza de Leonida, cualquiera dificultad se allanaba, de suerte que me parecía poco romper por entre agudas puntas de diamantes para llegar al fin de mis amorosos y honestos pensamientos. Habiendo, pues, por muchos días combatido conmigo mismo por ver si podría apartar el alma de tan ardua empresa, y viendo ser imposible, recogí toda mi industria a considerar con cuál podría dar a entender a Leónida el secreto amor de mi pecho; y como los principios en cualquier negocio sean siempre dificultosos, en los que tratan de amor son, por la mayor parte, dificultosísimos, hasta que el mismo Amor, cuando se quiere mostrar favorable, abre las puertas del remedio donde parece que están más cerradas. Y así se pareció en mí, pues guiado por su pensamiento el mío, vine a imaginar que ningún medio se ofrecía mejor a mi deseo que hacerme amigo de los padres de Silvia, una pastora que era en extremo amiga de Leonida, y muchas veces la una a la otra, en compañía de sus padres, en sus casas se visitaban. Tenía Silvia un pariente que se llamaba Carino, compañero familiar de Crisalvo, hermano de la hermosa Leonida, cuya bizarría y aspereza de costumbres le habían dado renombre de cruel, y así de todos los que le conocían "el cruel Crisalvo" era llamado; ni más ni menos a Carino, el pariente de Silvia y compañero de Crisalvo, por ser entremetido y agudo de ingenio, "el astuto Carino" le llamaban; del cual y de Silvia, por parecerme que me convenía, con el medio de muchos presentes y dádivas forjé la amistad—al parecer—posible; a lo menos, de parte de Silvia fue más firme de lo que yo quisiera, pues los regalos y favores que ella con limpias entrañas me hacía, obligada de mis continuos servicios, tomó por instrumentos mi fortuna para ponerme en la desdicha en que ahora me veo. Era Silvia hermosa en extremo, y de tantas gracias adornada, que la dureza del crudo corazón de Crisalvo se movió a amarla, y esto yo no lo supe sino con mi daño, y de allí a muchos días. Y, ya que con la larga experiencia estuve seguro de la voluntad de Silvia, un día, ofreciéndoseme comodidad, con las más tiernas palabras que pude le descubrí la llaga de mi lastimado pecho, diciéndole que, aunque era tan profunda y peligrosa, no la sentía tanto, sólo por imaginar que en su solicitud estaba el remedio della; advirtiéndole así mismo el honesto fin a que mis pensamientos se encaminaban, que era a juntarme por legítimo matrimonio con la bella Leonida; y que, pues era causa tan justa y buena no se había de desdeñar de tomarla a su cargo. En fin, por no serte prolijo, el Amor me ministró tales palabras que le dijese, que ella, vencida de ellas, y más por la pena que ella, como discreta, por las señales de mi rostro conoció que en mi alma moraba, se determinó de tomar a su cargo mi remedio y decir a Leónida lo que yo por ella sentía, prometiendo de hacer por mí todo cuanto su fuerza e industria alcanzase, puesto que se le hacía dificultosa tal empresa, por la inimicicia grande que entre nuestros padres conocía, aunque, por otra parte, imaginaba poder dar principio al fin de sus discordias si Leonida conmigo se casase. Movida, pues, con esta buena intención, y enternecida de las lágrimas que yo derramaba, como ya he dicho, se aventuró a ser intercesora de mi contento; y discurriendo consigo qué entrada tendría para con Leónida, me mandó que le escribiese una carta, la cual ella se ofrecía a darle cuando tiempo le pareciese. Parecióme a mí bien su parecer, y aquel mismo día le envié una que, por haber sido principio del contento que por su respuesta sentí, siempre la he tenido en la memoria, puesto que fuera mejor no acordarme de cosas alegres en tiempo tan triste como es el en que ahora me hallo. Recibió la carta Silvia, y guardaba ocasión de ponerla en las manos de Leonida.

—No—dijo Elicio atajando las razones de Lisandro—, no es justo que me dejes de decir la carta que a Leónida enviaste, que, por ser la primera, y por hallarte tan enamorado en aquella sazón, sin duda debe de ser discreta. Y pues me has dicho que la tienes en la memoria, y el gusto que por ella granjeaste no me lo niegues ahora en no decírmela.

—Bien dices, amigo—respondió Lisandro—, que yo estaba entonces tan enamorado y temeroso como ahora descontento y desesperado, y por esta razón me parece que no acerté a decir alguna, aunque fue harto acertamiento que Leonida las creyese las que en la carta iban. Ya que tanto deseas saberlas, decía de esta manera:

LISANDRO A LEONIDA

"Mientras que he podido, aunque con grandísimo dolor mío, resistir con las propias fuerzas a la amorosa llama que por ti, ¡oh hermosa Leonida!, me abrasa, jamás he tenido ardimiento, temeroso del subido valor que en ti conozco, de descubrirte el amor que te tengo; mas ya que es consumida aquella virtud que hasta aquí me ha hecho fuerte, hame sido forzoso, descubriendo la llaga de mi pecho, tentar con escrebirte su primero y último remedio. Que sea el primero, tú lo sabes, y de ser el último está en tu mano, de la cual espero la misericordia que tu hermosura promete y mis honestos deseos merecen. Los cuales y el fin adonde se encaminan conocerás de Silvia que ésta te dará. Y, pues ella se ha atrevido, con ser quien es, a llevártela, entiende que son tan justos cuanto a tu merecimiento se deben."

No le parecieron mal a Elicio las razones de la carta de Lisandro, el cual, prosiguiendo la historia de sus amores, dijo:

—No pasaron muchos días sin que esta carta viniese a las hermosas manos de Leonida, por medio de las piadosas de Silvia, mi verdadera amiga, la cual, junto con dársela, le dijo tales cosas, que con ellas templó en gran parte la ira y alteración que con mi carta Leonida había recibido; como fue decirle cuánto bien se seguiría si por nuestro casamiento la enemistad de nuestros padres se acababa, y que el fin de tan buena intención la había de mover a no desechar mis deseos; cuanto más que no se debía compadecer con su hermosura dejar morir sin más respecto a quien tanto como yo la amaba; añadiendo a éstas otras razones que Leonida conoció que lo eran. Pero, por no mostrarse al primer encuentro rendida y a los primeros pasos alcanzada, no dio tan agradable respuesta a Silvia como ella quisiera. Pero con todo esto, por intercesión de Silvia; que a ello le forzó, respondió con esta carta que ahora te diré:

LEONIDA A LISANDRO

"Si entendiera, Lisandro, que tu mucho atrevimiento había nacido de mi poca honestidad, en mí mesma ejecutara la pena que tu culpa merece; pero por asegurarme desto lo que yo de mí conozco, vengo a conocer que más ha procedido tu osadía de pensamientos ociosos que de enamorados; y aunque ellos sean de la manera que dices, no pienses que me has de mover a mí para remediallos como a Silvia para creellos, de la cual tengo más queja por haberme forzado a responderte que de ti que te atreviste a escribirme, pues el callar fuera digna respuesta a tu locura. Si te retraes de lo comenzado, harás como discreto, porque te hago saber que pienso tener más cuenta con mi honra que con tus vanidades."

Esta fue la respuesta de Leonida, la cual, junto con las esperanzas que Silvia me dio, aunque ella parecía algo áspera, me hizo tener por el más bien afortunado del mundo. Mientras estas cosas entre nosotros pasaban, no se descuidaba Crisalvo de solicitar a Silvia con infinitos mensajes, presentes y servicios; mas era tan fuerte y desabrida la condición de Crisalvo, que jamás pudo mover a la de Silvia a que un pequeño favor le diese, de lo cual estaba tan desesperado e impaciente como un agarrochado y vencido toro. Por causa de sus amores había tomado amistad con el astuto Carino, pariente de Silvia, habiendo los dos sido primero mortales enemigos, porque en cierta lucha que un día de una grande fiesta delante de todo el pueblo los zagales más diestros del lugar tuvieron, Carino fue vencido de Crisalvo y maltratado; de manera que concibió en su corazón odio perpetuo contra Crisalvo, y no menos lo tenía contra otro hermano mío por haberle sido contrario en unos amores, de los cuales mi hermano llevó el fruto que Carino esperaba. Este rencor y mala voluntad tuvo Carino secreta, hasta que el tiempo le descubrió ocasión como a un mismo punto se vengase de entrambos por el más cruel estilo que imaginarse puede. Yo le tenía por amigo, porque la entrada en casa de Silvia no se me impidiese; Crisalvo le adoraba, porque favoreciese sus pensamientos con Silvia; y era de suerte su amistad, que todas las veces que Leonida venía a casa de Silvia, Carino la acompañaba, por la cual causa le pareció bien a Silvia darle cuenta, pues era mi amigo, de los amores que yo con Leonida trataba, que en aquella sazón andaban ya tan vivos y venturosos por la buena intercesión de Silvia, que ya no esperábamos sino tiempo y lugar donde coger el honesto fruto de nuestros limpios deseos, los cuales sabidos de Carino, tomó por instrumento para hacer la mayor traición del mundo. Porque un día, haciendo del leal con Crisalvo y dándole a entender que tenía en más su amistad que la honra de su parienta, le dijo que la principal causa porque Silvia no le amaba ni favorecía era por estar de mí enamorada, y que él lo sabía infaliblemente, y que ya nuestros amores iban tan al descubierto, que si él no hubiera estado ciego de la pasión amorosa en mil señales lo hubiera ya conocido; y que para certificarse más de la verdad que le decía, que de allí adelante mirase en ello, porque vería claramente cómo, sin empacho alguno, Silvia me daba extraordinarios favores. Con estas nuevas debió de quedar tan fuera de sí Crisalvo como pareció por lo que dellas sucedió. De allí adelante Crisalvo traía espías por ver lo que yo con Silvia pasaba, y como yo muchas veces procurase hallarme solo con ella para tratar, no de los amores que él pensaba, sino de lo que a los míos convenía, éranle a Crisalvo referidas, con otros favores que, de limpia amistad procedidos, Silvia a cada paso me hacía; por lo que vino Crisalvo a términos tan desesperados que muchas veces procuró matarme, aunque yo no pensaba que era por semejante ocasión, sino por lo de la antigua enemistad de nuestros padres. Mas por ser el hermano de Leonida, tenía yo más cuenta con guardarme que con ofenderle, teniendo por cierto que si yo con su hermana me casaba, tendrían fin nuestras enemistades. De lo que él estaba bien ajeno, antes se pensaba que por serle yo enemigo había procurado tratar amores con Silvia, y no porque yo bien la quisiese, y esto le acrecentaba la cólera y enojo de manera que le sacaba de juicio, aunque él tenía tan poco, que poco era menester para acabárselo. Y pudo tanto en él este mal pensamiento, que vino a aborrecer a Silvia tanto cuanto la había querido, sólo porque a mí me favorecía, no con la voluntad que él pensaba, sino como Carino le decía; y así, en cualesquier corrillos y juntas que se hallaba decía mal de Silvia, dándole títulos y renombres deshonestos; pero como todos conocían su terrible condición y la bondad de Silvia, daban poco o ningún crédito a sus palabras. En este medio, había concertado Silvia con Leonida que los dos nos desposásemos y que, para que más a nuestro salvo se hiciese, sería bien que un día que con Carino Leonida viniese a su casa, no volviese por aquella noche a la de sus padres, sino que desde allí, en compañía de Carino, se fuese a una aldea que media legua de la nuestra estaba, donde unos ricos parientes míos vivían, en cuya casa, con más quietud, podíamos poner en efecto nuestras intenciones; porque si del suceso dellas los padres de Leonida no fuesen contentos, a lo menos, estando ella ausente sería más fácil el concertarse. Tomado, pues, este apuntamiento y dada cuenta dél a Carino, se ofreció, con muestras de grandísimo ánimo, que llevaría a Leonida a la otra aldea como ella fuese contenta. Los servicios que yo hice a Carino por la buena voluntad que mostraba, las palabras de ofrecimiento que le dije, los abrazos que le di, me parece que bastaran a deshacer en un corazón de acero cualquiera mala intención que contra mí tuviera. Pero el traidor de Carino, echando a las espaldas mis palabras, obras y promesas, sin tener cuenta con la que a sí mismo debía, ordenó la traición que ahora oirás. Informado Carino de la voluntad de Leonida, y viendo ser conforme a la que Silvia le había dicho, ordenó que la primera noche que por las muestras del día entendiesen que había de ser escura, se pusiese por obra la idea de Leonida, ofreciéndose de nuevo a guardar el secreto y lealtad posible. Después de hecho este concierto que has oído, se fue a Crisalvo, según después acá he sabido, y le dijo que su parienta Silvia iba tan adelante en los amores que conmigo traía, que en una cierta noche había determinado de sacarla de casa de sus padres y llevarla a la otra aldea, do mis parientes moraban, donde se le ofrecía coyuntura de vengar su corazón en entrambos: en Silvia, por la poca cuenta que de sus servicios había hecho; en mí, por nuestra vieja enemistad y por el enojo que le había hecho en quitarle a Silvia, pues por sólo mi respecto le dejaba. De tal manera le supo encarecer y decir Carino lo que quiso, que con mucho menos a otro corazón no tan cruel como el suyo moviera a cualquier mal pensamiento. Llegado, pues, ya el día que yo pensé que fuera el de mi mayor contento, dejando dicho a Carino, no lo que hizo, sino lo que había de hacer, me fui a la otra aldea a dar orden cómo recebir a Leonida. Y fue el dejarla encomendada a Carino, como quien deja a la simple corderuela en poder de los hambrientos lobos, o a la mansa paloma entre las uñas del fiero gavilán que la despedace. ¡Ay, amigo, que, llegando a este paso con la imaginación, no sé cómo tengo fuerzas para sostener la vida, ni pensamiento para pensarlo, cuanto más lengua para decirlo! ¡Ay, mal aconsejado Lisandro! ¿Cómo, y no sabías tú las condiciones dobladas de Carino? Mas ¿quién no se fiara de sus palabras, aventurando él tan poco en hacerlas verdaderas con las obras? ¡Ay mal lograda Leonida! ¡Cuán mal supe gozar de la merced que me hiciste en escogerme por tuyo! En fin, por concluir con la tragedia de mi desgracia, sabrás, discreto pastor, que la noche que Carino había de traer consigo a Leonida a la aldea donde yo la esperaba, él llamó a otro pastor, que debía de tener por enemigo, aunque él se lo encubría debajo de su falsa acostumbrada disimulación, el cual Libeo se llamaba, y le rogó que aquélla noche le hiciese compañía, porque determinaba llevar una pastora, su aficionada, a la aldea que te he dicho, donde pensaba desposarse con ella. Libeo, que era gallardo y enamorado, con facilidad le ofreció su compañía.

Despidióse Leonida de Silvia con estrechos abrazos y amorosas lágrimas como presaga que había de ser la última despedida. Debía de considerar entonces la sin ventura la traición que a sus padres hacía, y no la que a ella Carino le ordenaba, y cuán mala cuenta daba de la buena opinión que della en el pueblo se tenía. Mas, pasando de paso por todos estos pensamientos, forzado del enamorado que la vencía, se entregó a la guardia de Carino, que adonde yo la aguardaba la trujese. ¡Cuántas veces se me viene a la memoria, llegando a este punto, lo que soñé el día que le tuviera yo por dichoso, si en él feneciera la cuenta de los de mi vida! Acuérdome que, saliendo de la aldea un poco antes que el Sol acabase de quitar sus rayos de nuestro horizonte, me senté al pie de un alto fresno, en el mismo camino por donde Leonida había de venir, esperando que cerrase algo más la noche para adelantarme y recebilla; y, sin saber cómo y sin yo quererlo, me quedé dormido. Y apenas hube entregado los ojos al sueño, cuando me pareció que el árbol donde estaba arrimado, rindiéndose a la furia de un recísimo viento que soplaba, desarraigando las hondas raíces de la tierra, sobre mi cuerpo se caía, y que, procurando yo evadirme del grave peso, a una y otra parte me revolvía; y estando en esta pesadumbre, me pareció ver una blanca cierva junto a mí, a la cual yo ahincadamente suplicaba que, como mejor pudiese, apartase de mis hombros la pesada carga; y que queriendo ella, movida de compasión, hacerlo, al mismo instante salió un fiero león del bosque, y, cogiéndola entre sus agudas uñas, se metía con ella por el bosque adelante; y que, después que con gran trabajo me había escapado del grave peso, la iba a buscar al monte, y la hallaba despedazada y herida por mil partes; de lo cual tanto dolor sentía, que el alma se me arrancaba sólo por la compasión que ella había mostrado de mi trabajo. Y así, comencé a llorar entre sueños, de manera que las mismas lágrimas me despertaron, y hallando las mejillas bañadas del llanto, quedé fuera de mí, considerando lo que había soñado; pero, con la alegría que esperaba tener de ver a mi Leonida, no eché de ver entonces que la fortuna en sueños me mostraba lo que allí a poco rato despierto me había de suceder. A la sazón que yo desperté, acababa de cerrar la noche, con tanta oscuridad, con tan espantosos truenos y relámpagos, como convenía para cometerse con más facilidad la crueldad que en ella se cometió. Así como Carino salió de casa de Silvia con Leonida, se la entregó a Libeo, diciéndole que se fuese con ella por el camino de la aldea que he dicho; y aunque Leonida se alteró de ver a Libeo, Carino la aseguró que no era menor amigo mío Libeo que él propio, y que con toda seguridad podía ir con él poco a poco, en tanto que él se adelantaba a darme a mí las nuevas de su llegada. Creyó la simple—en fin, como enamorada—las palabras del falso Carino y, con menor recelo del que convenía, guiada del comedido Libeo, tendía los temerosos pasos para venir a buscar el último de su vida, pensando hallar el mejor de su contento. Adelantóse Carino de los dos, como ya te he dicho, y vino a dar aviso a Crisalvo de lo que pasaba, el cual, con otros cuatro parientes suyos, en el mismo camino por donde habían de pasar, que todo era cerrado de bosque, de una y otra parte, escondidos estaban, y díjoles cómo Silvia venía, y sólo yo que la acompañaba, y que se alegrasen de la buena ocasión que la suerte les ponía en las manos para vengarse de la injuria que los dos les habíamos hecho, y que él sería el primero que en Silvia, aunque era parienta suya, probase los filos de su cuchillo. Apercibiéronse luego los cinco crueles carniceros para colorarse en la inocente sangre de los dos que tan sin cuidado de traición semejante por el camino se venían, los cuales, llegados a do la celada estaba, al instante fueron con ellos los pérfidos homicidas y cerráronlos en medio. Crisalvo se llegó a Leonida, pensando ser Silvia, y con injuriosas y turbadas palabras, con la infernal cólera que le señoreaba, con seis mortales heridas la dejó tendida en el suelo, a tiempo que ya Libeo, por los otros cuatro —creyendo que a mí me las daban—con infinitas puñaladas se revolcaba por la tierra. Carino, que vio cuán bien había salido el traidor intento suyo, sin aguardar razones se los quitó delante, y los cinco traidores, contentísimos, como si hubieran hecho alguna famosa hazaña, se volvieron a su aldea, y Crisalvo se fue a casa de Silvia a dar él mismo a sus padres la nueva de lo que había hecho, por acrescentarles el pesar y sentimiento, diciéndoles que fuesen a dar sepultura a su hija Silvia, a quien él había quitado la vida por haber hecho más caudal de la fría voluntad de Lisandro, su enemigo, que no de los continuos servicios suyos. Silvia, que sintió lo que Crisalvo decía, dándole el alma lo que había sido, le dijo cómo ella estaba viva, y aun libre de todo lo que la imputaba, y que mirase no hubiese muerto a quien le doliese más su muerte que perder él mismo la vida. Y con esto le dijo que su hermana Leonida se había partido aquella noche de su casa en traje no acostumbrado. Atónito quedó Crisalvo de ver a Silvia viva, teniendo él por cierto que la dejaba ya muerta, y con no pequeño sobresalto acudió luego a su casa, y no hallando en ella a su hermana, con grandísima confusión y furia volvió él solo a ver quién era la que había muerto, pues Silvia estaba viva. Mientras todas estas cosas pasaban, estaba yo con una ansia extraña esperando a Carino y Leonida, y pareciéndome que ya tardaban más de lo que debían, quise ir a encontrarlos, o a saber si por algún caso aquella noche se habían detenido, y no anduve mucho por el camino, cuando oí una lastimada voz que decía: "¡Oh Soberano Hacedor del cielo! Encoge la mano de tu justicia y abre la de tu misericordia, para tenerla de esta alma, que presto te dará cuenta de las ofensas que te ha hecho. ¡Ay, Lisandro, Lisandro, y cómo la amistad de Carino te costará la vida, pues no es posible sino que te la acabe el dolor de haberla yo por mí perdido! ¡Ay cruel hermano! ¿Es posible que, sin oír mis disculpas, tan presto me quisiste dar la pena de mi yerro?" Cuando estas razones oí en la voz y en ellas conocí luego ser Leonida la que las decía, y, presago de mi desventura, con el sentido turbado, fui a tiento a dar adonde Leonida estaba envuelta en su propia sangre; y habiéndola conocido luego, dejándome caer sobre el herido cuerpo, haciendo los extremos de dolor posible, le dije: "¿Qué desdicha es esta, bien mío? Anima mía, ¿cuál fue la cruel mano que no ha tenido respecto a tanta hermosura?" En estas palabras fui conocido de Leonida, y levantando con gran trabajo los cansados brazos, los echó por cima de mi cuello, y, apretando con la mayor fuerza que pudo, juntando su boca con la mía, con flacas y mal pronunciadas razones, me dijo solas estas: "Mi hermano me ha muerto; Carino, vendido; Libeo está sin vida, la cual te dé Dios a ti, Lisandro mío, largos y felices años, y a mí me deje gozar en la otra del reposo que aquí me ha negado." Y juntando más su boca con la mía, habiendo cerrado los labios para darme el primero y último beso, al abrirlos se le salió el alma, y quedó muerta en mis brazos. Cuando yo lo sentí, abandonándome sobre el helado cuerpo, quedé sin ningún sentido; y si como era yo el vivo fuera el muerto, quien en aquel trance nos viera, el lamentable de Piramo y Tisbe trujera a la memoria. Mas, después que volví en mí, abriendo ya la boca para llenar el aire de voces y suspiros, sentí que hacia donde yo estaba venía uno con apresurados pasos, y llegándose cerca, aunque la noche hacía escura, los ojos del alma me dieron a conoscer que el que allí venía era Crisalvo, como era la verdad, porque él tornaba a certificarse si por ventura era su hermana Leonida la que había muerto; y como yo le conoscí, sin que de mí se guardase, llegué a él como sañudo león, y dándole dos heridas, di con él en tierra; y antes que acabase de expirar, le llevé arrastrando adonde Leonida estaba, y, poniendo en la mano muerta de Leonida el puñal que su hermano traía, que era el mismo con que ella había muerto, ayudándole yo a ello, tres veces se le hinqué por el corazón. Y consolado en algo el mío con la muerte de Crisalvo, sin más detenerme, tomé sobre mis hombros el cuerpo de Leonida y lleuéle al aldea donde mis parientes vivían, y, contándoles el caso, les rogué le diesen honrada sepultura, y luego puse por obra y determiné de tomar en Carino la venganza que en Crisalvo; la cual, por haberse él ausentado de nuestra aldea, se ha tardado hasta hoy, que le hallé a la salida deste bosque, después de haber seis meses que ando en su demanda. El ha hecho ya el fin que su traición merecía, y a mí no me queda ya de quien tomar venganza si no es de la vida que tan contra mi voluntad sostengo. Esta es, pastor, la causa de do proceden los lamentos que me has oído. Si te parece que es bastante para causar mayores sentimientos, a tu buena discreción dejo que lo considere.

Y con esto dio fin a su plática y principio a tantas lágrimas, que no pudo dejar Elicio de tenerle compañía en ellas; pero, después que por largo espacio habían desfogado con tiernos sospiros, el uno la pena que sentía, el otro la compasión que della tomaba, Elicio comenzó con las mejores razones que supo a consolar a Lisandro, aunque era su mal tan sin consuelo como por el suceso dél había visto. Y entre otras cosas que le dijo, y la que a Lisandro más le cuadró, fue decirle que, en los males sin remedio, el mejor era no esperarles ninguno; y que, pues de la honestidad y noble condición de

Leonida se podría creer—según él decía—que de dulce vida gozaba, antes debía alegrarse del bien que ella había ganado que no entristecerse por el que él había perdido. A lo cual respondió Lisandro:

—Bien conozco, amigo, que tienen fuerzas tus razones para hacerme creer que son verdaderas; pero no que la tienen ni la tendrán las que todo el mundo decirme pudiere, para darme consuelo alguno. En la muerte de Leonida comenzó mi desventura, la cual se acabará cuando yo la torne a ver; y pues esto no puede ser sin que yo muera, al que me indujere a procurar la muerte tendré yo por más amigo de mi vida.

No quiso Elicio darle más pesadumbre con sus consuelos, pues él no los tenía por tales; sólo le rogó que se viniese con él a su cabaña, en la cual estaría todo el tiempo que gusto le diese, ofreciéndole su amistad en todo aquello que podía ser buena para servirle. Lisandro se lo agradeció cuanto fue posible y, aunque no quería aceptar el venir con Elicio, todavía lo hubo de hacer forzado de su importunación, y así los dos se levantaron y se vinieron a la cabaña de Elicio, donde reposaron lo poco que de la noche quedaba. Pero ya que la blanca aurora dejaba el lecho del celoso marido y comenzaba a dar muestras del venidero día, levantándose Erastro, comenzó a poner en orden el ganado de Elicio y suyo, para sacarle al pasto acostumbrado. Elicio convidó a Lisandro a que con él se viniese, y así, viniendo los tres pastores con el manso rebaño de sus ovejas por una cañada abajo, al subir de una ladera oyeron el sonido de una suave zampoña que luego por Elicio y Erastro fue conocido que era Galatea quien la sonaba. Y no tardó mucho que por la cumbre de la cuesta se comenzaron a descubrir algunas ovejas, y luego tras ellas Galatea, cuya hermosura era tanta, que sería mejor dejarla en su punto, pues faltan palabras para encarecerla. Venía vestida a la serrana, con los luengos cabellos sueltos al viento, de quien el mismo Sol parescía tener envidia, porque, hiriéndolos con sus rayos, procuraba quitarles la luz si pudiera; mas la que la salía de la vislumbre dellos otro nuevo sol semejaba. Estaba Erastro fuera de sí mirándola, y Elicio no podía apartar los ojos de verla. Cuando Galatea vio que el rebaño de Elicio y Erastro con el suyo se juntaban, mostrando no gustar de tenerles aquel día compañía, llamó a la borrega mansa de su manada, a la cual siguieron las demás, y encaminóla a otra parte diferente de la que los pastores llevaban. Viendo Elicio lo que Galatea hacía, sin poder sufrir tan notorio desdén, llegándose a do la pastora estaba, le dijo:

—Deja, hermosa Galatea, que tu rebaño venga con el nuestro, y si no gustas de nuestra compañía, escoge la que más te agradare, que no por tu ausencia dejarán tus ovejas de ser bien apacentadas, pues yo, que, nací para servirte, tendré más cuenta dellas que de las mías propias; y no quieras tan a la clara desdeñarme, pues no lo merece la limpia voluntad que te tengo, que, según el viaje que traías, a la fuente de las Pizarras le encaminabas, y ahora que me has visto quieres torcer el camino; y si esto es así, como pienso, dime adónde quieres hoy y siempre apacentar tu ganado, que yo te juro de no llevar allí jamás el mío.

—Yo te prometo, Elicio—respondió Galatea—, que no por huir de tu compañía ni de la de Erastro he vuelto del camino que tu imaginas que llevaba, porque mi intención es pasar hoy la siesta en el arroyo de las Palmas, en compañía de mi amiga Florisa, que allá me aguarda, porque desde ayer concertamos las dos de apacentar hoy allí nuestros ganados; y como yo venía descuidada sonando mi zampoña, la mansa borrega tomó el camino de las Pizarras, como della más acostumbrado. La voluntad que me tienes y ofrecimientos que me haces te agradezco, y no tengas en poco haber dado yo disculpa a tu sospecha.

—¡Ay, Galatea—replicó Elicio—, y cuán bien que finges lo que te parece, teniendo tan poca necesidad de usar conmigo artificio, pues al cabo no tengo de querer más de lo que tú quisieres! Ora vayas al arroyo de las Palmas, al soto del Concejo o a la fuente de las Pizarras, ten por cierto que no has de ir sola, que siempre mi alma te acompaña; y si tú no la ves, es porque no quieres verla, por no obligarte a remediarla.

—Hasta ahora—respondió Galatea—tengo por ver la primera alma, y así no tengo culpa si no he remediado a ninguna.

—No sé cómo puedes decir eso—respondió Elicio—, hermosa Galatea, que las veas para herirlas y no para curarlas.

—Testimonio me levantas—replicó Galatea—en decir que yo, sin armas, pues a mujeres no son concedidas, haya herido a nadie.

—¡Ay discreta Galatea—dijo Elicio—, cómo te burlas con lo que de mi alma sientes, a la cual invisiblemente has llagado, y no con otras armas que con las de tu hermosura! Y no me quejo yo tanto del daño que me has hecho como de que le tengas en poco.

—En menos me tendría yo—respondió Galatea—si en más le tuviese.

A esta sazón llegó Erastro, y viendo que Galatea se iba y los dejaba, le dijo:

—¿Adonde vas, o de quién huyes, hermosa Galatea? Si de nosotros, que te adoramos, te alejas, ¿quién esperará de ti compañía? ¡Ay, enemiga, cuán al desgaire te vas, triunfando de nuestras voluntades! El Cielo destruya la buena que te tengo si no deseo verte enamorada de quien estime tus quejas en el grado que tú estimas las mías. ¿Ríeste de lo que digo, Galatea? Pues yo lloro de lo que tú haces.

No pudo Galatea responder a Erastro, porque andaba guiando su ganado hacia el arroyo de las Palmas, y abajando desde lejos la cabeza en señal de despedirse, los dejó; y como se vio sola, en tanto que llegaba adonde su amiga Florisa creyó que estaría, con la extremada voz que al Cielo plugo darle, fue cantando este soneto:

GALATEA

Afuera el fuego, el lazo, el yelo y flecha
de Amor, que abrasa, aprieta, enfría y hiere;
que tal llama mi alma no la quiere,
ni queda de tal ñudo satisfecha.

Consuma, ciña, yele, mate, estrecha
tenga otra la voluntad cuanto quisiere;
que por dardo, o por nieve, o red no espere
tener la mía en su calor deshecha.

Su fuego enfriará mi casto intento;
el ñudo romperé por fuerza o arte,
la nieve deshará mi ardiente celo,

la flecha embotará mi pensamiento,
y así, no temeré en segura parte
de amor el fuego, el lazo, el dardo, el yelo.

Con más justa causa se pudieran parar los brutos, mover los árboles y juntar las piedras a escuchar el suave canto y dulce armonía de Galatea, que cuando a la cítara de Orfeo. lira de Apolo y música de Anfión los muros de Troya y Tebas por sí mismos se fundaron, sin que artífice alguno pusiese en ellos las manos, y las hermanas, negras moradoras del hondo caos, a la extremada voz del incauto amante se ablandaron. El acabar el canto de Galatea y llegar adonde Florisa estaba fue todo a un tiempo, de la cual fue con alegre rostro recebida, como aquella era su amiga verdadera y con quien Galatea sus pensamientos comunicaba. Y después que las dos dejaron ir a su albedrío a sus ganados a que de la verde yerba paciesen, convidadas de la claridad del agua de un arroyo que allí corría, determinaron de lavarse los hermosos rostros, pues no era menester para acrecentarles hermosura el vano y enfadoso artificio con que los suyos martirizan las damas que en las grandes ciudades se tienen por más hermosas. Tan hermosas quedaron después de lavadas como antes lo estaban, excepto que, por haber llegado las manos con movimiento al rostro, quedaron sus mejillas encendidas y sonrosadas, de modo que un no sé qué de hermosura les acrecentaba, especialmente a Galatea, en quien se vieron juntas las tres Gracias, a quien los antiguos griegos pintaban desnudas por mostrar, entre otros efectos, que eran señoras de la belleza. Comenzaron luego a coger diversas flores del verde prado, con intención de hacer sendas guirnaldas con que recoger los desornados cabellos que sueltos por las espaldas traían. En este ejercicio andaban ocupadas las dos hermosas pastoras cuando por el arroyo abajo vieron al improviso venir una pastora de gentil donaire y apostura, de que no poco se admiraron, porque les pareció que no era pastora de su aldea ni de las otras comarcanas a ella, a cuya causa con más atención la miraron, y vieron que venía poco a poco hacia donde ellas estaban; y aunque estaban bien cerca, ella venía tan embebida y transportada en sus pensamientos, que nunca las vio hasta que ellas quisieron mostrarse. De trecho en trecho se paraba, y, vueltos los ojos al cielo, daba unos suspiros tan dolorosos, que de lo más íntimo de sus entrañas parecían arrancados; torcía asimismo sus blancas manos, y dejaba correr por sus mejillas algunas lágrimas, que líquidas perlas semejaban. Por los extremos de dolor que la pastora hacía, conocieron Galatea y Florisa que de algún interno dolor traía el alma ocupada, y por ver en qué paraban sus sentimientos, entrambas se escondieron entre unos cerrados mirtos, y desde allí con curiosos ojos miraban lo que la pastora hacía; la cual, llegándose al margen del arroyo, con atentos ojos se paró a mirar el agua que por él corría y, dejándose caer a la orilla dél como persona cansada, corvando una de sus hermosas manos, cogió en ella del agua clara, con la cual lavándose los húmedos ojos, con voz baja y debilitada dijo:

—¡Ay claras y frescas aguas! ¡Cuán poca parte es vuestra frialdad para templar el fuego que en mis entrañas siento! Mal podré esperar de vosotras, ni aun de todas las que contiene el gran mar Océano, el remedio que he menester, pues aplicadas todas al ardor que me consume haríades el mismo efecto que suele hacer la pequeña cantidad en la ardiente fragua, que más su llama acrecienta. ¡Ay tristes ojos, causadores de mi perdición, y en qué fuerte punto os alcé para tan gran caída! ¡Ay fortuna, enemiga de mi descanso, con cuánta velocidad me derribaste de la cumbre de mis contentos al abismo de la miseria en que me hallo! ¡Ay cruda hermana! ¿Cómo no aplacó la ira de tu desamorado pecho la humilde y amorosa presencia de Artidoro? ¿Qué palabras te pudo decir él para que le dieses tan aceda y cruel respuesta? Bien parece, hermana, que tú no le tenías en la cuenta que yo le tengo; que, si así fuera, a fe que tú te mostraras tan humilde cuanto él a ti sujeto.

Todo esto que la pastora decía mezclaba con tantas lágrimas, que no hubiera corazón que, escuchándola, no se enterneciera; y después que por algún espacio hubo sosegado el afligido pecho; al son del agua que mansamente corría, acomodando a su propósito una copla antigua, con suave y delicada voz cantó esta glosa:

> *Ya la esperanza es perdida,*
> *y un solo bien me consuela:*
> *que el tiempo, que pasa y vuela,*
> *llevará presto la vida.*

Dos cosas hay en amor
con que su gusto se alcanza:
deseo de lo mejor,
es la otra la esperanza
que pone esfuerzo al temor.
Las dos hicieron manida
en mi pecho, y no las veo;
antes en el alma afligida,
por que me acabe el deseo,
ya la esperanza es perdida.

Si el deseo desfallece
cuando la esperanza mengua,
al contrario en mí parece,
pues cuanto ella mas desmengua
tanto más él se engrandece.
Y no hay usar de cautela
con las llagas que me atizan:
que, en esta amorosa escuela,
mil males me martirizan,
y un solo bien me consuela.

Apenas hubo llegado
el bien a mi pensamiento,
cuando el Cielo, suerte y hado,
con ligero movimiento
le han del alma arrebatado;
y si alguno hay que se duela
de mi mal tan lastimero
al mal amaina la vela,
y al bien pasa más ligero
que el tiempo, que pasa y vuela.

¿Quién hay que no se consuma
con estas ansias que tomo,
pues en ellas se ve en suma
ser los cuidados de plomo
y los placeres de pluma?
Y aunque va tan decaída
mi dichosa buena andanza,
en ella este bien se anida:
que quien llevó la esperanza
llevará presto la vida.

Presto acabó el canto la pastora, pero no las lágrimas con que lo solemnizaba; de las cuales, movidas a compasión Galatea y Florisa, salieron de do escondidas estaban, y con amorosas y corteses palabras a la triste pastora saludaron, diciéndole, entre otras razones:

—Así los Cielos, hermosa pastora, se muestren favorables a lo que pedirles quisieres, y dellos alcances lo que deseas, que nos digas, si no te es enojoso, qué ventura o qué destino te ha traído por esta tierra, que, según la plática que nosotras tenemos della, jamás por estas riberas te habemos visto. Y por haber oído lo que poco ha cantaste, y entender por ello que no tiene tu corazón el sosiego que ha menester, y por las lágrimas que has derramado, de que dan indicio tus húmedos y hermosos ojos, en ley de buen comedimiento estamos obligadas a procurarte el consuelo que de nuestra parte fuere posible; y si fuere tu mal de los que no sufren ser consolados, a lo menos conocerás en nosotras una buena voluntad de servirte.

—No sé con qué poder pagaros—respondió la forastera pastora—, hermosas zagalas, los corteses ofrecimientos que me hacéis si no es con callar, y agradecello y estimarlos en el punto que merecen, y con no negaros lo que de mí saber quisiéredes, puesto que me sería mejor pasar en silencio los sucesos de mi ventura, que no, con decirlos, daros indicios para que me tengáis por liviana.

—No muestra tu rostro y gentil apostura, hermosa pastora—respondió Galatea—, que el Cielo te ha dado tan grosero entendimiento que con él hicieses cosa que después hubieses de perder reputación en decirla; y pues tu vista y palabras en tan poco ha hecho esta impresión en nosotras, que ya tenemos por discreta, muéstranos, con contarnos tu vida, si llega a tu discreción tu ventura.

—A lo que yo creo—respondió la pastora—, en un igual andan entrambas, si ya no me ha dado la suerte más juicio para que sienta más los dolores que se ofrecen; pero yo estoy bien cierta que sobrepujan tanto mis males a mi discreción cuanto dellos es vencida toda mi habilidad, pues no tengo ninguna para saber remediallos; y porque la experiencia os desengañe, si quisiéredes oírme, bellas zagalas, yo os contaré con las más breves razones que pudiere cómo del mucho entendimiento que juzgáis que tengo ha nascido el mal que le hace ventaja.

—Con ninguna cosa, discreta zagala, satisfarás más nuestros deseos—respondió Florisa—que con darnos cuenta de lo que te hemos rogado.

—Apartémonos, pues—dijo la pastora—, deste lugar, y busquemos otro donde, sin ser vistas ni estorbadas, pueda deciros lo que me pesa de haberos prometido, porque adivino que no estará más en perderse la buena opinión que con vosotras he cobrado que cuanto tarde en descubriros mis pensamientos, si acaso los vuestros no han sido tocados de la enfermedad que yo padezco.

Deseosas de que la pastora cumpliese lo que prometía, se levantaron luego las tres, y se fueron a un lugar secreto y apartado que ya Galatea y Florisa sabían dónde, debajo de la agradable sombra de unos acopados mirtos, sin ser vistas de alguno, podían todas tres estar sentadas, y luego, con extremado donaire y gracia, la forastera pastora comenzó a decir de esta manera:

—En las riberas del famoso Henares, que al vuestro dorado Tajo, hermosísimas pastoras, da siempre fresco y agradable tributo, fuí yo nascida y criada, y no en tan baja fortuna que me tuviese por la peor de mi aldea. Mis padres son labradores, y a la labranza del campo acostumbrados, en cuyo ejercicio les imitaba, trayendo yo una manada de simples ovejas por las dehesas concejiles de nuestra aldea, acomodando tanto mis pensamientos al estado en que mi suerte me había puesto, que ninguna cosa me daba más gusto que ver multiplicar y crecer mi ganado, sin tener cuenta con más que con procurarle los más fructíferos y abundosos pastos, claras y frescas aguas que hallar pudiese. No tenía ni podía tener más cuidados que los que podían nascer del pastoral oficio en que me ocupaba. Las selvas eran mis compañeras, en cuya soledad muchas veces, convidada de la suave armonía de los dulces pajarillos, despedía la voz a mil honestos cantares, sin que en ellos mezclase sospiros ni razones que de enamorado pecho diesen indicio alguno. ¡Ay, cuántas veces, sólo por contentarme a mí mesma y por dar lugar al tiempo que se pasase, andaba de ribera en ribera, de valle en valle, cogiendo aquí la blanca azucena, allí el cárdeno lirio, acá la colorada rosa, acullá la olorosa clavelina, haciendo de todas suertes de odoríferas flores una tejida guirnalda, con que adornaba y recogía mis cabellos, y después, mirándome en las ciaras y reposadas aguas de alguna fuente, quedaba tan gozosa de haberme visto que no trocara mi contento por otro alguno! ¡Y cuántas hice burla de algunas zagalas que, pensando hallar en mi pecho alguna manera de compasión del mal que los suyos sentían, con abundancia de lágrimas y sospiros los secretos enamorados de su alma me descubrían! Acuérdome ahora, hermosas pastoras, que llegó a mí un día una zagala amiga mía, y, echándome los brazos al cuello y juntando su rostro con el mío, hechos sus ojos fuentes, me dijo: "¡Ay hermana Teolinda—que este es el nombre de esta desdichada—y cómo creo que el fin de mis días es llegado, pues Amor no ha tenido la cuenta conmigo que mis deseos merescían!". Yo entonces, admirada de los extremos que la veía hacer, creyendo que algún mal le había sucedido de pérdida de ganado o de muerte de padre o hermano, limpiándole los ojos con la manga de mi camisa, le rogué que me dijese qué mal era el que tanto la aque jaba. Ella, prosiguiendo en sus lágrimas y no dando tregua a sus sospiros, me dijo: "¿Qué mayor mal quieres, ¡oh Teolinda!, que me haya sucedido que el haberse ausentado sin decirme nada el hijo del mayoral de nuestra aldea, a quien yo quiero más que a mis propios ojos de la cara, y haber visto esta mañana en poder de Leocadia, la hija del rabadán Lisalco, una cinta encarnada que yo había dado a aquel fementido de Eugenio, por donde se me ha confirmado la sospecha que yo tenía de los amores que el traidor con ella trataba?" Cuando yo acabé de entender sus quejas, os juro, amigas y señoras mías, que no pude acabar conmigo de no reírme y decirle: "Mía fe, Lidia—que así se llamaba la sin ventura—, pensé que de otra mayor llaga venías herida, según te quejabas; pero ahora conozco cuán fuera de sentido andáis vosotras las que presumís de enamoradas en hacer caso de semejantes niñerías. Dime, por tu vida, Lidia amiga: ¿cuánto vale una cinta encarnada para que te duela de verla en poder de Leocadia, ni de que se la haya dado Eugenio? Mejor harías de tener cuenta con tu honra y con lo que conviene al pasto de tus ovejas, y no entremeterte en estas burlerías de amor, pues no se saca dellas, según veo, sino menoscabo de nuestras honras y sosiego." Cuando Lidia oyó de mi boca tan contraria respuesta de la que esperaba de mi piadosa condición, no hizo otra cosa sino abajar la cabeza, y, acrescentando lágrimas a lágrimas y sollozos a sollozos, se apartó de mí, y, volviendo a cabo de poco trecho el rostro, me dijo: "Ruego yo a Dios, Teolinda, que presto te veas en estado que tengas por dichoso el mío, y que el amor te trate de manera que cuentes tu pena a quien la estime y sienta en el grado que tú has hecho la mía." Y con esto se fue, y yo me quedé riendo de sus desvarios. Mas, ¡ay desdichada, y cómo a cada paso conozco que me va alcanzando bien su maldición, pues aun ahora temo que estoy contando mi pena a quien se dolerá poco de haberla sabido!

A esto respondió Galatea:

—Pluguiera a Dios, discreta Teolinda, que, así como hallarás en nosotras compasión de tu daño, pudieras hallar el remedio dél: que presto perdieras la sospecha que de nuestro conocimiento tienes.

—Vuestra hermosa presencia y agradable conversación, dulces pastoras —respondió Teolinda—, me hace esperar eso; pero mi corta ventura me fuerza a temer estotro; mas suceda lo que sucediere, que al fin habré de contaros lo que os he prometido. Con la libertad que os he dicho y en los ejercicios que os he contado pasaba yo mi vida tan alegre y sosegadamente, que no sabía qué pedirme el deseo, hasta que el vengativo Amor me vino a tomar estrecha cuenta de la poca que con él tenía, y alcanzóme en ella de manera que, con quedar su esclava, creo que aun no está pagado ni satisfecho. Acaeció, pues, que un día—que fuera para mí el más venturoso de los de mi vida si el tiempo y las ocasiones no hubieran traído tal descuento a mis alegrías—, viniendo yo con otras pastoras de nuestra aldea a cortar ramos y a coger juncia y flores y verdes espadañas para adornar el templo y calles de nuestro lugar, por ser el siguiente día solemnísima fiesta, y estar obligados los moradores de nuestro pueblo por promesa y voto a guardalla, acertamos a pasar todas juntas por un deleitoso bosque que entre la aldea y el río está puesto, donde hallamos una junta de agraciados pastores, que a la sombra de los verdes árboles pasaban el ardor de la caliente siesta, los cuales, como nos vieron, al punto fuimos dellos conoscidas, por ser todos, cuál primo, y cuál hermano, y cuál pariente nuestro; y saliéndonos al encuentro, y entendiendo de nosotras el intento que llevábamos, con corteses palabras nos persuadieron y forzaron a que adelante no pasásemos, porque algunos dellos tomarían el trabajo de traer hasta allí los ramos y flores por que íbamos. Y así, vencidas de sus ruegos, por ser ellos tales, hubimos de conceder lo que querían, y luego seis de los más mozos, apercebidos de sus hocinos, se partieron con gran contento a traernos los verdes despojos que buscábamos. Nosotras, que seis éramos, nos juntamos donde los demás pastores estaban, los cuales nos recibieron con el comedimiento posible, especialmente de un pastor forastero que allí estaba, que de ninguna de nosotras fue conoscido, el cual era de tan gentil donaire y brío, que quedaron todas admiradas en verle; pero yo quedé admirada y rendida. No sé qué os diga, pastoras, sino que, así como mis ojos le vieron, sentí enternecérseme el corazón, y comenzó a discurrir por todas mis venas un hielo que me encendía; y, sin saber cómo, sentí que mi alma se alegraba de tener puestos los ojos en el hermoso rostro del no conocido pastor; y en un punto, sin ser en los casos de amor experimentada, vine a conoscer que era Amor el que salteado me había; y luego quisiera quejarme dél si el tiempo y la ocasión me dieran lugar a ello. En fin, yo quedé cual ahora estoy, vencida y enamorada, aunque con más confianza de salud que la que ahora tengo. ¡Ay, cuántas veces en aquella sazón me quise llegar a Lidia, que con nosotras estaba, y decirle: "Perdóname, Lidia hermana, de la desabrida respuesta que te di el otro día, porque te hago saber que ya tengo más experiencia del mal de que te quejabas que tú mesma." Una cosa me tiene maravillada: de cómo cuantas allí estaban no conoscieron, por los movimientos de mi rostro, los secretos de mi corazón; y debiólo de causar que todos los pastores se volvieron al forastero, y le rogaron que acabase de cantar una canción que había comenzado antes que nosotras llegásemos; el cual, sin hacerse de rogar, siguió su comenzado canto, con tan extremada y maravillosa voz, que todos los que la escuchaban estaban transportados en oírla. Entonces acabé yo de entregarme de todo en todo a todo lo que el Amor quiso, sin quedar en mí más voluntad que si no la hubiera tenido para cosa alguna en mi vida; y puesto que yo estaba más suspensa que todos escuchando la suave armonía del pastor, no por eso dejé de poner grandísima atención a lo que en sus versos cantaba, porque me tenía ya el Amor puesta en tal extremo, que me llegara al alma si le oyera cantar cosas de enamorado, que imaginara que ya tenía ocupados sus pensamientos y quizá en parte que no tuviesen alguna los míos en lo que deseaban. Mas lo que él entonces cantó no fueron sino ciertas alabanzas del pastoral estado y de la sosegada vida del campo, y algunos avisos útiles a la conservación del ganado, de que no poco quedé yo contenta, pareciéndome que, si el pastor estuviera enamorado, que de ninguna tratara que de sus amores, por ser condición de los amantes parecerles mal gastado el tiempo que en otra cosa que en ensalzar y alabar la causa de sus tristezas o contentos se gasta. Ved, amigas, en cuán poco espacio estaba ya maestra en la escuela de amor. El acabar el pastor su canto y el descubrir los que con los ramos venían fue todo a un tiempo; los cuales, a quien de lejos los miraba, no parecían sino un pequeño montecillo que con todos sus arbores se movía, según venían pomposos y enramados; y llegando ya cerca de nosotras, todos seis entonaron sus voces, y comenzando el uno y respondiendo todos, con muestras de grandísimo contento, y con muchos placenteros alaridos, dieron principio a un gracioso villancico. Con este contento y alegría llegaron más presto de lo que yo quisiera, porque me quitaron la que yo sentía de la vista del pastor. Descargados, pues, de la verde carga, vimos que traía cada uno una hermosa guirnalda enroscada en el brazo, compuesta de diversas y agradables fiores, las cuales con graciosas palabras a cada una de nosotras la suya presentaron, y se ofrecieron de llevar los ramos hasta el aldea. Mas, agradeciéndoles nosotras su buen comedimiento, llenas de alegría, queríamos dar la vuelta al lugar cuando Eleuco, un anciano pastor que allí estaba, nos dijo: "Bien será, hermosas pastoras, que nos paguéis lo que por vosotras nuestros zagales han hecho, con dejarnos las guirnaldas, que demasiadas lleváis de lo que a buscar veníades; pero ha de ser con condición que de vuestra mano las deis a quien os pareciere." "Si con tan pequeña paga quedaréis de nosotras satisfechas— respondió la una—, yo por mí soy contenta." Y tomando la guirnalda con ambas manos, la puso en la cabeza de un gallardo primo suyo. Las otras, guiadas deste ejemplo, dieron las suyas a diferentes zagales que allí estaban, que todos sus parientes eran. Yo, que a lo último quedaba, y que allí deudo alguno no tenía, mostrando hacer de la desenvuelta, me llegué al forastero pastor, y poniéndole la guirnalda en la cabeza, le dije: "Ésta te doy, buen zagal, por dos cosas: la una, por el contento que a todos nos has dado con tu agradable canto; la otra, porque en nuestra aldea se usa honrar a los extranjeros." Todos los circunstantes recibieron gusto de lo que yo hacía; pero ¿qué os diré yo de lo que mi alma sintió viéndome tan cerca de quien me la tenía robada, sino que diera cualquiera otro bien que acertara a desear en aquel punto, fuera de quererle, por poder ceñirle con mis brazos al cuello, como le ceñí las sienes con la guirnalda? El pastor se me humilló, y con discretas palabras me agradeció la merced que le hacía; y, al despedirse de mí, con voz baja, hurtando la ocasión a los muchos ojos que allí había, me dijo: "Mejor te he pagado de lo que piensas, hermosa pastora, la guirnalda que me has dado: prenda llevas contigo que, si la sabes estimar, conocerás que me quedas deudora." Bien quisiera yo responderle; pero la priesa que mis compañeras me daban era tanta que no tuve lugar de replicarle. De esta manera me volví al aldea, con tan diferente corazón del con que había salido, que yo mesma de mí mesma me maravillaba. La compañía me era enojosa, y cualquiera pensamiento que me viniese que a pensar en mi pastor no se encaminase con gran presteza procuraba luego de desecharle de mi memoria, como indigno de ocupar el lugar que de amorosos cuidados estaba lleno. Yo no sé cómo en tan pequeño espacio de tiempo me transformé en otro ser del que tenía; porque yo ya no vivía en mí, sino en Artidoro—que así se llama la mitad de mi alma que ando buscando—: do quiera que volvía los ojos, me parecía ver su figura; cualquiera cosa que escuchaba, luego sonaba en mis oídos su suave música y armonía; a ninguna parte movía los pies que no diera por hallarle en ella mi vida, si él la quisiera; en los manjares no hallaba el acostumbrado gusto, ni las manos acertaban a tocar cosa que se le diese. En fin, todos mis sentidos estaban trocados del ser que primero tenían, ni el alma obraba por ellos como era acostumbrado. En considerar la nueva Teolinda que en mí había nacido y en contemplar las gracias del pastor, que impresas en el alma me quedaron, se me pasó todo aquel día y la noche antes de la solemne fiesta, la cual venida fue con grandísimo regocijo y aplauso de todos los moradores de nuestra aldea y de los circunve cinos lugares solemnizada. Y, después de acabadas en el templo las sacras oblaciones, y cumplidas las debidas ceremonias, en una ancha plaza que delante del templo se hacía, a la sombra de cuatro antiguos y frondosos álamos que en ella estaban, se juntó casi la más gente del pueblo, y haciéndose todos un corro, dieron lugar a que los zagales vecinos y forasteros se ejercitasen, por honra de la fiesta, en algunos pastoriles ejercicios. Luego en el instante se mostraron en la plaza un buen número de dispuestos y gallardos pastores, los cuales, dando alegres muestras de su juventud y destreza, dieron principios a mil graciosos juegos, ora tirando la pesada barra, ora mostrando la ligereza de sus sueltos miembros en los desusados saltos, ora descubriendo su crescida fuerza e industriosa maña en las intrincadas luchas, ora enseñando la velocidad de sus pies en las largas carreras, procurando cada uno de ser tal en todo, que el primero premio alcanzase de muchos que los mayorales del pueblo tenían puestos para los mejores que en tales ejercicios se aventajasen. Pero en estos que he contado, ni en otros muchos que callo por no ser prolija, ningunos de cuantos allí estaban, vecinos y comarcanos, llegó al punto que mi Artidoro, el cual con su presencia quiso honrar y alegrar nuestra fiesta, y llevarse el primero honor y premio de todos los juegos que se hicieron. Tal era, pastoras, su destreza y gallardía, las alabanzas que todas le daban eran tantas, que yo mesma me ensoberbecía, y un desusado contento en el pecho me retozaba, sólo en considerar cuán bien había sabido ocupar mis pensamientos; pero, con todo esto, me daba grandísima pesadumbre que Artidoro, como forastero, se había de partir presto de nuestra aldea, y que si él se iba sin saber, a lo menos, lo que de mí llevaba (que era el alma), ¿qué vida sería la mía en su ausencia o cómo podría yo aliviar mi pena siquiera con quejarme, pues no tenía de quién, sino de mí mesma? Estando yo, pues, en estas imaginaciones, se acabó la fiesta y regocijo, y queriendo Artidoro despedirse de los pastores sus amigos, todos ellos juntos le rogaron que, por los días que había de durar el octavario de la fiesta, fuese contento de pasarlos con ellos, si otra cosa de más gusto no se lo impedía. "Ninguna me la puede dar a mí mayor, graciosos pastores—respondió Artidoro—, que serviros en esto y en todo lo que más fuere vuestra voluntad; que, puesto que la mía era por ahora querer buscar a un hermano mío que pocos días ha falta de nuestra aldea, cumpliré vuestro deseo, por ser yo el que gano en ello." Todos se lo agradecieron mucho, y quedaron contentos de su quedada; pero más lo quedé yo, considerando que en aquellos ocho días no podía dejar de ofrecérseme ocasión donde le descubriese lo que ya encubrir no podía. Toda aquella noche casi se nos pasó en bailes y juegos, y en contar unas a otras las pruebas que habíamos visto hacer a los pastores aquel día, diciendo: "Fulano bailó mejor que Fulano, puesto que el tal sabía más mudanzas que el tal; Mingo derribó a Bras, pero Bras corrió más que Mingo." Y al fin, todas concluían que Artidoro, el pastor forastero, había llevado la ventaja a todos, loándole cada una en particular sus particulares gracias; las cuales alabanzas, como ya he dicho todas en mi contento redundaban. Venida la mañana del día después de la fiesta, antes que la fresca aurora perdiese el rocío aljofarado de sus hermosos cabellos, y que el Sol acabase de descubrir sus rayos por las cumbres de los vecinos montes, nos juntamos hasta una docena de pastoras de las más miradas del pueblo, y asidas unas de otras de las manos, al son de una gaita y de una zampoña, haciendo y deshaciendo intrincadas vueltas, nos salimos de la aldea a un verde prado que no lejos della estaba, dando gran contento a todos los que nuestra enmarañada danza miraban; y la ventura que hasta entonces mis cosas de bien en mejor iba guiando, ordenó que en aquel mismo prado hallásemos todos los pastores del lugar, y con ellos a Artidoro, los cuales como nos vieron, acordaron luego el son de un tamborino suyo con el de nuestras zampoñas, con el mismo compás y baile nos salieron a recebir, mezclándonos unos con otros confusa y concertadamente, y mudando los instrumentos el son, mudamos el baile, de manera que fue menester que las pastoras nos desasiésemos y diésemos las manos a los pastores; y quiso mi buena dicha que acerté yo a dar la mía a Artidoro. No sé cómo os encarezca, amigas, lo que en tal punto sentí, si no es deciros que me turbé de tal manera que no acertaba a dar paso concertado en el baile; tanto, que le convenía a Artidoro llevarme con fuerza tras sí, porque no rompiese, soltándome, el hilo de la concertada danza; y tomando dello ocasión, le dije: "¿En qué te ha ofendido mi mano, Artidoro, que así la aprietas?" El me respondió, con voz que de ninguno pudo ser oída: "Mas, ¿qué te ha hecho a ti mi alma que así la maltratas?" "Mi ofensa es clara —respondí yo mansamente—; mas la tuya, ni la veo ni podrá verse." "Y aun ahí está el daño—replicó Artidoro—: que tengas vista para hacer el mal, y te falte para sanarle." En esto cesaron nuestras razones, porque los bailes cesaron, quedando yo contenta y pensativa de lo que Artidoro me había dicho; y, aunque consideraba que eran razones enamoradas, no me aseguraban si eran de enamorado. Luego nos sentamos todos los pastores y pastoras sobre la verde hierba, y habiendo reposado un poco del cansancio de los bailes pasados, el viejo Eleuco, acordando su instrumento, que un rabel era, con la zampoña de otro pastor, rogó a Artidoro que alguna cosa cantase, pues él más que otro alguno lo debía hacer, por haberle dado el Cielo tal gracia, que sería ingrato si encubrirla quisiese. Artidoro, agradeciendo a Eleuco las alabanzas que le daba, comenzó luego a cantar unos versos que, por haberme puesto en mí sospecha aquellas palabras que antes me había dicho, los tomé tan en la memoria, que aun hasta ahora no se me han olvidado; los cuales, aunque os dé pesadumbre oírlos, sólo porque hacen al caso para que entendáis punto por punto por los que me ha traído el amor al desdichado en que me hallo, os los habré de decir, que son estos:

En áspera, cerrada, escura noche,
sin ver jamás el esperado día,
y en continuo crecido amargo llanto,
ajeno de placer, contento y risa,
merece estar, y en una viva muerte,
aquel que sin amor pasa la vida.

¿Qué puede ser la más alegre vida
sino una sombra de una breve noche,
o natural retrato de la muerte,
si en todas cuantas horas tiene el día,
puesto silencio al congojoso llanto,
no admite del amor la dulce risa?

Do vive el blando amor, vive la risa,
y adonde muere, muere nuestra vida,
y el sabroso placer se vuelve en llanto,
y en tenebrosa sempiterna noche
la clara luz del sosegado día,
y es el vivir sin él amarga muerte.

Los rigurosos trances de la muerte
no huye el amador; antes con risa
desea la ocasión y espera el día
donde pueda ofrescer la cara vida
hasta ver la tranquila última noche,
al amoroso fuego, al dulce llanto.

No se llama de amor el llanto, llanto,
ni su muerte llamarse debe muerte,

ni a su noche dar título de noche:
que su risa llamarse debe risa,
y su vida tener por cierta vida,
y sólo festejar su alegre día.

   ¡Oh venturoso para mí este día,
do pudo poner freno al triste llanto,
y alegrarme de haber dado mi vida
a quien dármela puede, o darme muerte!
¿Mas qué puede esperarse, si no es risa,
de un rostro que al Sol vence y vuelve en noche?
Vuelto ha mi escura noche en claro día
amor, y en risa mi crecido llanto,
y mi cercana muerte en larga vida.

Estos fueron los versos, hermosas pastoras, que con maravillosa gracia y no menos satisfacción de los que le escuchaban aquel día cantó mi Artidoro, de los cuales, y de las razones que antes me había dicho, tomé yo ocasión de imaginar si por ventura mi vista algún nuevo accidente amoroso en el pecho de Artidoro había causado; y no me salió tan vana mi sospecha, que él mismo no me la certificase al volvernos al aldea.

A este punto del cuento de sus amores llegaba Teolinda cuando las pastoras sintieron grandísimo estruendo de voces de pastores y ladridos de perros, que fue causa para que dejasen la comenzada plática y se parasen a mirar por entre las ramas lo que era; y así, vieron que por un verde llano que a su mano derecha estaba atravesaban una multitud de perros, los cuales venían siguiendo una temerosa liebre, que a toda furia a las espesas matas venía a guarecerse; y no tardó mucho que por el mismo lugar donde las pastoras estaban, la vieron entrar y irse derecha al lado de Galatea, y allí, vencida del cansancio de la larga carrera, y casi como segura del cercano peligro, se dejó caer en el suelo con tan cansado aliento, que parecía que faltaba poco para dar el espíritu. Los perros, por el olor y rastro, la siguieron hasta entrar adonde estaban las pastoras; mas Galatea, tomando la temerosa liebre en los brazos, estorbó su vengativo intento a los codiciosos perros, por parecerle no ser bien si dejaba de defender a quien della había querido valerse. De allí a poco llegaron algunos pastores, que en seguimiento de los perros y de la liebre venían, entre los cuales venía el padre de Galatea, por cuyo respecto ella, Florisa y Teolinda le salieron a rescebir con la debida cortesía. El y los pastores quedaron admirados de la hermosura de Teolinda, y con deseo de saber quién fuese, porque bien conocieron que era forastera. No poco les pesó de esta llegada a Galatea y Florisa, por el gusto que les había quitado de saber el suceso de los amores de Teolinda, a la cual rogaron fuese servida de no partirse por algunos días de su compañía si en ello no se estorbaba acaso el cumplimiento de sus deseos.

—Antes, por ver si puede cumplirse—respondió Teolinda—, me conviene estar algún día en esta ribera; y así por esto, como por no dejar imperfecto mi comenzado cuento, habré de hacer lo que me mandéis.

Galatea y Florisa la abrazaron y le ofrecieron de nuevo su amistad, y de servirla en cuanto sus fuerzas alcanzasen. En este entretanto, habiendo el padre de Galatea y los otros pastores en el margen del claro arroyo tendido sus gabanes y sacado de sus zurrones algunos rústicos manjares, convidaron a Galatea y a sus compañeras a que con ellos comiesen. Aceptaron ellas el convite, y sentándose luego, desecharon la hambre, que, por ser ya subido el día, comenzaba a fatigarles. En estos y en algunos cuentos que, por entretener el tiempo, los pastores contaron, se llegó la hora acostumbrada de recogerse al aldea. Y luego Galatea y Florisa, dando vuelta a sus rebaños, los recogieron, y en compañía de Teolinda y de los otros pastores hacia el lugar poco a poco se encaminaron, y al quebrar de la cuesta, donde aquella mañana habían topado a Elicio, oyeron todos la zampoña del desamorado Lenio, el cual era un pastor en cuyo pecho jamás el amor pudo hacer morada, y de esto vivía él tan alegre y satisfecho, que, en cualquiera conversación y junta de pastores que se hallaba, no era otro su intento sino decir mal de amor y de los enamorados, y todos sus cantares a este fin se encaminaban; y por esta tan extraña condición que tenía, era de los pastores de todas aquellas comarcas conocido, y de unos aborrecido, y de otros estimado. Galatea y los que allí venían se pararon a escuchar por ver si Lenio, como de costumbre tenía, alguna cosa cantaba; y luego vieron que, dando su zampoña a otro compañero suyo, al son della comenzó a cantar lo que se sigue:

LENIO

En vano, descuidado pensamiento,
una loca altanera fantasía,
un no sé qué, que la memoria cría,
sin ser, sin calidad, sin fundamento:

una esperanza que se lleva el viento,
un dolor con renombre de alegría,
una noche confusa do no hay día,
un ciego error de nuestro entendimiento

son las raíces propias de donde nace
esta quimera antigua celebrada
que amor tiene por nombre en todo el suelo.

Y el alma que en amor tal se complace,
merece ser del suelo desterrada,
y que no la recojan en el Cielo.

A la sazón que Lenio cantaba lo que habéis oído, habían ya llegado con sus rebaños Elicio y Erastro, en compañía del lastimado Lisandro, y pareciéndole a Elicio que la lengua de Lenio en decir mal de amor a más de lo que era razón se extendía, quiso mostrarle a la clara su engaño, y, aprovechándose del mismo concepto de los versos que él había cantado, al tiempo que ya llegaban Galatea, Florisa y Teolinda y los demás pastores, al son de la zampoña de Erastro, comenzó a cantar de esta manera:

ELICIO

Merece quien en el suelo
en su pecho a amor no encierra,
que lo desechen del Cielo
y no le sufra la tierra.

Amor, que es virtud entera,
con otras muchas que alcanza,
de una en otra semejanza
sube a la causa primera;
y merece el que su celo
de tal amor le destierra,
que le desechen del Cielo
y no le acoja la tierra.

Un bello rostro y figura,
aunque caduca y mortal,
es un traslado y señal
de la divina hermosura:
y el que lo hermoso en el suelo
desama y echa por tierra,
desechado sea del Cielo
y no le sufra la tierra.

Amor tomado en sí solo,
sin mezcla de otro accidente,
es al suelo conveniente,
como los rayos de Apolo;
y el que tuviere recelo
de amor que tal bien encierra,

merece no ver el Cielo
y que le trague la tierra.

Bien se conoce que amor
está de mil bienes lleno,
pues hace del malo bueno,
y del que es bueno, mejor;
y así el que discrepa un pelo
en limpia amorosa guerra,
ni merece ver el Cielo,
ni sustentarse en la tierra.

El amor es infinito
si se funda en ser honesto,
y aquel que se acaba presto
no es amor, sino apetito:
y al que, sin alzar el vuelo,
con su voluntad se cierra,
mátele rayo del Cielo
y no le cubra la tierra.

No recibieron poco gusto los enamorados pastores de ver cuán bien
Elicio su parte defendía; pero no por esto el desamorado Lenio dejó de
estar firme en su opinión; antes quería de nuevo volver a cantar, y a
mostrar en lo que cantase de cuán poco momento eran las razones de
Elicio para escurecer la verdad tan clara que él a su parecer sustentaba;
mas el padre de Galatea, que Aurelio el Venerable se llamaba, le dijo:

—No te fatigues por ahora, discreto Lenio, en querernos mostrar en tu
canto lo que en tu corazón sientes, que el camino de aquí al aldea es breve, y
me parece que es menester más tiempo del que piensas para defenderte de
los muchos que tienen tu contrario parescer Guarda tus razones para lugar
más oportuno, que algún día te juntarás tú y Elicio con otros pastores en la
fuente de las Pizarras, o arroyo de las Palmas, donde con más comodidad y
sosiego podáis argüir y aclarar vuestras diferentes opiniones.

—La que Elicio tiene es opinión—respondió Lenio—; que la mía no es
sino ciencia averiguada, la cual en breve o en largo tiempo, por traer ella
consigo la verdad, me obligo a sustentarla; pero no faltará tiempo, como
dices, más aparejado para este efecto.

—Ese procuraré yo—respondió Elicio—; porque me pesa que tan subido
ingenio como el tuyo, amigo Lenio, le falte quien le pueda requintar y subir
de punto cómo es el limpio y verdadero amor, de quien te muestras tan
enemigo.

—Engañado estás, ¡oh Elicio!—replicó Lenio—, si piensas con afeitadas y sofísticas palabras hacerme mudar de lo que no me tendría por hombre si me mudase.

—Tan malo es—dijo Elicio—ser pertinaz en el mal como bueno perseverar en el bien; y siempre he oído decir a mis mayores qué de sabios es mudar consejo.

—No niego yo eso— respondió Lenio—cuando yo entendiese que mi parecer no es justo; pero en tanto que la experiencia y la razón no me mostraren el contrario de lo que hasta aquí me han mostrado, yo creo que mi opinión es tan verdadera cuanto la tuya es falsa.

—Si se castigasen los herejes de amor—dijo a esta sazón Erastro—, desde ahora comenzara yo, amigo Lenio, a cortar leña con que te abrasaran por el mayor hereje y enemigo que el amor tiene.

—Y aun si yo no viera otra cosa del amor, sino que tú, Erastro, le sigues, y eres del bando de los enamorados —respondió Lenio—, sola ella me bastara a renegar dél con cien mil lenguas, si cien mil lenguas tuviera.

—Pues ¿parécete, Lenio—replicó Erastro—, que no soy bueno para enamorado?

—Antes me parece— respondió Lenio—que los que fueren de tu condición y entendimiento son propios para ser ministros suyos; porque quien es cojo, con el más mínimo traspié da de ojos, y el que tiene poco discurso poco ha menester para que le pierda del todo. Y los que siguen la bandera deste vuestro valeroso capitán, yo tengo para mí que no son los más sabios del mundo; y si lo han sido, en el punto que se enamoraron dejaron de serlo.

Grande fue el enojo que Erastro recibió de lo que Lenio le dijo, y así le respondió:

—Paréceme, Lenio, que tus desvariadas razones merescen otro castigo que palabras; mas yo espero que algún día pagarás lo que ahora has dicho, sin que te valga lo que en tu defensa dijeres.

—Si yo entendiese de ti, Erastro—respondió Lenio—, que fueses tan valiente como enamorado, no dejarían de darme temor tus amenazas; mas como sé que te quedas tan atrás en lo uno como vas adelante en lo otro, antes me causan risa que espanto.

Aquí acabó de perder la paciencia Erastro, y si no fuera por Lisandro y por Elicio, que en medio se pusieron, él respondiera a Lenio con las manos; porque ya su lengua, turbada con la cólera, apenas podía usar su oficio. Grande fue el gusto que todos recibieron de la graciosa pendencia de los pastores, y más de la cólera y enojo que Erastro mostraba, que fue menester que el padre de Galatea hiciese las amistades de Lenio y suyas, aunque Erastro, si no fuera por no perder el respeto al padre de su señora, en ninguna manera las hiciera. Luego que la cuestión fue acabada, todos con regocijo se encaminaron al aldea, y, en tanto que llegaban, la hermosa Florisa, al son de la zampoña de Galatea cantó este soneto:

FLORISA

Crezcan las simples ovejuelas mías
en el cerrado bosque y verde prado,
y el caluroso estío e invierno helado
abunden yerbas verdes y aguas frías.

Pase en sueños las noches y los días,
en lo que toca al pastoral estado,
sin que de amor un mínimo cuidado
sienta, ni sus ancianas niñerías.

Este mil bienes del amor pregona;
aquél publica dél vanos cuidados;
yo no sé si los dos andan perdidos,

ni sabré al vencedor dar la corona;
sé bien que son de amor los escogidos
tan pocos cuanto muchos los llamados.

Breve se les hizo a los pastores el camino, engañados y entretenidos con la graciosa voz de Florisa, la cual no dejó el canto hasta que estuvieron bien cerca del aldea y de las cabañas de Elicio y Erastro, que con Lisandro se quedaron en ellas, despidiéndose primero del venerable Aurelio, de Galatea y Florisa, que con Teolinda al aldea se fueron y, los demás pastores, cada cual adonde tenía su cabaña. Aquella mesma noche pidió el lastimado Lisandro licencia a Elicio para volverse a su tierra, o adonde pudiese, conforme a sus deseos, acabar lo poco que a su parecer le quedaba de vida. Elicio, con todas las razones que supo decirle, y con infinitos ofrecimientos de verdadera amistad que le ofreció, jamás pudo acabar con él que en su compañía, siquiera algunos días, se quedase; y así, el sin ventura pastor, abrazando a Elicio, con abundantes lágrimas y suspiros se despidió de el, prometiendo de avisarle de su estado dondequiera que estuviese. Y habiéndole acompañado Elicio hasta media legua de su cabaña, le tornó a abrazar estrechamente, y tornándose a hacer de nuevo nuevos ofrecimientos, se apartaron, quedando Elicio con harto pesar del que Lisandro llevaba. Y así, se volvió a su cabaña a pasar lo más de la noche en sus amorosas imaginaciones, y a esperar el venidero día para gozar el bien que de ver a Galatea se le causaba. La cual, después que llegó a su aldea, deseando saber el suceso de los amores de

Teolinda, procuró hacer de manera que aquella noche estuviesen solas ella y Florisa y Teolinda; y hallando la comodidad que deseaba, la enamorada pastora prosiguió su cuento, como se verá en el segundo libro.

FIN DEL PRIMER LIBRO DE GALATEA

SEGUNDO LIBRO DE GALATEA

Libres ya y desembarazadas de lo que aquella noche con sus ganados habían de hacer, procuraron recogerse y apartarse con Teolinda en parte donde, sin ser de nadie impedidas, pudiesen oír lo que del suceso de sus amores le faltaba. Y así, se fueron a un pequeño jardín que estaba en casa de Galatea, y sentándose las tres debajo de una verde y pomposa parra que intrincadamente por unas redes de palo se entretejía, tornando a repetir Teolinda algunas palabras de lo que antes había dicho, prosiguió diciendo:

—Después de acabado nuestro baile y el canto de Artidoro—como ya os he dicho, bellas pastoras—, a todos nos pareció volvernos al aldea a hacer en el templo los solemnes sacrificios, y por parecemos asimismo que la solemnidad de la fiesta daba en alguna manera licencia para que, no teniendo cuenta tan a punto con el recogimiento, con más libertad nos holgásemos; y por esto todos los pastores y pastoras, en montón confuso, alegre y regocijadamente al aldea nos volvimos, hablando cada uno con quien más gusto le daba. Ordenó, pues, la suerte y mi diligencia, y aun la solicitud de Artidoro, que, sin mostrar artificio en ello, los dos nos apareamos, de manera que a nuestro salvo pudiéramos hablar en aquel camino más de lo que hablamos, si cada uno por sí no tuviera respecto a lo que a sí mismo y al otro debía. En fin, yo, por sacarle a barrera—como decirse suele—, le dije: "Años se te harán, Artidoro, los días que en nuestra aldea estuvieres, pues deben de tener en la tuya cosas en que ocuparte que te deben de dar más gusto." "Todo el que yo puedo esperar en mi vida trocara yo—respondió Artidoro—porque fueran, no años, sino siglos los días que aquí tengo de estar, pues, en acabándose, no espero tener otros que más contento me hagan." "¿Tanto es el que recibes—respondí yo— en mirar nuestras fiestas?" "No nace de ahí— respondió él—, sino de contemplar la hermosura de las pastoras de esta vuestra aldea." "Es verdad—repliqué yo—, que deben de faltar hermosas zagalas en la tuya." "Verdad es que allá no faltan— respondió él—; pero aquí sobran; de manera que una sola que yo he visto basta para que, en su comparación, las de allá se tengan por feas." "Tu cortesía te hace decir eso, ¡oh Artidoro!—respondí yo—; porque bien sé que en este pueblo no hay ninguna que tanto se aventaje como dices." "Mejor sé yo de verdad lo que digo— respondió él—, pues he visto la una y mirado las otras." "Quizá la miraste de lejos, y la distancia del lugar—dije yo—te hizo parecer otra cosa de lo que debe de ser." "De la mesma manera— respondió él—que a ti te veo y estoy mirando ahora la he mirado y visto a ella; y yo me holgaría de haberme engañado si no conforma su condición con su hermosura." "No me pesara a mí ser la que dices por el gusto que debe sentir la que se ve pregonada y tenida por hermosa." "Harto más— respondió Artidoro— quisiera yo que tú no fueras." "Pues ¿qué perdieras tú—respondí yo—sí, como yo no soy la que dices, lo fuera?" "Lo que he ganado—respondió él— bien lo sé; de lo que he de perder estoy incierto y temeroso." "Bien sabes hacer del enamorado—dije yo—, ¡oh Artidoro!" "Mejor sabes tú enamorar, ¡oh Teolinda!"— respondió él. A esto le dije: "No sé si te diga, Artidoro, que deseo que ninguno de los dos sea el engañado." A lo que él respondió: "De que yo no me engaño, estoy bien seguro, y de querer tú desengañarte, está en tu mano todas las veces que quisieres hacer experiencia de la limpia voluntad que tengo de servirte." "Esa te pagaré yo con la mesma—repliqué yo—, por parecerme que no sería bien a tan poca costa quedar en deuda con alguno." A esta sazón, sin que él tuviese lugar de responderme, llegó Eleuco, el mayoral, y dijo con voz alta: "¡Ea, gallardos pastores y hermosas pastoras!, haced que sientan en el aldea nuestra venida entonando vosotras, zagalas, algún villancico, de modo que nosotros os respondamos; porque vean los del pueblo cuanto hacemos al caso los que aquí vamos para alegrar nuestra fiesta." Y porque en ninguna cosa que Eleuco mandaba dejaba de ser obedecido, luego los pastores me dieron a mí la mano para que comenzase; y así yo, sirviéndome de la ocasión y aprovechándome de lo que con Artidoro había pasado, di principio a este villancico:

En los estados de amor
nadie llega a ser perfecto
sino el honesto y secreto.

Para llegar al suave
gusto de amor, si se acierta,
es el secreto la puerta,
y la honestidad la llave:
y esta entrada no la sabe
quien presume de discreto,
sino el honesto y secreto.

Amar humana beldad
suele ser reprehendido
si tal amor no es medido
con razón y honestidad;
y amor de tal calidad,
luego le alcanza, en efecto,
el que es honesto y secreto.

Es ya caso averiguado,
que no se puede negar,
que a veces pierde el hablar
lo que el callar ha ganado;
y, el que fuere enamorado,
jamás se verá en aprieto
si fuere honesto y secreto.

Cuanto una parlera lengua
y unos atrevidos ojos
suelen causar mil enojos
y poner al alma en mengua,
tanto este dolor desmengua
y se libra deste aprieto
el que es honesto y secreto.

No sé si acerté, hermosas pastoras, en cantar lo que habéis oído; pero sé bien que se supo aprovechar dello Artidoro, pues en todo el tiempo que en nuestra aldea estuvo, puesto que me habló muchas veces, fue con tanto recato, secreto y honestidad, que los ociosos ojos y lenguas parleras ni tuvieron ni vieron qué decir cosa que a nuestra honra perjudicase. Mas con el temor que yo tenía que, acabado el término que Artidoro había prometido de estar en nuestra aldea, se había de ir a la suya, procuré, aunque a costa de mi vergüenza, que no quedase mi corazón con lástima de haber callado lo que después fuera excusado decirse estando Artidoro ausente. Y así, después que mis ojos dieron licencia que los suyos amorosamente me mirasen, no estuvieron quedas las lenguas, ni dejaron de mostrar con palabras lo que hasta entonces por señas los ojos habían claramente manifestado. En fin, sabréis, amigas mías, que un día, hallándome acaso sola con Artidoro, con señales de un encendido amor y comedimiento, me descubrió el verdadero y honesto amor que me tenía; y, aunque yo quisiera entonces hacer de la retirada y melindrosa, porque temía, como ya os he dicho, que él se partiese, no quise desdeñarle ni despedirle; y también por parecerme que los sinsabores que se dan y sienten en el principio de los amores son causa de que abandonen y dejen la comenzada empresa los que en sus sucesos no son muy experimentados. Y por esto le di respuesta tal cual yo deseaba dársela, quedando, en resolución, concertados en que él se fuese a su aldea, y que, de allí a pocos días, con alguna honrosa tercería me enviase a pedir por esposa a mis padres; de lo que él fue tan contento y satisfecho que no acababa de llamar venturoso el día en que sus ojos me miraron. De mí os sé decir que no trocara mi contento por ningún otro que imaginar pudiera, por estar segura que el valor y calidad de Artidoro era tal, que mi padre sería contento de recebirle por yerno. En el dichoso punto que habéis oído, pastoras, estaba el

de nuestros amores, que no quedaban sino dos o tres días a la partida de
Artidoro, cuando la Fortuna, como aquella que jamás tuvo término en sus
cosas, ordenó que una hermana mía de poco menos edad que yo a nuestra
aldea tornase, de otra donde algunos días había estado en casa de una tía
nuestra que mal dispuesta se hallaba. Y por que consideréis, señoras, cuán
extraños y no pensados casos en el mundo suceden, quiero que entendáis una
cosa que creo no os dejará de causar alguna admiración extraña; y es que esta
hermana mía que os he dicho, que hasta entonces había estado ausente, me
parece tanto en el rostro, estatura, donaire y brío, si alguno tengo, que no
sólo los de nuestro lugar, sino nuestros mismos padres, muchas veces nos
han desconocido, y a la una por la otra hablado; de manera que, para no caer
en este engaño, por la diferencia de los vestidos, que diferentes eran, nos
diferenciaban. En una cosa sola, a lo que yo creo, nos hizo bien diferentes la
Naturaleza, que fue en las condiciones, por ser la de mi hermana más áspera
de lo que mi contento había menester, pues por ser ella menos piadosa que
advertida tendré yo que llorar todo el tiempo que la vida me durare. Sucedió,
pues, que luego que mi hermana vino al aldea, con el deseo que tenía de
volver al agradable pastoral ejercicio suyo, madrugó luego otro día más de lo
que yo quisiera, y, con las ovejas propias que yo solía llevar, se fue al prado, y
aunque yo quise seguirla, por el contento que se me seguía de la vista de mi
Artidoro, con no sé qué ocasión mi padre me detuvo todo aquel día en casa,
que fue el último de mis alegrías. Porque aquella noche, habiendo mi
hermana recogido su ganado, me dijo, como en secreto, que tenía necesidad
de decirme una cosa que mucho me importaba. Yo, que cualquiera otra
pudiera pensar de la que me dijo, procuré que presto a solas nos viésemos,
adonde ella, con rostro algo alterado, estando yo colgada de sus palabras, me
comenzó a decir: "No sé, hermana mía, lo que piense de tu honestidad, ni
menos sé si calle lo que no puedo dejar de decirte, por ver si me das alguna
disculpa de la culpa que imagino que tienes; y aunque yo, como hermana
menor, estaba obligada a hablarte con más respeto, debes perdonarme,
porque en lo que hoy he visto hallará la disculpa de lo que te dijere." Cuando
yo de esta manera la oí hablar no sabía qué responderle, sino decirle que
pasase adelante con su plática. "Has de saber, hermana—siguió ella—, que
esta mañana, saliendo con nuestras ovejas al prado, y yendo sola con ellas por
la ribera de nuestro fresco Henares, al pasar por el alameda del concejo, salió
a mí un pastor que con verdad osaré jurar que jamás le he visto en estos
nuestros contornos, y, con una extraña desenvoltura, me comenzó a hacer
tan amorosas salutaciones, que yo estaba con vergüenza y confusa, sin saber
qué responderle; y él, no escarmentado del enojo que, a lo que yo creo, en mi
rostro mostraba, se llegó a mí, diciéndome: "¿Qué silencio es éste, hermosa
Teolinda, último refugio de esta ánima que os adora?" Y faltó poco que no
me tomó las manos para besármelas, añadiendo a lo que he dicho un
catálogo de requiebros que parecía que los traía estudiados. Luego di yo en la

cuenta, considerando que él daba en el error en que otros muchos han dado, y que pensaba que con vos estaba hablando; de donde me nació sospecha que si vos, hermana, jamás le hubiérades visto, ni familiarmente tratado, no fuera posible tener el atrevimiento de hablaros de aquella manera; de lo cual tomé tanto enojo que apenas podía formar palabra para responderle; pero al fin respondí de la suerte que su atrevimiento merescía, y cual a mí me pareció que estábades vos, hermana, obligada a responder a quien con tanta libertad os hablara. Y si no fuera porque en aquel instante llegó la pastora Licea, yo le añadiera tales razones que fuera bien arrepentido de haberme dicho las suyas. Y es lo bueno que nunca le quise decir el engaño en que estaba, sino que así creyó él que yo era Teolinda como si con vos mesma estuviera hablando. En fin, él se fue llamándome ingrata, desagradecida y de poco conocimiento; y, a lo que yo puedo juzgar del semblante que él llevaba, a fe, hermana, que otra vez no ose hablaros, aunque más sola os encuentre. Lo que deseo saber es quién es este pastor y qué conversación ha sido la de entrambos, de do nasce que con tanta desenvoltura él se atreviese a hablaros." A vuestra mucha discreción dejo, discretas pastoras, lo que mi alma sentiría oyendo lo que mi hermana me contaba; pero, al fin, disimulando lo mejor que pude, le dije: "La mayor merced del mundo me has hecho, hermana Leonarda—que así se llama la turbadora de mi descanso—, en haberme quitado con tus ásperas razones el fastidio y desasosiego que me daban las importunas de ese pastor que dices, el cual es un forastero que habrá ocho días que está en nuestra aldea, en cuyo pensamiento ha cabido tanta arrogancia y locura, que, doquiera que me ve, me trata de la manera que has visto, dándose a entender que tiene granjeada mi voluntad; y aunque yo le he desengañado quizá con más ásperas palabras de las que tú le dijiste, no por eso deja él de proseguir en su vano propósito; y a fe, hermana, que deseo que venga ya el nuevo día para ir a decirle que, si no se aparta de su vanidad, que espere el fin della que mis palabras siempre le han significado." Y así era la verdad, dulces amigas; que diera yo por que ya fuera el alba cuanto pedírseme pudiera sólo por ir a ver a mi Artidoro y desengañarle del error en que había caído, temerosa que, con la aceda y desabrida respuesta que mi hermana le había dado, él no se desdeñase, y hiciese alguna cosa que en perjuicio de nuestro concierto viniese. Las largas noches del escabroso diciembre no dieron más pesadumbre al amante que del venidero día algún contento esperase cuanto a mí me dio disgusto aquella, puesto que era de las cortas del verano, según deseaba la nueva luz, para ir a ver a la luz por quien mis ojos veían. Y así, antes que las estrellas perdiesen del todo la claridad, estando aún en duda si era de noche o de día, forzada de mi deseo, con la ocasión de ir a apacentar las ovejas, salí del aldea, y dando más priesa al ganado de la acostumbrada para que caminase, llegué al lugar adonde otras veces solía hallar a Artidoro, el cual hallé solo y sin ninguno que dél noticia me diese, de que no pocos saltos me dio el corazón, que casi adevinó el mal que le estaba guardado.

¡Cuántas veces, viendo que no le hallaba, quise con mi voz herir el aire, llamando el amado nombre de mi Artidoro, y decir: "¡Ven, bien mío, que yo soy la verdadera Teolinda, que más que a sí te quiere y ama!", sino que el temor que de otro que dél fuesen mis palabras oídas me hizo tener más silencio del que quisiera. Y así, después que hube rodeado una y otra vez toda la ribera y el soto del manso Henares, me senté cansada al pie de un verde sauce, esperando que del todo el claro Sol sus rayos por la faz de la Tierra extendiese, para que con su claridad no quedase mata, cueva espesura, choza ni cabaña que de mí mi bien no fuese buscado. Mas apenas había dado la nueva luz lugar para discernir las colores, cuando luego se me ofreció a los ojos un cortecido álamo blanco, que delante de mí estaba, en el cual y en otros muchos vi escritas unas letras, que luego conocí ser de la mano de Artidoro, allí fijadas, y levantándome con priesa a ver lo que decían, vi, hermosas pastoras, que era esto:

> Pastora en quien la belleza
> en tanto extremo se halla,
> que no hay a quien comparalla
> sino a tu mesma crueza;
> mi firmeza y tu mudanza
> han sembrado a mano llena
> tus promesas en la arena,
> y en el viento mi esperanza.
>
> Nunca imaginara yo
> que cupiera en lo que vi,
> tras un dulce alegre sí,
> tan amargo y triste no;
> mas yo no fuera engañado
> si pusiera en mi ventura,
> así como en tu hermosura,
> los ojos que te han mirado.
>
> Pues cuanto tu gracia extraña
> promete, alegra y concierta,
> tanto turba y desconcierta
> mi desdicha, y enmaraña.
> Uno ojos me engañaron,
> al parecer piadosos.
> ¡Ay ojos falsos, hermosos!
> Los que os ven, ¿en qué pecaron?

Dime, pastora cruel:
¿a quién no podrá engañar
tu sabio honesto mirar
y tus palabras de miel?
De mí ya está conoscido,
que, con menos que hicieras,
día ha que me tuvieras
preso, engañado y rendido.

Las letras que fijaré
en esta áspera corteza
crecerán con más firmeza
que no ha crecido tu fe;
la cual pusiste en la boca
y en vanos prometimientos,
no firme al mar y a los vientos
como bien fundada roca.

Tan terrible y rigurosa
como víbora pisada,
tan cruel como agraciada,
tan falsa como hermosa:
lo que manda tu crueldad
cumpliré sin más rodeo,
pues nunca fue mi deseo
contrario a tu voluntad.

Yo moriré desterrado
por que tú vivas contenta;
mas mira que amor no sienta
del modo que me has tratado;
porque, en la amorosa danza,
aunque amor ponga estrecheza,
sobre el compás de firmeza
no se sufre hacer mudanza.

Así como en la belleza
pasas cualquiera mujer,
creí yo que en el querer
fueras de mayor firmeza;
mas ya sé, por mi pasión,
que quiso pintar Natura

un ángel en tu figura
y el tiempo en tu condición.

   Si quieres saber do voy
y el fin de mi triste vida,
la sangre por mí vertida
te llevará donde estoy;
y aunque nada no te cale
de nuestro amor y concierto,
no niegues al cuerpo muerto
el triste y último vale;

   que bien serás rigurosa,
y más que un diamante dura,
si el cuerpo y la sepultura
no te vuelven piadosa;
y, en caso tan desdichado,
tendré por dulce partido,
si fui vivo aborrecido,
ser muerto y por ti llorado.

¿Qué palabras serán bastantes, pastoras, para daros a entender el extremo de dolor que ocupó mi corazón cuando claramente entendí que los versos que había leído eran de mi querido Artidoro? Mas no hay para qué encarecérosle, pues no llegó al punto que era menester para acabarme la vida, la cual desde entonces acá tengo tan aborrecida, que no sentiría ni me podría venir mayor gusto que perderla. Los sospiros que entonces di, las lágrimas que derramé, las lástimas que hice fueron tantas y tales, que ninguno me oyera que por loca no me juzgara. En fin, yo quedé tal, que, sin acordarme de lo que a mi honra debía, propuse de desamparar la cara patria, amados padres y queridos hermanos, y dejar con la guardia de sí mismo al simple ganado mío; y, sin entremeterme en otras cuentas, más de en aquellas que para mi gusto entendí ser necesarias, aquella mesma mañana, abrazando mil veces la corteza donde las manos de mi Artidoro habían llegado, me partí de aquel lugar con intención de venir a estas riberas, donde sé que Artidoro tiene y hace su habitación, por ver si ha sido tan inconsiderado y cruel consigo que haya puesto en ejecución lo que en los últimos versos dejó escrito; que, si así fuese, desde aquí os prometo, amigas mías, que no sea menor el deseo y presteza con que le siga en la muerte, que ha sido la voluntad con que le he amado en la vida. Mas, ¡ay de mí, y cómo creo que no hay sospecha que en mi daño sea que no salga verdadera!, pues ha ya nueve días que a estas frescas riberas he llegado, y en todos ellos no he sabido nuevas de lo que deseo; y quiera Dios que, cuando las sepa, no sean las últimas que sospecho. Veis aquí, discretas zagalas, el lamentable suceso de mi enamorada vida. Ya os he dicho quién soy y lo que busco; si algunas nuevas sabéis de mi contento, así la Fortuna os conceda el mayor que deseáis que no me las neguéis.

Con tantas lágrimas acompañaba la enamorada pastora las palabras que decía, que bien tuviera corazón de acero quien dellas no se doliera. Galatea y Florisa, que naturalmente eran de condición piadosa, no pudieron detener las suyas, ni menos dejaron, con las más blandas y eficaces razones que pudieron, de consolarla, dándole por consejo que se estuviese algunos días en su compañía; quizá haría la Fortuna que en ellos algunas nuevas de Artidoro supiese, pues no permitiría el Cielo que por tan extraño engaño acabase un pastor tan discreto como ella le pintaba el curso de sus verdes años, y que podría ser que Artidoro, habiendo con el discurso del tiempo vuelto a mejor discurso y propósito su pensamiento, volviese a ver la deseada patria y dulces amigos, y que, por esto, allí mejor que en otra parte podía tener esperanza de hallarle. Con estas y otras razones, la pastora, algo consolada, holgó de quedarse con ellas, agradeciéndoles la merced que le hacían y el deseo que mostraban de procurar su contento. A esta sazón la serena noche, aguijando por el cielo el estrellado carro, daba señal que el nuevo día se acercaba; y las pastoras, con el deseo y necesidad de reposo, se levantaron, y del fresco jardín a sus estancias se fueron. Mas apenas el claro Sol había con sus calientes rayos deshecho y consumido la cerrada niebla que en las frescas mañanas por el aire suele extenderse cuando las tres pastoras, dejando los ociosos lechos, al usado ejercicio de apacentar su ganado se volvieron, con harto diferentes pensamientos Galatea y Florisa del que la hermosa Teolinda llevaba, la cual iba tan triste y pensativa, que era maravilla. Y a esta causa, Galatea, por ver si podría en algo divertirla, le rogó que, puesta aparte un poco la melancolía, fuese servida de cantar algunos versos al son de la zampoña de Florisa. A esto respondió Teolinda:

—Si la mucha causa que tengo de llorar, con la poca de cantar tengo, entendiera que en algo se menguara, bien pudieras, hermosa Galatea, perdonarme porque no hiciera lo que me mandas; pero por saber ya por experiencia que lo que mi lengua cantando pronuncia mi corazón llorando lo solemniza, haré lo que quieres, pues en ello, sin ir contra mi deseo, satisfaré el tuyo.

Y luego la pastora Florisa tocó su zampoña, a cuyo son Teolinda cantó este soneto:

TEOLINDA

Sabido he por mi mal adónde llega
la cruda fuerza de un notorio engaño,
y cómo Amor procura, con mi daño,
darme la vida que el temor me niega.

Mi alma de las carnes se despega,
siguiendo aquella que, por hado extraño,
la tiene puesta en pena, en mal tamaño,
que el bien la turba y el dolor sosiega.

Si vivo, vivo en fe de la esperanza,
que, aunque es pequeña y débil, se sustenta
siendo a la fuerza de mi amor asida.

¡Oh firme comenzar, frágil mudanza,
amarga suma de una dulce cuenta,
cómo acabáis por términos la vida!

No había bien acabado de cantar Teolinda el soneto que habéis oído cuando las tres pastoras sintieron a su mano derecha, por la ladera de un fresco valle, el son de una zampoña, cuya suavidad era de suerte que todas se suspendieron y pararon, para con más atención gozar de la suave armonía. Y de allí a poco oyeron que al son de la zampoña el de un pequeño rabel se acordaba, con tanta gracia y destreza que las dos pastoras, Galatea y Florisa, estaban suspensas, imaginando qué pastores podrían ser los que tan acordadamente sonaban, porque bien vieron que ninguno de los que ellas conocían, si Elicio no, era en la música tan diestro. A esta sazón dijo Teolinda:

—Si los oídos no me engañan, hermosas pastoras, yo creo que tenéis hoy en vuestras riberas a los dos nombrados y famosos pastores Tirsi y Damón, naturales de mi patria; a lo menos Tirsi, que en la famosa Cómpluto, villa fundada en las riberas de nuestro Henares, fue nacido; y Damón, su íntimo y perfecto amigo, si no estoy mal informada, de las montañas de León trae su origen, y en la nombrada Mantua Carpentana fue criado; tan aventajados los dos en todo género de discreción, ciencia y loables ejercicios, que no sólo en el circuito de nuestra comarca son conocidos, pero por todo el de la Tierra conocidos y estimados. Y no penséis, pastoras, que el ingenio destos dos pastores sólo se extiende en saber lo que al pastoral estado se conviene; porque pasa tan adelante, que lo escondido del Cielo y lo no sabido de la Tierra, por términos y modos concertados enseñan y disputan; y estoy confusa en pensar qué causa les habrá movido a dejar Tirsi su dulce y querida Fili, y Damón su hermosa y honesta Amarili: Fili de Tirsi, Amarili de Damón, tan amadas, que no hay en nuestra aldea ni en los contornos della persona, ni en la campaña bosque; prado, fuente o río, que de sus encendidos y honestos amores no tengan entera noticia.

—Deja por ahora, Teolinda—dijo Florisa—, de alabarnos estos pastores, que más importa escuchar lo que vienen cantando, pues no menor gracia me parece que tienen en la voz que en la música de los instrumentos.

—Pues ¿qué diréis—replicó Teolinda—cuando veáis que a todo eso sobrepuja la excelencia de su poesía, la cual es de manera que al uno ya le ha dado renombre de divino, y al otro de más que humano?

Estando en estas razones las pastoras vieron que por la ladera del valle por donde ellas mesmas iban se descubrían dos pastores de gallarda disposición y extremado brío, de poca más edad el uno que el otro, tan bien vestidos, aunque pastorilmente, que más parescían en su talle y apostura bizarros cortesanos que serranos ganaderos. Traía cada uno un bien tallado pellico de blanca y finísima lana, guarnecidos de leonado y pardo, colores a quien más sus pastoras eran aficionadas; pendían de sus hombros sendos zurrones, no menos vistosos y adornados que los pellicos; venían de verde laurel y fresca yerba coronados, con los retorcidos cayados debajo del brazo puestos. No traían compañía alguna, y tan embebecidos en su música venían, que estuvieron gran espacio sin ver a las pastoras, que por la mesma ladera iban caminando, no poco admiradas del gentil donaire y gracia de los pastores, los cuales, con concertadas voces, comenzando el uno y replicando el otro, esto que se sigue cantaban:

DAMÓN

Tirsi, que el solitario cuerpo alejas
con atrevido paso, aunque forzoso,
de aquella luz con quien al alma dejas:

¿cómo en son no te dueles doloroso,
pues hay tanta razón para quejarte
del fiero turbador de tu reposo?

TIRSI

Damón, si el cuerpo miserable parte
sin la mitad del alma en la partida,
dejando della la más alta parte,

¿de qué virtud o ser será movida
mi lengua, que por muerta ya la cuento
pues con el alma se quedó la vida?

Y aunque muestro que veo, oigo y siento,
fantasma soy por el amor formada,
que con sola esperanza me sustento.

DAMÓN

¡Oh Tirsi venturoso, y qué invidiada
es tu suerte de mí con causa justa,
por ser de las de amor más extremada!

A ti sola la ausencia te disgusta,
y tienes el arrimo de esperanza,
con quien el alma en sus desdichas gusta.

Pero, ¡ay de mí, que adonde voy me alcanza
la fría mano del temor esquiva,
y del desdén la rigurosa lanza!

Ten la vida por muerta, aunque más viva
se te muestre, pastor; que es cual la vela,
que, cuando muere, más su luz aviva.

Ni con el tiempo que ligero vuela,
ni con los medios que la ausencia ofrece,
mi alma fatigada se consuela.

TIRSI

El firme y puro amor jamás descrece
en el discurso de la ausencia amarga;
antes en fe de la memoria crece.

Así que, en el ausencia, corta o larga,
no ve remedio el amador perfecto
de dar alivio a la amorosa carga.

Que la memoria puesta en el objeto
que amor puso en el alma representa
la amada imagen viva al intelecto.

Y allí en blando silencio le da cuenta
de su bien o su mal, según la mira
amorosa, o de amor libre y exenta.

Y si ves que mi alma no sospira,
es porque veo a Fili acá en mi pecho,
de modo que a cantar me llama y tira.

DAMÓN

Si en el hermoso rostro algún despecho
vieras de Fili, cuando te partiste
del bien que así te tiene satisfecho,

yo sé, discreto Tirsi, que tan triste
vinieras como yo cuitado vengo,
que vi al contrario de lo que tú viste.

TIRSI

Damón, con lo que he dicho me entretengo,
y el extremo del mal de ausencia tiemplo,
y alegre voy, si voy, si quedo o vengo.

Que aquella que nació por vivo ejemplo
de la inmortal belleza acá en el suelo,
digna de mármol, de corona y templo,

con su rara virtud y honesto celo
así los ojos codiciosos ciega,
que de ningún contrario me recelo.

La estrecha sujeción que no le niega
mi alma al alma suya, el alto intento,
que sólo en la adorar para y sosiega,

el tener de este amor conocimiento
Fili, y corresponder a fe tan pura,
destierran el dolor, traen el contento.

DAMÓN

¡Dichoso Tirsi, Tirsi con ventura,
de la cual goces siglos prolongados
en amoroso gusto, en paz segura!

Yo, a quien los cortos implacables hados
trujeron a un estado tan incierto,
pobre en el merecer, rico en cuidados,

bien es que muera, pues estando muerto
no temeré a Amarili rigurosa,
ni del ingrato amor el desconcierto.

¡Oh más que el Cielo, oh más que el Sol hermosa,
y para mí más dura que un diamante,
presta a mi mal, y al bien muy perezosa!

¿Cuál ábrego, cuál cierzo, cuál levante
te sopló de aspereza, que así ordenas
que huya el paso y no te esté delante?

Yo moriré, pastora, en las ajenas
tierras, pues tú lo mandas, condenado
a hierros, muertes, yugos y cadenas.

TIRSI

Pues con tantas ventajas te ha dotado,
Damón amigo, el piadoso Cielo
de un ingenio tan vivo y levantado,

tiempla con él el llanto, tiempla el duelo,
considerando bien que no contino
nos quema el Sol ni nos enfría el yelo.

Quiero decir que no sigue un camino
siempre con pasos llanos reposados
para darnos el bien nuestro destino:

que alguna vez, por trances no pensados,
lejos al parecer de gusto y gloria,
nos lleva a mil contentos regalados.

Revuelve dulce amigo, la memoria
por los honestos gustos que algún tiempo
Amor te dio por prendas de victoria;

y, si es posible, busca un pasatiempo
que al alma engañe, en tanto que se pasa
este desamorado airado tiempo.

DAMÓN

Al hielo que por términos me abrasa,
y al fuego que sin término me yela,
¿quién le pondrá, pastor, término o tasa?

En vano cansa, en vano se desvela
el desfavorecido que procura
a su gusto cortar de amor la tela,
que, si sobra en amor, falta en ventura.

Aquí cesó el extremado canto de los agraciados pastores; pero no el gusto que las pastoras habían recebido en escucharle: antes quisieran que tan presto no se acabara, por ser de aquello que no todas veces suelen oírse. A esta sazón, los dos gallardos pastores encaminaban sus pasos hacia dónde las pastoras estaban, de que pesó a Teolinda, porque temió ser dellos conocida, y por esta causa rogó a Galatea que de aquel lugar se desviasen. Ella lo hizo, y ellos pasaron, y, al pasar, oyó Galatea que Tirsi a Damón decía:

—Estas riberas, amigo Damón, son en las que la hermosa Galatea apascienta su ganado, y adonde trae el suyo el enamorado Elicio, íntimo y particular amigo tuyo, a quien dé la ventura tal suceso en sus amores cuanto merecen sus honestos y buenos deseos. Yo ha muchos días que no sé en qué términos le trae su suerte; pero, según he oído decir de la recatada condición de la discreta Galatea, por quien él muere, temo que más aína debe de estar quejoso que satisfecho.

—No me maravillaría yo deso—respondió Damón—, porque, con cuantas gracias y particulares dones que el Cielo enriqueció a Galatea, al fin la hizo mujer, en cuyo frágil sujeto no se halla todas veces el conocimiento que se debe y el que ha menester el que por ellas lo menos que aventura es la vida, o que yo he oído decir de los amores de Elicio, es que él adora a Galatea sin salir del término que a su honestidad se debe, y que la discreción de Galatea es tanta, que no da muestras de querer ni de aborrecer a Elicio; y así, debe de andar el desdichado sujeto a mil contrarios accidentes, esperando en el tiempo y la fortuna medios harto perdidos, que le alarguen a acorten la vida, de los cuales está más cierto el acortarla que el entretenerla.

Hasta aquí pudo oír Galatea de lo que della y de Elicio los pastores tratando iban, de que no recibió poco contento, por entender que lo que la fama de sus cosas publicaba era lo que a su limpia intención se debía; y desde aquel punto determinó de no hacer por Elicio cosa que diese ocasión a que la fama no saliese verdadera en lo que de sus pensamientos publicaba. A este tiempo los dos bizarros pastores, con vagarosos pasos, poco a poco hacia el aldea se encaminaban, con deseo de hallarse a las bodas del venturoso pastor Daranio, que con Silveria de los verdes ojos se casaba; y esta fue una de las causas por que ellos habían dejado sus rebaños y al lugar de Galatea se venían; pero, ya que les faltaba poco del camino, a la mano derecha de él sintieron el son de un rabel, que acordaba y suavemente sonaba, y, parándose Damón, trabó a Tirsi del brazo, diciéndole:

—Espera y escucha un poco, Tirsi, que, si los oídos no me mienten, el son que a ellos llega es el del rabel de mi buen amigo Elicio, a quien dio Naturaleza tanta gracia en muchas y diversas habilidades cuanto las oirás si le escuchas y conocerás si le tratas.

—No creas, Damón—respondió Tirsi—, que hasta ahora estoy por conocer las buenas partes de Elicio, que días ha que la fama me las tiene bien manifiestas. Pero calla ahora, y escuchemos si canta alguna cosa que del estado de su vida nos dé algún manifiesto indicio.

—Bien dices—replicó Damón—; mas será menester, para que mejor le oigamos, que nos lleguemos por entre estas ramas, de modo que, sin ser vistos dél, de más cerca le escuchemos.

Hiciéronlo así, y pusiéronse en parte tan buena, que ninguna palabra que Elicio dijo o cantó dejó de ser de ellos oída y aun notada. Estaba Elicio en compañía de su amigo Erastro, de quien pocas veces se apartaba, por el entretenimiento y gusto que de su buena conversación recebía, y todos o los más ratos del día en cantar y tañer se los pasaba. Y a este punto, tocando su rabel Elicio y su zampoña Erastro, a estos versos dio principio Elicio:

ELICIO

Rendido a un amoroso pensamiento,
con mi dolor contento,
sin esperar más gloria,
sigo la que persigue mi memoria,
porque contino en ella se presenta
de los lazos de Amor libre y exenta.

Con los ojos del alma aun no es posible
ver el rostro apacible
de la enemiga mía,
gloria y honor de cuanto el Cielo cría,
y los del cuerpo quedan, sólo en vella,
ciegos, por haber visto el Sol en ella.

¡Oh dura servidumbre, aunque gustosa!
¡Oh mano poderosa
de Amor, que así pudiste
quitarme, ingrato, el bien que prometiste

de hacerme, cuando libre me burlaba
de ti, del arco tuyo y de tu aljaba!

¡Cuánta belleza, cuánta blanca mano
me mostraste, tirano!
¡Cuánto te fatigaste
primero que a mi cuello el lazo echaste!
¡Y aun quedaras vencido en la pelea
si no hubiera en el mundo Galatea.

Ella fue sola la que pudo
rendir al golpe crudo
el corazón exento
y avasallar el libre pensamiento,
el cual, si a su querer no se rindiera,
por de mármol o acero le tuviera.

¿Qué libertad puede mostrar su fuero
ante el rostro severo
y más que el Sol hermoso
de la que turba y cansa mi reposo?
¡Ay rostro, que en el suelo
descubres cuánto bien encierra el Cielo!

¿Cómo pudo juntar Naturaleza
tal rigor y aspereza
con tanta hermosura,
tanto valor y condición tan dura?
Mas mi dicha consiente
en mi daño juntar lo diferente.

Esle tan fácil a mi corta suerte
ver con la amarga muerte
junta la dulce vida,
y estar su mal a donde su bien se anida,
que entre contrarios veo
que mengua la esperanza y no el deseo.

No cantó más el enamorado pastor, ni quisieron más detenerse Tirsi y Damón: antes, haciendo de sí gallarda e improvisa muestra, hacia donde estaba Elicio se fueron, el cual, como los vio, conociendo a su amigo Damón, con increíble alegría le salió a rescebir, diciéndole:

—¿Qué ventura ha ordenado, discreto Damón que las des tan buena con tu presencia a estas riberas, que grandes tiempos ha que te desean?

—No puede ser sino buena—respondió Damón—, pues me ha traído a verte, ¡oh Elicio!, cosa que yo estimo en tanto cuanto es el deseo que dello tenía y la larga ausencia y la amistad que te tengo me obligaba; pero si por alguna cosa puedes decir lo que has dicho, es porque tienes delante al famoso Tirsi, gloria y honor del castellano suelo.

Cuando Elicio oyó decir que aquél era Tirsi, dél solamente por fama conocido, resabiéndole con mucha cortesía, le dijo:

—Bien conforma tu agradable semblante, nombrado Tirsi, con lo que de tu valor y discreción en las cercanas y apartadas tierras la parlera fama pregona; y así, a mí, a quien tus escritos han admirado e inclinado a desear conocerte y servirte, puedes de hoy más tener y tratar como verdadero amigo.

—Es tan conocido lo que yo gano en eso—respondió Tirsi—, que en vano pregonaría la fama lo que la afición que me tienes te hace decir que de mí pregona, si no conociese la merced que me haces en querer ponerme en el número de tus amigos; y porque, entre los que lo son, las palabras de comedimiento han de ser excusadas, cesen las nuestras en este caso, y den las obras testimonio de nuestras voluntades.

—La mía será contino de servirte—replicó Elicio—, como lo verás, ¡oh Tirsi!, si el tiempo o la fortuna me ponen en estado que valga algo para ello; porque el que ahora tengo, puesto que no le trocaría con otro de mayores ventajas, es tal que apenas me deja con libertad de ofrecer el deseo.

—Tiniendo como tienes el tuyo en lugar tan alto—dijo Damón—, por locura tendría procurar bajarle a cosa que menos fuese; y así, amigo Elicio, no digas mal del estado en que te hallas, porque yo te prometo que, cuando se comparase con el mío, hallaría yo ocasión de tenerte más envidia que lástima,

—Bien parece, Damón—dijo Elicio—, que ha muchos días que faltas de estas riberas, pues no sabes lo que en ellas amor me hace sentir; y si esto no es, no debes conocer ni tener experiencia de la condición de Galatea; que si della tuvieses noticia, trocarías en lástima la envidia que de mí tendrías.

—Quien ha gustado de la condición de Amarili, ¿qué cosa nueva puede esperar de la de Galatea?—respondió Damón.

—Si la estada tuya en estas riberas—replicó Elicio—fuere tan larga como yo deseo, tú, Damón, conocerás y verás en ella, y oirás en otros, cómo andan en igual balanza su crueldad y gentileza: extremos que acaban la vida al que su desventura trujo a términos de adorarla.

—En las riberas de nuestro Henares—dijo a este sazón Tirsi—más fama tiene Galatea de hermosa que de cruel; pero, sobre todo, se dice que es discreta; y si esta es la verdad, como lo debe ser, de su discreción nasce conocerse, y de conocerse estimarse, y de estimarse no querer perderse, y del no querer perderse viene el no querer contentarte; y viendo tú, Elicio, cuán mal corresponde a tus deseos, das nombre de crueldad a lo que deberías llamar honroso recato; y no me maravillo: que, en fin, es condición propia de los enamorados poco favorescidos.

—Razón tendrías en lo que has dicho, ¡oh, Tirsi!—replicó Elicio—, cuando mis deseos se desviaran del camino que a su honra y honestidad conviene; pero si van tan medidos como a su valor y crédito se debe, ¿de qué sirve tanto desdén, tantas amargas y desabridas respuestas, y tan a la clara esconder el rostro al que tiene puesta toda su gloria en sólo verle? ¡Ay Tirsi, Tirsi!—respondió Elicio—, y cómo te debe tener el amor puesto en lo alto de sus contentos, pues con tan sosegado espíritu hablas de sus efectos! No sé yo cómo viene bien lo que tú ahora dices con lo que un tiempo decías cuando cantabas:

¡Ay de cuán ricas esperanzas vengo
al deseo más pobre y encogido!:

con lo de más que a esto añadiste.

Hasta este punto había estado callando Erastro, mirando lo que entre los pastores pasaba, admirado de ver su gentil donaire y apostura, con las muestras que cada uno daba de la mucha discreción que tenía. Pero viendo que, de lance en lance, a razonar de casos de amor se habían reducido, como aquel que tan experimentado en ellos estaba, rompió el silencio y dijo:

—Bien creo, discretos pastores, que la larga experiencia os habrá mostrado que no se puede reducir a continuado término la condición de los enamorados corazones, los cuales, como se gobiernan por voluntad ajena, a mil contrarios accidentes están sujetos; y así, tú, famoso Tirsi, no tienes de qué maravillarte de lo que Elicio ha dicho, ni él tampoco de lo que tú dices, ni traer por ejemplo aquello que él dice que cantabas, ni menos lo que yo sé que cantaste cuando dijiste:

La amarillez y la flaqueza mía,

donde claramente mostrabas el afligido estado que entonces poseías; porque de allí a poco llegaron a nuestras cabañas las nuevas de tu contento, solemnizadas en aquellos versos tan nombrados tuyos, que, si mal no me acuerdo, comenzaban:

Sale el aurora, y de su fértil manto...

Por do claro se conoce la diferencia que hay de tiempos a tiempos, y cómo con ellos suele mudar amor los estados, haciendo que hoy se ría el que ayer lloraba, y que mañana llore el que hoy ríe. Y, por tener yo tan conocida esta su condición, no puede la aspereza y desdén zahareño de Galatea acabar de derribar mis esperanzas, puesto que yo no espero della otra cosa si no es que se contente de que yo la quiera.

—El que no esperase buen suceso de un tan enamorado y medido deseo como el que has mostrado, ¡oh pastor! —respondió Damón—, renombre más que de desesperado merescía. Por cierto que es gran cosa la que de Galatea pretendes. Pero, dime, pastor: así ella te la conceda, ¿es posible que tan a regla tienes tu deseo, que no se adelanta a desear más de lo que has dicho?

—Bien puedes creerle, amigo Damón—dijo Elicio—, porque el valor de Galatea no da lugar a que della otra cosa se desee ni se espere; y aun ésta es tan difícil de obtenerse, que a veces a Erastro se entibia la esperanza y a mí se enfría, de manera que él tiene por cierto, y yo por averiguado, que primero ha de llegar la muerte que el cumplimiento della. Mas porque no es razón rescebir tan honrados huéspedes con los amargos cuentos de nuestras miserias, quédense ellas aquí, y recojámonos al aldea, donde descansaréis del pesado trabajo del camino, y con más sosiego, si dello gustáredes, entenderéis el desasosiego nuestro.

Holgaron todos de acomodarse a la voluntad de Elicio, el cual y Erastro, recogiendo sus ganados, puesto que era algunas horas antes de lo acostumbrado, en compañía de los dos pastores, hablando en diversas cosas, aunque todas enamoradas, hacia el aldea se encaminaron. Mas como todo el pasatiempo de Erastro era tañer y cantar, así por esto como por el deseo que tenía de saber si los dos nuevos pastores lo hacían tan bien como dellos se sonaba, por moverlos y convidarlos a que otro tanto hiciesen, rogó a Elicio que su rabel tocase al son del cual así comenzó a cantar:

ERASTRO

Ante la luz de unos serenos ojos
que al Sol dan luz con que da luz al suelo,
mi alma así se enciende, que recelo
que presto tendrá muerte sus despojos.

Con la luz se conciertan los manojos
de aquellos rayos del señor de Delo:
tales son los cabellos de quien suelo
adorar su beldad puesto de hinojos.

¡Oh clara luz, oh rayos del Sol claro,
antes el mismo Sol! De vos espero
sólo que consintáis que Erastro os quiera.

Si en esto el Cielo se me muestra avaro,
antes que acabe del dolor que muero,
haced, ¡oh rayos!, que de un rayo muera.

No les pareció mal el soneto a los pastores, ni les descontentó la voz de Erastro, que, puesto que no era de las muy extremadas, no dejaba de ser de las acordadas; y luego Elicio, movido del ejemplo de Erastro, le hizo que tocase su zampoña, al son de la cual este soneto dijo:

ELICIO

¡Ay, que al alto designio que se cría
en mi amoroso firme pensamiento
contradicen el cielo, el fuego, el viento,
la agua, la tierra y la enemiga mía!

Contrarios son de quien temer debría,
y abandonar la empresa el sano intento;
mas ¿quién podrá estorbar lo que el violento
hado implacable quiere, amor porfía?

El alto cielo, amor, el viento, el fuego,
el agua, la tierra y mi enemiga bella,
cada cual con fuerza, y con mi hado,

mi bien estorbe, esparza, abrase y luego
deshaga mi esperanza; que aun sin ella,
imposible es dejar lo comenzado.

En acabando Elicio, luego Damón, al son de la mesma zampoña de Erastro, de esta manera comenzó a cantar:

DAMÓN

Más blando fuí que no la blanda cera
cuando imprimí en mi alma la figura
de la bella Amarili, esquiva y dura
cual duro mármol o silvestre fiera.

Amor me puso entonces en la esfera
más alta de su bien y su ventura;
y ahora temo que la sepultura
ha de acabar mi presunción primera.

> Arrimóse el amor a la esperanza
> cual vid al olmo, y fue subiendo apriesa;
> mas faltóle el humor, y cesó el vuelo;
>
> no el de mis ojos, que, por larga usanza,
> fortuna sabe bien que jamás cesa
> de dar tributo al rostro, al pecho, al suelo.

Acabó Damón y comenzó Tirsi, al son de los instrumentos de los tres pastores, a cantar este soneto:

TIRSI

> Por medio de los filos de la muerte
> rompió mi fe y a tal punto he llegado
> que no envidio el más alto y rico estado
> que encierra humana venturosa suerte.
>
> Todo este bien nació de sólo verte,
> hermosa Fili, ¡oh Fili!, a quien el hado
> dotó de un ser tan raro y extremado
> que en risa el llanto, el mal en bien, convierte.
>
> Como amansa el rigor de la sentencia
> si el condenado el rostro del rey mira,
> y es ley que nunca tuerce su derecho,
>
> así ante tu hermosísima presencia
> la muerte huye, el daño se retira,
> y deja en su lugar vida y provecho.

Al acabar de Tirsi, todos los instrumentos de los pastores formaron tan agradable música, que causaba grande contento a quien la oía; y más ayudándoles de entre las espesas ramas mil suertes de pintados pajarillos que, con divina armonía, parece que como a chorros les iban respondiendo. De esta suerte habían caminado un trecho cuando llegaron a una antigua ermita que en la ladera de un montecillo estaba, no tan desviada del camino que dejase de oírse el son de una arpa que dentro al parecer tañían, el cual oído por Erastro, dijo:

—Deteneos, pastores, que, según pienso, hoy oiremos todos lo que ha días que yo deseo oír, que es la voz de un agraciado mozo que dentro de aquella ermita habrá doce o catorce días se ha venido a vivir una vida más áspera de lo que a mí me parece que puedan llevar sus pocos años, y algunas veces que por aquí he pasado he sentido tocar una arpa y entonar una voz tan suave, que me ha puesto en grandísimo deseo de escucharla; pero siempre he llegado a punto que él le ponía en su canto. Y aunque con hablarle he procurado hacerme su amigo, ofreciéndole a su servicio todo lo que valgo y puedo, nunca he podido acabar con él que me descubra quién es, y las causas que le han movido a venir de tan pocos años a ponerse en tanta soledad y estrecheza.

Lo que Erastro decía del mozo y nuevo ermitaño puso en los pastores el mismo deseo de conocerle que él tenía, y así acordaron de llegarse a la ermita de modo que, sin ser sentidos, pudiesen entender lo que cantaba antes que llegasen a hablarle; y haciéndole así, les sucedió tan bien que se pusieron en parte donde, sin ser vistos ni sentidos, oyeron que, al son de la arpa, el que estaba dentro semejantes versos decía:

> Si han sido el Cielo, Amor y la Fortuna,
> sin ser de mí ofendidos,
> contentos de ponerme en tal estado,
> en vano al aire envío mis gemidos,
> en vano hasta la Luna
> se vio mi pensamiento levantado.
> ¡Oh riguroso hado!
> ¡Por cuán extrañas desusadas vías
> mis dulces alegrías
> han venido a parar en tal extremo,
> que estoy muriendo, y aun la vida temo!
>
> Contra mí mismo estoy ardiendo en ira,
> por ver que sufro tanto
> sin romper este pecho, y dar al viento
> esta alma, que en mitad del duro llanto
> al corazón retira
> las últimas reliquias del aliento;
> y allí de nuevo siento
> que acude la esperanza a darme fuerza,
> y, aunque fingida, a mi vivir es fuerza,
> y no es piedad del Cielo, porque ordena
> a larga vida dar más larga pena.
>
> Del caro amigo el lastimado pecho
> enterneció este mío,
> y la empresa difícil tomé a cargo.
> ¡Oh discreto fingir de desvarío!

¡Oh nunca visto hecho!
¡Oh caso gustosísimo y amargo!
¡Cuán dadivoso y largo
el Amor se mostró por bien ajeno,
y cuán avaro y lleno
de temor y lealtad para conmigo!
Pero a más nos obliga un firme amigo.

    Injustas pagas a voluntades justas
a cada paso vemos,
dadas por mano de Fortuna esquiva;
y de ti, falso Amor, de quien sabemos
que te alegras y gustas
de que un firme amador muriendo viva,
abrasadora y viva
llama se encienda en tus ligeras alas,
 y las buenas y malas
saetas en cenizas se resuelvan,
o, al dispararlas, contra ti se vuelvan.

    ¿Por qué camino, con qué fraude y mañas,
por qué extraño rodeo
entera posesión de mí tomaste?
Y ¿cómo en mi piadoso alto deseo
y en mis limpias entrañas
la sana voluntad, falso, trocaste?
¿Juicio habrá que baste
a llevar en paciencia el ver, perjuro,
que entre libre y seguro
a tratar de tus glorias y tus penas,
y ahora al cuello siento tus cadenas?

    Mas no de ti, sino de mí sería
razón que me quejase,
que a tu fuego no hice resistencia.
Yo me entregué, yo hice que soplase
el viento que dormía,
de la ocasión con furia y violencia.
Justísima sentencia
ha dado el Cielo contra mí que muera,
aunque sólo se espera
de mi infelice hado y desventura
que no acabe mi mal la sepultura.

¡Oh amigo dulce, oh mi dulce enemiga,
Timbrio, y Nísida bella,
dichosos juntamente y desdichados!
¿Cuál dura, inicua, inexorable estrella,
de mi daño enemiga;
cuál fuerza injusta de implacables hados
nos tiene así apartados?
¡Oh miserable, humana, frágil suerte!
¡Cuán presto se convierte
en súbito pesar un alegría,
y sigue escura noche al claro día!

De la instabilidad, de la mudanza
de las humanas cosas,
¿cuál será el atrevido que se fíe?
Con alas vuela el tiempo presurosas,
y tras sí la esperanza
se lleva del que llora y del que ríe;
y ya que el Cielo envíe
su favor, sólo sirve al que con celo
santo levanta al Cielo
el alma, en fuego de su amor deshecha,
y, al que no, más le daña que aprovecha.

Yo, como puedo, buen Señor, levanto
la una y otra palma,
los ojos, la intención al Cielo santo,
por quien espera el alma
ver vuelto en risa su continuo llanto.

Con un profundo sospiro dio fin al lastimado canto el recogido mozo que dentro en la ermita estaba; y, sintiendo los pastores que adelante no procedía, sin detenerse más, todos juntos entraron en ella, donde vieron a un cabo, sentado encima de una dura piedra, a un dispuesto y agraciado mancebo, al parecer de edad de veinte y dos años, vestido de un tosco buriel, con los pies descalzos y una áspera soga ceñida al cuerpo, que de cordón le servía. Estaba con la cabeza inclinada a un lado, y la una mano asida de la parte de la túnica que sobre el corazón caía, y el otro brazo a la otra parte flojamente derribado; y, por verle de esta manera, y por no haber hecho movimientos al entrar de los pastores, claramente conocieron que desmayado estaba, como era la verdad, porque la profunda imaginación de sus miserias muchas veces a semejante término le conducía. Llegóse a él Erastro, y trabándole recio del brazo, le hizo volver en sí, aunque tan desacordado, que parecía que de un pesado sueño recordaba, las cuales muestras de dolor no pequeño le causaron a los que le veían, y luego Erastro le dijo:

—¿Qué es esto, señor? ¿Qué es lo que siente vuestro fatigado pecho? No dejéis de decirlo, que presentes tenéis quien no rehusará fatiga alguna por dar remedio a la vuestra.

—No son esos—respondió el mancebo con voz algo desmayada—los primeros ofrecimientos, comedido pastor, que me has hecho, ni aun serían los últimos que yo acertase a servir si pudiese; pero hame traído la Fortuna a términos que ni ellos pueden aprovecharme ni yo satisfacerlos más de con el deseo. Este puedes tomar en cuenta del bueno que me ofreces; y si otra cosa de mí deseas saber, el tiempo, que no encubre nada, te dirá más de lo que yo quisiera.

—Si al tiempo dejas que me satisfaga de lo que me dices —respondió Erastro—, poco debe agradecerse tal paga, pues él, a pesar nuestro, echa en las plazas lo más secreto de nuestros corazones.

A este tiempo todos los demás pastores le rogaron que la ocasión de su tristeza les contase, especialmene Tirsi, que, con eficaces razones, le persuadió, y dio a entender que no hay mal en esta vida que con ella su remedio no se alcanzase, si ya la muerte, atajadora de los humanos discursos, no se opone a ellos; y a esto añadió otras palabras que al obstinado mozo movieron a que con las suyas hiciese satisfechos a todos de lo que dél saber deseaban, y así les dijo:

—Puesto que a mí me fuera mejor, ¡oh agradable compañía!, vivir lo poco que me queda de vida sin ella, y haberme recogido a mayor soledad de la que tengo, todavía, por no mostrarme esquivo a la voluntad que me habéis mostrado, determino de contaros todo aquello que entiendo bastará, y los términos por donde la mudable Fortuna me ha traído al estrecho estado en que me hallo; pero, porque me parece que es ya algo tarde, según mis desventuras son muchas sería posible que antes de contároslas la noche sobreviniese, será bien que todos juntos a la aldea nos vamos, pues a mí no me hace otra descomodidad de hacer el camino esta noche, que mañana tenía determinado, y esto me es forzoso, pues de vuestra aldea soy preveído de lo que he menester para mi sustento, y por el camino, como mejor pudiere, os haré ciertos de mis desgracias.

A todos pareció bien lo que el mozo ermitaño decía, y poniéndole en medio dellos, con vagarosos pasos tornaron a seguir el camino de la aldea, y luego el lastimado ermitaño, con muestras de mucho dolor, de esta manera al cuento de sus miserias dio principio:

—En la antigua y famosa ciudad de Jerez, cuyos moradores de Minerva y Marte son favorescidos, nasció Timbrio, un valeroso caballero, del cual, si sus virtudes y generosidad de ánimo hubiese de contar, a difícil empresa me pondría. Basta saber que no sé si por la mucha bondad suya o por la fuerza de las estrellas que a ello me inclinaban, yo procuré, por todas las vías que pude, serle particular amigo, y fueme el Cielo en esto tan favorable, que, casi olvidándose a los que nos conocían el nombre de Timbrio y el de Silerio— que es el mío—, solamente *los dos amigos* nos llamaban, haciendo nosotros, con nuestra continua conversación y amigables obras, que tal opinión no fuese vana. De esta suerte los dos, con increíble gusto y contento, los mozos años pasábamos, ora en el campo en el ejercicio de la caza, ora en la ciudad en el del honroso Marte entreteniéndonos, hasta que un día, de los muchos aciagos que el enemigo tiempo en el discurso de mi vida me ha hecho ver, le sucedió a mi amigo Timbrio una pesada pendencia con un poderoso caballero, vecino de la mesma ciudad. Llegó a término la cuestión, que el caballero quedó lastimado en la honra, y a Timbrio fue forzoso ausentarse, por dar lugar a que la furiosa discordia cesase que entre los dos parentales se comenzaba a encender, dejando escrita una carta a su enemigo, dándole aviso que le hallaría en Italia, en la ciudad de Milán o de Nápoles, todas las veces que, como caballero, de su agravio satisfacerse quisiese. Con esto cesaron los bandos entre los parientes de entrambos, y ordenóse que a igual y mortal batalla el ofendido caballero, que Pransiles se llamaba, a Timbrio desafiase, y que, en hallando campo seguro para la batalla, se avisase a Timbrio. Ordenó más mi suerte: que al tiempo que esto sucedió yo me hallase tan falto de salud, que apenas del lecho levantarme podía, y por esta ocasión se me pasó la de seguir a mi amigo dondequiera que fuese, el cual al partir se despidió de mí con no pequeño descontento, encargándome que, en cobrando fuerzas, le buscase, que en la ciudad de Nápoles le hallaría, y así partió, dejándome con más pena que yo sabré ahora significaros. Mas, al cabo de pocos días, pudiendo en mí más el deseo que de verle tenía, que no la flaqueza que me fatigaba, me puse luego en camino; y para que con más brevedad y más seguro le hiciese, la ventura me ofreció la comodidad de cuatro galeras que en la famosa Isla de Cádiz, de partida para Italia, prestas y aparejadas estaban. Embarquéme en una dellas, y, con próspero viento, en tiempo breve, las riberas catalanas descubrimos; y habiendo dado fondo en un puerto dellas, yo, que algo fatigado de la mar venía, asegurado primero de que por aquella noche las galeras de allí no partirían, me desembarqué con sólo un amigo y un criado mío; y no creo que debía de ser la media noche cuando los marineros y los que a cargo las galeras llevaban, viendo que la serenidad del Cielo calma o próspero viento señalaba, por no perder la buena ocasión que se les ofrecía, a la segunda guardia hicieron la señal de partida, y zarpando las áncoras, dieron con mucha presteza los remos al sesgo mar y las velas al sosegado viento; y fue, como digo, con tanta diligencia hecho, que, por mucha que yo puse para volver a embarcarme, no fuí a tiempo, y así me hube de quedar en la marina, con el enojo que podrá considerar quien por semejantes y ordinarios casos habrá pasado, porque quedaba mal acomodado de todas las cosas que para seguir mi viaje por tierra eran necesarias; mas considerando que, de quedarme allí, poco remedio se esperaba, acordé de volverme a Barcelona, adonde, como ciudad más grande, podría ser hallar quien me acomodase de lo que me faltaba, correspondiendo a Jerez o a Sevilla con la paga dello. Amaneciome en estos pensamientos, y, con determinación de ponerlos en efecto, aguardaba a que el día más se levantase, y, estando a punto de partirme, sentí un grande estruendo por la tierra, y que toda la gente corría a la calle más principal del pueblo, preguntando a uno qué era aquello, me respondió: "Llegaos, señor, a aquella esquina, que a voz de pregonero sabréis lo que deseáis." Hícelo así, y lo primero en que puse los ojos fue en un alto crucifijo y en mucho tumulto de gente, señales que alguno sentenciado a muerte entre ellos venía, todo lo cual me certificó la voz del pregonero, que declaraba que, por haber sido salteador y bandolero, la justicia mandaba ahorcar un hombre, que, como a mí llegó, luego conocí que era el mi buen amigo Timbrio, el cual venía a pie, con unas esposas a las manos y una soga a la garganta, los ojos enclavados en el crucifijo que delante llevaba, diciendo y protestando a los clérigos que con él iban que, por la estrecha cuenta que pensaba dar en breves horas al verdadero Dios, cuyo retrato delante los ojos tenía, que nunca en todo el discurso de su vida había cometido cosa por donde públicamente meresciese rescebir tan ignominiosa muerte, y que a todos rogaba rogasen a los jueces le diesen algún término para probar cuán inocente estaba de lo que le acusaban. Considérese aquí, si tanto la consideración pudo levantarse, cuál quedaría yo al horrendo espectáculo que a los ojos se me ofrecía. No sé qué os diga, señores, sino que quedé tan embelesado y fuera de mí, y de tal modo quedé ajeno de todos mis sentidos, que una estatua de mármol debiera de parecer a quien en aquel punto me miraba. Pero ya que el confuso rumor del pueblo, las levantadas voces de los pregoneros, las lastimosas palabras de Timbrio y las consoladoras de los sacerdotes, y el verdadero conocimiento de mi buen amigo, me hubieron vuelto de aquel embelesamiento primero, y la alterada sangre acudió a dar ayuda al desmayado corazón y despertado en él la cólera debida a la notoria venganza de la ofensa de Timbrio, sin mirar al peligro que me ponía, sino al de Timbrio, por ver si podía librarle, o seguirle hasta la otra vida, con poco temor de perder la mía, eché mano a la espada, y con más que ordinaria furia entré por medio de la confusa turba, hasta que llegué adonde Timbrio iba, el cual, no sabiendo si en provecho suyo tantas espadas se habían desenvainado, con perplejo y angustiado ánimo estaba mirando lo que pasaba, hasta que yo le dije: "¿Adónde está, ¡oh Timbrio!, el esfuerzo de tu valeroso pecho? ¿Qué esperas, o qué aguardas? ¿Por qué no te favoreces de la ocasión presente? Procura, ¡oh verdadero amigo! salvar tu vida, en tanto que esta mía hace escudo a la sinrazón que, según creo, aquí te es hecha." Estas palabras mías, y el conocerme Timbrio, fue parte para que, olvidado todo temor, rompiese las ataduras o esposas de las manos; mas todo su ardimiento fuera poco si los sacerdotes, de compasión movidos, no ayudaran su deseo, los cuales, tomándole en peso, a pesar de los que estorbarlo querían, se entraron con él en una iglesia que allí junto estaba, dejándome a mí en medio de toda la justicia, que con grande instancia procuraba prenderme, como al fin lo hizo, pues a tantas fuerzas juntas ni fue poderosa la sola mía de resistirlas. Y, con más ofensas que, a mi parecer, mi pecado merescía, a la cárcel pública, herido de dos heridas, me llevaron. El atrevimiento mío, y el haberse escapado Timbrio aumentó mi culpa y el enojo de los jueces, los cuales, condenando bien el exceso por mí cometido, pareciéndoles ser justo que yo muriese, y luego la cruel sentencia pronunciaron, y para otro día guardaban la ejecución. Llegó a Timbrio esta triste nueva allá en la iglesia donde estaba, y, según yo después supe, más alteración dio mi sentencia que le había dado la de su muerte, y, por librarme della, de nuevo se ofrecía a entregarse otra vez en poder de la justicia; pero los sacerdotes le aconsejaron que servía de poco aquello, antes era añadir mal a mal y desgracia a desgracia, pues no sería parte el entregarse él para que yo fuese suelto, pues no lo podía ser sin ser castigado de la culpa cometida. No fueron menester pocas razones para persuadir a Timbrio no se diese a la justicia; pero sosegóse con proponer en su ánimo de hacer otro día por mí lo que yo por él había hecho, por pagarme en la mesma moneda o morir en la demanda. De toda su intención fuí avisado por un clérigo que a confesarme vino, con el cual le envié a decir que el mejor remedio que mi desdicha podía tener era que él se salvase y procurase que, con toda brevedad, el virrey de Barcelona supiese todo el suceso antes que la justicia de aquel pueblo la ejecutase en él. Supe también la causa por qué a mi amigo Timbrio llevaban al amargo suplicio, según me contó el mismo sacerdote que os he dicho, y fue que, viniendo Timbrio caminando por el reino de Cataluña, a la salida de Perpiñán dieron con él una cantidad de bandoleros, los cuales tenían por señor y cabeza a un valeroso caballero catalán, que, por ciertas enemistades, andaba en la compañía, como es ya antiguo uso de aquel reino, cuando los enemistados son personas de cuenta, salirse a ella y hacerse todo el mal que pueden, no solamente en las vidas, pero en las haciendas; cosa ajena de toda cristiandad y digna de toda lástima. Sucedió, pues, que al tiempo que los bandoleros estaban ocupados en quitar a Timbrio lo que llevaba, llegó en aquella sazón el señor y caudillo dellos, y como en fin era caballero, no quiso que delante de sus ojos agravio alguno a Timbrio se hiciese; antes pareciéndole hombre de valor y prendas, le hizo mil corteses ofrecimientos, rogándole que por aquella noche se quedase con él en un lugar allí cerca, que otro día por la mañana le daría una señal de seguro para que sin temor alguno pudiese seguir su camino hasta salir de aquella provincia. No pudo Timbrio dejar de hacer lo que el cortés caballero le pedía, obligado de las buenas obras dél rescebidas. Fuéronse juntos, y llegaron a un pequeño lugar, donde por los del pueblo alegremente rescebidos fueron. Mas la Fortuna, que hasta entonces con Timbrio se había burlado, ordenó que aquella mesma noche

diesen con los bandoleros una compañía de soldados, sólo para este efecto
juntada, y habiéndolos cogido de sobresalto, con facilidad los desbarataron, y
puesto que no pudieron prender al caudillo prendieron y mataron a otros
muchos, y uno de los presos fue Timbrio, a quien tuvieron por un famoso
salteador que en aquella compañía andaba, y, según se debe imaginar, sin
duda le debía de parecer mucho, pues con atestiguar los demás presos que
aquél no era el que pensaban, contando la verdad de todo el caso, pudo tanto
la malicia en el pecho de los jueces, que, sin más averiguaciones, le
sentenciaron a muerte, la cual fuera puesta en efecto si el Cielo, favorescedor
de los justos intentos, no ordenara que las galeras se fuesen y yo en tierra
quedase para hacer lo que hasta ahora os he contado que hice. Estábase
Timbrio en la iglesia y yo en la cárcel, ordenando de partirse aquella noche a
Barcelona, y yo, que esperando estaba en qué pararía la furia de los ofendidos
jueces, cuando con otra mayor desventura suya Timbrio y yo de la nuestra
fuimos librados. Mas ¡ojalá fuera servido el Cielo que en mí solo se ejecutara
la furia de su ira, con tal que la alzaran de aquel pequeño y desventurado
pueblo, que a los filos de mil bárbaras espadas tuvo puesto el miserable
cuello! Poco más de media noche sería, hora acomodada a facinerosos
insultos, y en la cual la trabajada gente suele entregar los trabajados miembros
en brazos del dulce sueño, cuando improvisadamente por todo el pueblo se
levantó una confusa vocería, diciendo: "¡Al arma, al arma, que turcos hay en
la tierra!" Los ecos de estas tristes voces ¿quién duda que no causaron
espanto en los mujeriles pechos, y aun pusieron confusión en los fuertes
ánimos de los varones? No sé qué os diga, señores, sino que en un punto la
miserable tierra comenzó a arder con tanta gana, que no parecía sino que las
mesmas piedras con que las casas fabricadas estaban ofrecían acomodada
materia al encendido fuego, que todo lo consumía. A la luz de las furiosas
llamas se vieron relucir los bárbaros alfanjes y parecerse las blancas tocas de
la turca gente, que, encendida, con segures o hachas de duro acero, las
puertas de las casas derribaban, y, entrando en ellas, de cristianos despojos
salían cargados. Cuál llevaba la fatigada madre y cuál el pequeñuelo hijo que,
con cansados y débiles gemidos, la madre por el hijo y el hijo por la madre
preguntaba; y alguno sé que hubo que, con sacrílega mano, estorbó el
cumplimiento de los justos deseos de la casta recién desposada virgen y del
esposo desdichado, ante cuyos llorosos ojos quizá vio coger el fruto de que el
sin ventura pensaba gozar en término breve. La confusión era tanta, tantos
los gritos y mezclas de las voces tan diferentes que gran espanto ponían. La
fiera y endiablada canalla, viendo cuán poca resistencia se les hacía, se
atrevieron a entrar en los sagrados templos y poner las descomulgadas manos
en las santas reliquias, poniendo en el seno el oro con que guarnecidas
estaban, y arrojándolas en el suelo con asqueroso menosprecio. Poco le valía
al sacerdote su santimonia, y al fraile su retraimiento, y al viejo sus nevadas
canas, y al mozo su juventud gallarda, y al pequeño niño su inocencia simple,

que de todos llevaban el saco aquellos descreídos perros, los cuales, después de abrasadas las casas, robado los templos, desflorado las vírgenes, muertos los defensores, más cansados que satisfechos de lo hecho, al tiempo que el alba venía, sin impedimento alguno, se volvieron a sus bajeles, habiéndolos ya cargado de todo lo mejor que en el pueblo había, dejándole desolado y sin gente, porque toda la más gente se llevaban, y la otra a la montaña se había recogido. ¿Quién en tan triste espectáculo pudiera tener quedas las manos y enjutos los ojos? Mas, ¡ay!, que está tan llena de miserias nuestra vida, que en tan doloroso suceso como el que os he contado hubo cristianos corazones que se alegraron, y éstos fueron los de aquellos que en la cárcel estaban, que con la desdicha general cobraron la dicha propia, porque, en son de ir a defender el pueblo, rompieron las puertas de la prisión y en libertad se pusieron, procurando cada uno, no de ofender a los contrarios, sino de salvar a sí mismos, entre los cuales yo gocé de la libertad tan caramente adquirida. Y viendo que no había quien hiciese rostro a los enemigos, por no venir a su poder ni tornar al de la prisión, desamparando el consumido pueblo, con no pequeño dolor de lo que había visto y con el que mis heridas me causaban, seguí a un hombre que me dijo que seguramente me llevaría a un monasterio que en aquellas montañas estaba, donde de mis llagas sería curado, y aun defendido, si de nuevo prenderme quisiesen. Seguíle, en fin, como os he dicho, con deseo de saber qué habría hecho la Fortuna de mi amigo Timbrio, el cual, como después supe, con algunas heridas se había escapado, y, seguido por la montaña otro camino diferente del que yo llevaba, vino a parar al puerto de Rosas, donde estuvo algunos días, procurando saber qué suceso habría sido el mío, y que, en fin, sin saber nuevas algunas, se partió en una nave, y con próspero viento llegó a la gran ciudad de Nápoles. Yo volví a Barcelona, y allí me acomodé de lo que menester había, y después, ya sano de mis heridas, torné a seguir mi viaje, y sin sucederme revés alguno llegué a Nápoles, donde hallé enfermo a Timbrio, y fue tal el contento que en vernos los dos recibimos, que no me siento con fuerzas para encarecérosle por ahora. Allí nos dimos cuenta de nuestras vidas y de todo aquello que hasta aquel momento nos había sucedido; pero todo este placer mío se aguaba con el ver a Timbrio no tan bueno como yo quisiera; antes tan malo, y de una enfermedad tan extraña, que, si yo a aquella sazón no llegara, pudiera llegar a tiempo de hacerle las obsequias de su muerte, no solemnizar las alegrías de su vista. Después que él hubo sabido de mí todo lo que quiso, con lágrimas en los ojos me dijo: "¡Ay, amigo Silerio, y cómo creo que el Cielo procura cargar la mano en mis desventuras, para que, dándome la salud por la vuestra, quedé yo cada día con más obligación de serviros!" Palabras fueron estas de Timbrio que me enternecieron; mas por parecerme de comedimientos tan poco usados entre nosotros, me admiraron, Y por no cansaros en deciros punto por punto lo que yo le respondí y lo que él más replicó, sólo os diré que el desdichado de Timbrio estaba enamorado de una señora principal de aquella ciudad, cuyos padres eran españoles, aunque ella en Nápoles había nascido; su nombre era Nísida, y su hermosura tanta, que me atrevo a decir que la Naturaleza cifró en ella el extremo de sus perfecciones, y andaban tan a una en ella la honestidad y belleza, que lo que la una encendía la otra enfriaba, y los deseos que su gentileza hasta el más subido cielo levantaba, su honesta gravedad hasta lo más bajo de la tierra abatía. A esa causa estaba Timbrio tan pobre de esperanza cuan rico de pensamienos y, sobre todo, falto de salud y en términos de acabar la vida sin descubrirlos: tal era el temor y reverencia que había cobrado a la hermosa Nísida. Pero después que tuve bien conocida su enfermedad, y hube visto a Nísida y considerado la calidad y nobleza de sus padres, determiné de posponer por él la hacienda, la vida y la honra, y más si más tuviera y pudiera, y así usé de un artificio el más extraño que hasta hoy se habrá oído ni leído, y fue que acordé de vestirme como truhán, y con una guitarra entrarme en casa de Nísida, que, por ser, como ya he dicho, sus padres de los principales de la ciudad, de otros muchos truhanes era continuada. Parecióle bien este acuerdo a Timbrio, y resignó luego en las manos de mi industria todo su contento. Hice yo hacer luego muchas y diferentes galas, y, en vistiéndome, comencé a ensayarme en el nuevo oficio delante de Timbrio, que no poco reía de verme tan truhanamente vestido; y, por ver si la habilidad correspondía al hábito, me dijo que, haciendo cuenta que él era un gran príncipe y que yo de nuevo venía a visitarle, le dijese algo. Y si yo no me acuerdo mal, y si vosotros, señores, no os cansáis de escucharme, diréos lo que entonces le canté, con ser la primera vez. Todos dijeron que ninguna cosa les daría más contento que saber, por extenso, todo el suceso de su negocio, y que así le rogaban que ninguna cosa, por de poco momento que fuese, dejase de contarles.

—Pues esa licencia me dais—dijo el ermitaño—, no quiero dejaros de decir cómo comencé a dar muestras de mi locura, que fue con estos versos que a Timbrio canté, imaginando ser un gran señor a quien los decía:

SILERIO

De príncipe que en el suelo
va por tan justo nivel,
¿qué se puede esperar dél
que no sean obras del Cielo?

No se ven en la edad presente,
ni se vio en la edad pasada,
república gobernada
de príncipe tan prudente.
Y del que mide su celo
por tan cristiano nivel,

¿qué se puede esperar dél
que no sean obras del Cielo?

Del que trae por bien ajeno
sin codiciar más despojos
misericordia en los ojos
y la justicia en el seno;
del que lo más deste suelo
es lo menos que hay en él,
¿qué se puede esperar dél
que no sean obras del Cielo?

La liberal fama vuestra,
que hasta el cielo se levanta,
de que tenéis alma santa
nos da indicio y clara muestra.
Del que no discrepa un pelo,
de ser al Cielo fiel,
¿qué se puede esperar dél
que no sean obras del Cielo?

Del que con cristiano pecho
siempre en el rigor se tarda,
y a la justicia le guarda,
con clemencia, su derecho;
de aquel que levanta el vuelo
do ninguno llega a él,
¿qué se *puede esperar dél*
que no sean obras del Cielo?

Estas y otras cosas de más risa y juego canté entonces a Timbrio, procurando
acomodar el brío y donaire del cuerpo a que en todo diese muestras de
ejercitado truhán; y salí tan bien con ello, que en pocos días fuí conocido de
toda la más gente principal de la ciudad, y la fama del truhán español por
toda ella volaba, hasta tanto que ya en casa del padre de Nísida me deseaban
ver, el cual deseo les cumpliera yo con mucha facilidad si de industria no
aguardara a ser rogado. Mas, en fin, no me pude excusar que un día de un
banquete allá no fuese donde vi más cerca la justa causa que Timbrio tenía de
padecer, y la que el Cielo me dio para quitarme el contento todos los días que
en esta vida durare. Vi a Nísida, a Nísida vi, para no ver más, ni hay más que
ver después de haberla visto. ¡Oh fuerza poderosa de amor, contra quien
valen poco las poderosas nuestras! ¿Y es posible que en un punto, en un
momento, los reparos y pertrechos de mi lealtad pusieses en términos de dar

con todos ellos por tierra? ¡Ay, que si se tardara un poco en socorrerme la
consideración de quien yo era, la amistad que a Timbrio debía, el mucho
valor de Nísida, el afrentoso hábito en que me hallaba, que todo era
impedimento a que, con el nuevo y amoroso deseo que en mí había nascido,
no nasciese también la esperanza de alcanzarla, que es el arrimo con que el
amor camina o vuelve atrás en los enamorados principios! En fin, vi la
belleza que os he dicho, y porque me importaba tanto el verla, siempre
procuré granjear la amistad de sus padres y de todos los de su casa, y esto
con hacer del gracioso y bien criado, haciendo mi oficio con la mayor
discreción y gracia a mí posible. Y rogándome un caballero que aquel día a la
mesa estaba que alguna cosa en loor de la hermosura de Nísida cantase, quiso
la ventura que me acordase de unos versos que muchos días antes, para otra
ocasión casi semejante, yo había hecho, y sirviéndome para la presente, los
dije, que eran estos:

SILERIO

Nísida, con quien el Cielo
tan liberal se ha mostrado,
que, en daros a vos, dio al suelo
una imagen y traslado
de cuanto encubre su velo:
si él no tuvo más que os dar,
ni vos más que desear,
con facilidad se entiende
que lo posible pretende
quien os pretende loar.

Desa beldad peregrina
la perfección soberana
que al Cielo nos encamina,
pues no es posible la humana,
cante la lengua divina,
y diga: bien se conviene
que al alma que en sí contiene
ser tan alto y milagroso
se le diese el velo hermoso
más que el mundo tuvo o tiene.

Tomó del Sol los cabellos;
del sesgo cielo, la frente;
la luz, de los ojos bellos
de la estrella más luciente,

que ya no da luz ante ellos.
Como quien puede y se atreve,
a la grana y a la nieve
robó las colores bellas,
que lo más perfecto dellas
a tus mejillas se debe.

De marfil y de coral
formó los dientes y labios,
do sale rico caudal
de agudos dichos y sabios,
y armonía celestial.
De duro mármol ha hecho
el blanco y hermoso pecho,
y de tal obra ha quedado
tanto el suelo mejorado
cuanto el Cielo satisfecho.

Con estas y otras cosas que entonces canté quedaron todos tan mis aficionados, especialmente los padres de Nísida, que me ofrecieron todo lo que menester hubiese, y me rogaron que ningún día dejase de visitarlos; y así, sin descubrirse ni imaginarse mi industria, vine a salir con, mi primero designio, que era facilitar la entrada en casa de Nísida, la cual gustaba en extremo de mis desenvolturas. Pero, ya que los muchos días, y la mucha conversación mía, y la grande amistad que todos los de aquella casa me mostraban, hubieron quitado algunas sombras al demasiado temor que de descubrir mi intento a Nísida tenía, determiné ver a do llegaba la venura de Timbrio, que sólo de mi solicitud la esperaba. Mas, ¡ay de mí! que yo estaba entonces más para pedir medicina para mi llaga que salud para la ajena, porque el donaire, belleza, discreción, gravedad de Nísida habían hecho en mi alma tal efecto, que no estaba en menos extremo de dolor y de amor puesta que la del lastimado Timbrio. A vuestra consideración discreta dejo el imaginar lo que podía sentir un corazón a quien de una parte combatían las leyes de la amistad y de otra las inviolables de Cupido; porque si las unas le obligaban a no salir de lo que ellas y la razón le pedían, las otras le forzaban que tuviese cuenta con lo que a su contento era obligado. Estos sobresaltos y combates me apretaban de manera que, sin procurar la salud ajena, comencé a dudar de la propia, y a ponerme tan flaco y amarillo, que causaba general compasión a todos los que me miraban; y los que más la mostraban eran los padres de Nísida; y aun ella mesma, con limpias y cristianas entrañas, me rogó muchas veces que la causa de mi enfermedad le dijese, ofreciéndome todo lo necesario para el remedio della. "¡Ay—decía yo entre mí cuando Nísida tales ofrecimientos me hacía—, y con cuánta facilidad, hermosa Nísida, podría

remediar vuestra mano el mal que vuestra hermosura ha hecho!" Pero
parecióme tanto de buen amigo, que, aunque tuviese tan cierto mi remedio
como le tengo por imposible, imposible sería que le acetase. Y como estas
consideraciones en aquellos instantes me turbasen la fantasía, no acertaba a
responder a Nísida cosa alguna, de lo cual ella y otra hermana suya, que
Blanca se llamaba, de menos años, aunque no de menos discreción y
hermosura que Nísida, estaban maravilladas; y, con más deseo de saber el
origen de mi tristeza, con muchas importunaciones me rogaban que nada de
mi dolor les encubriese. Viendo, pues, yo que la ventura me ofrecía la
comodidad de poner en efecto lo que hasta aquel punto mi industria había
fabricado, una vez que acaso Nísida y su hermana solas se hallaban, tornando
ellas de nuevo a pedirme lo que tantas veces, les dije: "No penséis, señoras,
que el silencio que hasta ahora he tenido en no deciros la causa de la pena
que imagináis que siento lo haya causado tener yo poco deseo de obedeceros,
pues ya se sabe que, si algún bien mi abatido estado en esta vida tiene, es
haber granjeado con el venir a términos de conoceros y como criado serviros;
sólo ha sido la causa imaginar que, aunque la descubra, no servirá para más
de daros lástima, viendo cuán lejos está el remedio della; pero ya que me es
forzoso satisfaceros en esto, sabréis, señoras, que en esta ciudad está un
caballero, natural de mi mesma patria, a quien tengo por señor, por amparo y
por amigo, el más liberal, discreto y gentil hombre que en gran parte hallar se
pueda, el cual está aquí ausente de la amada patria por ciertas cuestiones que
allá le sucedieron, que le forzaron a venir a esta ciudad creyendo que si allá en
la suya dejaba enemigos, acá en la ajena no le faltarán amigos; mas hale salido
tan al revés su pensamiento, que un solo enemigo que él mismo, sin saber
cómo, aquí se ha procurado, le tiene puesto en tal extremo que, si el Cielo no
le socorre, con acabar la vida acabará sus amistades y enemistades; y como yo
conozco el valor de Timbrio—que éste es el nombre del caballero cuya
desgracia os voy contando—y sé lo que perderá el mundo en perderle, y lo
que yo perderé si le pierdo, doy las muestras de sentimiento que habéis visto,
y aun son pocas, según a lo que me obliga el peligro en que Timbrio está
puesto. Bien sé que desearéis saber, señoras, quién es el enemigo que a tan
valeroso caballero como es el que os he pintado tiene puesto en tal extremo;
pero también sé que, en diciéndoosle, no os maravillaréis sino de cómo ya no
le tiene consumido y muerto. Su enemigo es Amor, universal destruidor de
nuestros sosiegos y bienandanzas. Este fiero enemigo tomó posesión de sus
entrañas. En entrando en esta ciudad, vio Timbrio una hermosa dama, de
singular valor y hermosura; mas tan principal y honesta, que jamás el
miserable se ha aventurado a descubrirle su pensamiento."

A este punto llegaba yo cuando Nísida me dijo: "Por cierto, Astor—que
entonces era éste el nombre mío—, que no sé yo si crea que ese caballero sea
tan valeroso y discreto como dices, pues tan fácilmente se ha dejado rendir a

un mal deseo tan recién nacido, entregándose tan sin ocasión alguna en los brazos de la desesperación; y aunque a mí se me alcanza poco de estos amorosos efectos, todavía me parece que es simplicidad y flaqueza dejar, el que se ve fatigado dellos, de descubrir su pensamiento a quién se le causa, puesto que sea del valor que imaginar se puede, por que ¿qué afrenta se le puede seguir a ella de saber que es bien querida, o a él qué mayor mal de su aceda y desabrida respuesta que la muerte que él mismo se procura callando? Y no sería bien que, por tener un juez fama de riguroso, dejase alguno de alegar de su derecho. Pero pongamos que sucede la muerte de un amante tan callado y temeroso como ese tu amigo; dime: ¿llamarías tú cruel a la dama de quien estaba enamorado? No, por cierto; que mal puede remediar nadie la necesidad que no llega a su noticia, ni cae en su obligación procurar saberla para remediarla. Así que, Astor, perdóname, que las obras de ese tu amigo no hacen muy verdaderas las alabanzas que le das."

Cuando yo oí a Nísida semejantes razones, luego quisiera con las mías descubrirle todo el secreto de mi pecho; mas como yo entendía la bondad y llaneza con que ella las hablaba, hube de detenerme y esperar más sola y mejor coyuntura, y así le respondí: "Cuando los casos de amor hermosa Nísida, con libres ojos se miran, tantos desatinos se ven en ellos, que no menos de risa que de compasión son dignos; pero si de la sotil red amorosa se halla enlazada el alma, allí están los sentidos tan trabados y tan fuera de su propio ser, que la memoria sólo sirve de tesorera y guardadora del objeto que los ojos miraron, y el entendimiento en escudriñar y conocer el valor de la que bien ama, y la voluntad de consentir de que la memoria y entendimiento en otra cosa no se ocupen; y así, los ojos ven, como por espejo de alinde, que todas las cosas se les hacen mayores: ora crece la esperanza cuando son favorescidos, ora el temor cuando desechados; y así sucede a muchos lo que a Timbrio ha sucedido, que, pareciéndoles a los principios altísimo el objeto a quien los ojos levantaron, pierden la esperanza de alcanzarle; pero no de manera que no les diga Amor allá dentro en el alma: "¡Quién sabe! Podría ser…" Y con esto anda la esperanza, como decirse suele, entre dos aguas, la cual, si del todo les desamparase, con ello huiría el amor. Y de aquí nasce andar, entre el temor y osar, el corazón del amante tan afligido, que, sin aventurarse a decirla, se recoge y aprieta en su llaga, y espera, aunque no sabe de quién, el remedio de que se ve tan apartado. En este mismo extremo he yo hallado a Timbrio, aunque todavía, a persuasiones mías, ha escrito una carta a la dama por quien muere, la cual me dio para que la viese y mirase si en alguna manera se mostraba en ella descomedido, porque la enmendaría; encargóme asimismo que buscase orden de ponerla en manos de su señora, que creo será imposible, no porque yo me aventure a ello, pues lo menos que aventuraré será la vida por servirle, mas porque me parece que no he de hallar ocasión para darla." "Veámosla—dijo Nísida—, porque deseo ver cómo escriben los enamorados discretos." Luego saqué yo una carta del seno, que algunos días antes estaba escrita, esperando ocasión de que Nísida la viese, y, ofreciéndome la ventura esta, se la mostré; la cual, por haberla yo leído muchas veces, se me quedó en la memoria, cuyas razones eran estas:

TIMBRIO A NÍSIDA

"Determinado había, hermosa señora, que el fin desastroso mío os diese noticia de quien yo era, pareciéndome ser mejor que alabárades mi silencio en la muerte, que no que vituperárades mi atrevimiento en la vida; mas, porque imagino que a mi alma conviene partirse deste mundo en gracia vuestra, por que en el otro no le niegue Amor el premio de lo que ha padecido, os hago sabidora del estado en que vuestra rara beldad me tiene puesto, que es tal que, a poder significarle, no procurara su remedio, pues por pequeñas cosas nadie se ha de aventurar a ofender el valor extremado vuestro, del cual y de vuestra honesta liberalidad espero restaurar la vida para serviros, o alcanzar la muerte para nunca más ofenderos."

Con mucha atención estuvo Nísida escuchando esta carta, y, en acabándola de oír, dijo: "No tiene de qué agraviarse la dama a quien esta carta se envía, si ya de puro grave no da en ser melindrosa, enfermedad de quien no se escapa la mayor parte de las damas de esta ciudad. Pero, con todo eso, no dejes, Astor, de dársela, pues, como ya te he dicho, no se puede esperar más mal de su respuesta que no sea peor el que ahora dices que tu amigo padece. Y para más animarte, te quiero asegurar que no hay mujer tan recatada y tan puesta en atalaya para mirar por su honra que le pese mucho de ver y saber que es querida, porque entonces conoce ella que no es vana la presunción que de sí tiene, lo cual sería al revés si viese que de nadie era solicitada." "Bien sé, señora, que es verdad lo que dices—respondí yo—; mas tengo temor que el atreverme a darla por lo menos me ha de costar negarme de allí adelante la entrada en aquella casa, de que no menor daño me vendría a mí que a Timbrio." "No quieras, Astor—replicó Nísida—, confirmar tú la sentencia que aun el juez no tiene dada. Muestra buen ánimo, que no es riguroso trance de batalla este a que te aventuras." "¡Pluguiera al Cielo, hermosa Nísida—respondí yo—, que en ese término me viera, que de mejor gana ofreciera el pecho al peligro y rigor de mil contrapuestas armas que no la mano a dar esta amorosa carta a quien temo que, siendo con ella ofendida, ha de arrojar sobre mis hombros la pena que la ajena culpa merece. Pero, con todos estos inconvenientes, pienso seguir, señora, el consejo que me has dado, puesto que guardaré tiempo en que el temor no tenga tan ocupados mis sentidos como ahora; y en este entretanto, te suplico que, haciendo cuenta que tú eres a quien esta carta se envía, me des alguna respuesta que lleve a Timbrio, para que con este engaño él se entretenga un poco, y a mí el tiempo y las ocasiones me descubran lo que tengo de hacer." "De mal artificio quieres usar—respondió Nísida—, porque, puesto caso que yo ahora diese en nombre ajeno alguna blanda o esquiva respuesta, ¿no ves que el tiempo, descubridor de nuestros fines, aclarará el engaño, y Timbrio quedará de ti más quejoso que satisfecho? Cuanto más que, por no haber dado hasta ahora respuesta a semejantes cartas, no querría comenzar a darlas mentirosa y fingidamente; mas, aunque sepa ir contra lo que a mí misma debo, si me prometes de decir quién es la dama, yo te diré qué digas a tu amigo, y cosa tal, que él quede contento por ahora; y puesto que después las cosas sucedan al revés de lo que él pensare, no por eso se averiguará la mentira." "Eso no me lo mandes, ¡oh Nísida! —respondí yo—, porque en tanta confusión me pone decirte yo a ti su nombre como me pondría el darle a ella la carta; basta saber que es principal y que, sin hacerte agravio alguno, no te debe nada en la hermosura, que con esto me parece que la encarezco sobre cuantas son nascidas." "No me maravillo que digas eso de mí—dijo Nísida—, pues los hombres de vuestra condición y trato lisonjear es su propio oficio. Mas, dejando todo esto a una parte, porque deseo que no pierdas la comodidad de un tan buen amigo, te aconsejo que le digas que fuiste a dar la carta a su dama, y que has pasado con ella todas las razones que conmigo, sin faltar punto, y cómo leyó tu carta, y el ánimo que te daba para que a su dama la llevases, pensando que no era ella a quien venía; y que, aunque no te atreviste a declarar del todo que has conoscido della que, cuando sepa ser ella para quien la carta venía, no le causará el engaño y desengaño mucha pesadumbre. De esta suerte rescibirá él algún alivio en su trabajo; y después, al descubrir tu intención a su dama puedes responder a Timbrio lo que ella te respondiere, pues, hasta el punto que ella lo sepa, queda en fuerza esta mentira y la verdad de lo que sucediere, sin que haga al caso el engaño de ahora."

Admirado quedé de la discreta traza de Nísida, y aun no sin sospecha de la verdad de mi artificio. Y así, besándole las manos por el buen aviso, y quedando con ella que, de cualquiera cosa que en este negocio sucediere, le había de dar particular cuenta, vine a contar a Timbrio todo la que con Nísida me había sucedido, que fue parte para que la tuviese en su alma la esperanza y volviese de nuevo a sustentarle y a desterrar de su corazón los nublados del frío temor que hasta entonces le tenían ofuscado; y todo este gusto se le acrescentaba el prometerle yo a cada paso que los míos no serían dados sino en servicio suyo, y que otra vez que con Nísida me hallase sacaría el juego de maña con tan buen suceso como sus pensamientos merecían. Una cosa se me ha olvidado de deciros: que, en todo el tiempo que con Nísida y su hermana estuve hablando, jamás la menor hermana habló palabra, sino que, con un extraño silencio, estuvo siempre colgada de las mías. Y seos decir, señores, que, si callaba, no era por no saber hablar con toda discreción y donaire, porque en estas dos hermanas mostró Naturaleza todo lo que ella puede y vale; y, con todo esto, no sé si os diga que holgara que me hubiera negado el Cielo la ventura de haberlas conocido, especialmente a Nísida, principio y fin de toda mi desdicha. Pero ¿qué puedo hacer si lo que los hados tienen ordenado no puede por discursos humanos estorbarse? Yo quise, quiero y querré bien a Nísida, tan sin ofensa de Timbrio, cuanto lo ha mostrado bien mi cansada lengua, que jamás la habló que en favor de Timbrio no fuese, encubriendo siempre, con más que ordinaria discreción, la pena propia por remediar la ajena. Sucedió, pues, que, como la belleza de Nísida tan esculpida en mi alma quedó desde el primer punto que mis ojos la vieron, no pudiendo tener mi pecho tan rico tesoro encubierto, cuando solo o apartado alguna vez me hallaba, con algunas amorosas y lamentables canciones le descubría con velo de fingido nombre. Y así una noche, pensando que ni Timbrio ni otro alguno me escuchaba, por dar alivio un poco al fatigado espíritu, en un retirado aposento, sólo de un laúd acompañado, canté unos versos, que por haberme puesto en una confusión gravísima os los habré de decir, que eran estos:

SILERIO

¿Qué laberinto es este do se encierra
mi loca levantada fantasía?
¿Quién ha vuelto mi paz en cruda guerra,
y en tal tristeza toda mi alegría?
¿O cuál hado me trujo a ver la tierra
que ha de servir de sepultura mía,
o quién reducirá mi pensamiento
al término que pide un sano intento?

Si por romper este mi frágil pecho
y despojarme de la dulce vida
quedase el suelo y Cielo satisfecho
de que a Timbrio guardé la fe debida,
sin que me acobardara el crudo hecho,
yo fuera de mí mismo el homicida;
mas, si yo acabo, en él acaba luego
la amorosa esperanza y cresce el fuego.

Lluevan y caigan las doradas flechas
del ciego dios, y con rigor insano
al triste corazón vengan derechas,
disparadas con fiera airada mano;
que, aunque ceniza y polvo queden hechas
las heridas entrañas, lo que gano
en encubrir su dolorosa llaga
es rica de mi mal ilustre paga.

Silencio eterno a mi cansada lengua
pondrá la ley de la amistad sincera,
por cuya sin igual virtud desmengua
la pena que acabar jamás espera;
mas aunque nunca acabe y ponga en mengua
la honra y la salud, será cual era
mi limpia fe: más firme y contrastada
que roca en medio de la mar airada.

Del humor que derraman estos ojos,
y de la lengua el piadoso oficio;
del bien que se le debe a mis enojos,
y de la voluntad el sacrificio,
lleve los dulces premios y despojos
el caro amigo, y muéstrese propicio
el Cielo a mi deseo, que pretende
el bien ajeno y a sí mismo ofende.

Socorre, ¡oh blando Amor!, levanta y guía
mi bajo ingenio en la ocasión dudosa;
y al esperado punto esfuerzo envía
al alma y a la lengua temerosa,
la cual podrá, si lleva tu osadía,
facilitar la más difícil cosa,
y romper contra el hado y desventura
hasta llegar a la mayor ventura.

El estar tan transportado en mis continuas imaginaciones fue ocasión para que yo no tuviese cuenta en cantar estos versos que he dicho con tan baja voz como debiera; ni el lugar do estaba era tan escondido que estorbara que de Timbrio no fueran escuchados, el cual, así como los oyó, le vino al pensamiento que el mío no estaba libre de amor y que, si yo alguno tenía, era a Nísida, según se podía colegir de mi canto. Y aunque él alcanzó la verdad de mis pensamientos, no alcanzó la de mis deseos; antes, entendiendo ser al contrario de lo que yo pensaba, determinó de ausentarse aquella mesma noche, e irse adonde de ninguno fuese hallado, sólo por dejarme comodidad de que sólo a Nísida sirviese. Todo esto supe yo de un paje suyo, sabidor de todos sus secretos, el cual vino a mí muy angustiado y me dijo: "Acudid, señor Silerio, que Timbrio, mi señor y vuestro amigo, nos quiere dejar y partirse esta noche, y no me ha dicho adonde, sino que le apareje no sé qué dineros, y que a nadie diga que se parte; principalmente, me dijo que a vos no lo dijese, y este pensamiento le ha venido después que estuvo escuchando no sé qué versos que poco ha cantábades, y, según los extremos que le he visto hacer, creo que va a desesperarse; y por parecerme que debo antes acudir a su remedio que a obedecer su mandado, os lo vengo a decir como a quien puede ser parte para que no ponga en efecto tan dañado propósito."

Con extraño sobresalto escuché lo que el paje me decía, y fuí luego a ver a Timbrio a su aposento, y, antes que dentro entrase, me paré a ver lo que hacía, el cual estaba tendido encima su lecho boca abajo, derramando infinitas lágrimas acompañadas de profundos sospiros, y con baja voz y mal formadas razones me pareció que éstas decía: "Procura, verdadero amigo Silerio, alcanzar el fruto que tu solicitud y trabajo tiene bien merescido, y no quieras, por lo que te parece que debes a mi amistad, dejar de dar gusto a tu deseo, que yo refrenaré el mío, aunque sea con el medio extremo de la muerte, que, pues tú della me libraste, cuando con tanto amor y fortaleza al rigor de mil espadas te ofreciste, no es mucho que yo ahora te pague en parte tan buena obra con dar lugar a que, sin el impedimento que mi presencia causarte puede, goces de aquella en quien cifró el Cielo toda su belleza y puso el Amor todo mi contento. De una sola cosa me pesa, dulce amigo, y es que no puedo despedirme de ti en esta amarga partida; mas admite por disculpa el ser tú la causa della. ¡Oh Nísida, Nísida, y cuán cierto está de tu hermosura, que se ha de pagar la culpa del que se atreve a mirarla con la pena de morir por ella! Silerio la vio, y, si no quedara cual imagino que ha quedado, perdiera en gran parte conmigo la opinión que tiene de discreto. Mas, pues mi ventura así lo ha querido, sepa el Cielo que no soy menos amigo de Silerio que él lo es mío; y, para muestras de esta verdad, apártese Timbrio de su gloria, destiérrese de su contento, vaya peregrino de tierra en tierra, ausente de Silerio y de Nísida, dos verdaderas y mejores mitades de su alma." Y luego, con mucha furia, se levantó del lecho y abrió la puerta; y hallándome allí, me dijo: "¿Qué quieres, amigo, a tales horas? ¿Hay, por ventura, algo de nuevo?" "Hay tanto—le respondí yo—, que, aunque hubiera menos, no me pesara." En fin, por no cansaros más, yo llegué a tales términos con él que le persuadí y di a entender ser su imaginación falsa, no en cuanto estaba yo enamorado, sino de su hermana Blanca; y súpelo decir esto de manera que él lo tuvo por verdadero, y por que más crédito a ello diese la memoria me ofreció unas estancias que muchos días antes yo mismo había hecho a otra dama del mismo nombre, y dijele que para la hermana de Nísida las había compuesto, las cuales vinieron tan a propósito que, aunque sea fuera del decirlas ahora, no las quiero pasar en silencio, que fueron estas:

SILERIO

¡Oh Blanca, a quien rendida está la nieve,
y en condición más que la nieve helada!
No presumáis ser mi dolor tan leve
que estéis de remediarle descuidada.

Mirad que si mi mal no ablanda y mueve
vuestra alma, en mi desdicha conjurada,
se volverá tan negra mi ventura
cuanta sois blanca en nombre y hermosura.

¡Blanca gentil, en cuyo blanco pecho
el contento de amor se anida y cierra!
Antes que el mío, en lágrimas deshecho,
se vuelva polvo y miserable tierra,
mostrad el vuestro en algo satisfecho
del amor y dolor que el mío encierra,
que ésta será tan caudalosa paga,
que a cuanto mal padezco satisfaga.

Blanca, sois vos por quien trocar querría
de oro el más finísimo ducado,
y por tan alta posesión tendría
por bien perder la del más alto estado.
Pues esto conocéis, ¡oh Blanca mía!,
dejad ese desdén desamorado,
y haced, ¡oh Blanca!, que el amor acierte
a sacar, si sois vos, Blanca, mi suerte.

Puesto que con pobreza tal me hallara
que tan sola una blanca poseyera,
si ella fuérades vos, no me trocara
por el más rico que en el mundo hubiera;
y si mi ser en aquel ser tornara
de Juan espera en Dios, dichoso fuera
si, al tiempo que las tres blancas buscase,
a vos, ¡oh Blanca!, entre ellas os hallase.

Adelante pasara con su cuento Silerio si no lo estorbara el son de muchas zampoñas y acordados caramillos que a sus espaldas se oía; y volviendo la cabeza, vieron venir hacia ellos hasta una docena de gallardos pastores puestos en dos hileras, y en medio venía un dispuesto pastor coronado con una guirnalda de madreselva y de otras diferentes flores. Traía una bastón en la una mano, y con grave paso poco a poco se movía, y los demás pastores, andando con el mismo aplauso y tocando todos sus instrumentos, daban de sí agradable y extraña muestra. Luego que Elicio los vio, conoció ser Daranio el pastor que en medio traían, y los demás ser todos circunvecinos que a sus bodas querían hallarse, a las cuales asimismo Tirsi y Damón vinieron, y por alegrar la fiesta del desposorio y honrar al nuevo desposado, de aquella manera hacia el aldea se encaminaban. Pero viendo Tirsi que su venida había puesto silencio al cuento de Silerio, le rogó que aquella noche juntos en la aldea la pasasen, donde sería servido con la voluntad posible, y haría satisfechas las suyas con acabar el comenzado suceso. Silerio lo prometió. Y a esta sazón llegó el montón alegre de pastores, los cuales, conosciendo a Elicio y Daranio, a Tirsi y a Damón, sus amigos, con señales de grande alegría se recibieron, y renovando la música y renovando el contento, tornaron a proseguir el comenzado camino, y ya que llegaban junto al aldea, llegó a sus oídos el son de la zampoña del desamorado Lenio, de que no poco gusto recibieron todos, porque ya conocían la extremada condición suya. Y así como Lenio los vio y conoció, sin interromper el suave canto, de esta manera cantando hacia ellos se vino:

LENIO

> Por bienaventurada,
> por llena de contento y alegría
> será por mí juzgada
> tan dulce compañía
> si no siente de Amor la tiranía.
>
> Y besaré la tierra
> que pisa aquel que de su pensamiento
> el falso amor destierra
> y tiene el pecho exento
> de esta furia cruel, deste tormento.
>
> Y llamaré dichoso
> al rústico advertido ganadero
> que vive cuidadoso
> del pobre manso apero
> y muestra el rostro al crudo amor severo.
>
> Deste tal las corderas,
> antes que venga la sazón madura,
> serán ya parideras,
> y en la peña más dura
> hallarán claras aguas y verdura.
>
> Si, estando Amor airado,
> con él pusiere en su salud desvío,
> llevaré su ganado
> con el ganado mío
> al abundoso pasto, al claro río.

Y, en tanto, del encienso
el humo santo irá volando al Cielo,
a quien decirle pienso
con pío y justo celo,
las rodillas postradas por el suelo:

"¡Oh Cielo santo y justo!
Pues eres protector del que pretende
hacer lo que es tu gusto,
a la salud atiende
de aquel que por servirle amor le ofende.

No lleve este tirano
los despojos a ti sólo debidos;
antes, con larga mano
y premios merescidos,
restituye su fuerza a los sentidos."

En acabando de cantar Lenio fue de todos los pastores cortésmente rescibido, el cual, como oyese nombrar a Damón y a Tirsi, a quien él sólo por fama conoscía, quedó admirado en ver su extremada presencia, y así les dijo:

—¿Qué encarecimientos bastarían, aunque fueran los mejores que en la elocuencia pudieran hallarse, a poder levantar y encarecer el valor vuestro, famosos pastores, si por ventura las niñerías de Amor no se mezclaron con las veras de vuestros celebrados escritos? Pero, pues ya estáis héticos de amor, enfermedad, al parecer, incurable, puesto que mi rudeza, con estimar y alabar vuestra rara discreción, os pague lo que os debe, imposible será que yo deje de vituperar vuestros pensamientos.

—Si los tuyos tuvieras, discreto Lenio—respondió Tirsi—, sin las sombras de la vana opinión que los ocupa, vieras luego la claridad de los nuestros, y que, por ser amorosos, merecen más gloria y alabanza que por ninguna otra sutileza o discreción que encerrar pudieran.

—No más, Tirsi, no más—replicó Lenio—, que bien sé que, contra tantos y tan obstinados enemigos, poca fuerza tendrán mis razones.

—Si ellas lo fueran—respondió Elicio—, tan amigos son de la verdad los que aquí están que ni aun burlando la contradijeran; y en esto podrás ver, Lenio, cuán fuera vas della, pues no hay ninguno que apruebe tus palabras ni aun tenga por buenas tus intenciones.

—Pues a fe—dijo Lenio—que no te salve a ti la tuya, ¡oh Elicio! Si no, dígalo el aire, a quien contino acres cientas con sospiros y la yerba destos prados, que va cresciendo con tus lágrimas, y los versos que el otro día en las hayas de aquel bosque escribiste, que en ellos se verá qué es lo que en ti alabas y en mí vituperas.

No quedara Lenio sin respuesta si no vieran venir hacia donde ellos estaban a la hermosa Galatea con las discretas pastoras Florisa y Teolinda, la cual, por no ser conoscida de Damón y Tirsi, se había puesto un blanco velo ante su hermoso rostro. Llegaron y fueron de los pastores con alegre acogimiento rescebidas, principalmente de los enamorados Elicio y Erastro, que con la vista de Galatea tan extraño contento rescibieron, que, no pudiendo Erastro disimularle, en señal dél, sin mandárselo alguno, hizo señas a Elicio que su zampoña tocase, al son de la cual, con alegres y suaves acentos, cantó los siguientes versos:

ERASTRO

Vea yo los ojos bellos
deste sol que estoy mirando,
y, si se van apartando,
váyase el alma tras ellos.
Sin ellos no hay claridad,
ni mi alma no la espere,
que, ausente dellos, no quiere
luz, salud ni libertad.

Mire quien puede estos ojos,
que no es posible alaballos;
mas ha de dar por mirallos
de la vida los despojos.
Yo los veo, y yo los vi,
y cada vez que los veo
les doy un nuevo deseo
tras el alma que les di.

Ya no tengo más que dar
ni imagino más que dé
si por premio de mi fe
no se admite el desear.
Cierta está mi perdición
si estos ojos do el bien sobra
los pusieren en la obra
y no en la sana intención.

Aunque durase este día
mil siglos, como deseo,

a mí, que tanto bien veo,
un punto parecería.
No hace el tiempo ligero
curso en alterar mi edad
mientras miro la beldad
de la vida por quien muero.

En esta vista reposa
mi alma, y halla sosiego,
y vive en el vivo fuego
de su luz pura, hermosa,
y hace Amor tan alta prueba
con ella, que, en esta llama,
a dulce vida la llama
y, cual fénix, la renueva.

Salgo con mi pensamiento
buscando mi dulce gloria,
y al fin hallo en mi memoria
encerrado mi contento.
Allí está, y allí se encierra,
no en mandos, no en poderíos,
no en pompas, no en señoríos
ni en riquezas de la tierra.

Aquí acabó su canto Erastro, y se acabó el camino de llegar a la aldea, adonde Tirsi y Damón y Silerio en casa de Elicio se recogieron, por no perder la ocasión de saber en qué paraba el comenzado cuento de Silerio. Las hermosas pastoras Galatea y Florisa, ofreciendo de hallarse el venidero día a las bodas de Daranio, dejaron a los pastores, y todos o los más con el desposado se quedaron, y ellas a sus casas se fueron. Y aquella mesma noche, solicitado Silerio de su amigo Erastro, y por el deseo que le fatigaba de volver a su ermita, dio fin al suceso de su historia como se verá en el siguiente libro.

FIN DEL SEGUNDO LIBRO DE GALATEA

TERCER LIBRO DE GALATEA

El regocijado alboroto que, con la ocasión de las bodas de Daranio, aquella noche en el aldea había no fue parte para que Elicio, Tirsi, Damón y Erastro dejasen de acomodarse en parte donde, sin ser de alguno estorbados, pudiese seguir Silerio su comenzada historia, el cual, después que todos juntos grato silencio le prestaron, siguió de esta manera:

—Con las fingidas estancias de Blanca que os he dicho que a Timbrio dije, quedó él satisfecho de que mi pena procedía, no de amores de Nísida, sino de su hermana. Y, con este seguro, pidiéndome perdón de la falsa imaginación que de mí había tenido, me tornó a encargar su remedio. Y así yo, olvidado del mío, no me descuidé un punto de lo que al suyo tocaba. Algunos días se pasaron, en los cuales la fortuna no me mostró tan abierta ocasión como yo quisiera para descubrir a Nísida la verdad de mis pensamientos, aunque ella siempre me preguntaba cómo a mi amigo en sus amores le iba, y si su dama tenía ya alguna noticia dellos. A lo que yo le dije que todavía el temor de ofenderla no me dejaba aventurar a decirle cosa alguna. De lo cual Nísida se enojaba mucho, y me llamaba cobarde y de poca discreción, añadiendo a esto que, pues yo me acobardaba o que Timbrio no sentía el dolor que yo dél publicaba, o que yo no era tan verdadero amigo suyo como decía. Todo esto fue parte para que me determinase y en la primera ocasión me descubriese, como lo hice un día que sola estaba, la cual escuchó con extraño silencio todo lo que decirle quise, y yo, como mejor pude, le encarecí el valor de Timbrio, el verdadero amor que le tenía, el cual era de suerte que me había movido a mí a tomar tan abatido ejercicio como era el de truhán, sólo por tener lugar de decirle lo que le decía, añadiendo a estas otras razones que a Nísida le debió parecer que lo eran; mas no quiso mostrar entonces por palabras lo que después con obras no pudo tener cubierto; antes con gravedad y honestidad extraña reprendió mi atrevimiento, acusó mi osadía, afeó mis palabras y desmayó mi confianza, pero no de manera que me desterrase de su presencia, que era lo que yo temía; sólo concluyó con decirme que, de allí adelante, tuviese más cuenta con lo que a su honestidad era obligado y procurase que el artificio de mi mentido hábito no se descubriese. Conclusión fue esta que cerró y acabó la tragedia de mi vida, pues por ella entendí que Nísida daría oído a las quejas de Timbrio. ¿En qué pecho pudo caber ni puede el extremo de dolor que entonces en el mío se encerraba, pues el fin de su mayor deseo era el remate y fin de su contento? Alegrábame el buen principio que al remedio de Timbrio había dado, y esta alegría en mi pesar redundaba, por parecerme, como era la verdad, que en viendo a Nísida en poder ajeno, el propio mío se acababa. ¡Oh fuerza poderosa de verdadera amistad, a cuánto te extiendes y a cuánto me obligaste, pues yo mismo, forzado de tu obligación, afilé con mi industria el cuchillo que había de degollar mis esperanzas, las cuales, muriendo en mi alma, vivieron y resucitaron en la de Timbrio cuando de mí supo todo lo que con Nísida pasado había! Pero ella andaba tan recatada con él y conmigo, que nunca de todo punto dio a entender que de la solicitud mía y amor de Timbrio se contentaba, ni menos se desdeñó de suerte que sus sinsabores y desvíos hiciesen a los dos abandonar la empresa, hasta que, habiendo llegado a noticia de Timbrio cómo su enemigo Pransiles—aquel caballero a quien él había agraviado en Jerez—, deseoso de satisfacer su honra, le enviaba a desafiar, señalándole campo franco y seguro en una tierra del estado del duque de Gravina, dándole término de seis meses, desde entonces hasta el día de la batalla, el cuidado deste aviso no fue parte para que se descuidase de lo que a sus amores convenía; antes, con nueva solicitud mía y servicios suyos, vino a estar Nísida de manera, que no se mostraba esquiva aunque la mirase Timbrio y en casa de sus padres visitase, guardando en todo tan honesto decoro cuanto a su valor era obligada. Acercándose ya el término del desafío, y viendo Timbrio serle inexcusable aquella jornada, determinó de partirse, y antes que lo hiciese escribió a Nísida una carta tal, que acabó con ella en un punto lo que yo en muchos meses atrás y en muchas palabras no había comenzado. Tengo la carta en la memoria, y, por hacer al caso de mi cuento, no os dejaré de decir que así decía:

TIMBRIO A NÍSIDA

Salud te envía aquel que no la tiene,
Nísida, ni la espera en tiempo alguno
si por tus manos mismas no le viene.

El nombre aborrescible de importuno
temo me adquirirán estos renglones,
escritos con mi sangre de uno en uno.

Mas la furia cruel de mis pasiones
de tal modo me turba, que no puedo
huir las amorosas sinrazones.

Entre un ardiente osar y un frío miedo,
arrimado a mi fe y al valor tuyo,
mientras ésta rescibes triste quedo,

por ver que en escrebirte me destruyo,
si tienes a donaire lo que digo
y entregas al desden lo que no es suyo.

El Cielo verdadero me es testigo
si no te adoro desde el mismo punto
que vi ese rostro hermoso y mi enemigo.

El verte y adorarte llegó junto,
porque ¿quién fuera aquel que no adorara
de un ángel bello el sin igual trasunto?

Mi alma tu belleza, al mundo rara,
vio tan curiosamente, que no quiso
en el rostro parar la vista clara.

Allá en el alma tuya un paraíso
fue descubriendo de bellezas tantas,
que dan de nueva gloria cierto aviso.

Con estas ricas alas te levantas
hasta llegar al cielo, y en la tierra
al sabio admiras, y al que es simple espantas.

Dichosa el alma que tal bien encierra,
y no menos dichoso el que por ella
la suya rinde a la amorosa guerra.

En deuda soy a mi fatal estrella,
que me quiso rendir a quien encubre
en tan hermoso cuerpo alma tan bella.

Tu condición, señora, me descubre
el desengaño de mi pensamiento,
y de temor a mi esperanza cubre.

Pero en fe de mi justo honroso intento,
hago buen rostro a la desconfianza,
y cobro al postrer punto nuevo aliento.

Dicen que no hay amor sin esperanza;
pienso que es opinión que yo no espero,
y del amor la fuerza más me alcanza.

Por sola tu bondad te adoro y quiero,
atraído también de tu belleza,
que fue la red que Amor tendió primero

para atraer con rara sutileza
al alma descuidada libre mía
al amoroso ñudo y su estrecheza.
Sustenta Amor su mando y tiranía
con cualquiera belleza en algún pecho;
pero no en la curiosa fantasía,

que mira, no de amor el lazo estrecho
que tiende en los cabellos de oro fino
dejando al que los mira satisfecho,

ni en el pecho, a quien llama alabastrino
quien del pecho no pasa más adentro,
ni en el marfil del cuello peregrino,

sino del alma el escondido centro
mira y contempla mil bellezas puras
que le acuden y salen al encuentro.

Mortales y caducas hermosuras
no satisfacen a la inmortal alma
si de la luz perfecta no anda a escuras.

Tu sin igual virtud lleva la palma
y los despojos de mis pensamientos,
y a los torpes sentidos tiene en calma.

Y en esta sujeción están contentos,
porque miden su dura amarga pena
con el valor de tus merescimientos.

Aro en el mar y siembro en el arena
cuando la fuerza extraña del deseo
a más que a contemplarte me condena.

Tu alteza entiendo, mi bajeza veo,
y, en extremos que son tan diferentes,
ni hay medio que esperar ni le poseo.

Ofrécense, por esto inconvenientes
tantos a mi remedio cuantas tiene
el cielo estrellas y la tierra gentes.

Conozco lo que al alma le conviene,
sé lo mejor y a lo peor me atengo,
llevado del amor que me entretiene.
Mas ya, Nísida bella, al paso vengo,
de mí con mortal ansia deseado,
do acabaré la pena que sostengo.

El enemigo brazo levantado
me espera y la feroz aguda espada,
contra mí con tu saña conjurado.

Presto será tu voluntad vengada
del vano atrevimiento de esta mía,
de ti sin causa alguna desechada.

Otro más duro trance, otra agonía,
aunque fuera mayor que de la muerte,
no turbara mi triste fantasía

si cupiera en mi corta amarga suerte
verte de mis deseos satisfecha,
así como al contrario puedo verte.

La senda de mi bien hállola estrecha:
la de mi mal, tan ancha y espaciosa
cual de mi desventura ha sido hecha.

Por ésta corre airada y presurosa
la muerte, en tu desdén fortalecida
de triunfar de mi vida deseosa.

Por aquélla mi bien va de vencida,
de tu rigor, señora, perseguido,
que es el que ha de acabar mi corta vida.

A términos tan tristes conducido
me tiene mi ventura, que ya temo
al enemigo airado y ofendido,

sólo por ver que el fuego en que me quemo
es hielo en ese pecho, y esto es parte
para que yo acobarde al paso extremo:

que, si tú no te muestras de mi parte,
¿a quién no temerá mi flaca mano,
aunque más le acompañe esfuerzo y arte?
    Pero si me ayudaras, ¿qué romano
o griego capitán me contrastara
que al fin su intento no saliera vano?

Por el mayor peligro me arrojara,
y de las fieras manos de la muerte
los despojos seguro arrebatara.

Tú sola puedes levantar mi suerte
sobre la humana pompa o derribarla
al centro do no hay bien con que se acierte.

Que, si como ha podido sublimarla
el puro amor, quisiera la fortuna
en la difícil cumbre sustentarla,

subida sobre el cielo de la luna
se viera mi esperanza, que ahora yace
en lugar do no espera en cosa alguna.

Tal estoy ya, que ya me satisface
el mal que tu desdén airado, esquivo,
por tan extraños términos me hace,

sólo por ver que en tu memoria vivo
y que te acuerdas, Nísida, siquiera
de hacerme mal, que yo por bien rescibo.

Con más facilidad contar pudiera
del mar los granos de la blanca arena
y las estrellas de la octava esfera

que no las ansias, el dolor, la pena
a que el fiero rigor de tu aspereza,
sin haberte ofendido, me condena.

No midas tu valor con mi bajeza,
que, al respecto de tu ser famoso,
por tierra quedará cualquiera alteza.

Así cual soy te amo, y al decir oso
que me adelanto en firme enamorado
al más subido término amoroso.

Por esto no merezco ser tratado
como enemigo; antes me parece
que debería de ser remunerado.

Mal con tanta beldad se compadece
tamaña crueldad y mal asienta
ingratitud do tal valor floresce.

Quisiera te pedir, Nísida, cuenta
de un alma que te di; ¿dónde la echaste,
o cómo, estando ausente, me sustenta?

Ser señora de un alma no aceptaste;
pues ¿qué te puede dar quien más te quiera?
¡Cuán bien tu presunción aquí mostraste!

Sin alma estoy desde la vez primera
que te vi, por mi mal y por bien mío,
que todo fuera mal si no te viera.

Allí el freno te di de mi albedrío;
tú me gobiernas; por ti sola vivo,
y aun puede mucho más tu poderío.

En el fuego de amor puro me avivo
y me deshago, pues, cual fénix, luego
de la muerte de amor vida rescibo.

En fe de esta mi fe, te pido y ruego
sólo que creas, Nísida, que es cierto
que vivo ardiendo en amoroso fuego,

y que tú puedes ya, después de muerto,
reducirme a la vida, y, en un punto,
del mar airado conducirme al puerto.

Que está para conmigo en ti tan junto
el querer y el poder, que es todo uno,
sin discrepar y sin faltar un punto;
y acabo, por no ser más importuno.

No sé si las razones de esta carta, o las muchas que yo antes a Nísida había dicho, asegurándole el verdadero amor que Timbrio la tenía, o los continuos servicios de Timbrio o los Cielos, que así lo tenían ordenado, movieron las entrañas de Nísida para que, en el punto que la acabó de leer, me llamase, y con lágrimas en los ojos me dijese: "¡Ay, Silerio, Silerio, y cómo creo que a costa de la salud mía has querido granjear la de tu amigo! Hagan los hados, que a este punto me han traído, con las obras de Timbrio verdaderas tus palabras; y si las unas y las otras me han engañado, tome de mi ofensa venganza el Cielo, al cual pongo por testigo de la fuerza que el deseo me hace para que no le tenga más encubierto. Mas ¡ay, cuán liviano descargo es éste para tan pesada culpa, pues debiera yo primero morir callando por que mi honra viviera, que, con decir lo que ahora quiero decirte, enterrarla a ella y acabar mi vida!" Confuso me tenían estas palabras de Nísida, y más el sobresalto con que las decía; y, queriendo con las mías animarla a que sin temor alguno se declarase, no fue menester importunarla mucho, que al fin me dijo que no sólo amaba, pero que adoraba a Timbrio, y que aquella voluntad tuviera ella cubierta siempre si la forzosa ocasión de la partida de Timbrio no la forzara a descubrirla. Cuál yo quedé, pastores, oyendo lo que Nísida decía y la voluntad amorosa que tener a Timbrio mostraba no es posible encarecerlo, y aun es bien que carezca de encarecimiento dolor que a tanto se extiende, no porque me pesase de ver a Timbrio querido, sino de verme a mí imposibilitado de tener jamás contento, pues estaba y está claro que ni podía ni puedo vivir sin Nísida, a la cual, como otras veces he dicho, viéndola en ajenas manos puesta, era enajenarme yo de todo gusto; y si alguno la suerte en este trance me concedía, era considerar el bien de mi amigo Timbrio, y esto fue parte para que no llegase a un mismo punto mi muerte. Y la declaración de la voluntad de Nísida escuchéla como pude, y aseguréla como supe de la entereza del pecho de Timbrio, a lo cual ella me respondió que ya no había necesidad de asegurarle aquello, porque estaba de manera, que no podía ni le convenía dejar de creerme, y que sólo me rogaba, si fuese posible, procurase de persuadir a Timbrio buscase algún medio honroso para no venir a batalla con su enemigo; y respondiéndole yo ser esto imposible sin quedar deshonrado, se sosegó, y quitándose del cuello unas preciosas reliquias, me las dio para que a Timbrio de su parte las diese. Quedó asimismo concertado entre los dos que ella sabía que sus padres habían de ir a ver el combate de Timbrio, y que llevarían a ella y a su hermana consigo; mas, porque no le bastaría el ánimo de estar presente al riguroso trance de Timbrio, que ella fingiría estar mal dispuesta, con la cual ocasión se quedaría en una casa de placer donde sus padres habían de, posar, que media legua estaba de la villa donde se había de hacer el combate, y que allí esperaría su buena o mala suerte, según la tuviese Timbrio. Mandóme también que, para acortar el deseo que tendría de saber el suceso de Timbrio, que llevase yo conmigo una toca blanca que ella me dio, y que si Timbrio venciese, me la atase al brazo y volviese a darle las nuevas; y si fuese vencido, que no la atase, y así ella sabría por la señal de la toca, desde lejos, el principio de su contento o el fin de su vida. Prometíle de hacer todo lo que me mandaba, y tomando las reliquias y la toca, me despedí della con la mayor tristeza y el mayor contento que jamás tuve: mi poca ventura causaba la tristeza, y la mucha de Timbrio, la alegría. El supo de mí lo que de parte de Nísida le llevaba, y quedó con ello tan lozano, contento y orgulloso, que el peligro de la batalla que esperaba por ninguno le tenía, pareciéndole que, en ser favorescido de su señora, aun la mesma muerte contrastar no le podría. Paso ahora en silencio los encarecimientos que Timbrio hizo para mostrarse agradecido a lo que a mi solicitud debía, porque fueron tales que mostraba estar fuera de seso tratando en ello. Esforzado, pues, y animado con esta buena nueva, comenzó a aparejar su partida, llevando por padrinos un principal caballero español y otro napolitano. Y, a la fama deste particular duelo, se movió a verlo infinita gente del reino, y yendo también allá los padres de Nísida, llevando con ellos a ella y a su hermana Blanca. Y como a Timbrio tocaba escoger las armas, quiso mostrar que no en la ventaja dellas, sino en la razón que tenía fundaba su derecho, y así las que escogió fueron espada y daga, sin otra arma defensiva alguna. Pocos días faltaban al término señalado cuando de la ciudad de Nápoles se partieron, con otros muchos caballeros, Nísida y sus padres, habiendo llegado primero ella, acordándome muchas veces que no se olvidase nuestro concierto. Pero mi cansada memoria, que jamás sirvió sino de acordarme solas las cosas de mi desgusto, por no mudar su condición, se olvidó tanto de lo que Nísida me había dicho, cuanto vio que convenía para quitarme la vida, o, a lo menos, para ponerme en el miserable estado en que ahora me veo.

Con grande atención estaban los pastores escuchando lo que Silerio contaba cuando interrumpió el hilo de su cuento la voz de un lastimado pastor que entre unos árboles cantando estaba, y no tan lejos de las ventanas de la estancia donde ellos estaban que dejase de oírse todo lo que decía. La voz era de suerte que puso silencio a Silerio, el cual en ninguna manera quiso pasar adelante, antes rogó a los demás pastores que la escuchasen, pues, para lo poco que de su cuento quedaba, tiempo habría de acabarlo. Hiciéraseles de mal esto a Tirsi y Damón si no les dijera Elicio:

—Poco se perderá, pastores, en escuchar al desdichado Mireno—que, sin duda, es el pastor que canta—, y a quien ha traído la fortuna a términos que imagino que no espera él ninguno en su contento.

—¿Cómo le ha de esperar—dijo Erastro—, si mañana se desposa
Daranio con la pastora Silveria, con quien él pensaba casarse? Pero, en fin,
han podido más con los padres de Silveria las riquezas de Daranio que las
habilidades de Mireno.

—Verdad dices—replicó Elicio—; pero con Silveria más había de poder
la voluntad que de Mireno tenía conocida que otro tesoro alguno; cuanto más
que no es Mireno tan pobre que aunque Silveria se casara con él, fuera su
necesidad notada.

Por estas razones que Elicio y Erastro dijeron creció el deseo en los
pastores de escuchar lo que Mireno cantaba Y así, rogó Silerio que más no se
hablase, y todos con atento oído se pararon a escucharle, el cual, afligido de
la ingratitud de Silveria, viendo que otro día con Daranio se desposaba, con
la rabia y dolor que le causaba este hecho, se había salido de su casa
acompañado de sólo su rabel, y convidándole la soledad y silencio, de un
pequeño pradecillo que junto a las paredes de la aldea estaba, y confiado que
en tan sosegada noche ninguno le escucharía, se sentó al pie de un árbol, y,
templando su rabel, de esta manera cantando estaba:

MIRENO

Cielo sereno, que con tantos ojos
los dulces amorosos hurtos miras,
y con tu curso alegras o entristeces
a aquel que en tu silencio sus enojos
a quien los causa dice, o al que retiras
de gusto tal y espacio no le ofreces:
si acaso no careces
de tu benignidad para conmigo,
pues ya con sólo hablar me satisfago
y sabes cuanto hago,
no es mucho que ahora escuches lo que digo,
que mi voz lastimera
saldrá con la doliente ánima fuera.

Ya mi cansada voz, ya mis lamentos
bien poco ofenderán al aire vano,
pues a término tal soy reducido,
que ofrece Amor a los airados vientos
mis esperanzas, y en ajena mano
ha puesto el bien que tuve merescido.
Será el fruto cogido
que sembró mi amoroso pensamiento
y regaron mis lágrimas cansadas,

por las afortunadas
manos a quien faltó merescimiento
y sobró la ventura,
que allana lo difícil y asegura.

Pues el que ve su gloria convertida
en tan amarga dolorosa pena
y tomando su bien cualquier camino,
¿por qué no acaba la enojosa vida?
¿Por qué no rompe la vital cadena
contra todas las fuerzas del Destino?
Poco a poco camino
al dulce trance de la amarga muerte,
y así, atrevido aunque cansado brazo,
sufrid el embarazo
del vivir, pues ensalza nuestra suerte
saber que a Amor le place
que el dolor haga lo que el hierro hace.

Cierta mi muerte está, pues no es posible
que viva aquel que tiene la esperanza
tan muerta y tan ajeno está de gloria;
pero temo que Amor haga imposible
mi muerte, y que una falsa confianza
dé vida, a mi pesar, a la memoria.
Mas ¿qué? Si por la historia
de mis pasados bienes la poseo,
y miro bien que todos son pasados,
y los graves cuidados
que triste ahora en su lugar poseo,
ella será más parte
para que de ella y del vivir me aparte.

¡Ay, bien único y sólo al alma mía,
sol que mi tempestad aserenaste,
término del valor que se desea!
¿Será posible que se llega el día
donde he de conocer que me olvidaste,
y que permita Amor que yo le vea?
Primero que esto sea,
primero que tu blanco hermoso cuello
esté de ajenos brazos rodeado,
primero que el dorado

—oro es mejor decir—de tu cabello
a Daranio enriquezca,
con fenecer mi vida el mal fenezca.

    Nadie por fe te tuvo merescida
mejor que yo; mas veo que es fe muerta
la que con obras no se manifiesta.
Si se estimara el entregar la vida
al dolor cierto y a la gloria incierta,
pudiera yo esperar alegre fiesta;
mas no se admite en esta
cruda ley que Amor usa el buen deseo,
pues es proverbio antiguo entre amadores
que son obras amores,
y yo, que, por mi mal, sólo poseo
la voluntad de hacellas,
¿qué no me ha de faltar faltando en ellas?

    En ti pensaba yo que se rompiera
esta ley del avaro Amor usada,
pastora, y que los ojos levantaras
a una alma de la tuya prisionera
y a tu propio querer tan ajustada,
que, si la conoscieras, la estimaras.
Pensé que no trocaras
una fe que dio muestras de tan buena
por una que quilata sus deseos
con los vanos arreos
de la riqueza, de cuidados llena:
entregástete al oro
por entregarme a mí continuo al lloro.

    Abatida pobreza, causadora
De este dolor que me atormenta el alma,
aquel te loa que jamás te mira;
turbóse en ver tu rostro, mi pastora,
a su amor tu aspereza puso en calma,
y así, por no encontrarte, el pie retira.
Mal contigo se aspira
a conseguir intentos amorosos:
tú derribas las altas esperanzas,
y siembras mil mudanzas
en mujeriles pechos codiciosos;

tú jamás perfeccionas
con amor el valor de las personas.

Sol es el oro cuyos rayos ciegan
la vista más aguda si se ceba
en la vana apariencia del provecho.
A liberales manos no se niegan
las que gustan de hacer notoria prueba
de un blando, codicioso, hermoso pecho.
Oro tuerce el derecho
de la limpia intención y fe sincera,
y, más que la firmeza de un amante,
acaba un diamante,
pues su dureza vuelve un pecho cera
por más duro que sea,
pues se le da con él lo que desea.

De ti me pesa, dulce mi enemiga,
que tantas tuyas puras perfecciones
con una avara muestra has afeado.
Tanto del oro te mostraste amiga,
que echaste a las espaldas mis pasiones
y al olvido entregaste mi cuidado.
En fin, ¡que te has casado!
¡Casado te has, pastora! El Cielo haga
tan buena tu elección como querrías,
y de las penas mías
injustas no recibas justa paga;
mas, ¡ay!, que el Cielo amigo
da premio a la virtud, y al mal, castigo.

Aquí dio fin a su canto el lastimado Mireno, con muestras de tanto dolor, que le causó a todos los que escuchándole estaban, principalmente a los que le conocían y sabían sus virtudes, gallarda disposición y honroso trato. Y, después de haber dicho entre los pastores algunos discursos sobre la extraña condición de las mujeres, en especial sobre el casamiento de Silveria, que, olvidada del amor y bondad de Mireno, a las riquezas de Daranio se había entregado, deseosos de que Silerio diese fin a su cuento, puesto silencio a todo, sin ser menester pedírselo, él comenzó a seguir, diciendo:

—Llegado, pues, el día del riguroso trance, habiéndose quedado Nísida media legua antes de la villa en unos jardines, como conmigo había concertado, con excusa que dio a sus padres de no hallarse bien dispuesta, al partirme della me encargó la brevedad de mi tornada con la señal de la toca, porque, en traerla o no, ella entendiese el bueno o el mal suceso de Timbrio. Tornéselo yo a prometer, agraviándome de que tanto me lo encargase, y con esto me despedí della y de su hermana, que con ella se quedaba. Y llegado al puesto del combate, y llegada la hora de comenzarle, después de haber hecho los padrinos de entrambos las ceremonias y amonestaciones que en tal caso se requieren, puestos los dos caballeros en el estacado, al temeroso son de una ronca trompeta se acometieron con tanta destreza y arte, que causaba admiración en quien los miraba. Pero el Amor, o la razón—que es lo más cierto—, que a Timbrio favorecía, le dio tal esfuerzo, que, aunque a costa de algunas heridas, en poco espacio puso a su contrario de suerte que, teniéndole a sus pies herido y desangrado, le importunaba que, si quería salvar la vida, se rindiese. Pero el desdichado Pransiles le persuadía que le acabase de matar, pues le era más fácil a él, y de menos daño, pasar por mil muertes que rendirse una. Mas el generoso ánimo de Timbrio es de manera que ni quiso matar a su enemigo ni menos que se confesase por rendido; sólo se contentó con que dijese y conociese que era tan bueno Timbrio como él, lo cual Pransiles confesó de buena gana, pues hacía en esto tan poco, que sin verse en aquel término pudiera muy bien decirlo. Todos los circunstantes, que entendieron lo que Timbrio con su enemigo había pasado, lo alabaron y estimaron en mucho. Y apenas hube yo visto el feliz suceso de mi amigo, cuando, con alegría increíble y presta ligereza, volví a dar las nuevas a Nísida. Pero, ¡ay de mí!, que el descuido de entonces me ha puesto en el cuidado de ahora. ¡Oh memoria, memoria mía! ¿Porqué no la tuviste para lo que tanto me importaba? Mas creo que estaba ordenado en mí ventura que el principio de aquella alegría fuese el remate y fin de todos mis contentos. Yo volví a ver a Nísida con la presteza que he dicho; pero volví sin ponerme la blanca toca al brazo. Nísida, que con crecido deseo estaba esperando y mirando desde unos altos corredores mi tornada, viéndome volver sin la toca, entendió que algún siniestro revés a Timbrio había sucedido, y creyólo y sintiólo de manera que, sin ser parte otra cosa, faltándole todos los espíritus, cayó en el suelo con tan extraño desmayo que todos por muerta la tuvieron. Cuando ya yo llegué, hallé a toda la gente de su casa alborotada, y a su hermana haciendo mil extremos de dolor sobre el cuerpo de la triste Nísida. Cuando yo la vi en tal estado, creyendo firmemente que era muerta, y viendo que la fuerza del dolor me iba sacando de sentido, temeroso que, estando fuera dél, no diese o descubriese algunas muestras de mis pensamientos, me salí de la casa, y poco a poco volvía a dar las desdichadas nuevas al desdichado Timbrio. Pero como me hubiesen privado las ansias de mi fatiga las fuerzas de cuerpo y alma, no fueron tan ligeros mis pasos que no lo hubiesen sido más otros que la triste nueva a los padres de Nísida llevasen, certificándoles cierto que de un agudo parasismo había quedado muerta. Debió de oír esto Timbrio, y debió de quedar cual yo quedé, si no quedó peor; sólo sé decir que, cuando llegué a do pensaba hallarle, era ya algo anochecido, y supe de uno de sus padrinos que, con el otro, y por la posta, se había partido a Nápoles, con muestras de tanto descontento como si de la contienda vencido y deshonrado salido hubiera. Luego imaginé yo lo que ser podía, y púseme luego en camino para seguirle; y, antes que a Nápoles llegase, tuve nuevas ciertas de que Nísida no era muerta, sino que le había dado un desmayo que le duró veinticuatro horas, al cabo de las cuales había vuelto en sí con muchas lágrimas y sospiros. Con la certidumbre de esta nueva me consolé, y con más contento llegué a Nápoles, pensando hallar allí a Timbrio; pero no fue así, porque el caballero con quien él había venido me certificó que, en llegando a Nápoles, se partió sin decir cosa alguna, y que no sabía a qué parte; sólo imaginaba que, según le vio triste y melancólico después de la batalla, que no podía creer sino que a desesperarse hubiese ido. Nuevas fueron éstas que me tornaron a mis primeras lágrimas, y aun no contenta mi ventura con esto, ordenó que, al cabo de pocos días, llegasen a Nápoles los padres de Nísida, sin ella y sin su hermana, las cuales, según supe y según era pública voz, entrambas a dos se habían ausentado una noche viniendo con sus padres a Nápoles, sin que se supiese dellas nueva alguna. Tan confuso quedé con esto, que no sabía qué hacerme ni decirme; y, estando puesto en esta confusión tan extraña, vine a saber, aunque no muy cierto, que Timbrio, en el puerto de Gaeta, en una gruesa nave que para España iba, se había embarcado; y pensando que podría ser verdad, me vine luego a España, y en Jerez y en todas las partes que imaginé que podría estar le he buscado, sin hallar dél rastro alguno. Finalmente he venido a la ciudad de Toledo, donde están todos los parientes de los padres de Nísida, y lo que he alcanzado a saber es que ellos se vuelven a Toledo sin haber sabido nuevas de sus hijas. Viéndome, pues, yo ausente de Timbrio, ajeno de Nísida, y considerando que, ya que los hallase, ha de ser para gusto suyo y perdición mía, cansado ya y desengañado de las cosas deste falso mundo en que vivimos, he acordado de volver el pensamiento a mejor norte, y gastar lo poco que de vivir me queda en servicio del que estima los deseos y las obras en el punto que merecen. Y así, he escogido este hábito que veis y la ermita que habéis visto, adonde en dulce soledad reprima mis deseos y encamine mis obras a mejor paradero, puesto que, como viene de tan atrás la corrida de las malas inclinaciones que hasta aquí he tenido, no son tan fáciles de parar que no trascorra tanto y vuelva la memoria a combatirme, representándome las pasadas cosas; y cuando en estos puntos me veo, al son de aquella arpa que escogí por compañera en mi soledad, procuro aliviar la pesada carga de mis cuidados, hasta que el Cielo le tenga y se acuerde de llamarme a mejor vida. Este es, pastores, el suceso de mi desventura; y si he sido largo en contároslo, es porque no ha sido ella corta en fatigarme. Lo que os ruego es me dejéis volver a mi ermita, porque, aunque vuestra compañía me es agradable, he llegado a términos que ninguna cosa me da más gusto que la soledad, y de aquí entenderéis la vida que paso y el mal que sostengo.

Acabó con esto Silerio su cuento; pero no las lágrimas con que muchas veces le había acompañado. Los pastores le consolaron en ellas lo mejor que pudieron, especialmente Damón y Tirsi, los cuales con muchas razones le persuadieron a no perder la esperanza de ver a su amigo Timbrio con más contento que él sabría imaginar, pues no era posible sino que tras tanta fortuna aserenase el Cielo, del cual se debía esperar que no consentiría que la falsa nueva de la muerte de Nísida a noticia de Timbrio con más verdadera relación no viniese antes que la desesperación le acabase. Y que de Nísida se podría creer y conjeturar que, por ver a Timbrio ausente, se habría partido en su busca, y que si entonces la fortuna por tan extraños accidentes los había apartado, ahora por otros no menos extraños sabría juntarlos. Todas estas razones y otras muchas que le dijeron le consolaron algo; pero no de manera que despertase en él la esperanza de verse en vida más contenta, ni aun él la procuraba, por parecerle que la que había escogido era la que más le convenía.

Gran parte era ya pasada de la noche, cuando los pastores acordaron de reposar el poco tiempo que hasta el día quedaba, en el cual se habían de celebrar las bodas de Daranio y Silveria. Mas apenas había dejado la blanca aurora el enfadoso lecho del celoso marido cuando dejaron los suyos todos los más pastores de la aldea, y cada cual, como mejor pudo, comenzó por su parte a regocijar la fiesta: cuál trayendo verdes ramos para adornar la puerta de los desposados, y cuál con su tamborino y flauta les daba la madrugada; acullá se oía la regocijada gaita; acá sonaba el acordado rabel; allí, el antiguo salterio; aquí, los cursados albogues; quién con coloradas cintas adornaba sus castañetas para los esperados bailes; quién pulía y repulía sus rústicos aderezos para mostrarse galán a los ojos de alguna su querida pastorcilla; de modo que, por cualquier parte de la aldea que se fuese, todo sabía a contento, placer y fiesta. Sólo el triste y desdichado Mireno era aquel a quien todas estas alegrías causaban suma tristeza, el cual, habiéndose salido de la aldea, por no ver hacer sacrificio de su gloria, se subió en una costezuela que junto al aldea estaba, y allí, sentándose al pie de un antiguo fresno, puesta la mano en la mejilla y la caperuza encajada hasta los ojos, que en el suelo tenía clavados, comenzó a imaginar el desdichado punto en que se hallaba, y cuán, sin poderlo estorbar, ante sus ojos había de ver coger el fruto de sus deseos. Y esta consideración le tenía de suerte que lloraba tan tierna y amargamente que ninguno en tal trance le viera que con lágrimas no le acompañara. A esta sazón, Damón y Tirsi, Elicio y Erastro se levantaron, y asomándose a una ventana que el campo salía, lo primero en quien pusieron los ojos fue en el lastimado Mireno, y en verle de la suerte que estaba conocieron bien el dolor que padecía, y, movidos a compasión, determinaron todos de ir a consolarle, como lo hicieran si Elicio no les rogara que le dejaran ir a él solo, porque imaginaba que, por ser Mireno tan amigo suyo, con él más abiertamente que con otro su dolor comunicaría. Los pastores se lo concedieron, y yendo allá Elicio, hallóle tan fuera de sí y tan en su dolor transportado, que ni le conoció Mire no ni le habló palabra, lo cual visto por Elicio, hizo señal a los demás pastores que viniesen, los cuales, temiendo algún extraño accidente a Mireno sucedido, pues Elicio con priesa los llamaba, fueron allá, y vieron que estaba Mireno con los ojos tan fijos en el suelo, y tan sin hacer movimiento alguno que una estatua semejaba, pues, con la llegada de Elicio, ni con la de Tirsi, Damón y Erastro, no volvió de su extraño embelesamiento, sino fue que, a cabo de un buen espacio de tiempo, casi como entre dientes, comenzó a decir:

—¿Tú eres Silveria, Silveria? Si tú lo eres, yo no soy Mireno; y si soy Mireno, tú no eres Silveria, porque no es posible que esté Silveria sin Mireno, o Mireno sin Silveria. Pues ¿quién soy yo, desdichado? O ¿quién eres tú, desconocida? Yo bien sé que no soy Mireno, porque tú no has querido ser Silveria; a lo menos, la Silveria que ser debías y yo pensaba que fueras.

A esta sazón alzó los ojos, y como vio alrededor de sí los cuatro pastores, y conoció entre ellos a Elicio, se levantó, y sin dejar su amargo llanto le echó los brazos al cuello, diciéndole:

—¡Ay, verdadero amigo mío, y cómo ahora no tendrás ocasión de envidiar mi estado, como le envidiabas cuanto de Silveria me veías favorescido; pues si entonces me llamaste venturoso, ahora puedes llamarme desdichado, y trocar todos los títulos alegres que en aquel tiempo me dabas en los de pesar que ahora puedes darme! Yo sí que te podré llamar dichoso, Elicio, pues te consuela más la esperanza que tienes de ser querido que no te fatiga el verdadero temor de ser olvidado.

—Confuso me tienes, ¡oh Mireno!—respondió Elicio—, de ver los extremos que haces por lo que Silveria ha hecho, sabiendo que tiene padres a quien ha sido justo haber obedecido.

—Si ella tuviera amor—replicó Mireno—, poco inconveniente era la obligación de los padres para dejar de cumplir con lo que al amor debía; de do vengo a considerar, ¡oh Elicio!, que si me quiso bien, hizo mal en casarse, y si fue fingido el amor que me mostraba, hizo peor en engañarme, y ofréceme el desengaño a tiempo que no puede aprovecharme si no es con dejar en sus manos la vida.

—No está en términos la tuya, Mireno—replicó Elicio—, que tengas por remedio el acabarla, pues podría ser que la mudanza de Silveria no estuviese en la voluntad, sino en la fuerza de la obediencia de sus padres; y si tú la quisiste limpia y honestamente doncella, también la puedes querer ahora casada, correspondiendo ella ahora como entonces a tus buenos y honestos deseos.

—Mal conoces a Silveria, Elicio— respondió Mireno—, pues imaginas della que ha de hacer cosa de que pueda ser notada.

—Esta mesma razón que has dicho te condena—respondió Elicio—, pues si tú, Mireno, sabes de Silveria que no hará cosa que mal le esté, en la que ha hecho no debe de haber errado.

—Si no ha errado—respondió Mireno—, ha acertado a quitarme todo el buen suceso que de mis buenos pensamientos esperaba, y sólo en esto la culpo: que nunca me advirtió deste daño; antes, temiéndome dél, con firme juramento me aseguraba que eran imaginaciones mías, y que nunca a la suya había llegado pensar con Daranio casarse, ni se casaría, si conmigo no, con él ni con otro alguno, aunque aventurara en ello quedar en perpetua desgracia con sus padres y parientes; y debajo deste seguro y prometimiento faltar y romper la fe ahora de la manera que has visto, ¿qué razón hay que tal consienta, o qué corazón que tal sufra?

Aquí tornó Mireno a renovar su llanto, y aquí de nuevo le tuvieron lástima los pastores. A este instante llegaron dos zagales adonde ellos estaban, que el uno era pariente de Mireno y el otro criado de Daranio, que a llamar a Elicio, Tirsi, Damón y Erastro venía, porque las fiestas de su desposorio querían comenzarse. Pesábales a los pastores de dejar solo a Mireno; pero aquel pastor su pariente se ofreció a quedar con él. Y aun Mireno dijo a Elicio que se quería ausentar de aquella tierra, por no ver cada día a los ojos la causa de su desventura. Elicio le loó su determinación, y le encargó que, doquiera que estuviese, le avisase de cómo le iba. Mireno se lo prometió, y, sacando del seno un papel, le rogó que, en hallando comodidad, se le diese a Silveria; y con esto se despidió de todos los pastores, no sin muestras de mucho dolor y tristeza. El cual no se hubo bien apartado de su presencia cuando Elicio, deseoso de saber lo que en el papel venía, viendo que, pues estaba abierto, importaba poco leerle, le descogió, y, convidando a los otros pastores a escucharle, vio que en él venían escritos estos versos:

MIRENO A SILVERIA

El pastor que te ha entregado
lo más de cuanto tenía,
pastora, ahora te envía
lo menos que le ha quedado,
que es este pobre papel,
adonde claro verás
la fe que en ti no hallarás
y el dolor que queda en él.

Pero poco al caso hace
darte desto cuenta estrecha
si mi fe no me aprovecha
y mi mal te satisface.
No pienses que es mi intención
quejarme porque me dejas,
que llegan tarde las quejas
de mi temprana pasión.

Tiempo fue ya que escucharas
el cuento de mis enojos
y aun, si lloraran mis ojos,
las lágrimas enjugaras.
Entonces era Mireno
el que era de ti mirado;
mas ¡ay, cómo te has trocado,
tiempo bueno, tiempo bueno!

Si durara aquel engaño,
templárase mi desgusto,
pues más vale un falso gusto
que un notorio y cierto daño.
Pero tú, por quien se ordena
mi terrible malandanza,
has hecho con tu mudanza
falso el bien, cierta la pena.

Tus palabras lisonjeras
y mis crédulos oídos
me han dado bienes fingidos
y males que son de veras.
Los bienes, con su apariencia,
crescieron mi sanidad;
los males, con su verdad,
han doblado mi dolencia.

Por esto juzgo y discierno
por cosa cierta y notoria
que tiene el Amor su gloria
a las puertas del infierno,
y que un desdén acarrea
y un olvido en un momento
desde la gloria al tormento
al que en amar no se emplea.

Con tanta presteza has hecho
este mudamiento extraño,
que estoy ya dentro del daño
y no salgo del provecho,
porque imagino que ayer
era cuando me querías,
o, a lo menos, lo fingías

que es lo que se ha de creer:

y el agradable sonido
de tus palabras sabrosas
y razones amorosas
aun me suena en el oído.
Estas memorias suaves
al fin me dan más tormento,
pues tus palabras el viento
llevó, y las obras, quien sabes.

¿Eras tú la que jurabas
que se acabasen tus días
si a Mireno no querías
sobre todo cuanto amabas?
¿Eres tú, Silveria, quien
hizo de mí tal caudal,
que, siendo todo tu mal,
me tenías por tu bien?

¡Oh qué títulos te diera
de ingrata, como mereces,
si, como tú me aborreces,
también yo te aborreciera!
Mas no puedo aprovecharme
del medio de aborrecerte,
que estimo más el quererte
que tú has hecho el olvidarme.

Triste gemido a mi canto
ha dado tu mano fiera;
invierno a mi primavera,
y a mi risa amargo llanto.
Mi gasajo ha vuelto en luto,
y de mis blandos amores
cambió en abrojos las flores
y en veneno el dulce fruto.

Y aun dirás—y esto me daña—
que es el haberte casado
y el haberme así olvidado.
una honesta honrosa hazaña.
¡Disculpa fuera admitida

si no te fuera notorio
que estaba en tu desposorio
el fin de mi triste vida!

Mas, en fin, tu gusto fue
gusto; pero no fue justo,
pues con premio tan injusto
pagó mi inviolable fe,
la cual, por ver que se ofrece
de mostrar la fe que alcanza,
ni la muda tu mudanza,
ni mi mal la desfallece.

Quien esto vendrá a entender
cierto estoy que no se asombre,
viendo al fin que yo soy hombre,
y tú, Silveria, mujer,
adonde la ligereza
hace de continuo asiento,
y adonde en mí el sufrimiento
es otra naturaleza.

Ya te contemplo casada,
y de serlo arrepentida,
porque ya es cosa sabida
que no estarás firme en nada.
Procura alegre llevallo
el yugo que echaste al cuello,
que podrás aborrecello
y no podrás desechallo.

Mas eres tan inhumana
y de tan mudable ser.
que lo que quisiste ayer
has de aborrecer mañana.
Y así, por extraña cosa,
dirá aquel que de ti hable:
"Hermosa, pero mudable;
mudable, pero hermosa."

No parecieron mal los versos de Mireno a los pastores, sino la ocasión a que se habían hecho, considerando con cuánta presteza la mudanza de Silveria le había traído a punto de desamparar la amada patria y queridos amigos, temeroso cada uno que en el suceso de sus pretensiones lo mismo le sucediese. Entrados, pues, en el aldea, y llegados adonde Daranio y Silveria estaban, la fiesta se comenzó tan alegre y regocijadamente cuanto en las riberas del Tajo en muchos tiempos se había visto; que, por ser Daranio uno de los más ricos pastores de toda aquella comarca, y Silveria de las hermosas pastoras de toda la ribera, acudieron a sus bodas toda o la más pastoría de aquellos contornos. Y así se hizo una célebre junta de discretos pastores y hermosas pastoras, y entre los que a los demás en muchas y diversas habilidades se aventajaron fueron el triste Orompo, el celoso Orfenio, el ausente Crisio y el desamado Marsilio, mancebos todos, y todos enamorados, aunque de diferentes pasiones oprimidos; porque al triste Orompo fatigaba la temprana muerte de su querida Listea; y al celoso Orfenio, la insufrible rabia de los celos, siendo enamorado de la hermosa pastora Eandra; al ausente Crisio, el verse apartado de Claraura, bella y discreta pastora a quien él por único bien suyo tenía; y al desesperado Marsilio, el desamor que para con él en el pecho de Belisa se encerraba. Eran todos amigos y de una mesma aldea, y la pasión del uno el otro no la ignoraba; antes en dolorosa competencia muchas veces se habían juntado a encarecer cada cual la causa de su tormento, procurando cada uno mostrar como mejor podía que su dolor a cualquier otro se aventajaba, teniendo por suma gloria ser en la pena mejorado; y tenían todos tal ingenio, o, por mejor decir, tal dolor padecían, que, como quiera que le significasen, mostraban ser el mayor que imaginarse podía. Por estas disputas y competencias eran famosos y conocidos en todas las riberas del Tajo, y habían puesto deseo a Tirsi y a Damón de conocerlos, y viéndolos allí juntos, unos a otros se hicieron corteses y agradables recibimientos; principalmente, todos con admiración miraban a los dos pastores Tirsi y Damón, hasta allí dellos solamente por fama conocidos.

A esta sazón salió el rico pastor Daranio a la serrana vestido: traía camisa alta de cuello plegado, almilla de frisa, sayo verde escotado, zaragüelles de delgado lienzo, antiparas azules, zapato redondo, cinto tachonado, y de la color del sayo una cuarteada caperuza. No menos salió bien aderezada su esposa Silveria, porque venía con saya y cuerpos leonados guarnecidos de raso blanco, camisa de pechos labrada de azul y verde, gorguera de hilo amarillo sembrado de argentería, invención de Galatea y Florisa, que la vistieron; garbín turquesado con flecos de encarnada seda, alcorque dorado, zapatillas justas, corales ricos y sortija de oro, y sobre todo, su belleza, que más que todo la adornaba. Salió luego tras ella la sin par Galatea, como sol tras el aurora, y su amiga Florisa, con otras muchas y hermosas pastoras que por honrar las bodas a ellas habían venido, entre las cuales también iba Teolinda, con cuidado de hurtar el rostro a los ojos de Damón y Tirsi, por no ser de ellos conocida. Y luego las pastoras, siguiendo a los pastores que guiaban, al son de muchos pastoriles instrumentos, hacia el templo se encaminaron, en el cual espacio le tuvieron Elicio y Erastro de cebar los ojos en el hermoso rostro de Galatea, deseando que durara aquel camino más que la larga peregrinación de Ulises. Y, con el contento de verla, iba tan fuera de sí Erastro, que, hablando con Elicio, le dijo:

—¿Qué miras, pastor, si a Galatea no miras? Pero ¿cómo podrás mirar el sol de sus cabellos, el cielo de su frente, las estrellas de sus ojos, la nieve de su rostro, la grana de sus mejillas, el color de sus labios, el marfil de sus dientes, el cristal de su cuello, el mármol de su pecho?

—Todo eso he podido ver, ¡oh Erastro!— respondió Elicio—, y ninguna cosa de cuantas has dicho es causa de mi tormento, sino es la aspereza de su condición, que, si no fuera tal como tú sabes, todas las gracias y bellezas que en Galatea conoces fueran ocasión de mayor gloria nuestra.

—Bien dices—dijo Erastro—; pero todavía no me podrás negar que, a no ser Galatea tan hermosa, no fuera tan deseada, y a no ser tan deseada, no fuera tanta nuestra pena, pues toda ella nace del deseo.

—No te puedo yo negar, Erastro—respondió Elicio—, que todo cualquier dolor y pesadumbre no nazca de la privación y falta de aquello que deseamos; mas juntamente con esto te quiero decir que ha perdido conmigo mucho la calidad del amor con que yo pensé que a Galatea querías; porque si solamente la quieres por ser hermosa, muy poco tiene que agradecerte, pues no habrá ningún hombre, por rústico que sea, que la mire que no la desea, porque la belleza, dondequiera que está, trae consigo el hacer desear. Así que a este simple deseo, por ser tan natural, ningún premio se le debe, porque si se le debiera, con sólo desear el cielo le tuviéramos merescido; mas ya ves Erastro, ser esto tan al revés como nuestra verdadera ley nos lo tiene mostrado. Y puesto caso que la hermosura y belleza sea una principal parte para atraernos a desearla y a procurar gozarla, el que fuere verdadero enamorado no ha de tener tal gozo por último fin suyo, sino que, aunque la belleza le acarree este deseo, la ha de querer solamente por ser bueno, sin que otro algún interés le mueva; y éste se puede llamar, aun en las cosas de acá, perfecto y verdadero amor, y es digno de ser agradecido y premiado, como vemos que premia conocida y aventaja damente el Hacedor de todas las cosas a aquellos que, sin moverles otro interés alguno de temor, de pena o de esperanza de gloria, le quieren, le aman y le sirven solamento por ser bueno y digno de ser amado; y ésta es la última y mayor perfección que en el amor divino se encierra, y en el humano también, cuando no se quiere mas de por ser bueno lo que se ama, sin haber error de entendimiento; porque muchas veces lo malo nos parece bueno y lo bueno malo, y así amamos lo uno y aborrecemos lo otro, y este tal amor no merece premio, sino castigo. Quiero inferir de todo lo que he dicho, ¡oh Erastro!, que si tú quieres y amas la hermosura de Galatea con intención de gozarla, y en este para el fin de tu deseo, sin pasar adelante a querer su virtud, su acrecentamiento de fama, su salud, su vida y bienes, entiende que no amas como debes, ni debes ser remunerado como quieres.

Quisiera Erastro replicar a Elicio y darle a entender cómo no entendía bien el amor con que a Galatea amaba; pero estorbólo el son de la zampoña del desamorado Lenio, el cual quiso también hallarse a las bodas de Daranio y regocijar la fiesta con su canto. Y así, puesto delante de los desposados, en tanto que al templo llegaban, al son del rabel de Eugenio estos versos fue cantando:

LENIO

¡Desconocido, ingrato Amor, que asombras
a veces los gallardos corazones,
y con vanas figuras, vanas sombras,
pones al alma libre mil prisiones!
Si de ser dios te precias y te nombras
con tan subido nombre, no perdones
al que, rendido al lazo de Himeneo,
rindiere a nuevo ñudo su deseo.

En conservar la ley pura y sincera,
del santo matrimonio pon tu fuerza;
descoge en este campo tu bandera;
haz a tu condición en esto fuerza,
que bella flor, que dulce fruto espera,
por pequeño trabajo, el que se esfuerza
a llevar este yugo como debe,
que, aunque parece carga, es carga leve.

Tú puedes, si te olvidas de tus hechos
y de tu condición tan desabrida,
hacer alegres tálamos y lechos
do el yugo conyugal a dos anida.
Enciérrate en sus almas y en sus pechos
hasta que acabe el curso de su vida
y vayan a gozar, como se espera,
de la agradable eterna primavera.

Deja las pastoriles cabañuelas
y al libre pastorcillo hacer su oficio;
vuela más alto ya, pues tanto vuelas,
y aspira a mejor grado y ejercicio.
En vano te fatigas y desvelas
en hacer de las almas sacrificio,
si no las rindes con mejor intento
al dulce de Himeneo ayuntamiento.

Aquí puedes mostrar la poderosa
mano de tu poder maravilloso,
haciendo que la nueva tierna esposa
quiera, y que sea querida de su esposo,
sin que aquella infernal rabia celosa
les turbe su contento y su reposo,
ni el desdén sacudido y zahareño
les prive del sabroso y dulce sueño.

Mas si, ¡pérfido Amor!, nunca escuchadas
fueron de ti plegarias de tu amigo,
bien serán estas mías desechadas,
que te soy y seré siempre enemigo.
Tu condición, tus obras mal miradas,
de quien es todo el mundo buen testigo,
hacen que yo no esperé de tu mano
contento, alegre, venturoso y sano.

Ya se maravillaban, los que al desamorado Lenio escuchando iban, de ver con cuánta mansedumbre las cosas de amor trataba, llamándole dios y de mano poderosa, cosa que jamás le habían oído decir. Mas, habiendo oído los versos con que acabó su canto, no pudieron dejar de reírse, porque ya les pareció que se iba colerizando y que si adelante. en su canto pasara, él pusiera al Amor como otras veces solía; pero faltóle el tiempo, porque se acabó el camino. Y así, llegados al templo, y hechas en él por los sacerdotes las acostumbradas ceremonias, Daranio y Silveria quedaron en perpetuo y estrecho ñudo ligados, no sin envidia de muchos que los miraban, ni sin dolor de algunos que la hermosura de Silveria codiciaban; pero a todo dolor sobrepujara el que sintiera el sin ventura Mireno si a este espectáculo se hallara presente. Vueltos, pues, los desposados del templo con la mesma compañía que habían llevado, llegaron a la plaza de la aldea, donde hallaron las mesas puestas, y adonde quiso Daranio hacer públicamente demostración de sus riquezas, haciendo a todo el pueblo un generoso y suntuoso convite. Estaba la plaza tan enramada, que una hermosa verde floresta parescía, entretejidas las ramas por cima de tal modo, que los agudos rayos del Sol en todo aquel circuito no hallaban entrada para calentar el fresco suelo, que cubierto con muchas espadañas y con mucha diversidad de flores se mostraba.

Allí, pues, con general contento de todos, se solemnizó el generoso banquete al son de muchos pastorales instrumentos, sin que diesen menos gusto que el que suelen dar las acordadas músicas que en los reales palacios se acostumbran. Pero lo que más autorizó la fiesta fue ver que, en alzándose las mesas, en el mismo lugar con mucha presteza hicieron un tablado, para efecto de que los cuatro discretos y lastimados pastores Orompo, Marsilio, Crisio y Orfenio, por honrar las bodas de su amigo Daranio y por satisfacer el deseo que Tirsi y Damón tenían de escucharles, querían allí en público recitar una égloga que ellos mismos de la ocasión de sus mismos dolores habían compuesto. Acomodados, pues, en sus asientos todos los pastores y pastoras que allí estaban, después de la zampoña de Erastro y la lira de Lenio y los otros instrumentos hicieron prestar a los presentes un sosegado y maravilloso silencio, el primero que se mostró en el humilde teatro fue el triste Orompo, con un pellico negro vestido y un cayado de amarillo boj en la mano, el remate del cual era una fea figura de la muerte; venía con hojas de funesto ciprés coronado, insinias todas de la tristeza que en él reinaba por la inmatura muerte de su querida Listea; y, después que con triste semblante los llorosos ojos a una y a otra parte hubo tendido, con muestras de infinito dolor y amargura, rompió el silencio con semejantes razones:

OROMPO

Salid de lo hondo del pecho cuitado,
palabras sangrientas, con muerte mezcladas:
y si los sospiros os tienen atadas,
abrid y romped el siniestro costado.
El aire os impide, que está ya inflamado
del fiero veneno de vuestros acentos;
salid, y siquiera os lleven los vientos,
que todo mi bien también me han llevado.

Poco perdéis en veros perdidas,
pues ya os ha faltado el alto sujeto
por quien en estilo grave y perfecto
hablábades cosas de punto subidas;
notadas un tiempo y bien conocidas
fuistes por dulces, alegres, sabrosas;
ahora por tristes, amargas, llorosas,
seréis de la tierra y del cielo tenidas.

Pero aunque salgáis, palabras, temblando,
¿con cuáles podréis decir lo que siento
si es incapaz mi fiero tormento
de irse cual es al vivo pintando?
Mas ya que me falta el cómo y el cuándo
de significar mi pena y mi mengua,
aquello que falta y no puede la lengua,
suplan mis ojos, contino llorando.

¡Oh muerte, que atajas y cortas el hilo
de mil pretensiones gustosas humanas,
y en un volver de ojos las sierras allanas
y haces iguales a Henares y al Nilo!
¿Por qué no templaste, traidora, el estilo
tuyo cruel? ¿Por qué, a mi despecho,
probaste en el blanco y más lindo pecho
de tu fiero alfanje la furia y el filo?

¿En qué te ofendían, ¡oh falsa!, los años
tan tiernos y verdes de aquella cordera?
¿Por qué te mostraste con ella tan fiera?
¿Por qué en el suyo creciste mis daños?
¡Oh mi enemiga y amiga de engaños!
De mí, que te busco, te escondes y ausentas,
y quieres y trabas razones y cuentas
con el que más teme tus males tamaños.

En años maduros, tu ley, tan injusta,
pudiera mostrar su fuerza crescida,
y no descargar la dura herida
en quien del vivir ha poco que gusta.
Mas esa tu hoz, que todo lo ajusta
y mando ni ruego jamás la doblega,
así con rigor la flor tierna siega
como la caña ñudosa y robusta.

Cuando a Listea del suelo quitaste,
tu ser, tu valor, fuerza, tu brío,
tu ira, tu mando y tu señorío,
con sólo aquel triunfo al mundo mostraste.
Llevando a Listea, también te llevaste
la gracia, el donaire, belleza y cordura
mayor de la tierra, y en su sepultura
este bien todo con ella encerraste.

Sin ella, en tiniebla perpetua ha quedado
mi vida penosa, que tanto se alarga,
que es insufrible a mis hombros su carga:
que es muerte la vida del que es desdichado.
Ni espero en fortuna, ni espero en el hado,
ni espero en el tiempo, ni espero en el Cielo,

ni tengo de quién espere consuelo,
ni es bien que se espere en mal tan sobrado.

    ¡Oh vos, que sentís qué cosa es dolores!
Venid y tomad consuelo en los míos,
que, en viendo su ahinco, sus fuerzas, sus bríos,
veréis que los vuestros son mucho menores.
¿Do estáis ahora, gallardos pastores?
Crisio, Marsilio y Orfenio, ¿qué hacéis?
¿Por qué no venís? ¿Por qué no tenéis
por más que los vuestros mis daños mayores?

    Mas ¿quién es aquel que asoma y que quiebra
por la encrucijada de aqueste sendero?
Marsilio es, sin duda, de Amor prisionero.
Belisa es la causa, a quien siempre celebra.
A éste le roe la fiera culebra
del crudo desdén el pecho y el alma
y pasa su vida en tormenta sin calma,
y aun no es, cual la mía, su suerte tan negra.

    El piensa que el mal que el alma le aqueja
es más que el dolor de mi desventura.
Aquí será bien que entre esta espesura
me esconda, por ver si acaso se queja.
Mas, ¡ay!, que a la pena que nunca me deja
pensar igualarla es gran desatino,
pues abre la senda y cierra el camino
al mal que se acerca y al bien que se aleja.

MARSILIO

    ¡Pasos que al de la muerte
me lleváis paso a paso,
forzoso he de acusar vuestra pereza!
Seguid tan dulce suerte,
que en este amargo paso
está mi bien y en vuestra ligereza.
Mirad que la dureza
de la enemiga mía
en el airado pecho,
contrario a mí provecho,
en su entereza está, cual ser solía;

huigamos si es posible
del áspero rigor suyo terrible.

¿A qué apartado clima,
a qué región incierta
iré a vivir que pueda asegurarme
del mal que me lastima,
del ansia triste y cierta
que no se ha de acabar hasta acabarme?
Ni estar quedo o mudarme
a la arenosa Libia,
o al lugar donde habita
el fiero y blanco escita,
un solo punto mi dolor alivia:
que no está mi contento
en hacer de lugares mudamiento.

Aquí y allí me alcanza
el desdén riguroso
de la sin par cruel pastora mía,
sin que amor ni esperanza
un término dichoso
me puedan prometer en tal porfía.
¡Belisa, luz del día,
gloria de la edad nuestra,
si valen ya contigo
ruegos de un firme amigo,
tiempla el rigor airado de tu diestra,
y el fuego deste mío
pueda en tu pecho deshacer el frío!

Más sorda a mi lamento,
más implacable y fiera
que a la voz del cansado marinero
el riguroso viento
que el mar turba y altera
y amenaza a la vida el fin postrero;
mármol, diamante, acero,
alpestre y dura roca,
robusta, antigua encina,
roble que nunca inclina
la altiva rama al cierzo que le toca:
todo es blando y suave

comparado al rigor que en tu alma cabe.

Mi duro amargo hado,
mi inexorable estrella,
mi voluntad, que todo lo consiente,
me tienen condenado,
Belisa, ingrata y bella,
a que te sirva y ame eternamente.
Y aunque tu hermosa frente,
con riguroso ceño,
y tus serenos ojos
me anuncien mil enojos,
serás de esta alma conocida dueño
en tanto que en el suelo
la cubriere mortal corpóreo velo.

¿Hay bien que se le iguale
al mal que me atormenta?
¿Y hay mal en todo el mundo tan esquivo?
El uno y otro sale
de toda humana cuenta,
y aun yo sin ella en viva muerte vivo.
En el desdén avivo
mi fe, y allí se enciende
con el helado frío;
mirad que desvarío,
y el dolor desusado que me ofende,
y si podrá igualarse
al mal que más quisiera aventajarse.

Mas, ¿quién es el que mueve
las ramas intrincadas
deste acopado mirto y verde asiento?

OROMPO

Un pastor que se atreve,
con razones fundadas
en la pura verdad de su tormento,
mostrar que el sentimiento
de su dolor crescido
al tuyo se aventaja,
por más que tú le estimes,

levantes y sublimes.

MARSILIO

Vencido quedarás en tal baraja,
Orompo, fiel amigo,
y tú mismo serás dello testigo.

Si de las ansias mías,
si de mi mal insano
la más mínima parte conocieras,
cesaran tus porfías,
Orompo, viendo llano
que tú penas de burla y yo de veras.

OROMPO

Haz, Marsilio, quimeras
de tu dolor extraño,
y al mío menoscaba,
que la vida me acaba,
que yo espero sacarte dese engaño,
mostrando al descubierto
que el tuyo es sombra de mi mal, que es cierto.
Pero la voz sonora
de Crisio oigo que suena,
pastor que en la opinión se te parece;
escuchémosle ahora,
que su cansada pena
no menos que la tuya la engrandece.

MARSILIO

Hoy el tiempo me ofrece
lugar y coyuntura
donde pueda mostraros
a entrambos y enteraros
de qué sola la mía es desventura.

OROMPO

Atiende ahora, Marsilio,
la voz de Crisio y lamentable estilo.

CRISIO

¡Ay dura, ay importuna, ay triste ausencia!
¡Cuán fiera debió estar de conocerte
el que igualó tu fuerza y violencia
al poder invencible de la muerte!
Que, cuando con mayor rigor sentencia,
¿qué puede más su limitada suerte
que deshacer el ñudo y recia liga
que a cuerpo y alma estrechamente liga?

Tu duro alfanje a mayor mal se extiende,
pues un espíritu en dos mitades parte.
¡Oh milagros de amor que nadie entiende,
ni se alcanzan por ciencia ni por arte!
¡Que deje su mitad con quien la enciende
allá mi alma, y traiga acá la parte
más frágil, con la cual más mal se siente
que estar mil veces de la vida ausente!

Ausente estoy de aquellos ojos bellos
que serenaban la tormenta mía;
ojos vida de aquel que pudo vellos,
si de allí no pasó la fantasía:
que verlos y pensar de merecellos
es loco atrevimiento y demasía.
Yo los vi, ¡desdichado!, y no los veo,
y mátame de verlos el deseo.

Deseo, y con razón, ver dividida,
por acortar el término a mi daño,
esta antigua amistad, que tiene unida
mi alma al cuerpo con amor tamaño
que, siendo de las carnes despedida,
con ligereza presta y vuelo extraño,
podrá tornar a ver aquellos ojos,
que son descanso y gloria a sus enojos.

Enojos son la paga y recompensa
que Amor concede al amador ausente,
en quien se cifra el mayor mal y ofensa
que en los males de amor se encierra y siente.

Ni poner discreción a la defensa,
ni un querer firme, levantado, ardiente,
aprovecha a templar deste tormento
la dura pena y el furor violento.

Violento es el rigor de esta dolencia;
pero, junto con esto, es tan durable,
que se acaba primero la paciencia,
y aun de la vida el curso miserable.
Muertes, desvíos, celos, inclemencias
de airado pecho, condición mudable,
no atormentan así ni dañan tanto
como este mal, que el nombre aun pone espanto.

Espanto fuera si dolor tan fiero
dolores tan mortales no causara;
pero todos son flacos, pues no muero,
ausente de mi vida dulce y cara.
Mas cese aquí mi canto lastimero,
que a compañía tan discreta y rara
como es la que allí veo será justo
que muestre al verla más sabroso el gusto.

OROMPO

Gusto nos da, buen Crisio, tu presencia,
y más viniendo a tiempo que podremos
acabar nuestra antigua diferencia.

CRISIO

Orompo, si es tu gusto, comencemos,
pues que juez de la contienda nuestra
tan recto aquí en Marsilio le tendremos.

MARSILIO

Indicio dais y conocida muestra
del error en que os trae tan embebidos
esa vana opinión notoria vuestra,
pues queréis que a los míos preferidos
vuestros dolores tan pequeños sean,
harto llorados más que conoscidos.

Mas por que el suelo y cielo juntos vean
cuánto vuestro dolor es menos grave
que las ansias que el alma me rodean,
la más pequeña que en mi pecho cabe,
pienso mostrar en vuestra competencia,
así como mi ingenio torpe sabe,
y dejaré a vosotros la sentencia
y el juzgar si mi mal es muy más fuerte
que el riguroso de la larga ausencia
o el amargo espantoso de la muerte,
de quien entrambos os quejáis sin tiento,
llamando dura y corta a vuestra suerte.

OROMPO

Deso yo soy, Marsilio, muy contento,
pues la razón que tengo de mi parte
el triunfo le asegura a mi tormento.

CRISIO

Aunque de exagerar me falta el arte,
veréis, cuando yo os muestre mi tristeza,
cómo quedan las vuestras a una parte.

MARSILIO

¿Qué ausencia llega a la inmortal dureza
de mi pastora, que es, con ser tan dura,
señora universal de la belleza?

OROMPO

¡Oh, a qué buen tiempo llega y coyuntura
Orfenio! ¿Véisle asomar? Estad atentos;
oiréis ponderar su desventura.
Celos es la ocasión de sus tormentos:
celos, cuchillo y ciertos turbadores
de las paces de amor y los contentos.

CRISIO

Escuchad, que ya canta sus dolores.

ORFENIO

¡Oh sombra escura que continuo sigues
a mi confusa triste fantasía;
enfadosa tiniebla, siempre fría,
que a mi contento y a mi luz persigues!

¿Cuándo será que tu rigor mitigues,
monstruo cruel y rigurosa arpía?
¿Qué ganas en turbarme la alegría,
o qué bien en quitármele consigues?

Mas si la condición de que te arreas
se extiende a pretender quitar la vida
al que te dio la tuya y te ha engendrado,

no me debe admirar que de mí seas
y de todo mi bien fiero homicida,
sino de verme vivo en tal estado.

OROMPO

Si el prado deleitoso,
Orfenio, te es alegre, cual solía
en tiempo más dichoso,
ven, pasarás el día
en nuestra lastimada compañía.

Con los tristes el triste
bien ves que se acomoda fácilmente;
ven, que aquí se resiste,
par de esta clara fuente,
del levantado Sol el rayo ardiente.

Ven, y el usado estilo
levanta, y como sueles te defiende
de Crisio y de Marsilio,
que cada cual pretende
mostrar que sólo es mal el que le ofende.

Yo solo en este caso
contrario habré de ser a ti y a ellos,

pues los males que paso
bien podré encarecellos,
mas no mostrar la menor parte dellos.

ORFENIO

No al gusto que le es sabrosa
así a la corderuela deshambrida
la yerba, ni gustosa
salud restituida
a aquel que ya la tuvo por perdida,

como es a mí sabroso
mostrar en la contienda que se ofrece
que el dolor riguroso
que el corazón padece
sobre el mayor del suelo se engrandece.

Calle su mal sobrado
Orompo; encubra Crisio su dolencia;
Marsilio esté callado:
muerte, desdén ni ausencia
no tengan con los celos competencia.

Pero si el Cielo quiere
que hoy salga a campo la contienda nuestra,
comience el que quisiere,
y dé a los otros muestra
de su dolor con torpe lengua o diestra:

que no está en la elegancia
y modo de decir el fundamento
y principal sustancia
del verdadero cuento,
que en la pura verdad tiene su asiento.

CRISIO

Siento, pastor, que tu arrogancia mucha
en esta lucha de pasiones nuestras
dará mil muestras de tu desvarío.

ORFENIO

Tiempla ese brío, o muéstralo a su tiempo,
que es pasatiempo, Crisio, tu congoja:
que el mal que afloja con volver el paso
no hay que hacer caso de su sentimiento.

CRISIO

Es mi tormento tan extraño y fiero,
que presto espero que tú mismo digas
que a mis fatigas no se iguala alguna.

MARSILIO

Desde la cuna soy yo desdichado.

OROMPO

Aun engendrado creo que no estaba
cuando sobraba en mí la desventura.

ORFENIO

En mi se apura la mayor desdicha.

CRISIO

Tu mal es dicha comparado al mío.

MARSILIO

Opuesto al brío de mi mal extraño,
es gloria el daño que a vosotros daña.

OROMPO

Esta maraña quedará muy clara
cuando a la clara mi dolor descubra.
Ninguno encubra ahora su tormento,
que yo del mío doy principio al cuento:

Mis esperanzas, que fueron
sembradas en parte buena,
dulce fruto prometieron,
y, cuando darle quisieron,
convirtióle el Cielo en pena.
Vi su flor maravillosa
en mil muestras deseosa
de darme una rica suerte,
y en aquel punto la muerte
cortómela de envidiosa.

Yo quedé cual labrador
que del trabajo contino
de su espaciosa labor
fruto amargo de dolor
le concede su destino,
y aun le quita la esperanza
de otra nueva buena andanza,
porque cubrió con la tierra
el Cielo donde se encierra
de su bien la confianza.

Pues si a término he llegado
que de tener gusto o gloria
vivo ya desesperado,
de que yo soy más penado
es cosa cierta y notoria:
que la esperanza asegura
en la mayor desventura
un dichoso fin que viene;
mas ¡ay de aquel que la tiene
cerrada en la sepultura!

MARSILIO

Yo, que el humor de mis ojos
siempre derramado ha sido
en lugar donde han nacido
cien mil espinas y abrojos
que el corazón me han herido;
yo sí soy el desdichado,
pues con nunca haber mostrado
un momento el rostro enjuto,

ni hoja, ni flor, ni fruto
he del trabajo sacado.

Que si alguna muestra viera
de algún pequeño provecho,
sosegárase mi pecho,
y, aunque nunca se cumpliera,
quedara al fin satisfecho,
por que viera que valía
mi enamorada porfía
con quien es tan desabrida,
que a mi hielo está encendida
y a mi fuego helada y fría.

Pues si es el trabajo vano
de mi llanto y sospirar,
y dél no pienso cesar,
a mi dolor inhumano,
¿cuál se le podrá igualar?
Lo que tu dolor concierta
es que está la causa muerta,
Orompo, de tu tristeza;
la mía, en más entereza,
cuanto más me desconcierta.

CRISIO

Yo, que teniendo en sazón
el fruto que se desvía
a mi contina pasión,
una súbita ocasión
de gozarle me desvía,
muy bien podré ser llamado
sobre todos desdichado,
pues que vendré a perecer,
pues no puedo parecer
adonde el alma he dejado.

Del bien que lleva la muerte
el no poder recobrallo
en alivio se convierte,
y un corazón duro y fuerte
el tiempo suele ablandallo.

Mas en ausencia se siente,
con un extraño accidente,
sin sombra de ningún bien,
celos, muertes y desdén,
que esto y más teme el ausente.

Cuanto tarda el cumplimiento
de la cercana esperanza,
aflige más el tormento,
y allí llega el sufrimiento
adonde ella nunca alcanza.
En las ansias desiguales,
el remedio de los males
es el no esperar remedio;
mas carecen deste medio
las de ausencias más mortales.

ORFENIO

El fruto que fue sembrado
por mi trabajo contino,
a dulce sazón llegado,
fue con próspero destino
en mi poder entregado.
Y apenas pude llegar
a términos tan sin par,
cuando vine a conocer
la ocasión de aquel placer
ser para mí de pesar.

Yo tengo el fruto en la mano,
y el tenerle me fatiga,
porque en mi mal inhumano,
a la más granada espiga
la roe un fiero gusano.
Aborrezco lo que quiero,
y por lo que vivo muero,
y yo me fabrico y pinto
un revuelto laberinto
de do salir nunca espero.

Busco la muerte en mi daño,
que ella es vida a mi dolencia;

con la verdad más me engaño,
y en ausencia y en presencia
va creciendo un mal tamaño.
No hay esperanza que acierte
a remediar mal tan fuerte,
ni por estar ni alejarme
es imposible apartarme
de esta triste viva muerte.

OROMPO

¿No es error conocido
decir que el daño que la muerte hace,
por ser tan extendido,
en parte satisface,
pues la esperanza quita
que el dolor administra y solicita?

Si de la gloria muerta
no se quedara viva la memoria
que el gusto desconcierta,
es cosa ya notoria
que, el no esperar tenella,
tiempla el dolor en parte de perdella.

Pero si está presente
la memoria del bien ya fenescido,
más viva y más ardiente
que cuando poseído,
¿quién duda que esta pena
no está más que otras de miserias llena?

MARSILIO

Si a un pobre caminante
le sucediese, por extraña vía,
huírsele delante,
al fenecer del día,
el albergue esperado
y con vana presteza procurado,

quedaría, sin duda,
confuso del temor que allí le ofrece

la escura noche y muda,
y más si no amanesce,
que el cielo a su ventura
no concede la luz serena y pura.

Yo soy el que camino
para llegar a un albergue venturoso,
y, cuando más vecino
pienso estar del reposo,
cual fugitiva sombra,
el bien me huye y el dolor me asombra.

CRISIO

Cual raudo y hondo río
suele impedir al caminante el paso,
y al viento, nieve y frío
le tiene en campo raso,
y el albergue delante
se le muestra de allí poco distante,

tal mi contento impide
esta penosa y tan prolija ausencia,
que nunca se comide
a aliviar su dolencia,
y casi ante mis ojos
veo quien remediara mis enojos.

Y el ver de mis dolores
tan cerca la salud, tanto me aprieta,
que los hace mayores,
pues por causa secreta,
cuando el bien es cercano,
tanto más lejos huye de mi mano.

ORFENIO

Mostróseme a la vista
un rico albergue, de mil bienes lleno;
triunfé de su conquista,
y cuando más sereno
se me mostraba el hado,
vilo en escuridad negra cambiado.

Allí donde consiste
el bien de los amantes bien queridos,
allí mi mal asiste;
allí se ven unidos
los males y desdenes
donde suelen estar todos los bienes.

Dentro de esta morada
estoy, de do salir nunca procuro,
por mi dolor fundada
de tan extraño muro,
que pienso que le abaten
cuantos le quieren, miran y combaten.

OROMPO

Antes el Sol acabará el camino
que es propio suyo, dando vuelta al cielo
después de haber tocado en cada signo,

que la parte menor de nuestro duelo
podamos declarar como se siente,
por más que el bien hablar levante el vuelo.

Tú dices, Crisio, que el que vive ausente
muere; yo, que estoy muerto, pues mi vida
a muerte la entregó el hado inclemente.

Y tú, Marsilio, afirmas que perdida
tienes de gusto y bien toda esperanza,
pues un fiero desdén es tu homicida.

Tú repites, Orfenio, que la lanza
aguda de los celos te traspasa,
no sólo el pecho, que hasta el alma alcanza.

Y como el uno lo que el otro pasa
no siente, su dolor solo exagera,
y piensa que al rigor del otro pasa.

Y, por nuestra contienda lastimera,
de tristes argumentos está llena

del caudaloso Tajo la ribera.

Ni por esto desmengua nuestra pena;
antes, por el tratar la llaga tanto,
a mayor sentimiento nos condena.

Cuanto puede decir la lengua, y cuanto
pueden pensar los tristes pensamientos,
es ocasión de renovar el llanto.

Cesen, pues, los agudos argumentos,
que en fin no hay mal que no fatigue y pene,
ni bien que dé seguros los contentos.

¡Harto mal tiene quien su vida tiene
cerrada en una estrecha sepultura,
y en soledad amarga se mantiene!

¡Desdichado del triste sin ventura
que padece de celos la dolencia
con quien no valen fuerzas ni cordura,

y aquel que en el rigor de larga ausencia
asa los tristes miserables días,
legado al flaco arrimo de paciencia,

y no menos aquel que en sus porfías
siente, cuando más arde, en su pastora
entrañas dulces e intenciones duras!

CRISIO

Hágase lo que pide Orompo ahora,
pues ya de recoger nuestro ganado
se va llegando a más andar la hora,

y, en tanto que al albergue acostumbrado
llegamos, y que el sol claro se aleja,
escondiendo su faz del verde prado,

con voz amarga y lamentable queja,
al son de los acordes instrumentos,
cantaremos el dolor que nos aqueja.

MARSILIO

Comienza, pues, ¡oh Crisio!, y tus acentos
lleguen a los oídos de Claraura,
llevados mansamente de los vientos,
como a quien todo tu dolor restaura.

CRISIO

Al que ausencia viene a dar
su cáliz triste a beber,
no tiene mal que temer
ni ningún bien que esperar.

En esta amarga dolencia
no hay mal que no esté cifrado,
temor de ser olvidado,
celos de ajena presencia;

quien la viniere a probar,
luego vendrá a conocer
que no hay mal de que temer,
ni menos bien que esperar.

OROMPO

Ved si es mal el que me aqueja
más que muerte conoscida,
pues forma quejas la vida
de que la muerte la deja.

Cuando la muerte llevo
toda mi gloria y contento,
por darme mayor tormento
con la vida me dejó.

El mal viene, el bien se aleja
con tan ligera corrida,
que forma quejas la vida
de que la muerte la deja.

MARSILIO

En mi terrible pesar
ya faltan, por más enojos,
las lágrimas a los ojos
y el aliento al sospirar.

La ingratitud y desdén
me tienen ya de tal suerte,
que espero y llamo a la muerte
por más vida y por más bien.

Poco se podrá tardar,
pues faltan en mis enojos
las lágrimas a los ojos
y el aliento al sospirar.

ORFENIO

Celos, a fe, si pudiera,
que yo hiciera por mejor
que fueran celos amor,
y que el amor celos fuera.

Deste trueco granjeara
tanto bien y tanta gloria,
que la palma y la victoria
de enamorado llevara.

Y aun fueran de tal manera
los celos en mi favor,
que, a ser los celos amor,
el amor yo solo fuera.

Con esta última canción del celoso Orfenio dieron fin a su égloga los discretos pastores, dejando satisfechos de su discreción a todos los que escuchado los habían, especialmente a Damón y a Tirsi, que gran contento en oírles rescibieron, paresciéndoles que más que de pastoril ingenio parescían las razones y argumentos que para salir con su propósito los cuatro pastores habían propuesto. Pero habiéndose movido contienda entre muchos de los circunstantes sobre cuál de los cuatro había alegado mejor de su derecho, en fin se vino a conformar el parecer de todos con el que dio el discreto Damón, diciéndoles que él para sí tenía que, entre todos los disgustos y sinsabores que el amor trae consigo, ninguno fatiga tanto al enamorado pecho como la incurable pestilencia de los celos, y que no se podían igualar a ella la pérdida de Orompo, ausencia de Crisio, ni la desconfianza de Marsilio.

—La causa es—dijo—que no cabe en razón natural que las cosas que están imposibilitadas de alcanzarse puedan por largo tiempo apremiar la voluntad a quererlas ni fatigar al deseo por alcanzarlas, porque el que tuviese voluntad y deseo de alcanzar lo imposible, claro está que cuanto más el deseo le sobrase, tanto más el entendimiento le faltaría. Y por esta mesma razón digo que la pena que Orompo padece no es sino una lástima y compasión del bien perdido; y por haberle perdido de manera que no es posible tornarle a cobrar, esta imposibilidad ha de ser causa para que su dolor se acabe, que, puesto que el humano entendimiento no puede estar tan unido siempre con la razón que deje de sentir la pérdida del bien que cobrar no se puede, y que, en efecto, ha de dar muestras de su sentimiento con tiernas lágrimas, ardientes sospiros y lastimosas palabras, so pena de que quien esto no hiciese antes por bruto que por hombre racional sería tenido, en fin, el discurso del tiempo cura esta dolencia, la razón la mitiga, y las nuevas ocasiones tienen mucha parte para borrarla de la memoria.

Todo esto es al revés en el ausencia, como apuntó bien Crisio en sus versos, que, como la esperanza en el ausente ande tan junta con el deseo, dale terrible fatiga la dilación de la tornada, porque, como no le impide otra cosa el gozar su bien sino algún brazo de mar o alguna distancia de tierra, parécele que, teniendo lo principal, que es la voluntad de la persona amada, que se hace notorio agravio a su gusto que cosas que son tan menos como un poco de agua o tierra le impidan su felicidad y gloria. Júntase asimismo a esta pena el temor de ser olvidado, las mudanzas de los humanos corazones; y, en tanto que la ausencia dura, sin duda alguna que es extraño el rigor y aspereza con que trata al alma del desdichado ausente; pero como tiene tan cerca el remedio, que consiste en la tornada, puédese llevar con algún alivio su tormento, y si sucediere ser la ausencia de manera que sea imposible volver a la presencia deseada, aquella imposibilidad viene a ser el remedio, como en el de la muerte. El dolor de que Marsilio se queja, puesto que es como el mismo que yo padezco, y por esta causa me había de parescer mayor que otro alguno, no por eso dejaré de decir lo que en él la razón me muestra, antes que aquello a que la pasión me incita. Confieso que es terrible dolor querer y no ser querido, pero mayor sería amar y ser aborrecido; y si los nuevos amadores nos guiásemos por lo que la razón y la experiencia nos enseñan, veríamos que todos los principios en cualquier cosa son dificultosos y que no padece esta regla excepción en los casos de amor, antes en ellos más se confirma y fortalece; así que quejarse el nuevo amante de la dureza del rebelde pecho de su señora va fuera de todo razonable término, porque como el amor sea y ha de ser voluntario, y no forzoso, no debo yo quejarme de no ser querido de quien quiero, ni debo hacer caudal del cargo que le hago, diciéndole que está obligada a amarme porque yo la amo; que, puesto que la persona amada debe, en ley de Naturaleza y en buena cortesía, no mostrarse ingrata con quien bien la quiere, no por eso le ha de ser forzoso y de obligación que corresponda del todo y por todo a los deseos de su amante; que si esto así fuese, mil enamorados importunos habría que por su solicitud alcanzasen lo que quizá no se les debería de derecho. Y, como el amor tenga por padre al conocimiento, puede ser que no halle en mí la que es de mí bien querida partes tan buenas que la muevan e inclinen a quererme, y así no está obligada, como ya he dicho, a amarme como yo estaré obligado a adorarla, porque hallé en ella lo que a mí me falta. Y por esta razón no debe el desdeñado quejarse de su amada, sino de su ventura, que le negó las gracias que al conocimiento de su señora pudieran mover a bien quererle; y así debe procurar con continuos servicios, con amorosas razones, con la no importuna presencia, con las ejercitadas virtudes, adobar y enmendar en él la falta que Naturaleza hizo, que este es tan principal remedio, que estoy por afirmar que será imposible dejar de ser amado el que con tan justos medios procurare granjear la voluntad de su señora. Y, pues, este mal del desdén tiene el bien deste remedio, consuélese Marsilio y tenga lástima al desdichado y celoso Orfenio, en cuya desventura se encierra la mayor que en las de amor imaginarse puede.

¡Oh celos, turbadores de la sosegada paz amorosa; celos, cuchillo de las más firmes esperanzas! No sé yo qué pudo saber de linajes el que a vosotros os hizo hijos del amor, siendo tan al revés, que por el mismo caso dejara el amor de serlo si tales hijos engendrara. ¡Oh celos, hipócritas y fementidos ladrones, pues para que se haga cuenta de vosotros en el mundo, en viendo nascer alguna centella de amor en algún pecho, luego procuráis mezclaros con ella, volviéndoos de su color, y aun procuráis usurparle el mando y señorío que tiene! Y de aquí nasce que, como os ven tan unidos con el amor, puesto que por vuestros efectos dais a conoscer que no sois el mismo amor, todavía procuráis que entienda el ignorante que sois sus hijos, siendo, como lo sois, nascidos de una baja sospecha, engendrados de un vil y desastroso temor, criados a los pechos de falsas imaginaciones, crescidos entre vilísimas envidias, sustentados de chismes y mentiras. Y porque se vea la destrucción que hace en los enamorados pechos esta maldita dolencia de los rabiosos celos, en siendo el amante celoso, conviene, con paz sea dicho de los celosos enamorados, conviene, digo, que sea, como lo es, traidor, astuto, revoltoso, chismero, antojadizo y aun malcriado; y a tanto se extiende la celosa furia que le señorea, que a la persona que más quiere es a quien más mal desea. Querría el amante celoso que sólo para él su dama fuese hermosa, y fea para todo el mundo; desea que no tenga ojos para ver más de lo que él quisiere, ni oídos para oír ni lengua para hablar; que sea retirada, desabrida, soberbia y mal acondicionada; y aun a veces desea, apretado de esta pasión diabólica, que su dama se muera y que todo se acabe. Todas estas pasiones engendran los celos en los ánimos de los amantes celosos; al revés de las virtudes que el puro y sencillo amor multiplica en los verdaderos y comedidos amadores, porque en el pecho de un buen enamorado se encierra discreción, valentía, liberalidad, comedimiento y todo aquello que le puede hacer loable a los ojos de las gentes. Tiene más, asimismo, la fuerza deste crudo veneno: que no hay antídoto que le preserve, consejo que le valga, amigo que le ayude ni disculpa que le cuadre; todo esto cabe en el enamorado celoso y más: que cualquiera sombra le espanta, cualquiera niñería le turba y cualquier sospecha, falsa o verdadera, le deshace; y a toda esta desventura le añade otra: que, con las disculpas que le dan, piensa que le engañan. Y no habiendo para la enfermedad de los celos otra medicina que las disculpas, y no queriendo el enfermo celoso admitirlas, síguese que esta enfermedad es sin remedio, y que a todas las demás debe anteponerse. Y así, es mi parecer que Orfenio es el más penado, pero no el más enamorado, sino de mucha curiosidad impertinente; y si son señales de amor, es como la calentura en el hombre enfermo, que el tenerla es señal de tener vida, pero vida enferma y maldispuesta, y así el enamorado celoso tiene amor, mas es amor enfermo y malacondicionado. Y también el ser celoso es señal de poca confianza del valor de sí mismo; y que sea esto verdad nos lo muestra el discreto y firme enamorado, el cual, sin llegar a la escuridad de los celos, toca en las sombras del temor, pero no se entra tanto en ellas que le escurezcan el sol de su contento, ni dellas se aparta tanto que le descuiden de andar solícito y temeroso; que si este discreto temor faltase en el amante, yo le tendría por soberbio y demasiadamente confiado, porque, como dice un común proverbio nuestro, quien bien ama, teme; teme, y aun es razón que tema, el amante que, como la cosa que ama es en extremo buena, o a él le pareció serlo, no parezca lo mismo a los ojos de quien la mirare y por la mesma causa se engendre el amor en otro que pueda y venga a turbar el suyo; teme y tema el buen enamorado las mudanzas de los tiempos, de las nuevas ocasiones que en su daño podrían ofrecerse, de que con brevedad no se acabe el dichoso estado que goza, y este temor ha de ser tan secreto, que no le salga a la lengua para decirle ni aun a los ojos para significarle; y hace tan contrarios efectos este temor del que los celos hacen en los pechos enamorados, que cría en ellos nuevos deseos de acrescentar más el amor, si pudiesen; de procurar con toda solicitud que los ojos de su amada no vean en ellos cosa que no sea digna de alabanza, mostrándose liberales, comedidos, galanes, limpios y bien criados; y tanto cuanto este virtuoso temor es justo se alabe, tanto y más es digno que los celos se vituperen.

Calló en diciendo esto el famoso Damón y llevó tras la suya las contrarias opiniones de algunos que escuchado le habían, dejando a todos satisfechos de la verdad que con tanta llaneza les había mostrado. Pero no se quedara sin respuesta si los pastores Orompo, Crisio, Marsilio y Orfenio hubieran estado presentes a su plática, los cuales, cansados de la recitada égloga, se habían ido a casa de su amigo Daranio. Estando todos en esto, ya que los bailes y danzas querían renovarse, vieron que por una parte de la plaza entraban tres dispuestos pastores, que luego de todos fueron conocidos, los cuales eran el gentil Francenio, el libre Lauso y el anciano Arsindo, el cual venía en medio de los dos pastores con una hermosa guirnalda de verde lauro en las manos, y, atravesando por medio de la plaza vinieron a parar donde Tirsi, Damón, Elicio y Erastro y todos los más principales pastores estaban, a los cuales con corteses palabras saludaron, y con no menor cortesía fueron dellos rescebidos, especialmente Lauso de Damón, de quien era antiguo y verdadero amigo. Cesando los comedimientos, puestos los ojos Arsindo en Damón y en Tirsi, comenzó a hablar de esta manera:

—La fama de vuestra sabiduría, que cerca y lejos se extiende, discretos y gallardos pastores, es la que a estos pastores y a mí nos trae a suplicaros queráis ser jueces de una graciosa contienda que entre estos dos pastores ha nascido, y es que, la fiesta pasada, Francenio y Lauso, que están presentes, se hallaron en una conversación de hermosas pastoras, entre las cuales, por pasar sin pesadumbre las horas ociosas del día, entre otros muchos juegos, ordenaron el que se llama de los propósitos. Sucedió, pues, que, llegando la vez de proponer y comenzar a uno destos pastores, quiso la suerte que la pastora que a su lado estaba y a la mano derecha tenía fuese, según él dice, la tesorera de los secretos de su alma, y la que por más discreta y más enamorada en la opinión de todos estaba. Llegándosele, pues, al oído, le dijo: "Huyendo va la esperanza." La pastora, sin detenerse en nada, prosiguió adelante, y al decir después cada uno en público lo que al otro había dicho en secreto, hallóse que la pastora había seguido el propósito diciendo: "Tenella con el deseo." Fue celebrada por los que presentes estaban la agudeza de esta respuesta; pero el que más la solemnizó fue el pastor Lauso, y no menos le pareció bien a Francenio. Y así, cada uno, viendo que lo propuesto y respondido eran versos comedidos, se ofreció de glosallos, y después de haberlo hecho, cada cual procura que su glosa a la del otro se aventaje, y, para asegurarse desto me quisieron hacer juez dello. Pero como yo supe que vuestra presencia alegraba nuestras riberas, aconsejéles que a vosotros viniesen, de cuya extremada ciencia y sabiduría cuestiones de mayor importancia pueden bien fiarse. Han seguido ellos mi parecer, y yo he querido tomar trabajo de hacer esta guirnalda para que sea dada en premio al que vosotros, pastores, viéredes que mejor ha glosado.

Calló Arsindo y esperó la respuesta de los pastores, que fue agradecerle la buena opinión que dellos tenía y ofrecerse de ser jueces desapasionados en aquella honrosa contienda. Con este seguro, luego Francenio tornó a repetir los versos y a decir su glosa, que era esta:

Huyendo va la esperanza;
tenella con el deseo.

GLOSA

Cuando me pienso salvar
en la fe de mi querer
me vienen luego a espantar
las faltas del merecer
y las sobras del pesar.
Muérese la confianza,
no tiene pulsos la vida,
pues se ve en mi alma andanza
que, del temor perseguida,
huyendo va la esperanza.

Huye, y llévase consigo
todo el gusto de mi pena,
dejando, por más castigo,
las llaves de mi cadena
en poder de mi enemigo.

Tanto se aleja, que creo
que presto se hará invisible,
y en su ligereza veo
que ni puedo, ni es posible
tenella con el deseo.

Dicha la glosa de Francenio, Lauso comenzó la suya, que así decía:

En el punto que os miré,
como tan hermosa os vi,
luego temí y esperé;
pero, en fin, tanto temí,
que con el temor quedé.
De veros, esto se alcanza:
una flaca confianza
y un temor acobardado,
que por no verle a su lado,
huyendo va la esperanza.

Y aunque me deja y se va
con tan extraña corrida,

por milagros se verá
que se acabará mi vida
y mi amor no acabará.
Sin esperanza me veo;
mas por llevar el trofeo
de amador sin interese,
no querría, aunque pudiese,
tenella con el deseo.

En acabando Lauso de decir su glosa, dijo Arsindo:

—Veis aquí, famosos Damón y Tirsi, declarada la causa sobre que es la contienda destos pastores; sólo resta ahora que vosotros deis la guirnalda a quien viéredes que con más justo título la merece: que Lauso y Francenio son tan amigos, y vuestra sentencia será tan justa, que ellos tendrán por bien lo que por vosotros fuere juzgado.

—No entiendas, Arsindo—respondió Tirsi—, que con tanta presteza, aunque nuestros ingenios fueran de la calidad que tú lo imaginas, se puede ni debe juzgar la diferencia, si hay alguna, de estas discretas glosas. Lo que yo sé decir dellas, y lo que Damón no querrá contradecirme, es que igualmente entrambas son buenas, y que la guirnalda se debe dar a la pastora que dio la ocasión a tan curiosa y loable contienda; y si deste parecer quedáis satisfechos, pagádnosle con honrar las bodas de nuestro amigo Daranio, alegrándolas con vuestras agradables canciones y autorizándolas con vuestra honrosa presencia.

A todos pareció bien la sentencia de Tirsi; los dos pastores la consintieron, y se ofrecieron de hacer lo que Tirsi les mandaba. Pero las pastoras y pastores que a Lauso conoscían se maravillaban de ver la libre condición suya en la red amorosa envuelta, porque luego vieron en la amarillez de su rostro, en el silencio de su lengua y en la contienda que con Francenio había tomado que no estaba su voluntad tan exenta como solía, y andaban entre sí imaginando quién podría ser la pastora que de su libre corazón triunfado había. Quién imaginaba que la discreta Belisa, y quién que la gallarda Leandra, y algunos que la sin par Arminda, moviéndoles a imaginar esto la ordinaria costumbre que Lauso tenía de visitar las cabañas de estass pastoras, y ser cada una dellas para sujetar con su gracia, valor y hermosura otros tan libres corazones como el de Lauso; y de esta duda tardaron muchos días en certificarse, porque el enamorado pastor apenas de sí mismo fiaba el secreto de sus amores. Acabado esto, luego toda la juventud del pueblo renovó las danzas, y los pastoriles instrumentos formaron una agradable música; pero viendo que ya el Sol apresuraba su carrera hacia el ocaso, cesaron las concertadas voces, y todos los que allí estaban determinaron de llevar a los desposados hasta su casa; y el anciano Arsindo, por cumplir lo que a Tirsi había prometido, en el espacio que había desde la plaza hasta la casa de Daranio, al son de la zampoña de Erastro, estos versos fue cantando:

ARSINDO

Haga señales el Cielo
de regocijo y contento
en tan venturoso día;
celébrese en todo el suelo
este alegre casamiento
con general alegría.
Cámbiese de hoy más el llanto
en suave y dulce canto,
y en lugar de los pesares,
vengan gustos a millares
que destierren el quebranto.

Todo el bien suceda en colmo
entre desposados tales,
tan para en uno nacidos;
peras les ofrezca el olmo,
cerezas los carrascales,
guindas los mirtos floridos,
hallen perlas en los riscos,
uvas les den los lentiscos,
manzanas los algarrobos,
y, sin temor de los lobos,
ensanchen más sus apriscos;

y sus machorras ovejas
vengan a ser parideras,
con que doblen su ganancia;
las solícitas abejas
en los surcos de sus eras
hagan miel en abundancia;
logren siempre su semilla
en el campo y en la villa,
cogida a tiempo y sazón;
no entre en sus viñas pulgón,
ni en su trigo la neguilla.

Y dos hijos presto tengan,
tan hechos en paz y amor
cuanto pueden desear;
y, en siendo crescidos vengan
a ser el uno doctor,

y otro, cura del lugar.
Sean siempre los primeros
en virtudes y en dineros,
que sí serán, y aun señores,
si no salen fiadores
de agudos alcabaleros.

Más años que Sarra vivan,
con salud tan confirmada,
que dello pese al doctor;
y ningún pesar resciban,
ni por hija mal casada,
ni por hijo jugador.
Y cuando los dos estén
viejos cual Matusalén,
mueran sin temor de daño,
y háganles su cabo de año
por siempre jamás. Amén.

Con grandísimo gusto fueron escuchados los rústicos versos de Arsindo, en los cuales más se alargara si no lo impidiera el llegar a la casa de Daranio, el cual, convidando a todos los que con él venían, se quedó en ella, si no fue que Galatea y Florisa, por temor que Teolinda de Tirsi y Damón no fuese conocida, no quisieron quedarse a la cena de los desposados. Bien quisieran Elicio y Erastro acompañar a Galatea hasta su casa; pero no fue posible que lo consintiese, y así se hubieron de quedar con sus amigos, y ellas se fueron cansadas de los bailes de aquel día; y Teolinda, con más pena que nunca, viendo que en las solemnes bodas de Daranio, donde tantos pastores habían acudido, sólo su Artidoro faltaba. Con esta penosa imaginación pasó aquella noche en compañía de Galatea y Florisa, que con más libres y desapasionados corazones la pasaron, hasta que en el nuevo venidero día les sucedió lo que se dirá en el libro que se sigue.

FIN DEL TERCER LIBRO DE GALATEA

CUARTO LIBRO DE GALATEA

Con gran deseo esperaba la hermosa Teolinda el venidero día para despedirse de Galatea y Florisa y acabar de buscar por todas las riberas del Tajo a su querido Artidoro, con intención de fenecer la vida en triste y amarga soledad si fuese tan corta de ventura que del amado pastor alguna nueva no supiese. Llegada, pues, la hora déseada, cuando el Sol comenzaba a tender sus rayos por la faz de la Tiera, ella se levantó, y con lágrimas en sus ojos pidió licencia a las dos pastoras para proseguir su demanda, las cuales con muchas razones la persuadieron que en su compañía algunos días más esperase, ofreciéndole. Galatea de enviar algún pastor de los de su padre a buscar a Artidoro por todas las riberas del Tajo y por donde se imaginase que podría ser hallado. Teolinda agradeció sus ofrecimientos, pero no quiso hacer lo que le pedían; antes, después de haber mostrado, con las mejores palabras que supo, la obligación en que quedaba de servir todos los días de su vida las obras que dellas había rescebido, abrazándolas con tierno sentimiento, les rogaba que una sola hora no la detuviesen. Viendo, pues, Galatea y Florisa cuán en vano trabajaban en pensar detenerla, le encargaron que de cualquier suceso bueno o malo que en aquella amorosa demanda le sucediese, procurase de avisarlas, certificándola del gusto que de su contento o la pena que de su desgracia rescebirían. Teolinda se ofreció ser ella mesma quien las nuevas de su buena dicha trujese, pues las malas no tendría sufrimiento la vida para resistirlas, y así sería excusado que della saberse pudiesen. Con esta promesa de Teolinda se satisficieron Galatea y Florisa, y determinaron de acompañarla algún trecho fuera del lugar, y así, tomando las dos solos sus cayados y habiendo proveído el zurrón de Teolinda de algunos regalos para el trabajoso camino, se salieron con ella del aldea a tiempo que ya los rayos del Sol, más derecho y con más fuerzas, comenzaban a herir la tierra. Y habiéndola acompañado casi media legua del lugar, al tiempo que ya querían volverse y dejarla, vieron atravesar por una quebrada que poco desviada dellas estaba cuatro hombres de a caballo y algunos de a pie, que luego conocieron ser cazadores en el hábito y en los halcones y perros que llevaban; y estándolos con atención mirando por ver si los conoscían, vieron salir de entre unas espesas matas que cerca de la quebrada estaban dos pastoras de gallardo talle y brío. Traían los rostros rebozados con dos blancos lienzos, y alzando la una dellas la voz pidió a los cazadores que se detuviesen, los cuales así lo hicieron, y llegándose entrambas a uno dellos, que en su talle y postura el principal de todos parecía, le asieron las riendas del caballo y estuvieron un poco hablando con él sin que las tres pastoras pudiesen oír palabra de las que decían por la distancia del lugar que lo estorbaba. Solamente vieron que, a poco espacio que con él hablaron, el caballero se apeó, y habiendo, a lo que juzgarse pudo, mandado a los que le acompañaban que se volviesen, quedando sólo un mozo con el caballo, trabó a las dos pastoras de las manos y poco a poco comenzó a entrar con ellas por medio de un cerrado bosque que allí estaba, lo cual visto por las tres pastoras Galatea, Florisa y Teolinda, determinaron de ver, si pudiesen, quién eran las difrazadas pastoras y el caballero que las llevaba, y así acordaron de rodear por una parte del bosque y mirar si podían ponerse en alguna que pudiese serlo para satisfacerles de lo que deseaban. Y haciéndolo así como pensado lo habían, atajaron al caballero y a las pastoras, y mirando Galatea por entre las ramas lo que hacían, vio que torciendo sobre la mano derecha, se emboscaban en lo más espeso del bosque, y luego por sus mesmas pisadas les fueron siguiendo hasta que el caballero y las pastoras, pareciéndoles estar bien adentro del bosque, en medio de un estrecho pradecillo que de infinitas breñas estaba rodeado, se pararon. Galatea y sus compañeras se llegaron tan cerca que, sin ser vistas ni sentidas, veían todo lo que el caballero y las pastoras hacían y decían, las cuales, habiendo mirado a una y a otra parte por ver si podían ser vistas de alguno, aseguradas desto la una se quitó el rebozo, y apenas se le hubo quitado cuando de Teolinda fue conoscida, y llegándose al oído de Galatea, le dijo con la más baja voz que pudo:

—Extrañísima ventura es esta, porque, si no es que con la pena que traigo he perdido el conocimiento, sin duda alguna aquella pastora que se ha quitado el rebozo es la bella Rosaura, hija de Rosello, señor de una aldea que a la nuestra está vecina, y no sé qué puede ser la causa que la haya movido a ponerse en tan extraño traje y a dejar su tierra, cosas que tan en perjuicio de su honestidad se declaran. Mas, ¡ay desdichada!— añadió Teolinda—, que el caballero que con ella está es Grisaldo, hijo mayor del rico Laurencio, que junto a esta vuestra aldea tiene otras dos suyas.

—Verdad dices, Teolinda—respondió Galatea—, que yo le conozco; pero calla y sosiégate, que presto veremos con qué intento ha sido aquí su venida.

Quietóse con esto Teolinda y con atención se puso a mirar lo que Rosaura hacía, la cual, llegándose al caballero, que de edad de veinte años parecía, con voz turbada y airado semblante le comenzó a decir:

—En parte estamos, fementido caballero, donde podré tomar de tu desamor y descuido la deseada venganza. Pero aunque yo la tomase de ti tal que la vida te costase, poca recompensa sería al daño que me tienes hecho Vesme aquí, desconocido Grisaldo, desconocida por conocerte; ves aquí que ha mudado el traje por buscarte la que nunca mudó la voluntad de quererte. Considera, ingrato y desamorado, que la que apenas en su casa y con sus criadas sabía mover el paso, ahora por tu causa anda de valle en valle y de sierra en sierra con tanta soledad buscando tu compañía.

Todas estas razones que la bella Rosaura decía las escuchaba el caballero con los ojos hincados en el suelo, y haciendo rayas en la tierra con la punta de un cuchillo de monte que en la mano tenía. Pero no contenta Rosaura con lo dicho, con semejantes palabras prosiguió su plática:

—Dime: ¿conoces, por ventura, conoces, Grisaldo, que yo soy aquella que no ha mucho tiempo que enjugó tus lágrimas, atajó tus sospiros, remedió tus penas y, sobre todo, la que creyó tus palabras? ¿O, por suerte, entiendes tú que eres aquel a quien parecían cortos y de ninguna fuerza todos los juramentos que imaginarse podían, para asegurarme la verdad con que me engañabas? ¿Eres tú acaso, Grisaldo, aquel cuyas infinitas lágrimas ablandaron la dureza del honesto corazón mío? Tú eres, que ya te veo, y yo soy, que ya me conozco. Pero si tú eres Grisaldo, el que yo creo, y yo soy Rosaura, la que tú imaginas, cúmpleme la palabra que me diste; yo he de darte la promesa que me diste; darte he yo la promesa que nunca te he negado. Me han dicho que te casas con Leopersia, la hija de Marcelio, tan a gusto tuyo, que eres tú mismo el que la procuras; si esta nueva me ha dado pesadumbre, bien se puede ver por lo que he hecho por venir a estorbar el cumplimiento della; y si tú la puedes hacer verdadera, a tu consciencia lo dejo. ¿Qué respondes a esto, enemigo mortal de mi descanso? ¿Otorgas, por ventura, callando lo que por el pensamiento sería justo que no te pasase? Alza los ojos ya, y ponlos en estos que por su mal te miraron; levántalos, y mira a quién engañas, a quién dejas y a quién olvidas. Verás que engañas, si bien lo consideras, a la que siempre te trató verdades, dejas a quien ha dejado a su honra y a sí misma por seguirte, olvidas a la que jamás te apartó de su memoria. Considera, Grisaldo, que en nobleza no te debo nada y que en riqueza no te soy desigual, y que te aventajo en la bondad del ánimo y en la firmeza de la fe. Cúmpleme, señor, la que me diste, si te precias de caballero, y no te desprecias de cristiano. Mira que si no correspondes a lo que me debes, que rogaré al Cielo que te castigue, al fuego que te consuma, al aire que te falte, al agua que te anegue, a la tierra que no te sufra, y a mis parientes que me venguen. Mira que si faltas a la obligación que me tienes, que has de tener en mí una perpetua turbadora de tus gustos en cuanto la vida me durare, y aun después de muerta, si ser pudiere, con continuas sombras espantaré tu fementido espíritu, y con espantosas visiones atormentaré tus engañadores ojos. Advierte que no pido sino lo que es mío, y que tú ganas en darlo lo que en negarlo pierdes. Mueve ahora tu lengua para desengañarme de cuantas veces la has movido para ofenderme.

Calló diciendo esto la hermosa dama y estuvo un poco esperando a ver lo que Grisaldo respondía, el cual, levantando el rostro, que hasta allí inclinado había tenido, encendido con la vergüenza que las razones de Rosaura le habían causado, con sosegada voz le respondo de esta manera:

—Si yo quisiese negar, ¡oh Rosaura!, que no te soy deudor de más de lo que dices, negaría asimismo que la luz del Sol no es clara, y aun diría que el fuego es frío y el aire duro. Así que en esta parte confieso lo que te debo, y que estoy obligado a la paga. Pero que yo confiese que puedo pagarte como quieres es imposible, porque el mandamiento de mi padre lo ha prohibido, y tu riguroso desdén imposibilitado, y no quiero en esta verdad poner otro testigo que a ti mesma, como a quien también sabe cuántas veces y con cuántas lágrimas rogué que me aceptases por esposo, y que fueses servida que yo cumpliese la palabra que de serlo te había dado; y tú, por las causas que te imaginaste o por parecerte ser bien corresponder a las vanas promesas de Artandro, jamás quisiste que a tal ejecución se llegase; antes de día en día me ibas entreteniendo y haciendo pruebas de mi firmeza, pudiendo asegurarla de todo punto con admitirme por tuyo. También sabes, Rosaura, el deseo que mi padre tenía de ponerme en estado y la priesa que daba a ello, trayendo los ricos honrosos casamientos que tú sabes, y cómo yo con mil excusas me apartaba de sus importunaciones, dándotelas siempre a ti para que no dilatases más lo que tanto a ti convenía y yo deseaba, y que, al cabo de todo esto, te dije un día que la voluntad de mi padre era que yo con Leopersia me casase, y tú, en oyendo el nombre de Leopersia, con una furia desesperada me dijiste que más no te hablase y que me casase norabuena con Leopersia o con quien más gusto me diese. Sabes también que te persuadí muchas veces que dejases aquellos celosos devaneos, que yo era tuyo y no de Leopersia, y que jamás quisiste admitir mis disculpas ni condescender con mis ruegos; antes, perseverando en tu obstinación y dureza y en favorescer a Artandro, me enviaste a decir que te daría gusto en que jamás te viese. Yo hice lo que me mandaste, y por no tener ocasión de quebrar tu mandamiento, viendo también que cumplía el de mi padre, determiné de desposarme con Leopersia, o, a lo menos, desposaréme mañana, que así está concertado entre sus parientes y los míos; porque veas, Rosaura, cuán disculpado estoy de la culpa que me pones, y cuán tarde has tú venido en conoscimiento de la sinrazón que conmigo usabas. Mas porque no me juzgues de aquí adelante por tan ingrato como en tu imaginación me tienes pintado, mira bien si hay algo en que yo pueda satisfacer tu voluntad, que, como no sea casarme contigo, aventuraré por servirte la hacienda, la vida y la honra.

En tanto que estas palabras Grisaldo decía tenía la hermosa Rosaura los ojos clavados en su rostro, vertiendo por ellos tantas lágrimas que daban bien a entender el dolor que en el alma sentía; pero viendo ella que Grisaldo callaba, dando un profundo y doloroso sospiro le dijo:

—Como no puede caber en tus verdes años tener, ¡oh Grisaldo!, larga y conoscida experiencia de los infinitos accidentes amorosos, no me maravillo que un pequeño desdén mío te haya puesto en la libertad que publicas; pero si tú conoscieras que los celosos temores son espuelas que hacen salir al amor de su paso, vieras claramente que los que yo tuve de Leopersia en que yo más te quisiese redundaban. Mas como tú tratabas tan de pasatiempo mis cosas, con la menor ocasión que te imaginaste, descubriste el poco amor de tu pecho y confirmaste las verdaderas sospechas mías, y en tal manera que me dices que mañana te casas con Leopersia. Pero yo te certifico que antes que a ella lleves al tálamo me has de llevar a mí a la sepultura, si ya no eres tan cruel que niegues de darla al cuerpo de cuya alma fuiste siempre señor absoluto. Y por que claro conozcas y veas que la que perdió por ti su honestidad y puso en detrimento su honra tendrá en poco perder la vida, este agudo puñal que aquí traigo pondrá en efecto mi desesperado y honroso intento, y será testigo de la crueldad que en ese tu fementido pecho encierras.

Y diciendo esto sacó del seno una desnuda daga, y con gran celeridad se iba a pasar el corazón con ella si con mayor presteza Grisaldo no le tuviera el brazo y la rebozada pastora su compañera no aguijara a abrazarse con ella. Gran rato estuvieron Grisaldo y la pastora primero que quitasen a Rosaura la daga de las manos, la cual a Grisaldo decía:

—¡Déjame, traidor enemigo, acabar de una vez la tragedia de mi vida sin que tantas tu desamorado desdén me haga probar la muerte!

—Esa no gustarás tú por mi ocasión—replicó Grisaldo—, pues quiero que mi padre falte antes a la palabra que por mí a Leopersia tiene dada que faltar yo un punto a lo que conozco que te debo. Sosiega el pecho, Rosaura, pues te aseguro que este mío no sabrá desear otra cosa que la que fuere de tu contento.

Con estas enamoradas razones de Grisaldo resucitó Rosaura de la muerte de su tristeza a la vida, se hincó de rodillas ante Grisaldo, pidiéndole las manos en señal de la merced que le hacía. Grisaldo hizo lo mismo, y, echándole los brazos al cuello, estuvieron gran rato sin poderse hablar el uno al otro palabra, derramando entrambos cantidad de amorosas lágrimas. La pastora arrebozada, viendo el feliz suceso de su compañera, fatigada del cansancio que había tomado en ayudar a quitar la daga a Rosaura, no pudiendo más sufrir el velo, se le quitó, descubriendo un rostro tan parescido al de Teolinda, que quedaron admirados de verle Galatea y Florisa, pero más lo fue Teolinda, pues, sin poderlo disimular, alzó la voz diciendo:

—¡Oh, Cielos!, y ¿qué es lo que veo? ¿No es, por ventura, ésta mi hermana Leonarda, la turbadora de mi reposo? Ella es sin duda alguna.

Y, sin más detenerse, salió de donde estaba, y con ella Galatea y Florisa. Y como la otra pastora viese a Teolinda, luego la conosció, y con abiertos brazos se fueron, la una a la otra, admiradas de haberse hallado en tal lugar y en tal sazón y coyuntura. Viendo, pues, Grisaldo y Rosaura lo que Leonarda con Teolinda hacía y que habían sido descubiertos de las pastoras Galatea y Florisa, con no poca vergüenza de que los hubiesen hallado de aquella suerte se levantaron y, limpiándose las lágrimas con disimulación y comedimiento, rescibieron a las pastoras, que luego de Grisaldo fueron conocidas. Mas la discreta Galatea por volver en seguridad el disgusto que quizá de su vista los dos enamorados había recibido, con aquel donaire con que ella todas las cosas decía les dijo:

—No os pese de nuestra venida, venturosos Grisaldo y Rosaura, pues sólo servirá de acrescentar vuestro contento, pues se ha comunicado con quien siempre le tendrá en serviros. Nuestra ventura ha ordenado que os viésemos, y en parte donde ninguna se nos ha encubierto de vuestros pensamientos, y pues el Cielo los ha traído a término tan dichoso, en satisfacción dello, asegurad vuestros pechos y perdonad nuestro atrevimiento.

—Nunca tu presencia, hermosa Galatea—respondió Grisaldo—dejó de dar gusto do quiera que estuviese, y siendo esta verdad tan conoscida, antes quedamos en obligación a tu vista que con desabrimiento de tu llegada.

Con estas pasaron otras algunas comedidas razones, harto diferentes de las que entre Leonarda y Teolinda pasaban, las cuales, después de haberse abrazado una y dos veces, con tiernas palabras mezcladas con amorosas lágrimas, la cuenta de su vida se demandaban, teniendo suspensos mirándolas a todos los que allí estaban, porque se parescían tanto que casi no se podían decir semejantes, sino una mesma cosa; y si no fuera porque el traje de Teolinda era diferente del de Leonarda, sin duda alguna que Galatea y Florisa no supieran diferenciallas, y entonces vieron con cuánta razón Artidoro se había engañado en pensar que Leonarda Teolinda fuese. Mas viendo Florisa que el Sol estaba hacia la mitad del cielo y que sería bien buscar alguna sombra que de sus rayos las defendiese, o a lo menos volverse a la aldea, pues faltándoles la ocasión de apacentar sus ovejas, no debían estarse tanto en el prado, dijo a Teolinda y a Leonarda:

—Tiempo habrá, pastoras, donde con más comodidad podáis satisfacer vuestros deseos y daros más larga cuenta de vuestros pensamientos, y por ahora busquemos a do pasar el rigor de la siesta que nos amenaza: o en una fresca fuente que está a la salida del valle que atrás dejamos, o tornándonos a la aldea, donde será Leonarda tratada con la voluntad que tú, Teolinda, de Galatea y de mí conoces. Y si a vosotras, pastoras, hago sólo este ofrecimiento, no es porque me olvide de Grisaldo y Rosaura, sino porque me parece que a su valor y merescimiento no puedo ofrecerles más del deseo.

—Ese no faltará en mí mientras la vida me durare—respondió Grisaldo—de hacer, pastora, lo que fuere en tu servicio, pues no se debe pagar con menos la voluntad que nos muestras. Mas, por parecerme que será bien hacer lo que dices y por tener entendido que no ignoráis lo que entre mí y Rosaura ha pasado, no quiero deteneros ni detenerme en referirlo. Sólo os ruego seáis servidas de llevar a Rosaura en vuestra compañía a vuestra aldea, en tanto que yo aparejo en la mía algunas cosas que son necesarias para concluir lo que nuestros corazones desean. Y por que Rosaura quede libre de sospecha, y no la pueda tener jamás de la fe de mi pensamiento, con voluntad considerada mía, siendo vosotras testigos della, le doy la mano de ser su verdadero esposo.

Y diciendo esto tendió la suya y tomó la de la bella Rosaura. Y ella quedó tan fuera de sí de ver lo que Grisaldo hacía, que apenas pudo responderle palabra, sino que se dejó tomar la, mano, y de allí a un pequeño espacio dijo:

—A términos me había traído el amor, Grisaldo, señor mío, que, con menos que por mí hicieras, te quedara perpetuamente obligada; pero pues tú has querido corresponder antes a ser quien eres que no a mi merescimiento, haré yo lo que en mí es, que es darte de nuevo el alma en recompensa deste beneficio, y después, el Cielo de tan agradescida voluntad te dé la paga.

—No más—dijo a esta sazón Galatea—, no más, señores, que, adonde andan las obras tan verdaderas, no han de tener lugar los demasiados comedimientos. Lo que resta es rogar al Cielo que traiga a dichoso fin estos principios, y que en larga y saludable paz gocéis vuestros amores. Y en lo que dices, Grisaldo, que Rosaura venga a nuestra aldea, es tanta la merced que en ello nos haces, que nosotras mesmas te lo suplicamos.

—De tan buena gana iré en vuestra compañía—dijo Rosaura—, que no sé con qué la encarezca más que con deciros que no sentiré mucho el ausencia de Grisaldo estando en vuestra compañía.

—¡Pues, ea!—dijo Florisa—, que el aldea es lejos y el sol mucho, y nuestra tardanza de volver a ella notada. Vos, señor Grisaldo, podéis ir a hacer lo que os conviniere, que en casa de Galatea hallaréis a Rosaura, y a éstas, una pastora, que no merecen ser llamadas dos las que tanto se parecen.

—Sea como queréis—dijo Grisaldo.

Y tomando a Rosaura de la mano, se salieron todos del bosque, quedando concertado entre ellos que otro día enviaría Grisaldo un pastor de los muchos de su padre a avisar a Rosaura de lo que había de hacer, y que enviando aquel pastor, sin ser notado podría hablar a Galatea o a Florisa, y dar la orden que más conviniese. A todas pareció bien este concierto, y habiendo salido del bosque, vio Grisaldo que le estaba esperando su criado con el caballo; y abrazando de nuevo a Rosaura, y despidiéndose de las pastoras, se fue acompañado de lágrimas y de los ojos de Rosaura, que nunca dél se apartaron hasta que le perdieron de vista. Como las pastoras solas quedaron, luego Teolinda se apartó con Leonarda con deseo de saber la causa de su venida, y Rosaura, así mismo, fue contando a Galatea y Florisa la ocasión que la había movido a tomar el hábito de pastora y a venir a buscar a Grisaldo, diciendo:

—No os causará admiración, hermosas pastoras, el verme a mí en este traje si supiérades hasta do se extiende la poderosa fuerza de amor, la cual no sólo hace mudar el vestido a los que bien quieren, sino la voluntad y el alma de la manera que más es de su gusto; y hubiera yo perdido el mío eternamente si de la invención deste traje no me hubiera aprovechado, porque sabréis, amigas, que estando yo en el aldea de Leonarda, de quien mi padre es señor, vino a ella Grisaldo con intención de estarse allí algunos días ocupado en el sabroso ejercicio de la caza, y por ser mi padre muy amigo del suyo, ordenó de hospedarle en casa y de hacerle todos los regalos que pudiese. Hízolo así, y la venida de Grisaldo a mi casa fue para sacarme a mí della, porque, en efecto, aunque sea a costa de mi vergüenza, os habré de decir que la vista, la conversación, el valor de Grisaldo, hicieron tal impresión en mi alma que, sin saber cómo, a pocos días que él allí estuvo yo no estuve más en mí, ni quise ni pude estar sin hacerle señor de mi libertad; pero no fue tan arrebatadamente que primero no estuviese satisfecha que la voluntad de Grisaldo de la mía un punto no discrepaba, según él me lo dio a entender con muchas y muy verdaderas señales. Enterada, pues, yo en esta verdad, y viendo cuán bien me estaba tener a Grisaldo por esposo, vine a condescender con sus deseos, y a poner en efecto los míos. Y así, con la intercesión de una doncella mía, en un apartado corredor nos vimos Grisaldo y yo muchas veces, sin que nuestra estada solos a más se extendiese que a vemos y a darme él la palabra que hoy con más fuerza delante de vosotras me ha tornado a dar. Ordenó, pues, mi triste ventura que, en el tiempo que yo de tan dulce estado gozaba, vino asimismo a visitar a mi padre un valeroso caballero aragonés, que Artandro se llama, el cual, vencido, a lo que él mostró, de mi hermosura—si alguna tengo—, con grandísima solicitud procuró que yo con él me casase sin que mi padre lo supiese. Había en este medio procurado Grisaldo traer a efecto su propósito, y mostrándome yo algo más dura de lo que fuera menester, le iba entreteniendo con palabras, con intención que mi padre saliese al camino de casarme, y que entonces Grisaldo me pidiese por esposa; pero no quería él hacer esto, porque sabía que la voluntad de su padre era casarle con la rica y hermosa Leopersia, que bien debéis conocerla por la fama de su riqueza y hermosura. Vino esto a mi noticia, y tomé ocasión de pedirle celos, aunque fingidos, sólo por hacer prueba de la entereza de su fe, y fuí tan descuidada, o por mejor decir tan simple, que pensando que granjeaba algo en ello, conmencé a hacer algunos favores a Artandro, lo cual visto por Grisaldo, muchas veces me significó la pena que rescibía de lo que yo con Artandro pasaba, y aun me avisó que, si no era mi voluntad de que él me cumpliese la palabra que me había dado, que no podía dejar de obedecer a la de su padre. A todas estas amonestaciones y avisos respondí yo sin ninguno, llena de soberbia y arrogancia, confiada en que los lazos que mi hermosura había echado al alma de Grisaldo no podían tan fácilmente ser rompidos ni aun tocados de otra cualquier belleza; mas salióme tan al revés mi confianza como me lo mostró presto Grisaldo, el cual, cansado de mis necios y esquivos desdenes, tuvo por bien de dejarme y venir obediente al mandado de su padre. Pero apenas se hubo él partido de mi aldea y apartado de mi presencia cuando yo conocí el error en que había caído, y con tanto ahinco me comenzó a fatigar el ausencia de Grisaldo y los celos de Leopersia, que el ausencia dél me acababa y los celos della me consumían. Considerando, pues, que si mi remedio se dilataba había de dejar por fuerza en las manos del dolor la vida, determiné de aventurar a perder lo menos, que a mi parecer era la fama, por ganar lo más, que es a Grisaldo; y así, con excusa que di a mi padre de ir a ver una tía mía, señora de otra aldea a la nuestra cercana, salí de mi casa acompañada de muchos criados de mi padre, y llegada en casa de mi tía, le descubrí todo el secreto de mi pensamiento, y le rogué fuese servida de que yo me pusiese en este hábito y viniese a hablar a Grisaldo, certificándole que si yo mesma no venía, que tendrían mal suceso mis negocios. Ella me lo concedió,,con condición que trujese a Leonarda conmigo, como persona de quien ella mucho se fiaba, y enviando por ella a nuestra aldea, y acomodándome destos vestidos, y advirtiéndonos de algunas cosas que las dos habíamos de hacernos, despedimos della habrá ocho días, y habiendo seis que llegamos a la aldea de Grisaldo, jamás hemos podido hallar lugar de hablarle a solas, como yo deseaba, hasta esta mañana, que supe que venía a caza y le aguardé en el mismo lugar adonde él se despidió, y he pasado con él todo lo que vosotras, amigas, habéis visto, del cual venturoso suceso quedo tan contenta cuanto es razón lo quede la que tanto lo deseaba. Esta es, pastoras, la historia de mi vida, y si os he cansado en contárosla, echad la culpa al deseo que teníades de saberla, y al mío, que no puedo hacer menos de satisfaceros.

—Antes quedamos tan obligadas—respondió Florisa—a la merced que nos has hecho, que aunque siempre nos ocupemos en servirla, no saldremos de la deuda.

—Yo soy la que quedo en ella—replicó Rosaura—, y la que procuraré pagarla como mis fuerzas alcanzaren. Pero dejando esto aparte, volved los ojos, pastoras, y veréis los de Teolinda y Leonarda tan llenos de lágrimas que moverán a los vuestros a no dejar de acompañarlos en ellas.

Volvieron Galatea y Florisa a mirarlas, y vieron ser verdad lo que Rosaura decía; y lo que el llanto de las dos hermanas causaba era que, después de haberle dicho Leonarda a su hermana todo lo que Rosaura había contado a Galatea y a Florisa, le dijo:

—Sabrás, hermana, así como tú faltaste de nuestra aldea se imaginó que te había llevado el pastor Artidoro, que aquel mismo día faltó él también, sin que de nadie se despidiera. Confirmé yo esta opinión en mis padres, porque les conté lo que con Artidoro había pasado en la floresta. Con este indicio cresció la sospecha, y mi padre procuraba venir en tu busca y de Artidoro, y en efecto lo pusiera por obra si de allí a dos días no viniera a nuestra aldea un pastor que, al momento que fue visto, todos le tuvieron por Artidoro. Llegando estas nuevas a mi padre de que allí estaba el robador tuyo, luego vino con la justicia adonde el pastor estaba, al cual le preguntaron si te conoscía, o adonde te había llevado. El pastor negó con juramento que en toda su vida te había visto, ni sabía qué era lo que le preguntaban. Todos los que estaban presentes se maravillaron de ver que el pastor negaba conocerte, habiendo estado diez días en el pueblo, y hablado y bailado contigo muchas veces, y sin duda alguna creyeron todos que Artidoro era culpado en lo que se le imputaba, y, sin querer admitir disculpa suya ni escucharle palabra, le llevaron a la prisión, donde estuvo algunos días sin que ninguno le hablase, al cabo de los cuales, yéndole a tomar su confesión, tornó a jurar que no te conoscía y que en toda su vida había estado más que aquella vez en nuestra aldea, y que mirasen, y esto otras veces lo había dicho, que aquel Artidoro que ellos pensaban ser él por ventura no fuese un hermano suyo que le parecía en tanto extremo como descubriría la verdad cuando les mostrase que se habían engañado teniendo a él por Artidoro, porque él se llamaba Galercio, hijo de Briseno, natural de la aldea de Grisaldo. Y, en efecto, tantas demostraciones dio, y tantas pruebas hizo, que conocieron claramente todos que él no era Artidoro, de que quedaron más admirados, y decían que tal maravilla como la de parecemos yo a ti y Galercio a Artidoro, no se había visto en el mundo. Esto que de Galercio se publicaba me movió a ir a verle muchas veces a do estaba preso, y fue la vista de suerte que quedé sin ella, a lo menos para mirar cosas que me den gusto en tanto que a Galercio no viere. Pero lo que más mal hay en esto, hermana, es que él se fue de la aldea sin que supiese que llevaba consigo mi libertad, ni yo tuve lugar jamás de decírselo, y así me quedé con la pena que imaginarse puede, hasta que la tía de Rosaura me envió a pedir a mi padre por algunos días, todo a fin de venir a acompañar a Rosaura, de lo que recebí sumo contento por saber que veníamos a la aldea de Galercio, y que allí le podría hacer sabedor de la deuda en que me estaba. Pero he sido tan corta de ventura, que ha cuatro días que estamos en su aldea y nunca le he visto, aunque he preguntado por él, y me dicen que está en el campo con su ganado. He preguntado también por Artidoro, y me han dicho que, de unos diez días a esta parte, no parece en el aldea; y por no apartarme de Rosaura no he tenido lugar de ir a buscar a Galercio, del cual podría ser saber nuevas de Artidoro. Esto es lo que a mí me ha sucedido, y lo demás que has visto, con Grisaldo, después que faltas, hermana, del aldea.

Admirada quedó Teolinda de lo que su hermana le contaba; pero cuando llegó a saber que en el aldea de Artidoro no se sabía dél nueva alguna, no pudo tener las lágrimas aunque en parte se consoló, creyendo que Galercio sabría nuevas de su hermano, y así determinó de ir otro día a buscar a Galercio, doquiera que estuviese. Y habiéndolo contado con la más brevedad que pudo a Leonarda todo lo que le había sucedido después que en busca de Artidoro andaba, abrazándola otra vez, se volvió adonde las pastoras estaban, que, un poco desviadas del camino, iban por entre unos árboles que del calor del sol un poco las defendían, y en llegando a ellas, Teolinda les contó todo lo que su hermana le había dicho, con el suceso de sus amores y la semejanza de Galercio y Artidoro, de que no poco se admiraron, aunque dijo Galatea:

—Quien ve la semejanza tan extraña que hay entre ti, Teolinda, y tu hermana, no tiene de qué maravillarse aunque otras vea, pues ninguna, a lo que yo creo, a la vuestra iguala.

—No hay duda—respondió Leonarda—sino que la que hay entre Artidoro y Galercio es tanta que, si a la nuestra no excede, a lo menos en ninguna cosa se queda atrás.

—Quiera el Cielo—dijo Florisa—que así como los cuatro os semejáis unos a otros, así os acomodéis y parezcáis en la ventura, siendo tan buena la que la fortuna conceda a vuestros deseos, que todo el mundo envidie vuestros contentos como admira vuestras semejanzas.

Replicara a estas razones Teolinda si no lo estorbara una voz que oyeron, que dentre los árboles salía, y parándose todas a escucharla, luego conoscieron ser del pastor Lauso, de que Galatea y Florisa grande contento rescibieron, porque en extremo deseaban saber de quién andaba Lauso enamorado, y creyeron que de esta duda las sacaría lo que el pastor cantase; y por esta ocasión, sin moverse de donde estaban, con grandísimo silencio le escucharon. Estaba el pastor sentado al pie de un verde sauce, acompañado de solos sus pensamientos y de un pequeño rabel, al son del cual de esta manera cantaba:

LAUSO

Si yo dijere el bien del pensamiento,
en mal se vuelva, cuanto bien poseo,
que no es para decirse el bien que siento.

De mí mismo se encubra mi deseo,
enmudezca la lengua en esta parte,
y en el silencio ponga su trofeo.

Pare aquí el artificio, cese el arte
de exagerar el gusto que una alma
con mano liberal Amor reparte.

Baste decir que en sosegada calma
paso el mar amoroso, confiado
de honesto triunfo y vencedora palma.

Sin saberse la causa, lo causado
se sepa, que es un bien tan sin medida,
que sólo para el alma es reservado.

Ya tengo nuevo ser, ya tengo vida,
ya puedo cobrar nombre en todo el suelo
de ilustre y clara fama conoscida,

que el limpio intento, el amoroso celo
que encierra el pecho enamorado mío,
alzarme puede al más subido cielo.

En ti, Silena, espero; en ti confío,
Silena, gloria de mi pensamiento,
norte por quien se rige mi albedrío.

Espero que el sin par entendimiento
tuyo levantes a entender que valgo
por fe lo que no está en merescimiento.

Confío que tendrás, pastora, en algo,
después de hacerte cierta la experiencia,
la sana voluntad de un pecho hidalgo.

¿Qué bienes no asegura tu presencia?
¿Qué males no destierra? ¿Y quién sin ella
sufrirá un punto la terrible ausencia?

¡Oh, más que la belleza misma bella,
más que la propia discreción discreta,
sol a mis ojos y a mi mar estrella!

No la que fue de la nombrada Creta
robada por el falso hermoso toro
igualó a tu hermosura tan perfecta;

ni aquella que en sus faldas granos de oro
sintió llover, por quien después no pudo
guardar el virginal rico tesoro;

ni aquella que, con brazo airado y crudo,
en la sangre castísima del pecho
tiñó el puñal, en su limpieza, agudo;

ni aquella que a furor movió y despecho
contra Troya los griegos corazones,
por quien fue el Ilión roto y deshecho;

ni la que los latinos escuadrones
hizo mover contra la teucra gente,
a quien Juno causó tantas pasiones;

ni menos la que tiene diferente
fama de la entereza y el trofeo
con que su honestidad guardó excelente;

digo de aquella que lloró a Sicheo,
del mantuano Títiro notada
de vano antojo y no cabal deseo;

no en cuantas tuvo hermosas la pasada
edad, ni la presente tiene ahora,
ni en la de por venir será hallada

quien llegase ni llegue a mi pastora
en valor, en saber, en hermosura,
en merecer del mundo ser señora.
¡Dichoso aquel que con firmeza pura
fuere de ti, Silena, bien querido,
sin gustar de los celos la amargura!

¡Amor, que a tanta alteza me has subido,
no me derribes con pesada mano
a la bajeza escura del olvido!
¡Sé conmigo señor y no tirano!

No cantó más el enamorado pastor, ni por lo que cantado había pudieron las pastoras venir en conocimiento de lo que deseaban; que puesto que Lauso nombró a Silena en su canto, por este nombre no fue la pastora conoscida, y así imaginaron que, como Lauso había andado por muchas partes de España, y aun de toda la Asia y Europa, que alguna pastora forastera sería la que había rendido la libre voluntad suya. Mas volviendo a considerar que le habían visto pocos días atrás triunfar de la libertad y hacer burla de los enamorados, sin duda alguna creyeron que con disfrazado nombre celebraba alguna conocida pastora a quien había hecho señora de sus pensamientos; y así, sin satisfacerse en su sospecha, se fueron hacia el aldea, dejando al pastor en el mismo lugar do se estaba. Mas no hubieran andado mucho cuando vieron venir de lejos algunos pastores que luego fueron conocidos, porque eran Tirsi, Damón, Elicio, Erastro, Arsindo, Francenio, Crisio, Orompo, Daranio, Orfenio y Marsilio, con todos los más principales pastores de la aldea, y entre ellos el desamorado Lenio, con el lastimado Silerio, los cuales salían a tener la siesta a la fuente de las Pizarras, a la sombra que en aquel lugar hacían las entricadas ramas de los espesos y verdes árboles; y antes que los pastores llegasen, tuvieron cuidado Teolinda, Leonarda y Rosaura de rebozarse cada una con un blanco lienzo por que de Tirsi y Damón no fuesen conocidas. Los pastores llegaron, haciendo cortés rescibimiento a las pastoras, convidándolas que en su compañía la siesta pasar quisiesen; mas Galatea se excusó con decir que aquellas forasteras pastoras que con ella venían tenían necesidad de ir a la aldea. Con esto se despidió dellos, llevando tras sí las almas de Elido y Erastro, y aun las encubiertas pastoras los deseos de conoscerlas de cuantos allí estaban. Ellas se fueron al aldea, y los pastores a la fresca fuente; pero antes que allá llegasen, Silerio se despidió de todos, pidiendo licencia para volverse a su ermita, y puesto que Tirsi, Damón, Elicio y Erastro le rogaron que por aquel día con ellos se quedase, jamás lo pudieron acabar con él, antes, abrazándolos a todos, se despidió, encargando y rogando a Erastro que no dejase de verle todas las veces que por su ermita pasase. Erastro se lo prometió; y con esto, torciendo el camino, acompáñado de su continua pesadumbre, se volvió a la soledad de su ermita, dejando a los pastores no sin dolor de ver la estrecheza de vida que en tan verdes años había escogido; pero más se sentía entre aquellos que le conoscían y sabían la calidad y valor de su persona. Llegados los pastores a la fuente, hallaron en ella a tres caballeros y a dos hermosas damas que de camino venían, y fatigados del cansancio y convidados del ameno y fresco lugar, les pareció ser bien dejar el camino que llevaban y pasar allí las calurosas horas de la siesta. Venían con ellos algunos criados, de manera que, en su apariencia, mostraban ser personas de calidad. Quisieran los pastores, así como los vieron, dejarles el lugar desocupado; pero uno de los caballeros, que el principal parescía, viendo que los pastores de comedidos se querían ir a otra parte, les dijo:

—Si era por ventura vuestro contento, gallardos pastores, pasar la siesta en este deleitoso sitio, no os lo estorbe nuestra compañía, antes nos haced merced de que con la vuestra aumentéis nuestro contento, pues no promete menos vuestra gentil disposición y manera; y siendo el lugar, como lo es, tan acomodado para mayor cantidad de gente, haréis agravio a mí y a estas damas si no venís en lo que yo en su nombre y el mío os pido.

—Con hacer, señor, lo que nos mandas—respondió Elido—cumpliremos nuestro deseo, que por ahora no se extendía a más que venir a este lugar a pasar en él en buena conversación las enfadosas horas de la siesta, y, aunque fuera diferente nuestro intento, le torciéramos sólo por hacer lo que pides.

—Obligado quedo—respondió el caballero—a muestras de tanta voluntad; y para más certificarme y obligarme con ella, sentaos, pastores, alrededor de esta fresca fuente, donde, con algunas cosas que estas damas traen para regalo del camino, podáis despertar la sed y mitigarla en las frescas aguas que esta clara fuente nos ofrece.

Todos lo hicieron así, obligados de su buen comedimiento. Hasta este punto habían tenido las damas cubiertos los rostros con dos ricos antifaces; pero viendo que los pastores se quedaban, se descubrieron, descubriendo una belleza tan extraña, que en gran admiración puso a todos los que la vieron, pareciéndoles que, después de la de Galatea, no podía haber en la tierra otra que se igualase. Eran las dos damas igualmente hermosas, aunque la una dellas, que de más edad parescía, a la más pequeña en cierto donaire y brío se aventajaba. Sentados, pues, y acomodados todos, el segundo caballero, que hasta entonces ninguna cosa había hablado, dijo:

—Cuando me paro a considerar, agradables pastores, la ventaja que hace al cortesano y soberbio trato el pastoral y humilde vuestro, no puedo dejar de tener lástima a mí mismo, y a vosotros una honesta envidia.

—¿Por qué dices eso, amigo Darinto?—dijo el otro caballero.

—Dígolo, señor—replicó estotro—, porque veo con cuánta curiosidad vos y yo, y los que siguen el trato nuestro, procuramos adornar las personas, sustentar los cuerpos y aumentar las haciendas, y cuán poco viene a lucirnos, pues la púrpura, el oro, el brocado que sobre nuestros cuerpos echamos, como los rostros están marchitos de los mal degeridos manjares, comidos a deshoras, y tan costosos como mal gustados, ninguna cosa nos adornan, ni pulen, ni son parte para que más bien parezcamos a los ojos de quien nos mira, todo lo cual puedes ver diferentes en los que siguen el rústico ejercicio del campo, haciendo experiencia en los que tienes delante, los cuales podría ser, y aun es así, que se hubiesen sustentado y sustentan de manjares simples y en todo contrarios de la vana compostura de los nuestros; y con todo eso mira el moreno de sus rostros, que promete más entera salud que la blancura quebrada de los nuestros, y cuán bien les está a sus robustos y sueltos miembros un pellico de blanca lana, una caperuza parda y unas antiparras de cualquier color que sean, y con esto a los ojos de sus pastoras deben de parecer más hermosos que los bizarros cortesanos a los de las retiradas damas. ¿Qué te diría, pues, si quisiese, de la sencillez de su vida, de la llaneza de su condición y de la honestidad de sus amores? No te digo más sino que conmigo puede tanto lo que de la vida pastoral conozco, que de buena gana trocaría la mía con ella.

—En deuda te estamos los pastores—dijo Elicio—por la buena opinión que de nosotros tienes; pero, con todo eso, te sé decir que hay en la rústica vida nuestra tantos resbaladeros y trabajos como se encierran en la cortesana vuestra.

—No podré yo dejar de venir en lo que dices, amigo —replicó Darinto—, porque ya se sabe bien que es una guerra nuestra vida sobre la Tierra. Pero, en fin, en la pastoral hay menos que en la ciudadana, por estar más libre de ocasiones que alteren y desasosieguen el espíritu.

—Cuán bien se conforma con tu opinión, Darinto—dijo Damón—, la de un pastor amigo mío que Lauso se llama, el cual, después de haber gastado algunos años en cortesanos ejercicios y algunos otros en los trabajosos del duro Marte, al fin se ha reducido a la pobreza de nuestra rústica vida, y, antes que a ella viniese, mostró desearlo mucho, como parece por una canción que compuso y envió al famoso Larsileo, que en los negocios de la corte tiene larga y ejercitada experiencia; y por haberme a mí parecido bien la tomé toda en la memoria, y aun os la dijera, si imaginara que a ello me diera lugar el tiempo, y a vosotros no os cansara el escucharla.

—Ninguna otra cosa nos dará más gusto que escucharte, discreto Damón— respondió Darinto, llamando a Damón por su nombre, que ya le sabía por haberle oído nombrar a los otros pastores, sus amigos—; y así, yo de mi parte te ruego nos digas la canción de Lauso, que pues ella es hecha, como dices, a mi propósito, y tú la has tomado de memoria, imposible será que deje de ser buena.

Comenzaba Damón a arrepentirse de lo que había dicho, y procuraba excusarse de lo prometido; mas los caballeros y damas se lo rogaron tanto, y todos los pastores, que él no pudo excusar el decirla; y así, habiéndose sosegado un poco, con gentil donaire y gracia dijo de esta manera:

DAMÓN

El vano imaginar de nuestra mente,
de mil contrarios vientos arrojada
acá y allá con curso presuroso;
la humana condición, flaca, doliente,
en caducos placeres ocupada,
do busca, sin hallarle, algún reposo;
el falso, el mentiroso
mundo, prometedor de alegres gustos;
la voz de sus sirenas,
mal escuchada apenas
cuando cambia su gusto en mil disgustos;
la Babilonia, el caos que miro y leo
en todo cuanto veo;
el cauteloso trato cortesano,
junto con mi deseo,
puesto han la pluma en la cansada mano.

Quisiera yo, señor, que allí llegara
do llega mi deseo el corto vuelo
de mi grosera mal cortada pluma,
sólo para que luego se ocupara
en levantar al más subido vuelo
vuestra rara bondad y virtud suma.
Mas ¿quién hay que presuma
echar sobre sus hombros tanta carga,
si no es un nuevo Adlante,
en fuerzas tan bastante

que poco el cielo le fatiga y carga?
Y aun le será forzoso que se ayude
y el grave peso mude
sobre los brazos de otro Alcides nuevo;
y, aunque se encorve y sude,
yo tal fatiga por descanso apruebo.

Ya que a mis fuerzas esto es imposible
y el inútil deseo doy por muestra
de lo que encierra el justo pensamiento,
veamos si, quizá, será posible
mover la flaca mal contenta diestra
a mostrar por enigma algún contento;
mas tan sin fuerzas siento
mi fuerza en esto, que será forzoso
que apliquéis los oídos
a los tristes gemidos
de un desdeñado pecho congojoso,
a quien el fuego, el aire, el mar, la tierra,
hacen contino guerra,
todos en su desdicha conjurados,
que se remata y cierra
con la corta ventura de sus hados.

Si esto no fuera, fácil cosa fuera
tender por la región del gusto el paso,
y reducir cien mil a la memoria,
pintando el monte, el río y la ribera
do amor, el hado, la fortuna y caso
rindieron a un pastor toda su gloria.
Mas de esta dulce historia
el tiempo triunfa, y sólo queda della
una pequeña sombra,
que ahora espanta, asombra
al pensamiento que más piensa en ella;
condición propia de la humana suerte,
que el gusto nos convierte
en pocas horas en mortal disgusto,
y nadie habrá que acierte
en muchos años con un firme gusto.

Vuelva y revuelva; en alto suba o baje
el vano pensamiento al hondo abismo;

corra en un punto desde Tile a Batro,
que él dirá, cuanto más sude y trabaje,
y del término salga de sí mismo,
puesto en la esfera o en el cruel Baratro:
¡Oh, una, tres, y cuatro,
cinco, y seis y más veces venturoso
el simple ganadero,
que, con un pobre apero,
vive con más contento y más reposo
que el rico Craso o el avariento Mida,
pues con aquella vida
robusta, pastoral, sencilla y sana,
de todo punto olvida
esta mísera falsa cortesana!

En el rigor del erizado invierno,
al tronco entero de robusta encina,
de Vulcano abrasada, se calienta
y allí en sosiego trata del gobierno
mejor de su ganado, y determina
dar de si al cielo no entricada cuenta.
Y cuando ya se ahuyenta
el encogido, estéril, yerto frío,
y el gran señor de Delo
abrasa el aire, el suelo,
en el margen sentado de algún río,
de verdes sauces y álamos cubierto,
con rústico concierto
suelta la voz o toca el caramillo,
y a veces se, ve cierto
las aguas detenerse por oíllo.

Poco allí le fatiga el rostro grave
del privado, que muestra en apariencia
mandar allí do no es obedecido,
ni el alto exagerar con voz suave
del falso adulador, que, en poca ausencia,
muda opinión, señor, bando y partido;
ni el desdén sacudido
del sotil secretario le fatiga,
ni la altivez honrada
de la llave dorada,
ni de los varios príncipes la liga,

ni del manso ganado un punto parte,
porque el furor de Marte
a una y a otra parte suene airado,
regido por tal arte,
que apenas su secuaz se ve medrado.

Reduce a poco espacio sus pisadas;
del alto monte al apacible llano,
desde la fresca fuente al claro río,
sin que, por ver las tierras apartadas,
las movibles campañas de Océano
are con loco antiguo desvarío.
No le levanta el brío
saber que el gran monarca invicto vive
bien cerca de su aldea,
y, aunque su bien desea,
poco disgusto en no verle rescibe;
no como el ambicioso entremetido,
que con seso perdido
anda tras el favor, tras la privanza,
sin nunca haber teñido
en turca o en mora sangre espada o lanza.

No su semblante o su color se muda
porque mude color, mude semblante
el señor a quien sirve, pues no tiene
señor que fuerce a que con lengua muda
siga, cual Clicie a su dorado amante,
el dulce o amargo gusto que le viene.
No le veréis que pene
do temor que un descuido, una nonada,
en el ingrato pecho
del señor el derecho
borre de sus servicios, y sea dada
de breve despedida la sentencia.
No muestra en apariencia
otro de lo que encierra el pecho sano:
que la rústica ciencia
no alcanza el falso trato cortesano.

¿Quién tendrá vida tal en menosprecio?
¿Quién no dirá que aquella sola es vida
que al sosiego del alma se encamina?

El no tenerla el cortesano en precio
hace que su bondad sea conoscida
de quien aspira al bien y al mal declina.
¡Oh vida, do se afina
en soledad el gusto acompañado!
¡Oh pastoral bajeza,
más alta que la alteza
del cetro más subido y levantado!
¡Oh flores olorosas; oh sombríos
bosques; oh claros ríos!
¡Quién gozar os pudiera un breve tiempo,
sin que los males míos
turbasen tan honesto pasatiempo!

¡Canción, a parte vas do serán luego
conocidas tus faltas y tus obras!
Mas di, si aliento cobras,
con su rostro humilde enderezado a ruego:
"¡Señor, perdón, porque, el que acá me envía,
en vos y en su deseo se confía!"

—Esta es, señores, la canción de Lauso—dijo Damón en acabándola—, la cual fue tan celebrada de Larsileo, cuanto bien admitida de los que en aquel tiempo la vieron.

—Con razón lo puedes decir—respondió Darinto—, pues la verdad y artificio suyo son dignos de justas alabanzas.

—Estas canciones son las de mi gusto—dijo a este punto el desamorado Lenio—, y no aquellas, que a cada paso llegan a mis oídos, llenas de mil simples conceptos amorosos, tan mal dispuestos e intricados, que osaré jurar que hay algunas que ni las alcanza quien las oye, por discreto que sea, ni las entiende quien las hizo. Pero no menos fatigan otras que se enzarzan en dar alabanzas a Cupido, y en exagerar su poder, su valor, sus maravillas y milagros, haciéndole señor del Cielo y de la Tierra, dándole otros mil atributos de potencia, de mando y señorío. Y lo que más me cansa de los que las hacen es que, cuando hablan de Amor, entienden de un no sé quién que ellos llaman Cupido, que la mesma significación del nombre nos declara quién es él, que es un apetito sensual y vano digno de todo vituperio.

Habló el desamorado Lenio, y en fin hubo de parar en decir mal de Amor; pero, como todos los más que allí estaban conocían su condición, no repararon mucho en sus razones, si no fue Erastro, que le dijo:

—¿Piensas, Lenio, por ventura, que siempre estás hablando con el simple Erastro, que no sabe contradecir tus opiniones ni responder a tus argumentos? Pues quiérote advertir que te será sano el callar por ahora, o, a lo menos, tratar de otras cosas que de decir mal de Amor, si ya no gustas que la discreción y ciencia de Tirsi y de Damón te alumbren de la ceguedad en que estás y te muestren a la clara lo que ellos entienden y lo que tú debes de entender del amor y de sus cosas.

—¿Qué me podrán ellos decir que yo no sepa?—dijo Lenio—. ¿O qué les podré yo replicar que ellos no ignoren?

—Soberbia es esa, Lenio—respondió Elicio—, y en ella muestras cuán fuera vas del camino de la verdad de Amor, y que te riges más por el norte de tu parecer y antojo que no por el que te debías regir, que es el de la verdad y experiencia.

—Antes, por la mucha que yo tengo de sus obras—respondió Lenio—, le soy tan contrario como muestro y mostraré mientras la vida me durare.

—¿En qué fundas tu razón?—dijo Tirsi.

—¿En qué, pastor?—respondió Lenio—. En que por los efectos que hace conozco cuán mala es la causa que los produce.

—¿Cuáles son los efectos de Amor qué tú tienes por tan malos?—replicó Tirsi.

—Yo te los diré, si con atención me escuchas—dijo Lenio—. Pero no querría que mi plática enfadase los oídos de los que están presentes, pudiendo pasar el tiempo en otra conversación de más gusto.

—Ninguna cosa habrá que sea más del nuestro—dijo Darinto—que oír tratar de esta materia, especialmente entre personas que tan bien sabrán defender su opinión; y así, por mi parte, si la destos pastores no lo estorba, te ruego Lenio, que sigas adelante la comenzada plática.

—Eso haré yo de buen grado—respondió Lenio—, porque pienso mostrar claramente en ella cuántas razones me fuerzan a seguir la opinión que sigo y a vituperar cualquiera otra que a la mía se opusiere.

—Comienza, pues, ¡oh Lenio!—dijo Damón—, que no estarás mas en ella de cuanto mi compañero Tirsi descubra la suya.

A esta sazón, ya que Lenio se preparaba a decir los vituperios de Amor, llegaron a la fuente el venerable Aurelio, padre de Galatea, con algunos pastores, y con él asimismo venían Galatea y Florisa con las tres rebozadas pastoras Rosaura, Teolinda y Leonarda, a las cuales, habiéndolas topado a la entrada del aldea, y sabiendo dellas la junta de pastores que en la fuente de las Pizarras quedaba, a ruego suyo las hizo volver, fiadas las forasteras pastoras en que, por sus rebozos, no serían de alguno conocidas. Levantáronse todos a rescebir a Aurelio y a las pastoras, las cuales se sentaron con las damas, y Aurelio y los pastores con los demás pastores. Pero cuando las damas vieron la singular belleza de Galatea quedaron tan admiradas que no podían apartar los ojos de mirarla. No lo fue menos Galatea de la hermosura dellas, especialmente de la que de mayor edad parescía. Pasó entre ellas algunas palabras de comedimiento, pero todo cesó cuando supieron lo que entre el discreto Tirsi y el desamorado Lenio estaba concertado, de lo que se holgó infinito el venerable Aurelio, porque en extremo deseaba ver aquella junta y oír aquella disputa; y más entonces, donde tendría Lenio quien también le supiese responder. Y así sin más esperar, sentándose Lenio en un tronco de un desmochado olmo, con voz al principio baja y después sonora, de esta manera comenzó a decir:

—Ya casi adivino, valerosa y discreta compañía, cómo allá en vuestro entendimiento me vais juzgando por atrevido y temerario, pues con el poco ingenio y menos experiencia que puede prometer la rústica vida en que yo algún tiempo me he criado, quiero tomar contienda en materia tan ardua como esta con el famoso Tirsi, cuya crianza en famosas academias y cuyos bien sabidos estudios no pueden asegurar en mí pretensión, sino segura pérdida. Pero confiado que, a las veces, la fuerza del natural ingenio, adornado con algún tanto de experiencia, suele descubrir nuevas sendas con que facilitan las ciencias por largos años sabidas, quiero atreverme hoy a mostrar en público las razones que me han movido a ser tan enemigo de Amor que he merescido por ello alcanzar renombre de desamorado. Y aunque otra cosa no me moviera a hacer esto sino vuestro mandamiento, no me excusara de hacerla, cuanto más que no será pequeña la gloria que de aquí he de granjear, aunque pierda la empresa, pues al fin dirá la fama que tuve ánimo para competir con el nombrado Tirsi. Y así, con este presupuesto, sin querer ser favorescido si no es de la razón que tengo, a ella sola invoco y ruego dé tal fuerza a mis palabras y argumentos que se muestre en ellas y en ellos la que tengo para ser tan enemigo del amor como publico. Es, pues, Amor, según he oído decir a mis mayores, un deseo de belleza, y esta definición le dan, entre otras muchas, los que en esta cuestión han llegado más al cabo. Pues si se me concede que el amor es deseo de belleza, forzosamente se me ha de conceder que, cual fuere la belleza que se amare, tal será el amor con que se ama. Y porque la belleza es en dos maneras corpórea e incorpórea, el amor que la belleza corporal amare como último fin suyo este tal amor no puede ser bueno, y este es el amor de quien yo soy enemigo. Pero como la belleza corpórea se divide asimismo en dos partes, que son en cuerpos vivos y en cuerpos muertos, también puede haber amor de belleza corporal que sea bueno. Muéstrase la una parte de la belleza corporal en cuerpos vivos de varones y de hembras, y ésta consiste en que todas las partes del cuerpo sean de por sí buenas, y que todas juntas hagan un todo perfecto y formen un cuerpo proporcionado de miembros y suavidad de colores. La otra belleza de la parte corporal no viva consiste en pinturas, estatuas, edificios, la cual belleza puede amarse sin que el amor con que se amare se vitupere. La belleza incorpórea se divide también en dos partes, en las virtudes y ciencias del ánima; y el amor que a la virtud se tiene, necesariamente ha de ser bueno, y ni más ni menos el que se tiene a las virtuosas ciencias y agradables estudios. Pues como sean estas dos suertes de belleza la causa que engendra el amor en nuestros pechos, síguese que en el amar la una o la otra consista ser el amor bueno o malo. Pero como la belleza incorpórea se considera con los ojos del entendimiento limpios y claros, y la belleza corpórea se mire con los ojos corporales, en comparación de los incorpóreos, turbios y ciegos, y como sean más prestos los ojos del cuerpo a mirar la belleza presente corporal, que agrada, que no los del entendimiento a considerar la ausente incorpórea, que glorifica, síguese que más ordinariamente aman los mortales la caduca y mortal belleza, que los destruye, que no la singular y divina que los mejora. Pues deste amor o desear la corporal belleza han nascido, nascen y nascerán en el mundo asolación de ciudades, ruina de Estados, destrucción de imperios y muerte de amigos; y cuando esto generalmente no suceda, ¿qué desdichas mayores, qué tormentos más graves, qué incendios, qué celos, qué penas, qué muertes puede imaginar el humano entendimiento que a las que padece el miserable amante puedan compararse? Y es la causa desto que, como toda la felicidad del amante consista en gozar la belleza que desea, y esta belleza sea imposible poseerse y gozarse enteramente, aquel no poder llegar al fin que se desea engendra en él los sospiros, las lágrimas, las quejas y desabrimientos. Pues que sea verdad que la belleza de quien hablo no se puede gozar perfecta y enteramente está manifiesto y claro, porque no está en mano del hombre gozar cumplidamente cosa que esté fuera dél y no; sea toda suya, porque las extrañas conocidas cosas es que están siempre debajo del arbitrio de la que llamamos fortuna y caso, y no en poder de nuestro albedrío. Y así se concluye que, donde hay amor hay dolor, y quien esto negase negaría asimismo que el Sol es claro y que el fuego abrasa. Mas por que se venga con más facilidad en conocimiento de la amargura que Amor encierra por las pasiones del ánimo discurriendo se verá clara la verdad que sigo. Son, pues, las pasiones del ánimo, como mejor vosotros sabréis, discretos caballeros y pastores, cuatro generales y no más: desear demasiado, alegrarse mucho, gran temor de las futuras miserias, gran dolor de las presentes calamidades, las cuales pasiones, por ser como vientos contrarios que la tranquilidad del ánima perturban, con más propio vocablo perturbaciones son llamadas. Y de estas perturbaciones, la primera es propia del amor, pues el amor no es otra cosa que deseo; y así, es el deseo principio y origen de do todas nuestras pasiones proceden, como cualquier arroyo de su fuente, y de aquí viene que todas las veces que el deseo de alguna cosa se enciende en nuestros corazones, luego nos mueve a seguirla y a buscarla, y buscándola y siguiéndola, a mil desordenados fines nos conduce. Este deseo es aquel que incita al hermano a procurar de la amada hermana los abominables abrazos, la madrastra del alnado, y, lo que peor es, el mismo padre de la propia hija; este deseo es el que nuestros pensamientos a dolorosos peligros acarrea: ni aprovecha que le hagamos obstáculo con la razón, que, puesto que nuestro mal claramente conozcamos, no por eso sabemos retirarnos dél. Y no se contenta Amor de tenernos a una sola voluntad atentos; antes, como del deseo de las cosas, como ya está dicho, todas las pasiones nascen, así, del primer deseo que nasce en nosotros, otros mil se derivan, y estos son en los enamorados no menos diversos que infinitos. Y aunque todas las más de las veces miren a un solo fin, con todo eso, como son diversos los objetos y diversa la fortuna de los amadores de cada uno, sin duda alguna diversamente se desea. Hay algunos que, por llegar a alcanzar lo que desean, ponen toda su fuerza en una carrera, en la cual ¡oh cuántas veces se caen y cuántas agudas espinas atormentan sus pies, y cuántas veces primero se pierde la fuerza y el aliento que den alcance a lo que procuran! Algunos otros hay que ya de la cosa amada son poseedores y ninguna otra desean ni piensan, sino en mantenerse en aquel estado, y teniendo en esto sólo ocupados sus pensamientos y en esto sólo todas sus obras y tiempo consumido, en la felicidad son míseros, en la riqueza pobres y en la ventura desventurados. Otros, que ya están fuera de la posesión de sus bienes, procuran tornar a ellos, usando para ello mil ruegos, mil promesas, mil condiciones, infinitas lágrimas, y al cabo, en estas miserias ocupándose, se ponen a términos de perder la vida. Mas no se ven estos tormentos en la entrada de los primeros deseos, porque entonces el engañoso Amor nos muestra una senda por do entremos, al parecer ancha y espaciosa, la cual después poco a poco se va cerrando, de manera que, para volver ni pasar adelante, ningún camino se ofrece. Y así, engañados y atraídos los míseros amantes con una dulce y falsa risa, con un solo volver de ojos, con dos mal formadas palabras que en sus pechos una falsa y flaca esperanza engendran, arrójanse luego a caminar tras ella, aguijados del deseo, y después, a poco trecho y a pocos días, hallando la senda de su remedio cerrada y el camino de su gusto impedido, acuden luego a regar su rostro con lágrimas, a turbar el aire con sospiros, a fatigar los oídos con lamentables quejas; y lo peor es que, si acaso con las lágrimas, con los sospiros y con las quejas no pueden venir al fin de lo que desean, luego mudan estiló y procuran alcanzar por malos medios lo que por buenos no pueden. De aquí nascen los odios, las iras, las muertes, así de amigos como de enemigos; por esta causa se han visto y se ven a cada paso que las tiernas y delicadas mujeres se ponen a hacer cosas tan extrañas y temerarias que aun sólo el imaginarlas pone espanto; por ésta se ven los santos y conyugales lechos de roja sangre bañados, ora de la triste mal advertida esposa, ora del incauto y descuidado marido. Por venir al fin deste deseo es traidor el hermano al hermano, el padre al hijo y el amigo al amigo. Este rompe enemistades, atropella respetos, traspasa leyes, olvida obligaciones y solicita parientas. Mas por que claramente se vea cuánta es la miseria de los enamorados, ya se sabe que ningún apetito tiene tanta fuerza en nosotros ni con tanto ímpetu al objeto propuesto nos lleva como aquel que de las espuelas de Amor es solicitado; y de aquí viene que ninguna alegría o contento pasa tanto del debido término como aquella del amante cuando viene a conseguir alguna cosa de las que desea. Y esto se ve porque ¿qué persona habrá de juicio, si no es el amante, que tenga a suma felicidad un tocar la mano de su amada, una sortijuela suya, un breve amoroso volver de ojos y otras cosas semejantes, de tan poco momento cual las considera un entendimiento desapasionado? Y no por estos gustos tan colmados que, a su parecer, los amantes consiguen se ha de decir que son felices y bienaventurados, porque no hay ningún contento suyo que no venga acompañado de innumerables disgustos y sinsabores con que Amor se los agua y turba, y nunca llegó gloria amorosa adonde llega y alcanza la pena. Y es tan mala la alegría de los amantes que los saca fuera de sí mismos, tornándolos descuidados y locos, porque, como ponen todo su intento y fuerzas en mantenerse en aquel gustoso estado que ellos se imaginan, de toda otra cosa se descuidan, de que no poco daño se les sigue, así de hacienda como de honra y vida, pues, a trueco de lo que he dicho, se hacen ellos mismos esclavos de mil congojas y enemigos de sí propios, pues que cuando sucede que en medio de la carrera de sus gustos les toca el hierro frío de la pesada lanza de los celos, allí se les escurece el Cielo, se les turba el aire y todos los elementos se les vuelven contrarios. No tienen entonces de quién esperar contento, pues no se lo puede dar el conseguir el fin que deseaban; allí acude el temor contino, la desesperación ordinaria, las agudas sospechas, los pensamientos varios, la solicitud sin provecho, la falsa risa y el verdadero llanto, con otros mil extraños y terribles accidentes que le consumen y aterran. Todas las ocasiones de la cosa amada les fatigan; si mira, si ríe, si torna, si vuelve, si calla, si habla, y, finalmente, todas las gracias que le movieron a querer bien son las mesmas que atormentan al amante celoso. ¿Y quién no sabe que si la ventura a manos llenas no favoresce a los amorosos principios, y con presta diligencia a dulce fin los conduce, cuán costosos le son al amante cualesquier otros medios que el desdichado pone para conseguir su intento? ¿Qué de lágrimas derrama, qué de sospiros esparce, cuántas cartas escribe, cuántas noches no duerme, cuántos y cuán contrarios pensamientos le combaten, cuántos recelos le fatigan y cuántos temores le sobresaltan? ¿Hay, por ventura, Tántalo que más fatiga tenga entre las aguas y el manzano puesta que la que tiene el miserable amante entre el temor y la esperanza colocada? Son los servicios del amante no favorescido los cántaros de las hijas de Danao, tan sin provecho derramados que jamás llegan a conseguir una mínima parte de su intento. ¿Hay águila que así destruya las entrañas de Ticio como destruyen y roen los celos las del amante celoso? ¿Hay piedra que tanto cargue las espaldas de Sísifo como carga el temor contino los pensamientos de los enamorados? ¿Hay rueda de Ixión que más presto se vuelva y atormente que las prestas y varias imaginaciones de los temerosos amantes? ¿Hay Minos ni Radamanto que así castiguen y apremien las desdichadas condenadas almas como castiga y apremia el amor al enamorado pecho que al insufrible mando suyo, está sujeto? No hay cruda Megera, ni rabiosa Tesifón, ni vengadora Alecto que así maltraten el ánima do se encierran, como maltrata esta furia, este deseo a los sin ventura que le reconocen por señor y se le humillan como vasallos, los cuales, por dar alguna disculpa de las locuras que hacen, dicen, o, a lo menos, dijeron los antiguos gentiles, que aquel instinto que incita y mueve al enamorado para amar más que a su propia vida la ajena era un dios a quien pusieron por nombre Cupido, y que así, forzados de su deidad, no podían dejar de seguir y caminar tras lo que él quería. Movióles a decir esto y a dar nombre de dios a este deseo el ver los efectos sobrenaturales que hace en los enamorados. Sin duda, parece que es sobrenatural cosa estar un amante en un instante mismo temeroso y confiado, arder lejos de su amada y helarse cuando más cerca della, mudo cuando parlero y parlero cuando mudo. Extraña cosa es asimismo seguir a quien me huye, alabar a quien me vitupera, dar voces a quien no me escucha, servir a una ingrata y esperar en quien jamás promete ni puede dar cosa que buena sea.

¡Oh amarga dulzura; oh venenosa medicina de los amantes no sanos; oh triste alegría; oh flor amorosa que ningún fruto señalas si no es de tardo arrepentimiento! Estos son los efectos deste dios imaginado, estas son sus hazañas y maravillosas obras. Y aun también puede verse en la pintura con que figuraban a este su vano dios, cuán vanos ellos andaban: pintábanle niño desnudo, alado, vendados los ojos, con arco y saetas en las manos, por darnos a entender, entre otras cosas, que en siendo uno enamorado se vuelve de la condición de un niño simple y antojadizo, que es ciego en las pretensiones, ligero en los pensamientos, cruel en las obras, desnudo y pobre de las riquezas del entendimiento. Decían asimismo que entre las saetas suyas tenía dos, la una de plomo y la otra de oro, con las cuales diferentes efectos hacía, porque la de plomo engendraba odio en los pechos que tocaba, y la de oro crescido amor en los que hería, por sólo avisarnos que el oro rico es aquel que hace amar, y el plomo pobre aborrecer, y por esta ocasión no en balde cantan los poetas a Atalante vencida de tres hermosas manzanas de oro, y a la bella Dánae preñada de la dorada lluvia, y al piadoso Eneas descender al infierno con el ramo de oro en la mano. En fin, el oro y la dádiva es una de las más fuertes saetas que el amor tiene y con la que más corazones sujeta; bien al revés de la de plomo, metal bajo y menospreciado, como lo es la pobreza, la cuál antes engendra odio y aborrecimiento donde llega que otra benevolencia alguna. Pero si las razones hasta ahora por mí dichas no bastan a persuadir la que yo tengo de estar mal con este pérfido amor de quien trato, oíd en algunos ejemplos verdaderos y pasados los efectos suyos, y veréis, como yo veo, que no ve ni tiene ojos de entendimiento el que no alcanza la verdad que sigo. Veamos, pues: ¿quién sino este amor es aquel que al justo Loth hizo romper el casto intento y violar a las propias hijas suyas? Este es, sin duda, el que hizo que el escogido David fuese adúltero y homicida, y el que forzó al libidinoso Amón a procurar el torpe ayuntamiento de Tamar, su querida hermana; y el que puso la cabeza del fuerte Sansón en las traidoras faldas de Dalila, por do perdiendo él su fuerza perdieron los suyos su amparo, y, al cabo, él y otros muchos la vida; este fue el que movió la lengua de Herodes para prometer a la bailadora niña la cabeza del precursor de la vida; este hace que se dude de la salvación del más sabio y rico rey de los reyes y aun de todos los hombres; este redujo los fuertes brazos del famoso Hércules, acostumbrados a regir la pesada maza, a torcer un pequeñuelo huso y a ejercitarse en mujeriles ejercicios; este hizo que la furiosa y enamorada Medea esparciese por el aire los tiernos miembros de su pequeño hermano; este cortó la lengua a Progne, arrastró a Hipólito, infamó a Pasifae, destruyó a Troya, mató a Egisto; este hizo cesar las comenzadas obras de la nueva Cartago, y que su primera reina pasase su casto pecho con la aguda espada; este puso en las manos de la nombrada y hermosa Sofonisba el vaso del mortífero veneno que le acabó la vida; este quitó la suya al valiente Turno y el reino a Tarquino, el mando a Marco Antonio, y la vida y la honra a su amiga; este, en fin, entregó nuestras Españas a la bárbara furia agarena, llamada a la venganza del desordenado amor del miserable Rodrigo. Mas, porque pienso que primero nos cubriría la noche con su sombra que yo acabase de traeros a la memoria los ejemplos que se ofrecen a la mía de las hazañas que el Amor ha hecho y cada día hace en el mundo, no quiero pasar más adelante en ellos, ni aun en la comenzada plática, por dar lugar a que el famoso Tirsi me responda, rogándoos primero, señores, no os enfade oír una canción que días ha tengo hecha en vituperio deste mi enemigo, la cual, si bien me acuerdo, dice de esta manera:

Sin que me pongan miedo el hielo y fuego,
el arco y flechas del amor tirano,
en su deshonra he de mover mi lengua,
que ¿quién ha de temer a un niño ciego,
de vario antojo y de juicio insano,
aunque más amenace daño y mengua?
Mi gusto cresce y el dolor desmengua
cuando la voz levanto
al verdadero canto
que en vituperio del amor se forma,
con tal verdad, con tal manera y forma,
que a todo el mundo su maldad descubre,
y claramente informa
del cierto daño que el amor encubre.

Amor es fuego que consume el alma,
hielo que hiela, flecha que abre el pecho
que de sus mañas vive descuidado;
turbado mar do no se ha visto calma,
ministro de ira, padre del despecho,

enemigo en amigo disfrazado,
dador de escaso bien y mal colmado,
afable, lisonjero,
tirano, crudo y fiero,
y Circe engañadora que nos muda
en varios monstruos, sin que humana ayuda
pueda al pasado ser nuestro volvernos,
aunque ligera acuda
la luz de la razón a socorrernos;

    yugo que humilla al más erguido cuello,
blanco a do se encaminan los deseos
del ocio blando sin razón nascidos,
red engañosa de sotil cabello
que cubre y prende en torpes actos feos
los que del mundo son en más tenidos,
sabroso mal de todos los sentidos,
ponzoña disfrazada,
cual píldora dorada,
rayo que adonde toca abrasa y hiende,
airado brazo que a traición ofende,
verdugo del cautivo pensamiento
y del que se defiende
del dulce halago de su falso intento;

    daño que aplace en los principios cuando
se regala la vista en el sujeto,
que, cual el cielo, bello le parece;
mas tanto cuanto más pasa mirando
tanto más pena en público y secreto
el corazón, que todo lo padece.
Mudo, hablador, parlero que enmudece,
cuerdo que desatina,
pura, total ruina
de la más concertada alegre vida,
sombra de bien en males convertida,
vuelo que nos levanta hasta la esfera,
para que en la caída
quede vivo el pesar y el gusto muera;

    invisible ladrón que nos destruye
y roba lo mejor de nuestra hacienda,
llevándonos el alma a cada paso;

ligereza que alcanza al que más huye,
enigma que ninguno hay que la entienda,
vida que de contino está en traspaso,
guerra elegida y que nasce acaso,
tregua que poco dura,
amada desventura,
preñez que por jamás a sazón llega,
enfermedad que al ánima se pega,
cobarde que se arroja al mal y atreve,
deudor que siempre niega
la deuda averiguada que nos debe;

cercado laberinto do se anida
una fiera cruel que se sustenta
de rendidos humanos corazones,
lazo donde se enlaza nuestra vida,
señor que al mayordomo pide cuenta
de las obras, palabras e intenciones;
codicia de mil varias pretensiones,
gusano que fabrica
estancia pobre o rica,
de poco espacio habita, y al fin, muere;
querer que nunca sabe lo que quiere,
nube que los sentidos escurece,
cuchillo que nos hiere.
Este es el amor. ¡Seguidle, si os parece!

Con esta canción acabó su razonamiento el desamorado Lenio, y con ella y con él dejó admirados a algunos de los que presentes estaban, especialmente a los caballeros, pareciéndoles que lo que Lenio había dicho, de más caudal que de pastoril ingenio parecía, y con gran deseo y atención estaban esperando la respuesta de Tirsi, prometiéndose todos en su imaginación que, sin duda alguna, a la de Lenio haría ventaja, por la que Tirsi le hacía en la edad y en la experiencia, y en los más acostumbrados estudios, y asimismo les aseguraba esto porque deseaban que la opinión desamorada de Lenio no prevaleciese. Bien es verdad que la lastimada Teolinda, la enamorada Leonarda, la bella Rosaura y aun la dama que con Darinto y su compañero venía, claramente vieron figurados en el discurso de Lenio mil puntos de los sucesos de sus amores, y esto fue cuando llegó a tratar de lágrimas y sospiros, y de cuán caros se compraban los contentos amorosos. Solas la hermosa Galatea y la discreta Florisa iban fuera de esta cuenta, porque hasta entonces no se la había tomado Amor de sus hermosos y rebeldes pechos; y así estaban atentas, no más de a escuchar la agudeza con que los dos famosos pastores disputaban, sin que de los efectos de Amor que oían viesen alguno en sus libres voluntades. Pero siendo la de Tirsi reducir a mejor término la opinión del desamorado pastor, sin esperar ser rogado, teniendo de su boca colgados los ánimos de los circunstantes, poniéndose frontero de Lenio, con suave y levantado tono, de esta manera comenzó a decir:

—Si la agudeza de tu buen ingenio, desamorado pastor, no me asegurara que con facilidad puede alcanzar la verdad, de quien tan lejos ahora se halla, antes que ponerme en trabajo de contradecir tu opinión te dejara con ella por castigo de tus sinrazones. Mas, porque me advierten las que en vituperio del amor has dicho los buenos principios que tienes para reducirte a mejor propósito, no quiero dejar con mi silencio, a los que nos oyen, escandalizados, al Amor, desfavorescido, y a ti, pertinaz y vanaglorioso. Y así, ayudado del Amor, a quien llamo, pienso en pocas palabras dar a entender cuán otras son sus obras y efectos de los que tú dél has publicado, hablando sólo del amor que tú entiendes, el cual tú definiste diciendo que era un deseo de belleza, declarando asimismo qué cosa era belleza, y poco después desmenuzaste todos los efectos que el amor de quien hablamos hacía en los enamorados pechos, confirmándola al cabo con varios y desdichados sucesos por el amor causados. Y aunque la definición que del amor hiciste sea la más general que se suele dar, todavía no lo es tanto que no se pueda contradecir, porque amor y deseo son dos cosas diferentes: que no todo lo que se ama se desea, ni todo lo que se desea se ama. La razón está clara en todas las cosas que se poseen, que entonces no se podrá decir que se desean, sino que se aman, como el que tiene salud no dirá que desea salud, sino que la ama, y el que tiene hijos no podrá decir que desea hijos, sino que ama los hijos; ni tampoco las cosas que se desean se pueden decir que se aman, como la muerte de los enemigos, que se desea y no se ama. Y así que, por esta razón, el amor y deseo vienen a ser diferentes afectos de la voluntad. Verdad es que Amor es padre del deseo, y entre otras definiciones que del amor se dan ésta es una: Amor es aquella primera mutación que sentimos hacer en nuestra mente, por el apetito que nos conmueve y nos tira a sí, y nos deleita y aplace; y aquel placer engendra movimiento en el ánimo, el cual movimiento se llama deseo; y, en resolución, deseo es movimiento del apetito acerca de lo que se ama, y un querer de aquello que se posee y el objeto suyo es el bien; y como se hallan diversas especies de deseos, el amor es una especie de deseo que atiende y mira al bien que se llama bello. Pero para más clara definición y diversión del amor, se ha de entender que en tres maneras se divide: en amor honesto, en amor útil y en amor deleitable. Y a estas tres suertes de amor se reducen cuantas maneras de amar y desear pueden caber en nuestra voluntad, porque el amor honesto mira a las cosas del Cielo, eternas y divinas; el útil, a las de la tierra, alegres y parecederas, como son las riquezas, mandos y señoríos; el deleitable, a las gustosas y placenteras, como son las bellezas corporales vivas que tú, Lenio, dijiste. Y cualquiera suerte destos amores que he dicho no debe ser de ninguna lengua vituperada, porque el amor honesto siempre fue, es y ha de ser limpio, sencillo, puro y divino, y que sólo en Dios para y sosiega; el amor provechoso, por ser, como es, natural, no debe condenarse; ni menos el deleitable, por ser más natural que provechoso. Que sean naturales estas dos suertes de amor en nosotros, la experiencia nos lo muestra claro, porque luego que el atrevido primer padre nuestro pasó el divino mandamiento, y de señor quedó hecho siervo, y de libre esclavo, luego conosció la miseria en que había caído y la pobreza en que estaba, y así tomó en el momento las hojas de los árboles que le cubriesen, y sudó y trabajó, rompiendo la tierra para sustentarse y vivir con la menos incomodidad que pudiese, y tras esto, obedeciendo mejor a su Dios en ello que en otra cosa, procuró tener hijos, y perpetuar y dilatar en ellos la generación humana; y así como por su inobediencia entró la muerte en él y por él en todos sus descendientes, así heredamos juntamente todos sus afectos y pasiones, como heredamos su mesma naturaleza; y como él procuró remediar su necesidad y pobreza, también nosotros no podemos dejar de procurar y desear remediar la nuestra. Y de aquí nace el amor que tenemos a las cosas útiles a la vida humana, y tanto cuanto más alcanzamos dellas tanto más nos parece que remediamos nuestra falta, y por el mismo consiguiente heredamos el deseo de perpetuarnos en nuestros hijos, y deste deseo se sigue el que tenemos de gozar la belleza viva corporal como solo y verdadero medio que tales deseos a dichoso fin conduce. Así que este amor deleitable, solo y sin mezcla de otro accidente, es digno antes de alabanza que de vituperio, y éste es el amor que tú, Lenio, tienes por enemigo, y cáusalo que no lo entiendes ni conoces, porque nunca le has visto solo y en su mesma figura, sino siempre acompañado de deseos perniciosos, lascivos y mal colocados. Y esto no es culpa de Amor, que siempre es bueno, sino de los accidentes que se le llegan, como vemos que acaece en algún caudaloso río, el cual tiene su nascimiento de alguna líquida y clara fuente que siempre claras y frescas aguas le va ministrando, y, a poco espacio que de la limpia madre se aleja, sus dulces y cristalinas aguas en amargas y turbias son convertidas por los muchos y no limpios arroyos que de una y otra parte se le juntan. Así que este primer movimiento—amor o deseo, como llamarlo quisieres—no puede nascer sino de buen principio, y aun dellos es el conocimiento de la belleza, la cual, conoscida por tal, casi parece imposible que de amar se deje. Y tiene la belleza tanta fuerza para mover nuestros ánimos, que ella sola fue parte para que los antiguos filósofos, ciegos y sin lumbre de fe que los encaminase, llevados de la razón natural, y traídos de la belleza que en los estrellados Cielos y en la máquina y redondez de la Tierra contemplaban, admirados de tanto contento y hermosura, fueron con el entendimiento rastreando, haciendo escala por estas causas segundas, hasta llegar a la primera causa de las causas, y conoscieron que había un solo principio sin principio de todas las, cosas. Pero lo que más los admiró y levantó la consideración fue ver la compostura del hombre, tan ordenada, tan perfecta y tan hermosa, que le vinieron a llamar mundo abreviado, y así es verdad, que, en todas las obras hechas por el mayordomo de Dios, Naturaleza, ninguna es de tanto primor ni que más descubra la grandeza y sabiduría de su hacedor, porque en la figura y compostura del hombre se cifra y cierra la belleza que en todas partes della se reparte, y de aquí nasce que esta belleza conoscida se ama; y como toda ella más se muestre y resplandezca en el rostro, luego como se ve un hermoso rostro, llama y tira la voluntad a amarle. De do se sigue que, como los rostros de las mujeres hagan tanta ventaja en hermosura al de los varones, ellas son las que son de nosotros más queridas, servidas y solicitadas, como a cosa en quien consiste la belleza que naturalmente más a nuestra vista contenta. Pero viendo el hacedor y criador nuestro que es propia naturaleza del ánima nuestra estar contino en perpetuo movimiento y deseo, por no poder ella parar sino en Dios, como en su propio centro, quiso, por que no se arrojase a rienda suelta a desear las cosas parecederas y vanas, y esto sin quitarle la libertad del libre albedrío, ponerle encima de sus tres potencias una despierta centinela que la avisase de los peligros que la contrastaban y de los enemigos que la perseguían, la cual fue razón que corrige y enfrena nuestros desordenados deseos. Y viendo asimismo que la belleza humana había de llevar tras sí nuestros afectos e inclinaciones, ya que no le pareció quitarnos este deseo, a lo menos quiso templarle y corregirle, ordenando el santo yugo del matrimonio, debajo del cual al varón y a la hembra los más de los gustos y contentos amorosos naturales les son lícitos y debidos. Con estos dos remedios, puestos por la divina mano, se viene a templar la demasía que puede haber en el amor natural que tú, Lenio, vituperas, el cual amor de sí es tan bueno que, si en nosotros faltase, el mundo y nosotros acabaríamos. En este mismo amor de quien voy hablando están cifradas todas las virtudes, porque el amor es templanza que el amante, conforme la casta voluntad de la cosa amada, la suya tiempla; es fortaleza, porque el enamorado cualquier variedad puede sufrir por amor de quien ama; es justicia, porque con ella a la que bien quiere sirve, forzándole la mesma razón a ello; es prudencia, porque de toda sabiduría está el amor adornado. Mas yo te mando, ¡oh Lenio!, tú que has dicho que el amor es causa de ruina de imperios, destrucción de ciudades, de muertes de amigos, de sacrílegos hechos, inventor de traiciones, transgresor de leyes, digo que te demando que me digas cuál loable cosa hay hoy en el mundo, por buena que sea, que el uso della no pueda en mal ser convertida. Condénese la Filosofía, porque muchas veces nuestros defectos descubre, y muchos filósofos han sido malos; abrásense las obras de los heroicos poetas, porque con sus sátiras y versos los vicios reprehenden y vituperan; vitupérese la Medicina, porque los venenos descubre; llámese inútil la elocuencia, porque algunas veces ha sido tan arrogante que ha puesto en duda la verdad conoscida; no se forjen armas, porque los ladrones y los homicidas las usan; no se fabriquen casas, porque puedan caer sobre sus habitadores; prohíbase la variedad de los manjares, porque suelen ser causa de enfermedad; ninguno procure tener hijos, porque Edipo, instigado de cruelísima furia, mató a su padre, Oreste hirió el pecho de la madre propia; téngase por malo el fuego, porque suele abrasar las casas y consumir las ciudades; desdéñese el agua, porque con ella se anegó toda la Tierra; condénense, en fin, los elementos, porque pueden ser de algunos perversos perversamente usados, y de esta manera cualquier cosa buena puede ser en mala convertida, y proceder della efectos malos, si en las manos de aquellos son puestas que, como irracionales sin mediocridad, del apetito gobernar se dejan. Aquella antigua Cartago, émula del imperio romano; la belicosa Numancia, la adornada Corinto, la soberbia Tebas, la docta Atenas y la ciudad de Dios, Jerusalén, que fueron vencidas y asoladas: digamos por eso que el amor fue causa de su destrucción y ruina. Así que deberían los que tienen por costumbre de decir mal de Amor decirlo dellos mismos, porque los dones de Amor, si con templanza se usan, son dignos de perpetua alabanza, pues siempre los medios fueron alabados en todas las cosas, como vituperados los extremos; que si abrazamos la virtud más de aquello que basta, el sabio granjeará nombre de loco, y el justo de inicuo. Del antiguo Cremo trágico fue opinión que, como el vino mezclado con el agua es bueno, así el amor templado es provechoso, lo que es al revés en el inmoderado. La generación de los animales racionales y brutos sería ninguna si el amor no procediese, y faltando en la tierra, quedaría desierta y vacua. Los antiguos creyeron que el amor era obra de los dioses, dada para conservación y cura de los hombres. Pero viniendo a lo que tú, Lenio, dijiste de los tristes y extraños efectos que el amor en los enamorados pechos hace, tiniéndolos siempre en continas lágrimas, profundos sospiros, desesperadas imaginaciones, sin concederles jamás una hora de reposo, veamos, por ventura, ¿qué cosa puede desearse en esta vida que el alcanzarla no cueste fatiga y trabajo? Y tanto cuanto más es de valor la cosa, tanto más se ha de padecer y se padece por ella, porque el deseo presupone falta de lo deseado, y hasta conseguirlo es forzosa la inquietud del ánimo nuestro, pues si todos los deseos humanos se pueden pagar y contentarse sin alcanzar de todo punto lo que desean, con que se les dé parte dello, y con todo eso se padece por conseguirla, ¿qué mucho es que, por alcanzar aquello que no puede satisfacer ni contentar al deseo sino con ello mismo, se padezca, se llore, se tema y se espere? El que desea señoríos, mandos, honras y riquezas, ya que ve que no puede subir al último grado que quisiera, como llegue a ponerse en algún buen punto, queda en parte satisfecho, porque la esperanza que le falta de no poder subir a más le hace parar donde puede y como mejor puede, todo lo cual es contrario en el amor, porque el amor no tiene otra paga ni otra satisfacción sino el mismo amor, y el propio es su propia y verdadera paga. Y por esta razón es imposible que el amante esté contento hasta que a la clara

conozca que verdaderamente es amado, certificándole desto las amorosas
señales que ellos saben. Y así estiman en tanto un regalado volver de ojos,
una prenda cualquiera que sea de su amada, un no sé qué de risa, de habla, de
burlas, que ellos de veras toman como indicios que les van asegurando la
paga que desean, y así todas las veces que ven señales en contrario de estas,
esle fuerza al amante lamentarse y afligirse, sin tener medio en sus dolores
pues no le puede tener en sus contentos cuando la favorable fortuna y el
blando amor se los concede. Y como sea hazaña de tanta dificultad reducir
una voluntad ajena a que sea una propia con la mía y juntar dos diferentes
almas en tan indisoluble ñudo y estrecheza que de las dos sean uno los
pensamientos y una todas las obras, no es mucho que por conseguir tan alta
empresa se padezca más que por otra cosa alguna, pues después de
conseguida satisface y alegra sobre todas las que en esta vida se desean. Y no
todas veces son las lágrimas con razón y causa derramadas, ni esparcidos los
sospiros de los enamorados, porque si todas sus lágrimas y sospiros se
causaron de ver que no se responde a su voluntad como se debe y con la
paga que se requiere, habría de considerar primero adónde levantaron la
fantasía, y si la subieron más arriba de lo que su merescimiento alcanza no es
maravilla que, cual nuevos Icaros, caigan abrasados en el río de las miserias,
de las cuales no tendrá la culpa Amor, sino su locura. Con todo eso, yo no
niego, sino afirmo, que el deseo de alcanzar lo que se ama por fuerza ha de
causar pesadumbre, por la razón de la carestía que presupone, como ya otras
veces he dicho; pero también digo que el conseguirla sea de grandísimo gusto
y contento, como lo es al cansado el reposo y la salud al enfermo. Junto con
esto, confieso que si los amantes señalasen, como en el uso antiguo, con
piedras blancas y negras sus tristes o dichosos días, sin duda alguna que
serían mas los infelices; más también conozco que la calidad de sola una
blanca piedra haría ventaja a la cantidad de otras infinitas negras. Y por
prueba de esta verdad, vemos que los enamorados jamás de serlo se
arrepienten; antes, si alguno les prometiese librarles de la enfermedad
amorosa, como enemigo le desecharían, porque aun el sufrirla les es suave. Y
por esto, ¡oh amadores!, no os impida ningún temor para dejar de ofreceros y
dedicaros a amar lo que más os pareciere dificultoso, ni os quejéis ni
arrepintáis si a la grandeza vuestra las cosas bajas habéis levantado, que Amor
iguala lo pequeño a lo sublime, y lo menos a lo más, y con justo acuerdo
tiempla las diversas condiciones de los amantes cuando con puro afecto la
gracia suya en sus corazones rescibe. No cedáis a los peligros, porque la
gloria será tanta que quite el sentimiento de todo dolor. Y como a los
antiguos capitanes y emperadores en premio de sus trabajos y fatigas les eran,
según la grandeza de sus victorias, aparejados triunfos, así a los amantes les
están guardados muchedumbre de placeres y contentos, y como a aquéllos el
glorioso rescibimiento les hacía olvidar todos los incómodos y disgustos
pasados, así al amante de la amada amado. Los espantosos sueños, el dormir

no seguro, las veladas noches, los inquietos días, en suma tranquilidad y alegría se convierten. De manera, Lenio, que si por sus efectos tristes les condenas, por los gustosos y alegres les debes de absolver; y, a la interpretación que diste de la figura de Cupido, estoy por decir que vas tan engañado en ella como casi en las demás cosas que contra el Amor has dicho, porque píntanle niño, ciego, desnudo, con las alas y saetas, y no quiere significar otra cosa sino que el amante ha de ser niño en no tener condición doblada, sino pura y sencilla; ha de ser ciego a todo cualquier otro objeto que se le ofreciere, si no es a aquel a quien ya supo mirar y entregarse; ha de ser desnudo, porque no ha de tener cosa que no sea de la que ama; ha de tener alas de ligereza, para estar pronto a todo lo que por su parte se le quisiere mandar; píntanle con saetas, porque la llaga del enamorado pecho ha de ser profunda y secreta, y que apenas se descubra sino a la mesma causa que ha de remedialla. Que el amor hiera con dos saetas, las cuales obran en diferentes maneras, es darnos a entender que en el perfecto amor no ha de haber medio de querer y no querer en un mismo punto, sino que el amante ha de amar enteramente, sin mezcla de alguna tibieza. En fin, ¡oh Lenio!, este amor es el que, si consumió a los troyanos, engrandeció a los griegos; si hizo cesar las obras de Cartago, hizo crescer los edificios de Roma; si quitó el reino a Tarquino, redujo a libertad la república. Y aunque pudiera traer aquí muchos ejemplos, en contrario de los que tú trujiste, de los efectos buenos que el amor hace, no me quiero ocupar en ellos, pues de sí son tan notorios; sólo quiero rogarte te dispongas a creer lo que he mostrado, y que tengas paciencia para oír una canción mía, que parece que en competencia de la tuya se hizo, y si por ella y por lo que te he dicho no quisieres reducirte a ser de la parte de Amor y te pareciere que no quedas satisfecho de las verdades que dél he declarado, si el tiempo de ahora lo concede, o en otro cualquiera que tú escogieres y señalares, te prometo de satisfacer a todas las réplicas y argumentos que en contrario de los míos decir quisieres; y, por ahora, estáme atento y escucha:

CANCIÓN DE TIRSI

Salga del limpio enamorado pecho
la voz sonora, y, en suave acento,
cante de Amor las altas maravillas,
de modo que contento y satisfecho
quede el más libre y suelto pensamiento,
sin que las sienta con no mas de oíllas.
Tú, dulce amor, que puedes referillas
por mi lengua, si quieres,
tal gracia le concede,
que con la palma quede

de gusto y gloria por decir quién eres,
que si me ayudas, como yo confío,
veráse en presto vuelo
subir al cielo tu valor y el mío.

Es el amor principio del bien nuestro,
medio por do se alcanza y se granjea
el más dichoso fin que pretende,
de todas ciencias sin igual maestro;
fuego que, aunque de hielo un pecho sea,
en claras llamas de virtud le enciende;
poder que al flaco ayuda, al fuerte ofende;
raíz de adonde nasce
la venturosa planta
que al cielo nos levanta
con tal fruto, que alma satisface
de bondad, de valor, de honesto celo,
de gusto sin segundo,
que alegra al mundo y enamora al Cielo;

cortesano, galán, sabio, discreto,
callado, liberal, manso, esforzado;
de aguda vista, aunque de ciegos ojos;
guardador verdadero del respeto,
capitán que en la guerra do ha triunfado
sola la honra quiere por despojos;
flor que cresce entre espinas y entre abrojos,
que a vida y alma adorna;
del temor enemigo,
de la esperanza amigo,
huésped que más alegra cuando torna,
instrumento de honrosos, ricos bienes,
por quien se mira y medra
a honrosa yedra en las honradas sienes;

instinto natural que nos conmueve
a levantar los pensamientos, tanto
que apenas llega allí la vista humana;
escala por do sube, el que se atreve,
a la dulce región del Cielo santo;
sierra en su cumbre deleitosa y llana,
facilidad que lo intricado allana,
norte por quien se guía

en este mar insano
el pensamiento sano,
alivio de la triste fantasía,
padrino que no quiere nuestra afrenta;
farol que no se encubre,
mas no descubre el puerto en la tormenta;

    pintor que en nuestras ánimas retrata,
con apacibles sombras y colores,
ora mortal, ora inmortal belleza;
sol que todo nublado desbarata,
gusto a quien son sabrosos los dolores;
espejo en quien se ve Naturaleza
liberal, que en su punto la franqueza
pone con justo medio;
espíritu de fuego
que alumbra al que es más ciego,
del odio y del temor solo remedio;
Argos que nunca puede estar dormido,
por más que a sus orejas
leguen consejas de algún dios fingido;

    ejército de armada infantería
que atropella cien mil dificultades,
y siempre queda con victoria y palma;
morada adonde asiste el alegría;
rostro que nunca encubre las verdades,
mostrando claro lo que está en el alma;
mar donde la tormenta es dulce calma,
con sólo que se espere
tenerla en tiempo alguno;
refrigerio oportuno
que cura al desdeñado cuando muere;
en fin, amor es vida, es gloria, es gusto,
almo feliz sosiego.
¡Seguidle luego, que el seguirle es justo!

El fin del razonamiento y canción de Tirsi fue principio para confirmar de
nuevo en todos la opinión que de discreto tenía, si no fue en el desamorado
Lenio, a quien no pareció tan bien su respuesta que le satisficiese al
entendimiento y le mudase de su primer propósito. Viose esto claro, porque
ya iba dando muestras de querer responder y replicar a Tirsi, si las alabanzas
que a los dos daban Darinto y su compañero, y todos los pastores y pastoras

presentes, no lo estorbaran, porque tomando la mano el amigo de Darinto dijo:

—En este punto acabo de conoscer cómo la potencia y sabiduría de Amor por todas las partes de la Tierra se extiende, y que donde más se afina y apura es en los pastorales pechos, como nos lo ha demostrado lo que hemos oído al desamorado Lenio y al discreto Tirsi, cuyas razones y argumentos más parescen de ingenios entre libros y las aulas criados que no de aquellos que entre pajizas cabañas son crescidos. Pero no me maravillaría yo tanto desto si fuese de aquella opinión del que dijo que el saber de nuestras almas era acordarse de lo que ya sabían, presuponiendo que todas se crían enseñadas; mas cuando veo que debo seguir el otro mejor parecer del que afirmó que nuestra alma era como una tabla rasa, la cual no tenía ninguna cosa pintada, no puedo dejar de admirarme de ver cómo haya sido posible que en la compañía de las ovejas, en la soledad de los campos, se puedan aprender las ciencias que apenas saben disputarse en las nombradas universidades, si ya no quiero persuadirme a lo que primero dije: que el Amor por todo se extiende y a todos se comunica, al caído levanta, al simple avisa y al avisado perfecciona.

—Si conoscieras, señor—respondió a esta sazón Elicio—, cómo la crianza del nombrado Tirsi no ha sido entre los árboles y florestas, como tú imaginas, sino en las reales cortes y conocidas escuelas, no te maravillaras de lo que ha dicho, sino de lo que ha dejado de decir. Y aunque el desamorado Lenio, por su humildad, ha confesado que la rusticidad de su vida pocas prendas de ingenio puede prometer, con todo eso, te aseguro que los más floridos años de su edad gastó, no en el ejercicio de guardar las cabras en los montes, sino en las riberas del claro Tormes, en loables estudios y discretas conversaciones. Así, que si la plática que los dos han tenido de más que de pastores te parece, contémplalos como fueron y no como ahora son. Cuanto más, que hallarás pastores en estas nuestras riberas que no te causarán menos admiración si los oyes que los que ahora has oído, porque en ellas apacientan sus ganados los famosos y conocidos Eranio, Siralvo, Filardo, Silvano, Lisardo y los dos Matuntos, padre e hijo, uno en la lira y otro en la poesía sobre todo extremo extremados. Y, para remate de todo, vuelve los ojos y conoce al conoscido Damón, que presente tienes, donde puede parar tu deseo, si desea conoscer el extrmo de discreción y sabiduría.

Responder quería el caballero a Elicio, cuando una de aquellas damas que con él venían dijo a la otra:

—Paréceme, señora Nísida, que pues el sol va ya declinando, que sería bien que nos fuésemos, si habernos de llegar mañana adonde dicen que está nuestro padre.

No hubo bien dicho esto la dama, cuando Darinto y su compañero la miraron, mostrando que les había pesado de que hubiese llamado por su nombre a la otra. Pero así como Elicio oyó el nombre de Nísida, le dio el alma si era aquella Nísida de quien el ermitaño Silerio tantas cosas había contado, y el mismo pensamiento les vino a Tirsi, Damón y a Erastro; y, por certificarse Elicio de lo que sospechaba, dijo:

—Pocos días ha, señor Darinto, que yo y algunos de los que aquí estamos oímos nombrar el nombre de Nísida, como aquella dama ahora ha hecho; pero de más lágrimas acompañado y con más sobresaltos referido.

—¿Por ventura—respondió Darinto—hay alguna pastora en estas vuestras riberas que se llame Nísida?

—No—respondió Elicio—; pero ésta que yo digo en ellas nasció, y en las apartadas del famoso Sebeto fue criada.

—¿Qué es lo que dices, pastor?—replicó el otro caballero.

—Lo que oyes—respondió Elicio—, y lo que más oirás, si me aseguras una sospecha que tengo.

Dímela—dijo el caballero—, que podría ser se te satisficiese.

A esto replicó Elicio:

—¿A dicha, señor, tu propio nombre es Timbrio?

—No te puedo negar esa verdad—respondió el otro—, porque Timbrio me llamo, el cual nombre quisiera encubrir hasta otra sazón más oportuna; mas la voluntad que tengo de saber por qué sospechaste que así me llamaba me fuerza a que no te encubra nada de lo que de mí saber quisieres.

—Según eso, tampoco me negarás—dijo Elicio—que esta dama que contigo traes se llame Nísida, y aun por lo que yo puedo conjeturar, la otra se llama Blanca y es su hermana.

—En todo has acertado—respondió Timbrio—; pero, pues yo no te he negado nada de lo que me has preguntado, no me niegues tú la causa que te ha movido a preguntármelo.

—Ella es tan buena, y será tan de tu gusto—replicó Elicio—cual lo verás antes de muchas horas.

Todos los que no sabían lo que el ermitaño Silerio a Elicio, Tirsi, Damón y Erastro había contado estaban confusos oyendo lo que entre Timbrio y Elicio pasaba; mas a este punto dijo Damón, volviéndose a Elicio:

—No entretengas, ¡oh Elicio!, las buenas nuevas que puedes dar a Timbrio.

—Y aun yo—dijo Erastro—no me detendré un punto de ir a dárselas al lastimado Silerio del hallazgo de Timbrio.

—¡Santos cielos! ¿Y qué es lo que oigo—dijo Timbrio—, y qué es lo que dices, pastor? ¿Es por ventura ese Silerio que has nombrado el que es mi verdadero amigo, el que es la mitad de mi alma, el que yo deseo ver más que otra cosa que me pueda pedir el deseo? ¡Sácame de esta duda luego, así crezcan y multipliquen tus rebaños de manera que te tengan envidia todos los vecinos ganaderos!

—No te fatigues tanto, Timbrio—dijo Damón—, que el Silerio que Erastro dice es el mismo que tú dices y el que desea saber más de tu vida que sostener y aumentar la suya propia, porque, después que te partiste de Nápoles, según él nos ha contado, ha sentido tanto tu ausencia que la pena della, con la que le causaban otras pérdidas que él nos contó, le ha reducido a términos que en una pequeña ermita, que poco menos de una legua está de aquí distante, pasa la más estrecha vida que imaginarse puede, con determinación de esperar allí la muerte, pues de saber el suceso de tu vida no podía ser satisfecho. Esto sabemos cierto Tirsi, Elicio, Erastro y yo, porque él mismo nos ha contado la amistad que contigo tenía, con toda la historia de los casos a entrambos sucedidos, hasta que la fortuna por tan extraños accidentes os apartó para apartarle a él a vivir en tan extraña soledad, que te causará admiración cuando le veas.

—Véale yo, y llegue luego el último remate de mis días —dijo Timbrio—; y así os ruego, famosos pastores, por aquella cortesía que en vuestros pechos mora, que satisfagáis este mío con decirme adonde está esa ermita adonde Silerio vive.

—Adonde muere, podras mejor decir—dijo Erastro—; pero de aquí adelante vivirá con las nuevas de tu venida; y pues tanto su gusto y el tuyo deseas, levántate y vamos, que, antes que el Sol se ponga, te pondré con Silerio; mas ha de ser con condición que en el camino nos cuentes todo lo que te ha sucedido después que de Nápoles te partiste, que, de todo lo demás, hasta aquel punto, satisfechos están algunos de los presentes.

—Poca paga me pides—respondió, Timbrio—para tan gran cosa como me ofreces, porque, no digo yo contarte eso, pero todo aquello que de mí saber quisieres.

Y más, volviéndose a las damas que con él venían, les dijo:

—Pues con tan buena ocasión, querida y señora Nísida, se ha rompido el prosupuesto que traíamos de no decir nuestros propios nombres, con el alegría que requiere la buena nueva que nos han dado, os ruego que no nos detengamos, sino que. luego vamos a ver a Silerio, a quien vos y yo debemos las vidas y el contento que poseemos.

—Excusado es, señor Timbrio— respondió Nísida—, que vos me roguéis que haga cosa que tanto deseo y que tan bien me está el hacerla. Vamos enhorabuena, que ya cada momento que tardare de verle se me hará un siglo.

Lo mismo dijo la otra dama, que era su hermana Blanca, la mesma que Silerio había dicho, y la que más muestras dio de contento. Sólo Darinto, con las nuevas de Silerio; se puso tal que los labios no movía; antes, con un extraño silencio, se levantó, y mandando a un su criado que le trujese el caballo en que allí había venido, sin despedirse de ninguno subió en él y, volviendo las riendas, a paso tirado se desvió de todos. Cuando esto vio Timbrio subió en otro caballo y con mucha priesa siguió a Darinto hasta que le alcanzó, y trabando por las riendas del caballo le hizo estar quedo, y allí estuvo con él hablando un buen rato, al cabo del cual Timbrio se volvió adonde los pastores estaban, y Darinto siguió su camino, enviando a disculparse con Timbrio del haberse partido sin despedirse dellos. En este tiempo Galatea, Rosaura, Teolinda, Leonarda y Florisa a las hermosas Nísida y Blanca se llegaron, y la discreta Nísida, en breves razones, les contó la amistad tan grande que entre Timbrio y Silerio había, con mucha parte de los sucesos por ellos pasados; pero con la vuelta de Timbrio todos quisieron ponerse en camino para la ermita de Silerio, sino que a la mesma sazón llegó a la fuente una hermosa pastorcilla de hasta edad de quince años, con su zurrón al hombro y cayado en la mano, la cual, como vio tanta y tan agradable compañía, con lágrimas en los ojos les dijo:

—Si por ventura hay entre vosotros, señores, quien de los extraños efectos y casos de amor tenga alguna noticia, y las lágrimas y sospiros amorosos le suelen enternecer el pecho, acuda quien esto siente a ver si es posible remediar y detener las más amorosas lágrimas y profundos sospiros que jamás de ojos y pechos enamorados salieron. Acudid pues, pastores, a lo que os digo; veréis cómo, con la experiencia de lo que os muestro, hago verdaderas mis palabras.

Y, en diciendo esto, volvió las espaldas y todos cuantos allí estaban la siguieron. Viendo, pues, la pastora que la seguían, con presuroso paso se entró por entre unos árboles que a un lado de la fuente estaban, y no hubo andado mucho cuando, volviéndose a los que tras ella iban, les dijo:

—Veis allí, señores, la causa de mis lágrimas, porque aquel pastor que allí parece es un hermano mío, que por aquella pastora ante quien está hincado de hinojos sin duda alguna él dejará la vida en manos de su crueldad.

Volvieron todos los ojos a la parte que la pastora señalaba y vieron que al pie de un verde sauce estaba arrimada una pastora vestida como cazadora ninfa, con una rica aljaba que del lado le pendía y un encorvado arco en las manos, con sus hermosos y rubios cabellos cogidos con una verde guirnalda. El pastor estaba ante ella de rodillas, con un cordel echado a la garganta y un cuchillo desenvainado en la derecha mano, y con la izquierda tenía asida a la pastora de un blanco cendal que encima de los vestidos traía. Mostraba la pastora ceño en su rostro y estar disgustada de que el pastor allí por fuerza la detuviese. Mas cuando ella vio que la estaban mirando, con grande ahinco procuraba desasirse de la mano del lastimado pastor, que con abundancia de lágrimas, tiernas y amorosas palabras, la estaba rogando que siquiera le diese lugar para poderle significar la pena que por ella padecía. Pero la pastora, desdeñosa y airada, se apartó dél, a tiempo que ya todos los pastores llegaban cerca, tanto, que oyeron al enamorado mozo que en tal manera a la pastora hablaba:

—¡Oh ingrata y desconocida Gelasia, y con cuán justo título has alcanzado el renombre de cruel que tienes! Vuelve, endurescida, los ojos a mirar al que por mirarte está en el extremo de dolor que imaginarse puede. ¿Por qué huyes de quien te sigue? ¿Por qué no admites a quien te sirve? Y ¿por qué aborreces al que te adora? ¡Oh, sin razón, enemiga mía, dura cual levantado risco, airada cual ofendida sierpe, sorda cual muda selva, esquiva como rústica, rústica como fiera, fiera como tigre, tigre que en mis entrañas se ceba! ¿Será posible que mis lágrimas no te ablanden, que mis sospiros no te apiaden y que mis servicios no te muevan? Sí que será posible, pues así lo quiere mi corta y desdichada suerte, y aun será también posible que tú no quieras apretar este lazo que a la garganta tengo, ni atravesar este cuchillo por medio deste corazón que te adora. Vuelve, pastora, vuelve, y acaba la tragedia de mi miserable vida, pues con tanta facilidad puedes añudar este cordel a mi garganta o ensangrentar este cuchillo en mi pecho.

Estas y otras semejantes razones decía el lastimado pastor, acompañadas de tantos sollozos y lágrimas que movía a compasión a todos cuantos le escuchaban. Pero no por esto la cruel y desamorada pastora dejaba de seguir su camino sin querer aun volver los ojos a mirar al pastor que por ella en tal estado quedaba, de que no poco se admiraron todos los que su airado desdén conoscieron, y fue de manera que hasta al desamorado Lenio le pareció mal la crueldad de la pastora. Y así, él, con el anciano Arsindo, se adelantaron a rogarla tuviese por bien de volver a escuchar las quejas del enamorado mozo, aunque nunca tuviese intención de remediarlas. Mas no fue posible mudarla de su propósito; antes les rogó que no la tuviesen por descomedida en no hacer lo que le mandaban, porque su intención era de ser enemiga mortal del amor y de todos los enamorados, por muchas razones que a ello la movían, y una dellas era haberse desde su niñez dedicado a seguir el ejercicio de la casta Diana, añadiendo a éstas tantas causas para no hacer el ruego de los pastores, que Arsindo tuvo por bien de dejarla y volverse, lo que no hizo el desamorado Lenio, el cual, como vio que la pastora era tan enemiga del amor como parecía y que tan de todo en todo con la condición desamorada suya se conformaba, determinó de saber quién era y de seguir su compañía por algunos días, y así le declaró cómo él era el mayor enemigo que el amor y los enamorados tenían, rogándole que, pues tanto en las opiniones se conformaban, tuviese por bien de no enfadarse con su compañía, que no sería más de lo que ella quisiese.

La pastora se holgó de saber la intención de Lenio y le concedió que con ella viniese hasta su aldea, que dos leguas de la de Lenio era. Con esto se despidió Lenio de Arsindo, rogándole que le disculpase con todos sus amigos y les dijese la causa que le había movido a irse con aquella pastora, y, sin esperar más, él y Gelasia alargaron el paso y en poco rato desaparecieron. Cuando Arsindo volvió a decir lo que con la pastora había pasado, halló que todos aquellos pastores habían llegado a consolar al enamorado pastor, y que las dos de las tres rebozadas pastoras la una estaba desmayada en las faldas de la hermosa Galatea y la otra abrazada con la bella Rosaura, que asimismo el rostro cubierto tenía. La que con Galatea estaba era Teolinda, y la otra, su hermana Leonarda, las cuales, así como vieron al desesperado pastor que con Gelasia hallaron, un celoso y enamorado desmayo les cubrió el corazón, porque Leonarda creyó que el pastor era su querido Galercio, y Teolinda tuvo por verdad que era su enamorado Artidoro; y como las dos le vieron tan rendido y perdido por la cruel Gelasia, llególes tan al alma el sentimiento que, sin sentido alguno, la una en las faldas de Galatea, la otra en los brazos de Rosaura, desmayadas cayeron. Pero de allí a poco rato, volviendo en sí Leonarda, a Rosaura dijo:

—¡Ay señora mía, y cómo creo que todos los pasos de mi remedio me tiene tomados la fortuna, pues la voluntad de Galercio está tan ajena de ser mía, como se puede ver por las palabras que aquel pastor ha dicho a la desamorada Gelasia! Porque te hago saber, señora, que aquél es el que ha robado mi libertad, y aun el que ha de dar fin a mis días.

Maravillada quedó Rosaura de lo que Leonarda decía, y más lo fue cuando habiendo también vuelto en sí Teolinda, ella y Galatea la llamaron, y juntándose todas con Florisa y Leonarda, Teolinda dijo cómo aquel pastor era el su deseado Artidoro. Pero aun no le hubo bien nombrado cuando su hermana le respondió que se engañaba, que no era sino Galercio, su hermano.

—¡Ay traidora Leonarda!—respondió Teolinda—. ¿Y no te basta haberme una vez apartado de mi bien, sino ahora que le hallo quieres decir que es tuyo? Pues desengáñate, que en esto no te pienso ser hermana, sino declarada enemiga.

—Sin duda que te engañas, hermana—respondió Leonarda—, y no me maravillo, que en ese mismo error cayeron todos los de nuestra aldea, creyendo que este pastor era Artidoro, hasta que claramente vinieron a entender que no era sino su hermano Galercio, que tanto se parece el uno al otro como nosotras la una a la otra, y aun si puede haber mayor semejanza mayor semejanza tienen.

—No lo quiero creer—respondió Teolinda—, porque, aunque nosotras nos parecemos tanto, no tan fácilmente se hallan estos milagros en Naturaleza; y así te hago saber que, en tanto que la experiencia no me haga más cierta de la verdad que tus palabras me hacen, yo no pienso dejar de creer que aquel pastor que allí veo es Artidoro, y si alguna cosa me lo pudiera poner en duda es no pensar que de la condición y firmeza que yo de Artidoro tengo conocida se puede esperar o temer que tan presto haya hecho mudanza y me olvide.

—Sosegaos, pastoras—dijo entonces Rosaura—, que yo os sacaré presto de la duda en que estáis.

Y dejándolas a ellas, se fue adonde el pastor estaba dando a aquellos pastores cuenta de la extraña condición de Gelasia y de las infinitas sinrazones que con él usaba. A su lado tenía el pastor la hermosa pastorcilla que decía que era su hermano, a la cual llamó Rosaura, y, apartándose con ella a un cabo, la importunó y rogó le dijese cómo se llamaba su hermano, y si tenía otro alguno que le pareciese, a lo cual la pastora respondió que se llamaba Galercio y que tenía otro llamado Artidoro, que le parecía tanto, que apenas se diferenciaban

si no era por alguna señal de los vestidos o por el órgano de la voz, que en algo
difería. Preguntóle también qué se había hecho Artidoro. Respondióle la
pastora que andaba en unos montes algo de allí apartados, repastando parte del
ganado de Grisaldo con otro rebaño de cabras suyas, y que nunca había
querido entrar en el aldea ni tener conversación con hombre alguno después
que de las riberas de Henares había venido; y con éstas le dijo otras
particularidades, tales que Rosaura quedó satisfecha de que aquel pastor no era
Artidoro, sino Galercio, como Leonarda había dicho y aquella pastora decía, de
la cual supo el nombre, que se llamaba Maurisa, y, trayéndola consigo adonde
Galatea y las otras pastoras estaban, otra vez, en presencia de Teolinda y
Leonarda, contó todo lo que de Artidoro y Galercio sabía, con lo que quedó
Teolinda sosegada y Leonarda descontenta, viendo cuán descuidadas estaban
las mientes de Galercio de pensar en cosas suyas. En las pláticas que las
pastoras tenían, acertó que Leonarda llamó por su nombre a la encubierta
Rosaura, y oyéndolo Maurisa, dijo:

—Si yo no me engaño, señora, por vuestra causa ha sido aquí mi venida y
la de mi hermano.

—¿En qué manera?—dijo Rosaura.

—Yo os lo diré, si me dais licencia de que a solas os lo diga—respondio la
pastora.

—De buena gana—replicó Rosaura.

Y apartándose con ella, la pastora le dijo:

—Sin duda alguna, hermosa señora, que a vos y a la pastora Galatea mi
hermano y yo con un recado de nuestro amo Grisaldo venimos.

—Así debe ser— respondió Rosaura.

Y llamando a Galatea, entrambas escucharon lo que Maurisa de Grisaldo
decía, que fue a avisarles cómo de allí a dos días vendría con dos amigos
suyos a llevarle en casa de su tía, adonde en secreto celebrarían sus bodas, y
juntamente con esto dio de parte de Grisaldo a Galatea unas ricas joyas de
oro como en agradecimiento de la voluntad que de hospedar a Rosaura había
mostrado. Rosaura y Galatea agradecieron a Maurisa el buen aviso, y, en pago
dél, la discreta Galatea quería partir con ella el presente que Grisaldo le había
enviado; pero nunca Maurisa quiso rescebirlo. Allí de nuevo se tornó a
informar Galatea de la semejanza extraña que entre Galercio y Artidoro
había. Todo el tiempo que Galatea y Rosaura gastaban en hablar a Maurisa le
entretenían Teolinda y Leonarda en mirar a Galercio, porque, cebados los
ojos de Teolinda en el rostro de Galercio, que tanto al de Artidoro semejaba,
no podían apartarlos de mirar, y como los de la enamorada Leonarda sabían
lo que miraban, también le era imposible a otra parte volverlos. A esta sazón
ya los pastores habían consolado a Galercio, aunque para el mal que él
padecía, cualesquier consejos y consuelos tenía por vanos y excusados, todo
lo cual redundaba en daño de Leonarda. Rosaura y Galatea, viendo que los
pastores hacia ella se venían, despidieron a Maurisa diciéndole que dijese a

Grisaldo cómo Rosaura estaría en casa de Galatea. Maurisa se despidió dellas, y, llamando a su hermano en secreto, le contó lo que con Rosaura a Galatea pasado había, y así con buen comedimiento se despidió de ellas y de los pastores, y con su hermana dio la vuelta a su aldea. Pero las enamoradas hermanas Teolinda y Leonarda, que vieron que en irse Galercio se les iba la luz de sus ojos y la vida de su vida, entrambas a dos se llegaron a Galatea y a Rosaura y les rogaron les diesen licencia para seguir a Galercio, dando por excusa Teolinda que Galercio le diría adonde Artidoro estaba, y Leonarda que podría ser que la voluntad de Galercio se trocase viendo la obligación en que la estaba. Las pastoras se la concedieron con la condición que antes Galatea a Teolinda había pedido, que era que de todo su bien o su mal la avisase. Tornóselo a prometer Teolinda de nuevo, y de nuevo despidiéndose siguió el camino que Galercio y Maurisa llevaban. Lo mismo hicieron luego, aunque por diferente parte, Timbrio, Tirsi, Damón, Orompo, Crisio, Marsilio y Orfenio, que a la ermita de Silerio con las hermosas hermanas Nísida y Blanca se encaminaron, habiendo primero ellos y ellas despedídose del venerable Aurelio y de Galatea, Rosaura y Florisa, y asimismo de Elicio y Erastro, que no quisieron dejar de volver con Galatea, ofreciéndose Aurelio que en llegando a su aldea iría luego con Elicio y Erastro a buscarlos a la ermita de Silerio y llevaría algo con que satisfacer la incomodidad que para agasajar tales huéspedes Silerio tendría. Con este prosupuesto, unos por una y otros por otra parte se apartaron, y echando al despedirse de menos al anciano Arsindo, miraron por él y vieron que, sin despedirse de ninguno, iba ya lejos por el mismo camino que Galercio y Maurisa y las rebozadas pastoras llevaban, de que se maravillaron. Y viendo que ya el Sol apresuraba su carrera para entrarse por las puertas de Occidente no quisieron detenerse allí más, por llegar al aldea antes que las sombras de la noche. Viéndose, pues, Elicio y Erastro ante la señora de sus pensamientos, por mostrar en algo lo que encubrir no podían y por aligerar el cansancio del camino, y aun por cumplir el mandado de Florisa que les mandó que, en tanto que a la aldea llegaban, algo cantasen al son de la zampoña de Florisa, de esta manera comenzó a cantar Elicio y a responder Erastro:

ELICIO

El que quisiere ver la hermosura
mayor que tuvo, o tiene, o terna el suelo;
el fuego y el crisol donde se apura
la blanca castidad, el limpio celo,
todo lo que el valor sea y cordura,
y cifrado en la Tiera un nuevo Cielo,
juntas en uno alteza y cortesía,
venga a mirar a la pastora mía.

ERASTRO

Venga a mirar a la pastora mía
quien quisiere contar de gente en gente
que vio otro Sol que daba luz al día,
más claro qu'el que sale del Oriente.
Podrá decir cómo su fuego enfría
y abrasa al alma que tocar se siente
del vivo rayo de sus ojos bellos,
y que no hay más que ver después de vellos.

ELICIO

Y que no hay más que ver después de vellos
sábenlo bien estos cansados ojos,
ojos que, por mi mal, fueron tan bellos,
ocasión principal de mis enojos.
Vilos, y vi que se abrasaba en ellos
mi alma, y que entregaba los despojos
de todas sus potencias a su llama,
que me abrasa y me hiela, arroja y llama.

ERASTRO

Que me abrasa y me hiela, arroja y llama
esta dulce enemiga de mi gloria,
de cuyo ilustre ser puede la fama
hacer extraña y verdadera historia.
Sólo sus ojos, do el amor derrama
toda su gracia y fuerza más notoria,
darán materia que levante al Cielo
la pluma del más bajo humilde vuelo.

ELICIO

La pluma del más bajo humilde vuelo,
si quiere levantarse hasta la esfera,
cante la cortesía y justo celo
de este fénix sin par, sola y primera,
gloria de nuestra edad, honra del suelo,
valor del claro Tajo y su ribera,
cordura sin igual, rara belleza
donde más se extremó Naturaleza.

ERASTRO

Donde más se extremó Naturaleza,
donde ha igualado al pensamiento el arte,
donde juntó el valor y gentileza
que en diversos sujetos se reparte,
y adonde la humildad con la grandeza
ocupan solas una mesma parte,
y adonde tiene Amor su albergue y nido,
la bella ingrata mi enemiga ha sido.

ELICIO

La bella ingrata mi enemiga ha sido
quien quiso, pudo y supo en un momento
tenerme de un sotil cabello asido
el libre, vagoroso pensamiento.
Y aunque al estrecho lazo estoy rendido,
tal gusto y gloria en las prisiones siento,
que extiendo el pie y el cuello a las cadenas,
llamando dulces tan amargas penas.

ERASTRO

Llamando dulces tan amargas penas
paso la corta, fatigada vida,
del alma triste sustentada apenas,
y aun apenas del cuerpo sostenida.
Ofrecióle fortuna a manos llenas
a mi breve esperanza fe cumplida.
¿Qué gusto, pues, que gloria o bien se ofrece,
do mengua la esperanza y la fe crece?

ELICIO

Do mengua la esperanza y la fe crece,
se descubre y parece el alto intento
del firme pensamiento enamorado,
que sólo confiado en amor puro,
vive cierto y seguro de una paga
que al alma satisfaga limpiamente.

ERASTRO

El mísero doliente a quien sujeta
la enfermedad y aprieta, se contenta,
cuando más le atormenta el dolor fiero,
con cualquiera ligero breve alivio;
mas, cuando ya más tibio el daño toca,
a la salud invoca y busca entera.
Así de esta manera el tierno pecho
del amador, deshecho en llanto triste,
dice que el bien consiste de su pena
en que la luz serena de los ojos,
a quien dio los despojos de su vida,
le mire con fingida o cierta muestra;
mas luego Amor le adiestra y le desmanda,
y más cosas demanda que primero.

ELICIO

Ya traspone el otero el Sol hermoso,
Erastro, y a reposo nos convida
la noche denegrida que se acerca.

ERASTRO

Y el aldea está cerca, y yo cansado.

ELICIO

Pongamos, pues, silencio al canto usado.

Bien tomaran por partido los que escuchando a Elicio y a Erastro, iban
que más el camino se alargara por gustar más del agradable canto de los
enamorados pastores. Pero el cerrar de la noche y el llegar a la aldea hizo que
dél cesasen y que Aurelio, Galatea, Rosaura y Florisa en su casa se recogiesen.
Elicio y Erastro hicieron lo mismo en las suyas, con intención de isre luego
adonde Tirsi y Damón y los demás pastores estaban, que así quedó,
concertado entre ellos y el padre de Galatea. Sólo esperaban a que la blanca
Luna desterrase la escuridad de la noche, y así como ella mostró su hermoso
rostro, ellos se fueron a buscar a Aurelio, y todos juntos la vuelta de la ermita
se encaminaron, donde les sucedió lo que se verá en el siguiente libro.

FIN DEL CUARTO LIBRO DE GALATEA

QUINTO LIBRO DE GALATEA

Era tanto el deseo que el enamorado Timbrio y las dos hermosas hermanas Nísida y Blanca llevaban de llegar a la ermita de Silerio, que la ligereza de los pasos, aunque era mucha, no era posible que a la de la voluntad llegase; y, por conocer esto, no quisieron Tirsi y Damón importunar a Timbrio cumpliese la palabra que había dado de contarles en el camino todo lo por él sucedido después que se apartó de Silerio. Pero todavía, llevados del deseo que tenían de saberlo se lo iban ya a preguntar, si en aquel punto no hiriera en los oídos de todos una voz de un pastor que, un poco apartado del camino, entre unos verdes árboles cantando estaba, que luego, en el son no muy concertado de la voz, y en lo que cantaba, fue de los más que allí venían conoscido, principalmente de su amigo Damón, porque era el pastor Lauso el que, al son de un pequeño rabel, unos versos decía; y por ser el pastor tan conoscido, y saber ya todos la mudanza que de su libre voluntad había hecho, de común parecer recogieron el paso y se pararon a escuchar lo que Lauso cantaba, que era esto:

LAUSO

¿Quién mi libre pensamiento
me le vino a sujetar?
¿Quién pudo en flaco cimiento
sin ventura fabricar
tan altas torres de viento?
¿Quién rindió mi libertad
estando en seguridad
de mi vida satisfecho?
¿Quién abrió y rompió mi pecho
y robó mi voluntad?

¿Dónde está la fantasía
de mi esquiva condición?
¿Do el alma que ya fue mía,
y dónde mi corazón,
que no está donde solía?
Mas yo todo ¿dónde estoy,
dónde vengo, o adónde voy?
A dicha, ¿sé yo de mí?
¿Soy, por ventura, el que fui,
o nunca he sido el que soy?

Estrecha cuenta me pido,
sin poder averigualla,
pues a tal punto he venido,
que, aquello que en mí se halla,
es sombra de lo que he sido.
No me entiendo de entenderme,
ni me valgo por valerme,
y, en tan ciega confusión,
cierta está mi perdición
y no pienso de perderme.

La fuerza de mi cuidado,
y el amor que lo consiente
me tienen en tal estado,
que adoro el tiempo presente
y lloro por el pasado.
Véome en éste morir
y en el pasado vivir;
y en éste adoro mi muerte,
y en el pasado, la suerte,
que ya no puede venir.

En tan extraña agonía,
el sentido tengo ciego,
pues, viendo que Amor porfía
y que estoy dentro del fuego,
aborrezco el agua fría,
que, si no es la de mis ojos
que el fuego aumenta y despojos,
en esta amorosa fragua,
no quiero ni busco otro agua
ni otro alivio a mis enojos.

Todo mi bien comenzara,
todo mi mal feneciera,
si mi ventura ordenara
que de ser mi fe sincera
Silena se asegurara.
Sospiros, aseguradla;
ojos míos, enteradla,
llorando en esta verdad;
pluma, lengua, voluntad,
en tal razón confirmadla.

No pudo ni quiso el presuroso Timbrio aguardar a que más adelante el pastor Lauso con su canto pasase, porque, rogando a los pastores que el camino de la ermita le enseñasen, si ellos quedarse querían, hizo muestras de adelantarse, y así todos le siguieron, y pasaron tan cerca de donde el enamorado Lauso estaba, que no pudo dejar de sentirlo y de salirles al encuentro, como lo hizo, con cuya compañía todos se holgaron, especialmente. Damón, su verdadero amigo, con el cual se acompañó todo el camino que desde allí a la ermita había, razonando en diversos y varios acaecimientos que a los dos habían sucedido después que dejaron de verse, que fue desde en tiempo que el valeroso y nombrado pastor Astraliano había djado los cisalpinos pastos por ir a reducir aquellos que del famoso hermano y de la verdadera religión se habían revelado, y al cabo vinieron a reducir su razonamiento a tratar de los amores de Lauso, preguntándole ahincadamente Damón que le dijese quién era la pastora que con tanta facilidad la libre voluntad le había rendido. Y cuando esto no pudo saber de Lauso, le rogó que, a lo menos, le dijese en qué estado se hallaba, si era de temor o de esperanza, si le fatigaba ingratitud o si le atormentaban celos. A todo lo cual le satisfizo bien Lauso, contándole algunas cosas que con su pastora le habían sucedido, y, entre otras, le dijo cómo hallándose un día celoso y desfavorescido había llegado a términos de desesperarse o de dar alguna muestra que en daño de su persona y en el del crédito y honra de su pastora redundase; pero que todo se remedió con haberla él hablado, y haberle ella asegurado ser falsa la sospecha que tenía, confirmando todo esto con darle un anillo de su mano, que fue parte para volver a mejor discurso su entendimiento y para solemnizar aquel favor con un soneto, que de algunos que le vieron fue por bueno estimado. Pidió entonces Damón a Lauso que lo dijese, y así, sin poder excusarse, le hubo de decir, que era éste:

LAUSO

¡Rica y dichosa prenda que adornaste
el precioso marfil, la nieve pura!
¡Prenda que de la muerte y sombra escura
a nueva luz y vida me tornaste!

El claro cielo de tu bien trocaste
con el infierno de mi desventura,
porque viviese en dulce paz segura
la esperanza que en mí resucitaste.

Sabes cuánto me cuestas, dulce prenda,
el alma, y aun no quedo satisfecho,
pues menos doy de aquello que rescibo.

Mas porque el mundo tu valor entienda,
sé tú mi alma, enciérrate en mi pecho;
verán cómo por ti sin alma vivo.

Dijo Lauso el soneto, y Damón le tornó a rogar que, si otra alguna cosa a
su pastora había escrito, se la dijese, pues sabía de cuánto gusto le eran a él
oír sus versos. A esto respondió Lauso:

—Eso será, Damón, por haberme sido tú maestro en ellos, y el deseo que
tienes de ver lo que en mí aprovechaste te hace desear oírlos; pero, sea lo que
fuere, que ninguna cosa de las que yo pudiere te ha de ser negada, y así te
digo que, en estos mismos días, cuando andaba celoso y mal seguro, envié
estos versos a mi pastora:

LAUSO A SILENA

En tan notoria simpleza,
nascida de intento sano,
el amor rige la mano
y la intención tu belleza.
El amor y tu hermosura,
Silena, en esta ocasión,
juzgarán a discreción
lo que tendrás tú a locura.

El me fuerza y ella mueve
a que te adore y escriba;
y como en los dos estriba
mi fe, la mano se atreve.
Y aunque en esta grave culpa
me amenaza tu rigor,
mi fe, tu hermosura, amor,
darán del yerro disculpa.

Pues con un arrimo tal,
puesto que culpa me den,
bien podré decir el bien
que ha nascido de mi mal,
el cual bien, según yo siento,
no es otra cosa, Silena,
sino que tenga en la pena
un extraño sufrimiento.

Y no lo encarezco poco
este bien de ser sufrido,
que, si no lo hubiera sido,
ya el mal me tuviera loco.
Mas, mis sentidos, de acuerdo
todos, han dado en decir
que, ya que haya de morir,
que muera sufrido y cuerdo.

Pero, bien considerado,
mal podrá tener paciencia
en la amorosa dolencia
un celoso y desamado;
que, en el mal de mis enojos,
todo mi bien desconcierta
tener la esperanza muerta
y el enemigo a los ojos.

Goces, pastora, mil años
el bien de tu pensamiento,
que ya no quiero contento
granjeado con tus daños.
Sigue tu gusto, señora,
pues te parece tan bueno,
que yo por el bien ajeno
no pienso llorar ahora.

Porque fuera liviandad
entregar mi alma al alma
que tiene por gloria y palma
el no tener libertad.
Mas, ¡ay!, que fortuna quiere
y el amor que viene en ello,
que no pueda huir el cuello
del cuchillo que me hiere.

Conozco claro que voy
tras quien ha de condenarme,
y, cuando pienso apartarme,
más quedo y más firme soy.
¿Qué lazos, qué redes tienen,
Silena, tus ojos bellos,
que cuanto más huyo dellos

más me enlazan y detienen?

¡Ay ojos de quien recielo
que, si soy de vos mirado,
es por crecerme el cuidado
y por menguarme el consuelo!
Ser nuestras vistas fingidas
conmigo es pura verdad,
pues pagan mi voluntad
con prendas aborrecidas.

¡Qué recelos, qué temores
persiguen mi pensamiento,
y qué de contrarios siento
en mis secretos amores!
Déjame, aguda memoria;
olvídate, no te acuerdes
del bien ajeno, pues pierdes
en ello tu propia gloria.

Con tantas firmas afirmas
el amor que está en tu pecho,
Silena, que, a mi despecho,
siempre mis males confirmas.
¡Oh pérfido amor cruel!
¿Cuál ley tuya me condena
que dé yo el alma a Silena
y que me niegue un papel?

No más, Silena, que toco
en puntos de tal porfía,
que el menor dellos podría
dejarme sin vida o loco.
No pase de aquí mi pluma,
pues tú la haces sentir
que no puede reducir
tanto mal a breve suma.

En lo que se detuvo Lauso en decir estos versos y en alabar la singular hermosura, discreción, donaire, honestidad y valor de su pastora, a él y a Damón se les aligeró la pesadumbre del camino y se les pasó el tiempo sin ser sentido, hasta que llegaron junto de la ermita de Silerio, en la cual no querían entrar Timbrio, Nísida y Blanca, por no sobresaltarle con su no pensada venida. Mas la suerte lo ordenó de otra manera, porque, habiéndose adelantado Tirsi y Damón a ver lo que Silerio hacía, hallaron la ermita abierta, y sin ninguna persona dentro; y estando confusos, sin saber dónde podría estar Silerio a tales horas, llegó a sus oídos el son de su arpa, por do entendieron que él no debía estar lejos, y, saliendo a buscarle, guiados por el sonido de la arpa, con el resplandor claro de la Luna vieron que estaba sentado en el tronco de un olivo, solo y sin otra compañía que la de su arpa, la cual tan dulcemente tocaba, que, por gozar de tan suave armonía, no quisieron los pastores llegar luego a hablarle, y más cuando oyeron que con extremada voz estos versos comenzó a cantar:

SILERIO

Ligeras horas del ligero tiempo,
para mí perezosas y cansadas:
si no estáis en mi daño conjuradas,
parézcaos ya que es de acabarme tiempo.

Si ahora me acabáis, haréislo a tiempo
que están mis desventuras más colmadas;
mirad que menguarán si sois pesadas,
que el mal se acaba si da tiempo al tiempo.

No os pido que vengáis dulces, sabrosas,
pues no hallaréis camino, senda o paso
de reducirme al ser que ya he perdido.

¡Horas de cualquier otro venturosas!
¡Aquella dulce del mortal traspaso,
aquella de mi muerte sola os pido!

Después que los pastores escucharon lo que Silerio cantado había, sin que él los viese, se volvieron a encontrar los demás que allí venían, con intención que Timbrio hiciese lo que ahora oiréis, que fue que, habiéndole dicho de la manera que habían hallado a Silerio, y en el lugar do quedaba, le rogó Tirsi que, sin que ninguno dellos se le diese a conoscer, se fuesen llegando poco a poco hacia él, ora les viese o no, porque aunque la noche hacía clara, no por eso sería alguno conocido, y que hiciese asimismo que Nísida o él cantasen, y todo esto hacía por entretener el gusto que de su venida había de rescibir Silerio. Contentóse Timbrio dello, y diciéndoselo a Nísida, vino en su mismo parescer. Y así, cuando a Tirsi le paresció que estaban ya tan cerca que de Silerio podían ser oídos, hizo a la bella Nísida que comenzase, la cual, al son del rabel del celoso Orfenio, de esta manera comenzó a cantar:

NÍSIDA

Aunque es el bien que poseo
tal que al alma satisface,
le turba en parte y deshace
otro bien que vi y no veo:
que amor y fortuna escasa,
enemigos de mi vida,
me dan el bien por medida,
y el mar sin término o tasa.

En el amoroso estado,
aunque sobre el merecer,
tan sólo viene el placer
cuanto el mal acompañado.
Andan los males unidos,
sin un momento apartarse;
los bienes, por acabarse,
en mil partes divididos.

Lo que cuesta—si se alcanza—
del amor algún contento,
declárelo el sufrimiento,
el amor y la esperanza.
Mil penas cuesta una gloria;
un contento, mil enojos:
sábenlo bien estos ojos
y mi cansada memoria.

La cual se acuerda contino
de quien pudo mejoralla,
y para hallarle no halla
alguna senda o camino.
¡Ay, dulce amigo de aquel
que te tuvo por tan suyo
cuanto él se tuvo por tuyo
y cuanto yo lo soy dél!

Mejora con tu presencia
nuestra no pensada dicha,
y no la vuelva en desdicha
tu tan larga esquiva ausencia.

A duro mal me provoca
la memoria, que me acuerda
que fuiste loco y yo cuerda,
y eres cuerdo y yo estoy loca.

Aquel que, por buena suerte,
tú mismo quisiste darme,
no ganó tanto en ganarme
cuanto ha perdido en perderte.
Mitad de su alma fuiste,
y medio por quien la mía
pudo alcanzar la alegría
que tu ausencia tiene triste.

Si la extremada gracia con que la hermosa Nísida cantaba causó admiración a los que con ella iban, ¿qué causaría en el pecho de Silerio, que, sin faltar punto, notó y escuchó todas las circunstancias de su canto? Y como tenía tan en el alma la voz de Nísida, apenas llegó a sus oídos el acento suyo, cuando él se comenzó a alborotar, y a suspender y enajenar de sí mismo, elevado en lo que escuchaba; y aunque verdaderamente le pareció que era la voz; de Nísida aquélla, tenía tan perdida la esperanza de verla —y más en semejante lugar—, que en ninguna manera podía asegurar su sospecha. De esta suerte llegaron todos donde él estaba y, en saludándole, Tirsi le dijo:

—Tan aficionados nos dejaste, amigo Silerio, de la condición y conversación tuya, que, atraídos Damón y yo dela experiencia, y toda esta compañía de la fama della, dejando el camino que llevábamos, te hemos venido a buscar a tu ermita, donde no hallándote, como no te hallamos, quedara sin cumplirse nuestro deseo, si el son de tu arpa y el de tu estimado canto aquí no nos hubiera encaminado.

—Harto mejor fuera, señores—respondió Silerio—, que no me hallárades, pues en mí no hallaréis sino ocasiones que a tristeza os muevan, pues la que yo padezco en el alma, tiene cuidado el tiempo cada día renovarla, no sólo con la memoria del bien pasado, sino con las sombras del presente, que al fin lo serán, pues de mi ventura no se puede esperar otra cosa que bienes fingidos y temores ciertos.

Lástima pusieron las razones de Silerio en todos los que le conoscían, principalmente en Timbrio, Nísida y Blanca, que tanto te amaban, y luego quisieran dársele a conocer, si no fuera por no salir de lo que Tirsi les había rogado; el cual hizo que todos sobre la verde yerba se sentasen, y de manera que los rayos de la clara Luna hiriesen de espaldas los rostros de Nísida y Blanca, porque Silerio no los conosciese. Estando, pues, de esta suerte, y después que Damón a Silerio había dicho algunas palabras de consuelo —porque el tiempo no se pasase todo en tratar en cosas de tristeza, y por dar principio a que la de Silerio feneciese—, le rogó que su arpa tocase, al son de la cual el mismo Damón cantó este soneto:

DAMÓN

Si el áspero furor del mar airado
por largo tiempo en su rigor durase,
mal se podría hallar quien entregase
su flaca nave al piélago alterado.

No permanesce siempre en un estado
el bien ni el mal, que el uno y otro vase;
porque si huyese el bien y el mal quedase,
ya sería el mundo a confusión tornado.

La noche al día y el calor al frío,
la flor al fruto van en seguimiento,
formando de contrarios igual tela.

La sujeción se cambia en señorío,
en placer el pesar, la gloria en viento,
chè per tal variar natura é bella.

Acabó Damón de cantar, y luego hizo de señas a Timbrio que lo mismo hiciese, el cual, al propio son de la arpa de Silerio, dio principio a un soneto que en el tiempo del hervor de sus amores había hecho, el cual de Silerio era tan sabido como del mismo Timbrio:

TIMBRIO

Tan bien fundada tengo la esperanza,
que, aunque más sople riguroso viento,
no podrá desdecir de su cimiento:
tal fe, tal suerte y tal valor alcanza.

No pudo acabar Timbrio el comenzado soneto, porque el oír Silerio su voz y el conocerle todo fue uno, y, sin ser parte a otra cosa, se levantó de do sentado estaba y se fue a abrazar del cuello de Timbrio, con muestras de tan extraño contento y sobresalto, que, sin hablar palabra, se transpuso y estuvo un rato sin acuerdo, con tanto dolor de los presentes, temerosos de algún mal suceso, que ya condenaban por mala el astucia de Tirsi; pero quien más extremos de dolor hacía era la hermosa Blanca, como aquella que tiernamente le amaba. Acudió luego Nísida y su hermana a remediar el desmayo de Silerio, el cual, a cabo de poco espacio, volvió en sí, diciendo:

—¡Oh poderoso Cielo! ¿Y es posible que el que tengo presente es mi verdadero amigo Timbrio? ¿Es Timbrio el que oigo? ¿Es Timbrio el que veo? Sí es, si no me burla mi ventura y mis ojos no me engañan.

—Ni tu ventura te burla, ni tus ojos te engañan, dulce amigo mío— respondió Timbrio—, que yo soy el que sin ti no era, y el que no lo fuera jamás si el Cielo no permitiera que te hallara. Cesen ya tus lágrimas, Silerio amigo, si por mí las has derramado, pues ya me tienes presente; que yo atajaré las mías, pues te tengo delante, llamándome el más dichoso de cuantos viven en el mundo, pues mis desventuras y adversidades han traído tal descuento, que goza mi alma de la posesión de Nísida, y mis ojos de tu presencia.

Por estas palabras de Timbrio entendió Silerio que la que cantado había y la que allí estaba era Nísida; pero certificóse más en ello cuando ella misma le dijo:

—¿Qué es esto, Silerio mío? ¿Qué soledad y qué hábito es este que tantas muestras dan de tu descontento? ¿Qué falsas sospechas o qué engaños te han conducido a tal extremo, para que Timbrio y yo le tuviésemos de dolor toda la vida, ausentes de ti, que nos la diste?

—Engaños fueron, hermosa Nísida—respondió Silerio—; mas, por haber traído tales desengaños, serán celebrados de mi memoria el tiempo que ella me durare.

Lo más deste tiempo tenía Blanca asida una mano de Silerio, mirándole atentamente al rostro, derramando algunas lágrimas, que de la alegría y lástima de su corazón daban manifiesto indicio. Largo sería de contar las palabras de amor y contento que entre Silerio, Timbrio, Nísida y Blanca pasaron, que fueron tan tiernas y tales, que todos los pastores que las escuchaban tenían los ojos bañados en lágrimas de alegría. Contó luego Silerio brevemente la ocasión que le había movido a retirarse en aquélla ermita, con pensamiento de acabar en ella la vida, pues de la dellos no había podido saber nueva alguna, y todo lo que dijo fue ocasión de avivar más en el pecho de Timbrio el amor y amistad que a Silerio tenía, y en el de Blanca la lástima de su miseria. Y así como acabó de contar Silerio lo que después que partió de Nápoles le había sucedido, rogó a Timbrio que lo mismo hiciese, porque en extremo lo deseaba, y que no se recelase de los pastores que estaban presentes, que todos ellos, o los más, sabían ya su mucha amistad y parte de sus sucesos. Holgóse Timbrio de hacer lo que Silerio pedía, y más se holgaron los pastores, que asimismo lo deseaban, que ya porque Tirsi se lo había contado, todos sabían los amores de Timbrio y Nísida, y todo aquello que el mismo Tirsi de Silerio había oído. Sentados, pues, todos, como ya he dicho, en la verde yerba, con maravillosa atención estaban esperando lo que Timbrio diría, el cual dijo:

—Después que la fortuna me fue tan favorable y tan adversa, que me dejó vencer a mi enemigo, y me venció con el sobresalto de la falsa nueva de la muerte de Nísida, con el dolor que pensar se puede, en aquel mismo instante me partí para Nápoles, y confirmándose allí el desdichado suceso de Nísida, por no ver las casas de su padre, donde yo la había visto y porque las calles, ventanas y otras partes donde yo la solía ver no me renovasen continuamente la memoria de mi bien pasado, sin saber qué camino tomase, y sin tener algún discurso mi albedrío, salí de la ciudad, y a cabo de dos días llegué a la fuerte Gaeta, donde hallé una nave que ya quería desplegar las velas al viento para partirse a España. Embarquéme en ella, no más de por huir la odiosa tierra donde dejaba mi cielo; mas apenas los diligentes marineros zarparon los ferros y descogieron las velas, y al mar algún tanto se alargaron, cuando se levantó una no pensada y súbita borrasca, y una ráfaga de viento investió las velas del navio con tanta furia, que rompió el árbol del trinquete, y la vela mesana abrió de arriba abajo. Acudieron luego los prestos marineros al remedio, y, con dificultad grandísima, amainaron todas las velas, porque la borrasca crescía, y la mar comenzaba a alterarse, y el Cielo daba señales de durable y espantosa fortuna. No fue volver al puerto posible, porque era maestral el viento que soplaba, y con tan grande violencia, que fue forzoso poner la vela de trinquete al árbol mayor y amollar—como dicen— en popa, dejándose llevar donde el viento quisiese. Y así comenzó la nave, llevada de su furia, a correr por el levantado mar con tanta ligereza, que, en dos días que duró el maestral, discurrimos por todas las islas de aquel derecho, sin poder en ninguna tomar abrigo, pasando siempre a vista dellas, sin que Estrómbalo nos abrigase, ni Lipar nos abrigase, ni el Címbalo, Lampadosa ni Pantanalea sirviesen para nuestro remedio; y pasamos tan cerca de Berbería, que los recién derribados muros de La Goleta se descubrían, y las antiguas ruinas de Cartago se manifestaban. No fue pequeño el miedo de los que en la nave iban, temiendo que, si el viento algo más reforzaba, era forzoso embestir en la enemiga tierra; mas cuando desto estaban más temerosos, la suerte, que mejor nos la tenía guardada, o el Cielo, que la escuchó los votos y promesas que allí se hicieron, ordenó que el maestral se cambiase en un mediodía tan reforzado, y que tocaba en la cuarta del jaloque, que en otros dos días nos volvió al mismo puerto de Gaeta, donde habíamos partido, con tanto consuelo de todos, que algunos se partieron a cumplir las romerías y promesas que en el peligro pasado habían hecho. Estuvo allí la nave otros cuatro días reparándose de algunas cosas que le faltaban, al cabo de los cuales tornó a seguir su viaje, con más sosegado mar y próspero viento, llevando a la vista la hermosa ribera de Génova, llena de adornados jardines, blancas casas y relumbrantes chapiteles, que, heridos de los rayos del Sol, reverberan con tan encendidos rayos, que apenas dejan mirarse. Todas estas cosas que desde la nave se miraban pudieran causar contento, como le causaban a todos los que en la nave iban, sino a mí, que me era ocasión de más pesadumbre. Sólo el descanso que tenía era entretenerme lamentando mis penas, cantándolas, o, por mejor decir, llorándolas al son de un laúd de uno de aquellos marineros. Y una noche me acuerdo—y aun es bien que me acuerde, pues en ella comenzó a amanecer mi día—que, estando sosegado el mar, quietos los vientos, las velas pegadas a los árboles, y los marineros, sin cuidado alguno, por diferentes partes del navío tendidos, y el timonero casi dormido por la bonanza que había y por la que el Cielo me aseguraba, en medio deste silencio, y en medio de mis imaginaciones, como mis dolores no me dejaban entregar los ojos al sueño, sentado en el castillo de popa, tomé el laúd y comencé a cantar unos versos que habré de repetir ahora, porque se advierta de qué extremo de tristeza y cuán sin pensarlo me pasó la suerte al mayor de alegría que imaginar supiera. Era, si no me acuerdo mal, lo que cantaba, esto:

TIMBRIO

> Ahora que calla el viento
> y el sesgo mar está en calma
> no se calle mi tormento:
> salga con la voz el alma
> para mayor sentimiento.
> Que, para contar mis males,
> mostrando en parte que son,
> por fuerza han de dar señales
> el alma y el corazón
> de vivas ansias mortales.
>
> Llevóme el Amor en vuelo
> por uno y otro dolor
> hasta ponerme en el Cielo,
> y ahora muerte y Amor
> me han derribado en el suelo.
> Amor y muerte ordenaron
> una muerte y amor tal,
> cual en Nísida causaron,
> y de mi bien y su mal
> eterna fama ganaron.
>
> Con nueva voz y terrible,
> de hoy más, y en son espantoso,
> hará la fama creíble
> que el Amor es poderoso
> y la muerte es invencible.

De su poder satisfecho
quedara el mundo, si advierte
qué hazaña los dos han hecho,
qué vida llenó la muerte,
qué tal tiene Amor mi pecho.

Mas creo, pues no he venido
a morir o estar más loco
con el daño, que he sufrido,
o que muerte puede poco
o que no tengo sentido.
Que, si sentido tuviera,
según mis penas crescidas
me persiguen dondequiera,
aunque tuviera mil vidas,
cien mil veces muerto fuera.

Mi victoria tan subida
fue con muerte celebrada
de la más ilustre vida
que en la presente o pasada
edad fue ni es conoscida.
Della llevé por despojos
dolor en el corazón,
mil lágrimas en los ojos,
en el alma confusión
y en el firme pecho enojos.

¡Oh fiera mano enemiga!
¡Cómo, si allí me acabaras,
te tuviera por amiga,
pues, con matarme, estorbaras
las ansias de mi fatiga!
¡Oh! ¡Cuán amargo descuento
trujo la victoria mía,
pues pagaré, según siento,
el gusto solo de un día
con mil siglos de tormento!

¡Tú, mar, que escuchas mi llanto;
tú, Cielo, que le ordenaste;
Amor, por quien lloro tanto;
muerte, que mi bien llevaste,

acabad ya mi quebranto!
¡Tú, mar, mi cuerpo rescibe;
tú, Cielo, acoge mi alma;
tú, Amor, con la fama escribe
qué muerte llevó la palma
de esta vida que no vive!

¡No os descuidéis de ayudarme,
mar, Cielo, Amor y, la muerte!
¡Acabad ya de acabarme,
que será la mejor suerte
que yo espero y podréis darme!
Pues si no me anega el mar,
y no me recoge el Cielo,
y el Amor ha de durar,
y de no morir recelo,
no sé en qué habrá de parar.

Acuérdome que llegaba a estos últimos versos que he dicho cuando, sin poder pasar adelante, interrompido de infinitos sospiros y sollozos que de mi lastimado pecho despedía, aquejado de la memoria de mis desventuras, del puro sentimiento dellas, vine a perder el sentido, con un parasismo tal, que me tuvo un buen rato fuera de todo acuerdo; pero ya, después que el amargo accidente hubo pasado, abrí mis cansados ojos, y halléme puesta la cabeza en las faldas de una mujer vestida en hábito de peregrina, y a mi lado estaba otra con el mismo traje adornada, la cual, estando de mis manos asida, la una y la otra tiernamente lloraban. Cuando yo me vi de aquella manera, quedé admirado y confuso, y estaba dudando si era sueño aquello que veía porque nunca tales mujeres había visto jamás en la nave después que en ella andaba; pero de esta confusión me sacó presto la hermosa Nísida, que aquí está, que era la peregrina que allá estaba, diciéndome: "¡Ay Timbrio, verdadero señor y amigo mío! ¿Qué falsas imaginaciones o qué desdichados accidentes han sido parte para poneros donde ahora estáis, y para que yo y mi hermana tuviésemos tan poca cuenta con lo que a nuestras honras debíamos, y que, sin mirar en inconviniente alguno, hayamos querido dejar nuestros amados padres y nuestros usados trajes, con intención de buscaros y desengañaros de tan incierta muerte mía, que pudiera causar la verdadera vuestra?" Cuando yo tales razones oí, de todo punto acabé de creer que soñaba, y que era alguna visión aquella que delante los ojos tenía, y que la continua imaginación, que de Nísida no se apartaba, era la causa que allí a los ojos viva la representase. Mil preguntas les hice, y a todas ellas enteramente me satisficieron primero que pudiese sosegar el entendimiento y enterarme que ellas eran Nísida y Blanca. Mas cuando yo fuí conosciendo la verdad, el gozo que sentí fue de manera que también me puso en condición de perder la vida, como el dolor pasado había hecho. Allí supe de Nísida cómo el engaño y descuido que tuviste, ¡oh Silerio!, en hacer la señal de la toca fue la causa para que, creyendo algún mal suceso mío, le sucediese el parasismo y desmayo, tal que todos creyeron que era muerta, como yo lo pensé, y tú, Silerio, lo creíste. Dijome también cómo, después de vuelta en sí, supo la verdad de la victoria mía, junto con mi súbita y arrebatada partida, y la ausencia tuya, cuyas nuevas la pusieron en extremo de hacer verdaderas las de su muerte. Pero ya que al último término no la llegaron, hicieron con ella y con su hermana, por industria de una ama suya que con ellas venía, que, vistiéndose en hábitos de peregrinas, desconocidamente se saliesen de con sus padres una noche que llegaban junto a Gaeta, a la vuelta que a Nápoles se volvían; y fue a tiempo que la nave donde yo estaba embarcado, después de reparada de la pasada tormenta, estaba ya para partirse; y diciendo al capitán que querían pasar en España para ir a Santiago de Galicia, se concertaron con él y se embarcaron, con prosupuesto de venir a buscarme a Jerez, do pensaban hallarme o saber de mí nueva alguna, y en todo el tiempo que en la nave estuvieron, que sería cuatro días, no habían salido de un aposento que el capitán en la popa les había dado, hasta que, oyéndome cantar los versos que os he dicho, y conosciéndome en la voz y en lo que en ellos decía, salieron al tiempo que os he contado, donde, solemnizando con alegres lágrimas el contento de habernos hallado, estábamos mirando los unos a los otros, sin saber con qué palabras engrandecer nuestra nueva y no pensada alegría, la cual se acrescentara más y llegara al término y punto que ahora llega, si de ti, amigo Silerio, allí supiéramos nueva alguna; pero como no hay placer que venga tan entero que de todo en todo al corazón satisfaga, en el que entonces teníamos, no sólo nos faltó tu presencia, pero aun las nuevas della. La claridad de la noche, el fresco y agradable viento que en aquel instante comenzó a herir las velas próspera y blandamente, el mar tranquilo y desembarazado Cielo, parece que todos juntos, y cada uno por sí, ayudaban a solemnizar la alegría de nuestros corazones.

Mas la fortuna variable de cuya condición no se puede prometer firmeza alguna, envidiosa de nuestra ventura, quiso turbarla con la mayor desventura que imaginarse pudiera, si el tiempo y los prósperos sucesos no la hubieran reducido a mejor término. Sucedió, pues, que a la sazón que el viento comenzaba a refrescar los solícitos marineros izaron más todas las velas, y con general alegría de todos, seguro y próspero viaje se aseguraban. Uno dellos, que a una parte de la proa iba sentado, descubrió, con la claridad de los bajos rayos de la Luna, que cuatro bajeles de remo, a larga y tirada boga, con gran celeridad y priesa, hacia la nave se encaminaban, y al momento conosció ser de contrarios, y con grandes voces comenzó a gritar: "¡Arma, arma, que bajeles turquescos se descubren!" Esta voz y súbito alarido puso tanto sobresalto en todos los de la nave, que, sin saber darse maña en el cercano peligro, unos a otros se miraban; mas el capitán della, que en semejantes ocasiones algunas veces se había visto, viniéndose a la proa procuró reconoscer qué tamaño de bajeles y cuántos eran, y descubrió dos más que el marinero, y conosció que eran galeotas forzadas, de que no poco temor debió de rescibir; pero, disimulando lo mejor que pudo, mandó luego alistar la artillería y cargar las velas todo lo más que se pudiese la vuelta de los contrarios bajeles, por ver si podría entrarse entre ellos y jugar de todas bandas la artillería. Acudieron luego todos a las armas, y, repartidos por sus postas como mejor se pudo, la venida de los enemigos esperaban.

¡Quién podrá significaros, señores, la pena que yo a esta sazón tenía, viendo con tanta celeridad turbado mi contento y tan cerca de poder perderle, y más cuando vi que Nísida y Blanca se miraban, sin hablarse palabra, confusas del estruendo y vocerío que en la nave andaba, y viéndome a mí rogarles que en su aposento se encerrasen y rogasen a Dios que de las enemigas manos nos librase! Paso y punto fue éste que desmaya la imaginación cuando dél se acuerda la memoria. Sus descubiertas lágrimas y la fuerza que yo me hacía por no mostrar las mías, me tenían de tal manera que casi me olvidaba de lo que debía hacer, o quién era, y a lo que el peligro obligaba. Mas, en fin, las hice retraer a su estancia casi desmayadas, y, cerrándolas por defuera, acudí a ver lo que el capitán ordenaba, el cual, con prudente solicitud, todas las cosas al caso necesarias estaba proveyendo y dando cargo a Darinto—que es aquel caballero que hoy se partió de nosotros—de la guarda del castillo de proa y encomendándome a mí el de popa; él, con algunos marineros y pasajeros, por todo el cuerpo de la nave, a una y otra parte discurría. No tardaron mucho en llegar los enemigos, y tardó harto menos en calmar el viento, que fue la total causa de la perdición nuestra. No osaron los enemigos llegar a bordo, porque viendo que el viento calmaba, les pareció mejor aguardar el día para embestirnos. Hiciéronlo así, y, el día venido, aunque ya los habíamos contado, acabamos de ver que eran quince bajeles gruesos los que cercados nos tenían, y entonces se acabó de confirmar en nuestros pechos el temor de perdernos. Con todo eso, no desmayando el valeroso capitán ni alguno de los que con él estaban, esperó a ver lo que los contrarios harían, los cuales, luego como vino la mañana, echaron de su capitana una barquilla al agua, y con un renegado enviaron a decir a nuestro capitán que se rindiese, pues veía ser imposible defenderse de tantos bajeles, y más que eran todos los mejores de Argel, amenazándole de parte de Arnautmamí, su general, que, si disparaba alguna pieza el navío, que le había de colgar de una entena en cogiéndole, y añadiendo a éstas otras amenazas. El renegado le persuadía que se rindiese; mas, no queriéndolo hacer el capitán, respondió al renegado que se alargase de la nave; si no, que le echaría a fondo con la artillería. Oyó Arnaute esta respuesta y luego, cebando el navío por toda partes, comenzó a jugar desde lejos el artillería con tanta priesa, furia y estruendo que era maravilla. Nuestra nave comenzó a hacer lo mismo, tan venturosamente, que a uno de los bajeles que por la popa la combatían echó a fondo, porque le acertó con una bala junto a la cinta, de modo que, sin ser socorrido, en breve espacio se le sorbió el mar. Viendo esto los turcos apresuraron el combate, y en cuatro horas nos embistieron cuatro veces y otras tantas se retiraron con mucho daño suyo y no con poco nuestro.

Mas por no iros cansando contándoos particularmente las cosas sucedidas en este combate, sólo diré que después de habernos combatido diez y seis horas y después de haber muerto nuestro capitán y toda la más gente del navío, a cabo de nueve altosas que nos dieron, al último dellos entraron furiosamente en el navio. Tampoco, aunque quiera, no podré encarecer el dolor que a mi alma llegó cuando vi que las amadas prendas mías, que ahora tengo delante, habían de ser entonces entregadas y venidas a poder de aquellos crueles carniceros. Y así, llevado de la ira que este temor y consideración me causaba, con pecho desarmado, me arrojé por medio de las bárbaras espadas, deseoso de morir al rigor de sus filos antes de ver a mis ojos lo que esperaba. Pero sucedióme al revés mi pensamiento, porque abrazándose conmigo tres membrudos turcos y yo forcejeando con ellos, de tropel venimos a dar todos en la puerta de la cámara donde Nísida y Blanca estaban, y con el ímpetu del golpe se rompió y abrió la puerta, que hizo manifiesto el tesoro que allí estaba encerrado, del cual, codiciosos los enemigos, el uno dellos asió a Nísida y el otro a Blanca, y yo, que de los dos me vi libre, al otro que me tenía hice dejar la vida a mis pies, y de los dos pensaba hacer lo mismo, si ellos, advertidos del peligro, no dejaran la presa de las damas, y con dos grandes heridas no me derribaran en el suelo, lo cual visto por Nísida, arrojándose sobre mi herido cuerpo, con lamentables voces pedía a los dos turcos que la acabasen.

En este instante, atraído de las voces y lamentos de Blanca y Nísida, acudió a aquella estancia Arnaute, el general de los bajeles, e informándose de los soldados de lo que pasaba hizo llevar a Nísida y a Blanca a su galera, y a ruegos de Nísida mandó también que a mí me llevasen, pues no estaba aún muerto. De esta manera, sin tener yo sentido alguno, me llevaron a la enemiga galera capitana, donde fuí luego curado con alguna diligencia, porque Nísida había dicho al capitán que yo era hombre principal y de gran rescate, con intención que, cebados de la codicia y del dinero que de mí podrían haber, con algo más recato mirasen por la salud mía. Sucedió, pues, que estando curándome las heridas, con el dolor dellas volví en mi acuerdo, y volviendo los ojos a una parte y a otra, conoscí que estaba en poder de mis enemigos y en el bajel contrario; pero ninguna cosa me llegó tan al alma como fue ver en la popa de la galera a Nísida y Blanca, sentadas a los pies del perro general, derramando por sus ojos infinitas lágrimas, indicios del interno dolor que padecían. No el temor de la afrentosa muerte que esperaba cuando tú della, buen amigo Silerio, en Cataluña, me libraste; no la falsa nueva de la muerte de Nísida, de mí por verdadera creída; no el dolor de mis mortales heridas ni otra cualquiera aflición que imaginar pudiera me causó ni causará más sentimiento que el que me vino de ver a Nísida y Blanca en poder de aquel bárbaro descreído, donde a tan cercano y claro peligro estaban puestas sus honras. El dolor deste sentimiento hizo tal operación en mi alma, que torné de nuevo a perder los sentidos y a quitar la esperanza de mi salud y vida al cirujano que me curaba, de tal modo que creyendo que era muerto, paró en medio de la cura, certificando a todos que ya yo de esta vida había pasado. Oídas estas nuevas por las dos desdichadas hermanas, digan ellas lo que sintieron, si se atreven, que yo sólo sé decir que después supe que, levantándose las dos de do estaban, tirando de sus rubios cabellos y arañando sus hermosos rostros sin que nadie pudiese deternerlas, vinieron adonde yo desmayado estaba, y allí comenzaron a hacer tan lastimero llanto, que a los mismos pechos de los crueles bárbaros enternecieron. Con las lágrimas de Nísida que en el rostro me caían, o por las ya frías y enconadas heridas que gran dolor me causaban, torné a volver de nuevo en mi acuerdo para acordarme de mi nueva desventura. Pasaré en silencio ahora las lastimeras amorosas palabras que en aquel desdichado punto entre mí y Nísida pasaron, por no entristecer tanto el alegre en que ahora nos hallamos, ni quiero decir por extenso los trances que ella me contó que con el capitán había pasado, el cual, vencido de su hermosura, mil promesas, mil regalos, mil amenazas le hizo por que viniese a condescender con la desordenada voluntad suya; pero mostrándose ella con él tan esquiva como honrada, y tan honrada como esquiva, pudo todo aquel día y otra noche siguiente defenderse de las pesadas importunaciones del corsario. Mas como la continua presencia de Nísida iba cresciendo en él por puntos el libidinoso deseo, sin duda alguna se pudiera temer, como yo temía, que dejando los ruegos y usando la fuerza, Nísida perdiera su honra o la vida, que era lo más cierto que de su bondad se podía esperar.

Pero cansada ya la fortuna de habernos puesto en el más bajo estado de miseria, quiso darnos a entender ser verdad lo que de la instabilidad suya se pregona, por un medio que nos puso en términos de rogar al Cielo que en aquella desdichada suerte nos mantuviese, a trueco de no perder la vida sobre las hinchadas ondas del mar airado, el cual, a cabo de dos días que cautivos fuimos y a la sazón que llevábamos el derecho viaje de Berbería, movido de un furioso jaloque, comenzó a hacer montañas de agua y a azotar con tanta furia la corsaria armada, que, sin poder los cansados remeros aprovecharse de los remos, afrenillaron y acudieron al usado remedio de la vela del trinquete al árbol y a dejarse llevar por donde el viento y mar quisiesen; y de tal manera cresció la tormenta que en menos de media hora esparció y apartó a diferentes partes los bajeles, sin que ninguno pudiese tener cuenta con seguir su capitán; antes, en poco rato divididos todos, como he dicho, vino nuestro bajel a quedar solo y a ser el que más peligro amenazaba, porque comenzó a hacer tanta agua por las costuras, que por mucho que por todas las cámaras de popa, proa y medianía le agotaban, siempre en la sentina llegaba el agua a la rodilla; y añadióse a toda esta desgracia sobrevenir la noche, que en semejantes casos, más que en otros algunos, el medroso temor acrescienta y vino con tanta escuridad y nueva borrasca, que de todo en todo todos desesperamos de remedio. No queráis más saber, señores, sino que los mismos turcos rogaban a los cristianos que iban al remo cautivos que invocasen y llamasen a sus santos y a su Cristo para que de tal desventura los librase, y no fueron tan en vano las plegarias de los míseros cristianos que allí iban, que, movido el alto Cielo dellas, dejase sosegar el viento; antes le cresció con tanto ímpetu y furia que al amanecer del día, que sólo pudo conoscerse por las horas del reloj de arena, por quien se rigen, se halló el mal gobernado bajel en la costa de Cataluña, tan cerca de tierra y tan sin poder apartarse della, que fue forzoso alzar un poco más la vela para que con más furia embistiese en una ancha playa que delante se nos ofrecía: que el amor de la vida les hizo parecer dulce a los turcos la esclavitud que esperaban.

Apenas hubo la galera embestido en tierra cuando luego acudió a la playa mucha gente armada, cuyo traje y lengua dio a entender ser catalanes y ser de Cataluña aquella costa, y aun aquel mismo lugar donde, a riesgo de la tuya, amigo Silerio, la vida mía escapaste. ¡Quién pudiera exagerar ahora el gozo de los cristianos, que del insufrible y pesado yugo del amargo cautiverio veían libres y desembarazados sus cuellos, y las plegarias y ruegos que los turcos, poco antes libres y señores, hacían a sus mismos esclavos, rogándoles fuesen parte para que de los indignados cristianos mal tratados no fuesen, los cuales ya en la playa los esperaban con deseo de vengarse de la ofensa que estos mismos turcos les habían hecho, saqueándoles su lugar, como tú, Silerio, sabes! Y no les salió vano el temor que tenían, porque, en entrando los del pueblo en la galera, que encallada en la arena estaba, hicieron tan cruel matanza en los corsarios, que muy pocos quedaron con la vida; y si no fuera que los cegó la codicia de robar la galera, todos los turcos en aquel primero ímpetu fueran muertos. Finalmente, los turcos que quedaron y cristianos cautivos que allí veníamos, todos fuimos saqueados, y si los vestidos que yo traía no estuvieran sangrentados, creo que aun no me los dejaran. Darinto, que también allí venía, acudió luego a mirar por Nísida y Blanca y a procurar que me sacasen a tierra donde fuese curado.

Cuando yo salí y reconocí el lugar donde estaba y consideré el peligro en que en él me había visto, no dejó de darme alguna pesadumbre, causada de temor no fuese conocido y castigado por lo que no debía; y así, rogué a Darinto que, sin poner dilación alguna, procurase que a Barcelona nos fuésemos, diciéndole la causa que me movía a ello; pero no fue posible porque mis heridas me fatigaban de manera que me forzaron a que allí algunos días estuviese, como estuve, sin ser de más de un cirujano visitado. En este entretanto fue Darinto a Barcelona, donde, proveyéndose de lo que menester habíamos, dio la vuelta, y hallándome mejor y con más fuerza, luego nos pusimos en camino para la ciudad de Toledo, por saber de los parientes de Nísida, que si sabían de sus padres, a quien ya hemos escrito todo el suceso de nuestras vidas, pidiéndoles perdón de nuestros pasados yerros. Y todo el contento y dolor destos buenos y malos sucesos lo ha acrescentado o diminuido la ausencia tuya, Silerio. Mas pues el Cielo ahora con tantas ventajas ha dado remedio a nuestras calamidades, no resta otra cosa sino que, dándole las debidas gracias por ello, tú, Silerio amigo, deseches la tristeza pasada con la ocasión de la alegría presente, y procures darla a quien ha muchos días que por tu causa vive sin ella, como lo sabrás cuando más a solas y contigo las comuniques. Otras algunas cosas me quedan por decir que me han sucedido en el discurso de esta mi peregrinación; pero dejarlas he por ahora, por no dar con la prolijidad dellas disgusto a estos pastores, que han sido el instrumento de todo mi placer y gusto. Este es, pues, Silerio amigo y amigos pastores, el suceso de mi vida: ved si, por la que he pasado y por la que ahora paso, me puedo llamar el más lastimado y venturoso hombre de los que hoy viven.

Con estas últimas palabras dio fin a su cuento el alegre Timbrio, y todos los que presentes estaban se alegraron del feliz suceso que sus trabajos habían tenido, pasando el contento de Silerio a todo lo que decir se puede, el cual tornando de nuevo a abrazar a Timbrio, forzado del deseo de saber quién era la persona que por su causa sin contento vivía, pidiendo licencia a los pastores, se apartó con Timbrio a una parte donde supo dél que la hermosa Blanca, hermana de Nísida, era la que más que a sí le amaba desde el mismo día y punto que ella supo quién él era y el valor de su persona, y que jamás, por no ir contra aquello que a su honestidad estaba obligada, había querido descubrir este pensamiento sino a su hermana, por cuyo medio esperaba tenerle honrado en el cumplimiento de sus deseos. Díjole asimismo Timbrio cómo aquel caballero Darinto, que con él venía y de quién él había hecho mención en la plática pasada, conosciendo quién era Blanca y llevado de su hermosura, se había enamorado della con tantas veras, que la pidió por esposa a su hermana Nísida, la cual le desengañó que Blanca no lo haría en manera alguna, y que, agraviado desto Darinto, creyendo que por el poco valor suyo le desechaban, y por sacarle de esta sospecha, le hubo de decir Nísida cómo Blanca tenía ocupados los pensamientos en Silerio; mas que no por esto Darinto había desmayado ni dejado la empresa, porque como supo que de ti, Silerio, no se sabía nueva alguna, imaginó que los servicios que él pensaba hacer a Blanca y el tiempo la apartarían de su intención primera, y con este prosupuesto jamás nos quiso dejar hasta que ayer, oyendo a los pastores las ciertas nuevas de tu vida, y conosciendo el contento que con ellas Blanca había rescibido, y considerando ser imposible que, paresciendo Silerio pudiese Darinto alcanzar lo que deseaba, sin despedirse de ninguno, se había, con muestras de grandísimo dolor, apartado de todos. Junto con esto, aconsejó Timbrio a su amigo fuese contento de que Blanca le tuviese, escogiéndola y aceptándola por esposa, pues ya la conoscía y no ignoraba su valor y honestidad, encareciéndole el gusto y placer que los dos tendrían viéndose con tales dos hermanas casados. Silerio le respondió que le diera espacio para pensar en aquel hecho, aunque él sabía que al cabo era imposible dejar de hacer lo que él le mandase.

A esta sazón comenzaba ya la blanca aurora a dar señales de su nueva venida, y las estrellas poco a poco iban escondiendo la claridad suya, y a este mismo punto llegó a los oídos de todos la voz del enamorado Lauso, el cual, como su amigo Damón había sabido que aquella noche la habían de pasar en la ermita de Silerio, quiso venir a hallarse con él y con los demás pastores; y como todo su gusto y pasatiempo era cantar al son de su rabel los sucesos prósperos o adversos de sus amores, llevado de la condición suya, y convidado de la soledad del camino y de la sabrosa armonía de las aves, que ya comenzaban con su dulce y concertado canto a saludar el venidero día, con baja voz, semejantes versos venía cantando:

LAUSO

> Alzo la vista a la más noble parte
> que puede imaginar el pensamiento,
> donde miro el valor, admiro el arte
> que suspende el más alto entendimiento.
> Mas, si queréis saber quién fue la parte
> que puso fiero yugo al cuello exento,
> quién me entregó, quién lleva mis despojos,
> mis ojos son, Silena, y son tus ojos.
>
> Tus ojos son, de cuya luz serena
> me viene la que el Cielo me encamina:
> luz de cualquiera escuridad ajena,
> segura muestra de la luz divina.
> Por ella el fuego, el yugo y la cadena
> que me consume, carga y desatina,
> es refrigerio, alivio, es gloria, es palma
> al alma y vida que te ha dado el alma.
>
> ¡Divinos ojos, bien del alma mía,
> término y fin de todo mi deseo;
> ojos que serenáis el turbio día,
> ojos por quien yo veo si algo veo!
> En vuestra luz mi pena y mi alegría
> ha puesto Amor; en vos contemplo y leo

la dulce, amarga, verdadera historia
del cierto infierno, de mi incierta gloria.

En ciega escuridad andaba cuando
vuestra luz me faltaba, ¡oh bellos ojos!,
acá y allá, sin ver el Cielo, errando
entre agudas espinas y entre abrojos;
mas luego, en el momento que tocando
fueron al alma mía los manojos
de vuestros rayos claros, vi a la clara
la senda de mi bien abierta y clara.

Vi que sois y seréis, ojos serenos,
quien me levanta y puede levantarme
a que entre el corto número de buenos
venga como mejor a señalarme.
Esto podréis hacer no siendo ajenos
y con pequeño acuerdo de mirarme,
que el gusto del más bien enamorado
consiste en el mirar y ser mirado.

Si esto es verdad, Silena, ¿quién ha sido,
es ni será que, con firmeza pura,
cual yo te quiera ni te habrá querido,
por más que Amor le yude y la ventura?
La gloria de tu vista he merescido
por mi inviolable fe; mas es locura
pensar que pueda merecerse aquello
que apenas puede contemplarse en ello.

El canto y el camino acabó a un mismo punto el enamorado Lauso, el
cual de todos los que con Silerio estaban fue amorosamente recibido,
acrescentando con su presencia el alegría que todos tenían por el buen suceso
que los trabajos de Silerio habían tenido, y, estándoselos Damón contando,
vieron asomar por junto a la ermita al venerable Aurelio que, con algunos de
sus pastores, traía algunos regalos con que regalar y satisfacer a los que allí
estaban, como lo había prometido el día antes que dellos se partió.
Maravillados quedaron Tirsi y Damón de verle venir sin Elicio y Erastro, y
más lo fueron cuando vinieron a entender la causa del haberse quedado.
Llegó Aurelio y su llegada aumentara más el contento de todos si no dijera,
encaminando su razón a Timbrio:

—Si te precias, como es razón que te precies, valeroso Timbrio, de ser
verdadero amigo del que lo es tuyo, ahora es tiempo de mostrarlo, acudiendo

a remediar a Darinto, que no lejos de aquí queda tan triste y apasionado, y tan fuera de admitir consuelo alguno en el dolor que padece, que algunos que yo le di no fueron parte para que él los tuviese por tales. Hallámosle Elicio, Erastro y yo habrá dos horas en medio de aquel monte que a esta mano derecha se descubre, el caballo arrendado a un pino, y él en el suelo, boca abajo tendido, dando tiernos y dolorosos sospiros, y de cuando en cuando decía algunas palabras que a maldecir su ventura se encaminaban, al son lastimero de las cuales llegamos a él y, con el rayo de la Luna, aunque con dificultad, fue de nosotros conocido, e importunado que la causa de su mal nos dijese; díjonosla, y por ella entendimos el poco remedio que tenía. Con todo eso se han quedado con él Elicio y Erastro y yo he venido a darte las nuevas del término en que le tienen sus pensamientos; y pues a ti te son tan manifiestos, procura remediarlos con obras, o acude a consolarlos con palabras.

—Palabras serán todas, buen Aurelio—respondió Timbrio—, las que yo en esto gastare, si ya él no quiere aprovecharse de la ocasión del desengaño y disponer sus deseos a que el tiempo y la ausencia hagan en él sus acostumbrados efectos. Mas por que no se piense que no correspondo a lo que a su amistad estoy obligado, enséñame, Aurelio, a qué parte le dejaste, que yo quiero ir luego a verle.

—Yo iré contigo—respondió Aurelio.

Y luego al momento se levantaron todos los pastores para acompañar a Timbrio y saber la causa del mal de Darinto, dejando a Silerio con Nísida y Blanca con tanto contento de los tres que no se acertaban a hablar palabra. En el camino que había desde allí adonde Aurelio a Darinto había dejado, contó Timbrio a los que con él iban la ocasión de la pena de Darinto y el poco remedio que della se podría esperar, pues la hermosa Blanca, por quien él penaba, tenía ocupados sus deseos en su buen amigo Silerio; diciéndoles asimismo que había de procurar con toda su industria y fuerzas que Silerio viniese en lo que Blanca deseaba, suplicándoles que todos fuesen en ayudar y favorescer su intención, porque en dejando a Darinto quería que todos a Silerio rogasen diese el sí de rescibir a Blanca por su legítima esposa. Los pastores se ofrecieron de hacer lo que se les mandaba, y en estas pláticas llegaron adonde creyó Aurelio que Elicio, Darinto y Erastro estarían; pero no hallaron alguno, aunque rodearon y anduvieron gran parte de un pequeño bosque que allí estaba, de que no poco pesar rescibieron todos. Pero, estando en esto, oyeron un tan doloroso suspiro que les puso en confusión y deseo de saber quién le había dado; mas sacóles presto de esta duda otro que oyeron no menos triste que el pasado, y, acudiendo todos a aquella parte donde el sospiro venía, vieron estar no lejos dellos, al pie de un crescido nogal, dos pastores, el uno sentado sobre la yerba verde y el otro tendido en el suelo y la cabeza puesta sobre las rodillas del otro. Estaba el sentado con la cabeza inclinada, derramando lágrimas y mirando atentamente al que en las rodillas tenía, y así por esto, como por estar el otro con color perdida y rostro desmayado, no pudieron luego conocer quién era; mas cuando más cerca llegaron, luego conocieron que los pastores eran Elicio y Erastro: Elicio, el desmayado, y Erastro, el lloroso. Grande admiración y tristeza causó en todos los que allí venían la triste semblanza de los dos lastimados pastores, por ser tan amigos suyos y por ignorar la causa que de tal modo los tenía; pero el que más se maravilló fue Aurelio, por ver que tan poco antes los había dejado en compañía de Darinto con muestras de todo placer y contento, como si él no hubiera sido la causa de toda su desdicha. Viendo, pues, Erastro que los pastores a él se llegaban, estremeció a Elicio diciéndole:

—Vuelve en ti, lastimado pastor; levántate y busca lugar donde puedas a solas llorar tu desventura, que yo pienso hacer lo mismo hasta acabar la vida.

Y diciendo esto; cogió con las dos manos la cabeza de Elicio, y, quitándola de sus rodillas, la puso en el suelo, sin que el pastor pudiese volver en su acuerdo; y levantándose Erastro, volvía las espaldas para irse, si Tirsi y Damón y los demás pastores no se lo impidieran. Llegó Damón a donde Elicio estaba, y, tomándole entre los brazos le hizo volver en sí. Abrió Elicio los ojos, y porque conoció a todos los que allí estaban tuvo cuenta con que su lengua, movida y forzada del dolor, no dijese algo que la causa dél manifestase; y aunque ésta le fue preguntada por todos los pastores, jamás respondió sino que no sabía otra cosa de sí mismo sino que, estando hablando con Erastro, le había tomado un recio desmayo. Lo propio decía Erastro, y a esta causa los pastores dejaron de preguntarle más la causa de su pasión; antes le rogaron que con ellos a la ermita de Silerio se volviese, y que desde allí le llevarían a la aldea o a su cabaña; mas no fue posible que con él esto se acabase, sino que le dejasen volver a la aldea. Viendo, pues, que esta era su voluntad, no quisieron contradecírsela; antes se ofrecieron de ir con él; pero de ninguno quiso compañía, ni la llevara si la porfía de su amigo Damón no le venciera, y así se hubo de partir con él, dejando concertado Damón con Tirsi que viesen aquella noche en el aldea o cabaña de Elicio, para dar orden de volverse a la suya. Aurelio y Timbrio preguntaron a Erastro por Darinto, el cual les respondió que, así como Aurelio se había apartado dellos, le tomó el desmayo a Elicio, y que, entretanto que él le socorría, Darinto se había partido con toda priesa y que nunca más le habían visto. Viendo, pues, Timbrio y los que con él venían que a Darinto no hallaban, determinaron de volver a la ermita a rogar a Silerio aceptase a la hermosa Blanca por su esposa, y con esta intención se volvieron todos, excepto Erastro, que quiso seguir a su amigo Elicio, y así, despidiéndose dellos, acompañado de sólo su rabel, se apartó por el mismo camino que Elicio había ido, el cual, habiéndose un rato apartado con su amigo Damón de la demás compañía, con lágrimas en los ojos y con muestras de grandísima tristeza, así le comenzó a decir:

—Bien sé, discreto Damón, que tienes de los efectos de Amor tanta experiencia, que no te maravillarás de los que ahora pienso contarte, que son tales que, a la cuenta de mi opinión, los estimo y tengo por de los más desastrosos que en el amor se hallan.

Damón, que no deseaba otra cosa que saber la causa del desmayo y tristeza suya, le aseguró que ninguna cosa le sería a él nueva, como tocase a los males que el amor suele hacer. Y así Elicio, con este seguro, y con el mayor que de su amistad tenía, prosiguió diciendo:

—Ya sabes, amigo Damón, cómo la buena suerte mía —que este nombre de buena le daré siempre, aunque me cueste la vida el haberla tenido—; digo, pues, que la buena suerte mía quiso, como todo el Cielo y todas estas riberas saben, que yo amase, ¿qué digo amase?, que yo adorase a la sin par Galatea con tan limpio y verdadero amor cual a su merescimiento se debe; juntamente te confieso, amigo, que en todo el tiempo que ha que ella tiene noticia de mi cabal deseo no ha correspondido a él con otras muestras que las generales que suele y debe dar un casto y agradecido pecho; y así, ha algunos años que, sustentada mi esperanza con una honesta correspondencia amorosa, he vivido tan alegre y satisfecho de mis pensamientos que me juzgaba por el más dichoso pastor que jamás apascentó ganado, contentándome sólo de mirar a Galatea y de ver que, si no me quería, no me aborrecía, y que otro ningún pastor no se podría alabar que aun della fuese mirado; que no era poca satisfacción de mi deseo tener puestos mis pensamientos en tan segura parte, que de otros algunos no me recelaba, confirmándome en esta verdad la opinión que conmigo tiene el valor de Galatea, que es tal, que no da lugar a que se le atreva el mismo atrevimiento. Contra este bien que tan a poca costa el amor me daba, contra esta gloria tan sin ofensa de Galatea gozaba, contra este gusto tan justamente de mi deseo merescido, se ha dado hoy irrevocable sentencia que el bien se acabe, que la gloria fenezca, que el gusto se cambie y que, finalmente, se concluya la tragedia de mi dolorosa vida. Porque sabrás, Damón, que esta mañana, viniendo con Aurelio, padre de Galatea, a buscaros a la ermita de Silerio, en el camino me dijo cómo tenía concertado de casar a Galatea con un pastor lusitano que en las riberas del blando Lima gran número de ganado apascienta. Pidióme que le dijese qué me parescía, porque, de la amistad que me tenía y de mi entendimiento, esperaba ser bien aconsejado. Lo que yo le respondí fue que me parescía cosa recia poder acabar con su voluntad privarse de la vista de tan hermosa hija, desterrándola a tan apartadas tierras, y que si lo hacía llevado y cebado de las riquezas del extranjero pastor, que considerase que no carecía él tanto dellas que no tuviese para vivir en su lugar mejor que cuantos en él de ricos presumían, y que ninguno de los mejores de cuantos habitan las riberas del Tajo dejaría de tenerse por venturoso cuando alcanzase a Galatea por esposa. No fueron mal admitidas mis razones del venerable Aurelio; pero, en fin, se resolvió diciendo que el rabadán mayor de todos los aperos se lo mandaba, y él era el que lo había concertado y tratado, y que era imposible deshacerse. Preguntéle con qué semblante Galatea había rescibido las nuevas de su destierro. Díjome que se había conformado con su voluntad, y que disponía la suya a hacer todo lo que él quisiese, como obediente hija. Esto supe de Aurelio, y esta es, Damón, la causa de mi desmayo, y la que será de mi muerte, pues de ver a Galatea en poder ajeno, y ajena de mi vista, no se puede esperar otra cosa que el fin de mis días.

Acabó su razón el enamorado Elicio y comenzaron sus lágrimas, derramadas en tanta abundancia que, enternecido el pecho de su amigo Damón, no pudo dejar de acompañarle en ellas; mas, a cabo de poco espacio, comenzó, con las mejores razones que supo, a consolar a Elicio; pero todas sus palabras en ser palabras paraban, sin que ninguno otro efecto hiciesen. Todavía quedaron de acuerdo que Elicio a Galatea hablase, y supiese della si de su voluntad consentía en el casamiento que su padre le trataba; y que, cuando no fuese con el gusto suyo, se le ofreciese de librarla de aquella fuerza, pues para ello no le faltaría ayuda. Parecióle bien a Elicio lo que Damón decía, y determinó de ir a buscar a Galatea para declararle su voluntad y saber la que ella en su pecho encerraba. Y así, trocando el camino que de su cabaña llevaban, hacia el aldea se encaminaron, y llegando a una encrucijada que junto a ella cuatro caminos dividía, por uno dellos vieron venir hasta ocho dispuestos pastores, todos con azagayas en las manos, excepto uno dellos que a caballo venía sobre una hermosa yegua, vestido con un gabán morado, y los demás a pie, y todos rebozados los rostros con unos pañizuelos. Damón y Elicio se pararon hasta que los pastores pasasen, los cuales, pasando junto a ellos, bajando las cabezas, cortésmente les saludaron, sin que alguno alguna palabra hablase. Maravillados quedaron los dos de ver la extrañeza de los ocho, y estuvieron quedos por ver qué caminos seguían; pero luego vieron que el de la aldea tomaban, aunque por otro diferente que por el que ellos iban. Dijo Damón a Elicio que los siguiesen; mas no quiso, diciendo que, por aquel camino que él quería seguir, junto a una fuente que no lejos de él estaban, solía estar muchas veces Galatea con algunas pastoras del lugar, y que sería bien ver si la dicha se la ofrescía tan buena que allí la hallasen. Contentóse Damón de lo que Elicio quería, y así le dijo que guiase por do quisiese. Sucedióle la suerte como él mismo se había imaginado, porque no anduvieron mucho cuando llegó a sus oídos la zampoña de Florisa, acompañada de la voz de la hermosa Galatea, que, como de los pastores fue oída, quedaron enajenados de sí mismos. Entonces acabó de conocer Damón cuánta verdad decían todos los que las gracias de Galatea alababan, la cual estaba en compañía de Rosaura y Florisa, y de la hermosa y recién casada Silveria, con otras dos pastoras de la mesma aldea. Y puesto que Galatea vio venir a los pastores, no por eso quiso dejar su comenzado canto; antes pareció dar muestras de que recibía contento en que los pastores la escuchasen, los cuales así lo hicieron con toda la atención posible; y lo que alcanzaron a oír de lo que la pastora cantaba fue lo siguiente:

GALATEA

¿A quién volveré los ojos
en el mal que se apareja,
si cuanto mi bien se aleja,
se acercan más mis enojos?
¿A duro mal me condena
el dolor que me destierra,
que, si me acaba en mi tierra,
qué bien me hará en el ajena?

¡Oh justa amarga obediencia
que, por cumplirte, he de dar
el sí que ha de confirmar
de mi muerte la sentencia!
Puesta estoy en tanta mengua,
que por gran bien estimara
que la vida me faltara
o, por lo menos, la lengua.

Breves horas y cansadas
fueron las de mi contento;
eternas las del tormento,
más confusas y pesadas.
Gocé de mi libertad
en mi temprana sazón;
pero ya la sujeción
anda tras mi voluntad.

Ved si es el combate fiero
que dan a mi fantasía,
si al cabo de su porfía
he de querer y no quiero.
¡Oh fastidioso gobierno,
que a los respetos humanos
tenga de cruzar las manos
y abajar el cuello tierno!

¿Que tengo de despedirme
de ver el Tajo dorado?

¿Que ha de quedar mi ganado,
y yo triste he de partirme?
¿Que estos árboles sombríos
y estos anchos verdes prados
no serán ya más mirados
de los tristes ojos míos?

Severo padre, ¿qué haces?
Mira que es cosa sabida
que a mí me quitas la vida
con lo que a ti satisfaces.
Si mis sospiros no valen
a descubrirte mi mengua,
lo que no puede mi lengua
mis ojos te lo señalen.

Ya triste se me figura
el punto de mi partida,
la dulce gloria perdida
y la amarga sepultura.
El rostro que no se alegra
del no conoscido esposo,
el camino trabajoso,
la antigua enfadosa suegra,

y otros mil inconvenientes,
todos para mí contrarios,
los gustos extraordinarios
del esposo y sus parientes.
Mas todos estos temores
que me figura mi suerte,
se acabarán con la muerte,
que es el fin de los dolores.

No cantó más Galatea, porque las lágrimas que derramaba le impidieron la voz, y aun el contento a todos los que escuchado la habían, porque luego supieron claramente lo que en confuso imaginaban del casamiento de Galatea con el lusitano pastor, y cuán contra su voluntad se hacía; pero a quien más sus lágrimas y sospiros lastimaron fue a Elicio, que diera él por remediarlos su vida, si en ella consistiera el remedio dellos; pero aprovechándose de su discreción, y disimulando el rostro el dolor que el alma sentía, él y Damón se llegaron adonde las pastoras estaban, a las cuales cortésmente saludaron, y con no menos cortesía fueron dellas rescibidos. Preguntó luego Galatea a

Damón por su padre, y respondióle que en la ermita de Silerio quedaba, en compañía de Timbrio y Nísida y de todos los otros pastores que a Timbrio acompañaron; y asimismo le dio cuenta del conoscimiento de Silerio y Timbrio y de los amores de Darinto y Blanca, la hermana de Nísida, con todas las particularidades que Timbrio había contado de lo que en el discurso de sus amores le había sucedido, a lo cual Galatea dijo:

—Dichoso Timbrio y dichosa Nísida, pues en tanta felicidad han parado los desasosiegos hasta aquí padecidos, con la cual pondréis en olvido los pasados desastres; antes servirán ellos de acrescentar vuestra gloria, pues se suele decir que la memoria de las pasadas calamidades aumenta el contento en las alegrías presentes. Mas, ¡ay del alma desdichada que se ve puesta en términos de acordarse del bien perdido, y con temor del mal que está por venir, sin que vea ni halle remedio ni medio alguno para estorbar la desventura que le está amenazando, pues tanto más fatigan los dolores cuanto más se temen!

—Verdad dices, hermosa Galatea—dijo Damón—, que no hay duda sino que el repentino y no esperado dolor que viene no fatiga tanto, aunque sobresalta, como el que con largo discurso de tiempo amenaza y quita todos los caminos de remediarse. Pero con todo eso, digo, Galatea, que no da el Cielo tan apurados los males que quite de todo en todo el remedio dellos, principalmente cuando nos los deja ver primero, porque parece que entonces quiere dar lugar al discurso de nuestra razón para que se ejercite y ocupe en templar o desviar las venideras desdichas, y muchas veces se contenta de fatigarnos con sólo tener ocupados nuestros ánimos con algún espacioso temor, sin que se venga a la ejecución del mal que se teme; y cuando a ella se viniese, como no acabe la vida, ninguno, por ningún mal que padezca, debe desesperar del remedio.

—No dudo yo deso—replicó Galatea—, si fuesen tan ligeros los males que se temen o se padecen, que dejasen libre y desembarazado el discurso de nuestro entendimiento; pero bien sabes, Damón, que cuando el mal es tal que se le puede dar este nombre, lo primero que hace es añublar nuestro sentido y aniquilar las fuerzas de nuestro albedrío, descaeciendo nuestra virtud de manera que apenas puede levantarse, aunque más lo solicite la esperanza.

—No sé yo, Galatea— respondió Damón—, cómo en tus verdes años puede caber tanta experiencia de los males, si no es que quieres que entendamos que tu mucha discreción se extiende a hablar por ciencia de las cosas; que, por otra manera, ninguna noticia dellas tienes.

—Plugiera al Cielo, discreto Damón—replicó Galatea—, que no pudiera contradecirte lo que dices, pues en ello granjeara dos cosas: quedar en la buena opinión que de mí tienes y no sentir la pena que me hace hablar con tanta experiencia en ella.

Hasta este punto estuvo callado Elicio; pero, no pudiendo sufrir más ver a Galatea dar muestras del amargo dolor que padecía, le dijo:

—Si imaginas, por ventura, sin par Galatea, que la desdicha que te amenaza puede por alguna ser remediada, por lo que debes a la voluntad que para servirte de mí tienes conocida, te ruego me la declares; y si esto no quisieres, por cumplir con lo que a la paternal obediencia debes, dame, a lo menos, licencia para que yo me oponga contra quien quisiere llevarnos de estas riberas el tesoro de tu hermosura, que en ellas se ha criado. Y no entiendas, pastora, que presumo yo tanto de mí mismo que sólo me atreva a cumplir con las obras lo que ahora por palabras te ofrezco; que, puesto que el amor que te tengo para mayor empresa me da aliento, desconfío de mi ventura, y así la habré de poner en las manos de la razón y en las de todos los pastores que por estas riberas del Tajo apascientan sus ganados, los cuales no querrán consentir que se les arrebate y quite delante de sus ojos el sol que los alumbra, y la discreción que los admira, y la belleza que los incita y anima a mil honrosas competencias. Así que, hermosa Galatea, en fe de la razón que he dicho y de la que tengo de adorarte, te hago este ofrescimiento, el cual te ha de obligar a que tu voluntad me descubras, para que yo no caiga en error de ir contra ella en cosa alguna; pero, considerando que la bondad y honestidad incomparables tuyas te han de mover a que correspondas antes al querer de tu padre que al tuyo, no quiero, pastora, que me le declares, sino tomar a mi cargo hacer lo que me pareciere, con prosupuesto de mirar por tu honra con el cuidado que tú mesma has mirado siempre por ella.

Iba Galatea a responder a Elicio y a agradecerle su buen deseo; mas estorbólo la repentina llegada de los ocho rebozados pastores que Damón y Elicio habían visto pasar poco antes hacia el aldea. Llegaron todos donde las pastoras estaban, y, sin hablar palabra, los seis dellos, con increíble celeridad, arremetieron a abrazarse con Damón y con Elicio, teniéndolos tan fuertemente apretados, que en ninguna manera pudieron desasirse. En este entretanto, los otros dos, que era el uno el que a caballo venía, se fueron adonde Rosaura estaba dando gritos por la fuerza que a Damón y a Elicio se les hacía; pero sin aprovecharle en defensa alguna, uno de los pastores la tomó en brazos y púsola sobre la yegua y en los del que en ella venía, el cual, quitándose el rebozo, se volvió a los pastores y pastoras, diciendo:

—No os maravilléis, buenos amigos, de la sinrazón que al parecer aquí se os ha hecho, porque la fuerza de amor y la ingratitud de esta dama ha sido causa della; ruégoos me perdonéis, pues no está más en mi mano; y, si por estas partes llegare, como creo que presto llegará, el conocido Grisaldo, direisle cómo Artandro se lleva a Rosaura, porque no pudo sufrir ser burlado della; y que si el amor y esta injuria le movieron a querer vengarse, que ya sabe que Aragón es mi patria y el lugar donde vivo.

Estaba Rosaura desmayada sobre el arzón de la silla, y los demás pastores no querían dejar a Elicio ni a Damón, hasta que Artandro mandó que los dejasen, los cuales, viéndose libres, con valeroso ánimo sacaron sus cuchillos y arremetieron contra los siete pastores, los cuales todos juntos les pusieron las azagayas que traían a los pechos, diciéndoles que se tuviesen, pues veían cuán poco podían ganar en la empresa que tomaban.

—Harto menos podrá ganar Artandro—les respondió Elicio—en haber cometido tal traición.

—No la llames traición— respondió uno de los otros—, porque esta señora ha dado la palabra de ser esposa de Artandro, y ahora, por cumplir con la condición mudable de mujer, la ha negado y entregádose a Grisaldo, que es agravio tan manifiesto, y tal, que no pudo ser disimulado de nuestro amo Artandro. Por eso, sosegaos, pastores, y tenednos en mejor opinión que hasta aquí, pues el servir a nuestro amo en tan justa ocasión nos disculpa.

Y sin decir más, volvieron las espaldas, recelándose todavía de los malos semblantes con que Elicio y Damón quedaron, los cuales estaban con tanto enojo por no poder deshacer aquella fuerza, y por hallarse inhabilitados de vengarse de lo que a ellos se les hacía, que ni sabían qué decirse ni qué hacerse. Pero los extremos que Galatea y Florisa hacían por ver llevar de aquella manera a Rosaura eran tales, que movieron a Elicio a poner su vida en manifiesto peligro de perderla, porque sacando su honda, y haciendo Damón lo mismo, a todo correr fue siguiendo a Artandro, y desde lejos, con mucho ánimo y destreza, comenzaron a tirarles tantas piedras que les hicieron detener y tornarse a poner en defensa. Pero, con todo esto, no dejara de sucederles mal a los dos atrevidos pastores, si Artandro no mandara a los suyos que se adelantaran y los dejaran, como lo hicieron, hasta entrarse por un espeso montezuelo que a un lado del camino estaba, y con la defensa de los árboles hacían poco efecto las hondas y piedras de los enojados pastores; y con todo esto, los siguieran si no vieran que Galatea y Florisa y las otras dos pastoras a más andar hacia donde ellos estaban se venían, y por esto se detuvieron, haciendo fuerza al enojo que los incitaba y a la deseada venganza que pretendían, y, adelantándose a rescebir a Galatea, ella les dijo:

—Templad vuestra ira, gallardos pastores, pues a la ventaja de nuestros enemigos no puede igualar vuestra diligencia, aunque ha sido tal cual nos la ha mostrado el valor de vuestros ánimos.

—El ver el tuyo descontento, Galatea—dijo Elicio—, creí yo que diera tales fuerzas al mío, que no se alabaran aquellos descomedidos pastores de la que nos han hecho; pero en mi ventura cabe no tenerla en cuanto deseo.

—El amoroso que Artandro tiene—dijo Galatea—fue el que le movió a tal descomedimiento, y así, conmigo en parte queda disculpado.

Y luego, punto por punto, les contó la historia de Rosaura, y cómo estaba esperando a Grisaldo para rescebir por esposo, lo cual podría haber llegado a noticia de Artandro, y que la celosa rabia le hubiese movido a hacer lo que habían visto.

—Si así pasa como dices, discreta Galatea—dijo Damón—, del descuido de Grisaldo, y atrevimiento de Artandro, y mudable condición de Rosaura, temo que han de nascer algunas pesadumbres y diferencias.

—Eso fuera—respondió Galatea—cuando Artandro residiera en Castilla; pero si él se encierra en Aragón, que es su patria, quedarse ha Grisaldo con sólo el deseo de vengarse.

—¿No hay quien le pueda avisar deste agravio?—dijo Elicio.

—Sí—respondió Florisa—; que yo seguro que, antes que la noche llegue, él tenga dél noticia.

—Si eso así fuese—respondió Damón—, podría ser cobrar su prenda antes que a Aragón llegasen, porque un pecho enamorado no suele ser perezoso.

—No creo yo que lo será el de Grisaldo—dijo Florisa—; y porque no le falte tiempo y ocasión para mostrarlo, suplícote , Galatea, que al aldea nos volvamos, porque yo quiero enviar a avisar a Grisaldo de su desdicha.

—Hágase como lo mandas, amiga—respondió Galatea—, que yo te daré un pastor que lleve la nueva.

Y con esto se querían despedir de Damón y de Elicio, si ellos no porfiaran a querer ir con ellas; y ya que se encaminaban al aldea, a su mano derecha sintieron la zampoña de Erastro, que luego de todos fue conocido, el cual venía en siguimiento de su amigo Elicio. Paráronse a escucharle, y oyeron que, con muestras de tierno dolor, esto venía cantando:

ERASTRO

Por ásperos caminos voy siguiendo
el fin dudoso de mi fantasía,
siempre en cerrada noche, escura y fría
las fuerzas de la vida consumiendo.

Y, aunque, morir me veo, no pretendo
salir un paso de la estrecha vía;
que, en fe de la alta fe sin igual mía,
mayores miedos contrastar entiendo.

Mi fe es la luz que me señala el puerto
seguro a mi tormenta, y sola es ella
quien promete buen fin a mi viaje,

por más que el medio se me muestre incierto,
por más que el claro rayo de mi estrella
me encubra Amor, y el Cielo más me ultraje.

Con un profundo sospiro acabó el enamorado canto el lastimado pastor, y creyendo que ninguno le oía soltó la voz semejantes razones:

—¡Amor, cuya poderosa fuerza sin hacer ninguna a mi alma fue parte para que yo la tuviese de tener tan bien ocupados mis pensamientos! Ya que tanto bien me hiciste, no quieras mostrarme ahora, haciéndome el mal en que me amenazas, que es más mudable tu condición que la de la variable fortuna. Mira, Señor, cuán obediente he estado a tus leyes, cuán pronto a seguir tus mandamientos, y cuán sujeta he tenido mi voluntad a la tuya. Págame esta obediencia con hacer lo que a ti tanto importa que hagas: no permitas que estas riberas nuestras queden desamparadas de aquella hermosura que la ponía y la daba a sus frescas y menudas yerbas, a sus humildes plantas y levantados árboles; no consientas, Señor, que al claro Tajo se le quite la prenda que le enriquece y por quien él tiene más fama que no por las arenas de oro que en su seno cría; no quites a los pastores destos prados la luz de sus ojos, la gloria de sus pensamientos y el honroso estímulo que a mil honrosas y virtuosas empresas les incitaba. Considera bien que, si de esta a la ajena tierra consientes que Galatea sea llevada, que te despojas del dominio que en estas riberas tienes, pues por Galatea sola le usas, y si ella falta, ten por averiguado que no serás en todos estos prados conoscido, que todos cuantos en ellos habitan te negarán la obediencia y no te acudirán con el usado tributo; advierte que lo que te suplico es tan conforme y llegado a razón que irías de todo en todo fuera della si no me lo concedieses. Porque ¿qué ley ordena, o qué razón consiente que la hermosura que nosotros criamos, la discreción que en estas selvas y aldeas nuestras tuvo principio, el donaire por particular don del Cielo a nuestra patria concedido, ahora que esperábamos coger el honesto fruto de tantos bienes y riquezas, se haya de llevar a extraños reinos, a ser poseído y tratado de ajenas y no conoscidas manos? No; no quiera el Cielo piadoso hacernos tan notable daño. ¡Oh verdes prados, que con su vista os alegrábades! ¡Oh flores olorosas, que, de sus pies tocadas, de mayor fragancia érades llenas! ¡Oh plantas, oh árboles de esta deleitosa selva! ¡Haced todos, en la mejor forma que pudiéredes, aunque a vuestra naturaleza no se conceda, algún género de sentimiento que mueva al Cielo a concederme lo que le suplico!

Decía esto derramando tantas lágrimas el enamorado pastor, que no pudo Galatea disimular las suyas, ni menos ninguno de los que con ella iban, haciendo todos un tan notable sentimiento, como si lloraran en las exequias de su muerte. Llegó a este punto a ellos Erastro, a quien rescibieron con agradable comedimiento, el cual, como vio a Galatea con señales de haberle acompañado en las lágrimas, sin apartar los ojos della, la estuvo atento mirando por un rato, al cabo del cual dijo:

—Ahora acabo de conoscer, Galatea, que ninguno de los humanos se escapa de los golpes de la variable fortuna, pues tú, de quien yo entendía que por particular privilegio habías de estar exenta dellos, veo que con mayor ímpetu te acometen y fatigan, de donde averiguo que ha querido el Cielo con un solo golpe lastimar a todos los que te conoscen y a todos los que del valor tuyo tienen alguna noticia; pero con todo eso, tengo esperanza que no se ha de extender tanto su rigor que lleve adelante la comenzada desgracia, viniendo tan en perjuicio de tu contento.

—Antes por esa misma razón—respondió Galatea—estoy yo menos segura de mi desdicha, pues jamás la tuve en lo que desease; mas porque no está bien a la honestidad de que me precio que tan a la clara descubra cuán por los cabellos me lleva tras sí la obediencia que a mis padres debo, ruégote, Erastro, que no me des ocasión de renovar mi sentimiento, ni de ti ni de otro alguno se trate, cosa que antes de tiempo despierte en mí la memoria del disgusto que temo. Y con esto, asimismo, os ruego, pastores, me dejéis adelantar a la aldea, porque siendo avisado Grisaldo le quede tiempo para satisfacerse del agravio que Artandro le ha hecho.

Ignorante estaba Erastro del suceso de Artandro; pero la pastora Florisa, en breves razones, se lo contó todo, de que se maravilló Erastro, estimando que no debía de ser poco el valor de Artandro pues a tan dificultosa empresa se había puesto. Querían ya los pastores hacer lo que Galatea les mandaba, si en aquella sazón no descubrieran toda la compañía de caballeros, pastores y damas que la noche antes en la ermita de Silerio se quedaron, los cuales, en señal de grandísimo contento, a la aldea se venían, trayendo consigo a Silerio, con diferente traje y gusto que hasta allí había tenido, porque ya había dejado el de ermitaño, mudándole en el de alegre desposado, como ya lo era de la hermosa Blanca, con igual contento y satisfacción de entrambos y de sus buenos amigos Timbrio y Nísida, que se lo persuadieron, dando con aquel casamiento fin a todas sus miserias, y quietud y reposo a los pensamiento que por Nísida le fatigaban. Y así, con el regocijo que tal suceso les causaba, venían todos dando muestras dél con agradable música y discretas y amorosas canciones, de las cuales cesaron cuando vieron a Galatea y a los demás que con ella estaban, rescibiéndose unos a otros con mucho placer y comedimiento, dándole Galatea a Silerio el parabién de su suceso, y a la hermosa Blanca el de su desposorio, y lo mismo hicieron los pastores Damón, Elicio y Erastro, que en extremo a Silerio estaban aficionados. Luego que cesaron entre ellos los parabienes y cortesías, acordaron de proseguir su camino al aldea, y para entretenerle rogó Tirsi a Timbrio que acabase el soneto que había comenzado a decir cuando de Silerio fue conocido; y no excusándose Timbrio de hacerlo, al son de la flauta del celoso Orfenio, con extremada y suave voz, le cantó y acabó, que era éste:

TIMBRIO

Tan bien fundada tengo la esperanza,
que, aunque más sople riguroso viento,

no podrá desdecir de su cimiento:
tal fe, tal fuerza y tal valor alcanza.

Tan lejos voy de consentir mudanza
en mi firme amoroso pensamiento,
cuan cerca de acabar en mi tormento
antes la vida que la confianza.

Que si al contraste del amor vacila
el pecho enamorado, no merece
del mismo amor la dulce paz tranquila.

Por esto el mío, que su fe engrandece,
rabie Caribdis o amenace Cila,
al mar se arroja y al amor se ofrece.

Pareció bien el soneto de Timbrio a los pastores, y no menos la gracia con que cantado le había, y fue de manera que le rogaron que otra alguna cosa dijese; mas excusóse con decir a su amigo Silerio respondiese por él en aquella causa, como lo había hecho siempre en otras más peligrosas. No pudo Silerio dejar de hacer lo que su amigo le mandaba, y así, con el gusto de verse en tan felice estado, al son de la mesma flauta de Orfenio cantó lo que se sigue:

SILERIO

Gracias al Cielo doy, pues he escapado
de los peligros deste mar incierto,
y al recogido favorable puerto,
tan sin saber por dónde, he ya llegado.

Recójanse las velas del cuidado,
repárese el navio pobre abierto,
cumpla los votos quien con rostro muerto
hizo promesa en el mar airado.

Beso la Tierra, reverencio al Cielo,
mi suerte abrazo mejorada y buena,
llamo dichoso a mi fatal destino,

y a la nueva sin par blanda cadena,
con nuevo intento y amoroso celo,
el lastimado cuello alegre inclino.

Acabó Silerio y rogó a Nísida fuese servida de alegrar aquellos campos con su canto, la cual, mirando a su querido Timbrio, con los ojos le pidió licencia para cumplir lo que Silerio le pedía, y dándosela él asimismo con la vista, ella, sin más esperar, con mucho donaire y gracia, cesando el son de la flauta de Orfenio, al de la zampoña de Orompo cantó este soneto:

NÍSIDA

Voy contra la opinión de aquel que jura
que jamás del amor llegó el contento
a do llega el rigor de su tormento,
por más que al bien ayude la ventura.

Yo sé qué es bien, yo sé qué es desventura,
y sé de sus efectos claro, y siento
que cuanto más destruye el pensamiento
el mal de amor, el bien más lo asegura.

No el verme en brazos de la amarga muerte,
por la mal referida triste nueva,
ni a los corsarios bárbaros rendida,

fue dura pena, fue dolor tan fuerte,
que ahora no conozca y haga prueba
que es más el gusto de mi alegre vida.

Admiradas quedaron Galatea y Florisa de la extremada voz de la hermosa Nísida, la cual, por parecerle que por entonces en cantar Timbrio y los de su parte habían tomado la mano, no quiso que su hermana quedase sin hacerlo, y así, sin importunarle mucho, con no menos gracia que Nísida, haciendo señal a Orfenio que su flauta tocase, al son della cantó de esta manera:

BLANCA

Cual si estuviera en la arenosa Libia,
o en la apartada Citia, siempre helada,
tal vez del frío temor me vi asaltada,
y tal del fuego que jamás se entibia.

Mas la esperanza, que el dolor alivia,
en uno y otro extremo, disfrazada
tuvo la vida en su poder guardada,

cuándo con fuerzas, cuándo flaca y tibia.

Pasó la furia del invierno helado,
y, aunque el fuego de amor quedó en su punto,
legó la deseada primavera,

donde, en un solo venturoso punto,
gozo del dulce fruto deseado,
con largas pruebas de una fe sincera.

No menos contentó a los pastores la voz y lo que cantó Blanca que todas las demás que habían oído. Y ya que ellos querían dar muestras de que no toda la habilidad se encerraba en los cortesanos caballeros, y para esto, casi de un mismo pensamiento movidos, Orompo, Crisio, Orfenio y Marsilio comenzaron a templar sus instrumentos, les forzó a volver las cabezas un ruido que a sus espaldas sintieron, el cual causaba un pastor que con furia iba atravesando por las matas del verde bosque, el cual fue de todos conoscido, que era el enamorado Lauso, de que se maravilló Tirsi, porque la noche antes se había despedido dél diciendo que iba a un negocio que importaba el acabarle acabar su pesar y comenzar su gusto, y que, sin decirle más, con otro pastor su amigo se había partido, y que no sabía qué podía haberle sucedido ahora que con tanta priesa caminaba. Lo que Tirsi dijo movió a Damón a querer llamar a Lauso, y así le dio voces que viniese; mas viendo que no las oía y que ya a más andar iba trasponiendo un recuesto, con toda ligereza se adelantó, y desde encima de otro collado le tornó a llamar con mayores voces, las cuales oídas por Lauso, y conosciendo quién le llamaba, no pudo dejar de volver, y, en llegando a Damón, le abrazó con señales de extraño contento, y tanto, que admiraron a Damón las muestras que de estar alegre daba y así le dijo:

—¿Qué es esto, amigo Lauso? ¿Has, por ventura, alcanzado el fin de tus deseos, o ante desde ayer acá correspondido a ellos de manera que halles con facilidad lo que pretendes?

—Mucho mayor es el bien que traigo, Damón, verdadero amigo— respondió Lauso—; pues la causa que a otro suele ser desesperación y muerte, a mí me ha servido de esperanza y vida, y ésta ha sido de un desdén y desengaño, acompañado de un melindroso donaire que en mi pastora he visto, que me ha restituido a mi ser primero. Ya, ya, pastor, no siente mi trabajado cuello el pesado yugo amoroso; ya se han deshecho en mi sentido las encumbradas máquinas de pensamientos que desvanescido me traían; ya tornaré a la perdida conversación de mis amigos; ya me parescerán lo que son las verdes yerbas y olorosas flores destos apacibles campos; ya tendrán treguas mis sospiros, vado mis lágrimas y quietud mis desasosiegos, porque consideres, Damón, si es causa ésta bastante para mostrarme alegre y regocijado.

—Sí es, Lauso—respondió Damón—; pero temo que alegría tan repentinamente nascida no ha de ser duradera, y tengo ya experiencia que todas las libertades que de desdenes son engendradas se deshacen como el humo, y torna luego la enamorada intención con mayor priesa a seguir sus intentos. Así que, amigo Lauso, plega al Cielo que sea más firme tu contento de lo que yo imagino, y goces largos tiempos la libertad que pregonas; que no sólo me holgaría por lo que debo a nuestra amistad, sino por ver un no acostumbrado milagro en los deseos amorosos.

—Como quiera que sea, Damón— respondió Lauso—, yo me siento ahora libre y señor de mi voluntad, y porque se satisfaga la tuya de ser verdad lo que digo mira qué quieres que haga en prueba dello. ¿Quieres que me ausente? ¿Quieres que no visite más las cabañas donde imaginas que puede estar la causa de mis pasadas penas y presentes alegrías? Cualquiera cosa haré por satisfacerte.

—La importancia está en que tú, Lauso, estés satisfecho —respondió Damón—; y veré yo que lo estás cuando de aquí a seis días te vea en ese mismo propósito. Y por ahora no quiero otra cosa de ti sino que dejes el camino que llevabas y te vengas conmigo adonde todos aquellos pastores y damas nos esperan, y que la alegría que traes la solemnices con entretenernos con tu canto mientras que al aldea llegamos.

Fue contento Lauso de hacer lo que Damón le mandaba, y así volvió con él a tiempo que Tirsi estaba haciendo señas a Damón que se volviese, y, en llegando que él y Lauso llegaron, sin gastar palabras de comedimiento, Lauso dijo:

—No vengo, señores, para menos que para fiestas y contentos; por eso, si le rescibiréis de escucharme, suene Marsilio su zampoña y aparejaos a oír lo que jamás pensé que mi lengua tuviera ocasión de decirlo, ni aun mi pensamiento para imaginarlo.

Todos los pastores respondieron a una que les sería de gran gusto el oírle, y luego Marsilio, con el deseo que tenía de escucharle, tocó su zampoña, al son de la cual Lauso comenzó a cantar de esta manera:

LAUSO

¡Con las rodillas en el suelo hincadas,
las manos en humilde modo puestas
y el corazón de un justo celo lleno,
te adoro, desdén santo, en quien cifradas
están las causas de las dulces fiestas
que gozo en tiempo sosegado y bueno!
¡Tú del rigor del áspero veneno

que el mal de amor encierra
fuiste la cierta y presta medicina;
tú mi total ruina
volviste en bien, en sana paz mi guerra,
y así como a mi rico almo tesoro,
no una vez sola, mas cien mil te adoro!

    Por ti la luz de mis cansados ojos,
tanto tiempo turbada y aun perdida,
al ser primero ha vuelto que tenía;
por ti torno a gozar de los despojos
que de mi voluntad y de mi vida
llevó de amor la antigua tiranía;
por ti la noche de mi error en día
de sereno discurso
se ha vuelto, y la razón que antes estaba
en posesión de esclava,
con sosegado y advertido curso,
siendo ahora señora, me conduce
do el bien eterno más se muestra y luce.

    Mostrásteme, desdén, cuán engañosas,
cuán falsas y fingidas habían sido
las señales de amor que me mostraban,
y que aquellas palabras amorosas
que tanto regalaban el oído
y al alma de sí mesma enajenaban,
en falsedad y burla se forjaban,
y el regalado y tierno
mirar de aquellos ojos sólo era
porque mi primavera
se convirtiese en desabrido invierno
cuando llegase el claro desengaño;
mas tú, dulce desdén, curaste el daño.

    ¡Desdén, que sueles ser espuela aguda
que hace caminar al pensamiento
tras la amorosa deseada empresa!
En mí tu efecto y condición se muda,
que yo por ti me aparto del intento
tras quien corría con no vista priesa,
y aunque contino el fino amor no cesa,
mal de mí satisfecho,

tender de nuevo el lazo por cogerme,
y, por más ofenderme,
encarar mil saetas a mi pecho,
tú, desdén, solo, sólo tú bien puedes
romper sus flechas y rasgar sus redes.

No era mi amor tan flaco, aunque sencillo,
que pudiera un desdén echarle a tierra;
cien mil han sido menester primero:
que fue, cual suele, sin poder sufrillo,
venir al suelo el pino que le atierra,
en virtud de otros golpes, el postrero.
Grave desdén, de parecer severo,
en desamor fundado
y en poca estimación de ajena suerte:
dulce me ha sido el verte,
el oírte y tocarte, y que gustado
hayas sido del alma en coyuntura
que derribas y acabas mi locura.

Derribas mi locura, y das la mano
al ingenio, desdén, que se levante
y sacuda de sí el pesado sueño,
para que, con mejor intento sano,
nuevas grandezas, nuevos loores cante
de otro, si le haya agradescido dueño.
Tú has quitado las fuerzas al beleño
con que el amor ingrato
adormecía a mi virtud doliente,
y, con la tuya ardiente
soy reducido a nueva vida y trato:
que ahora entiendo que yo soy quien puedo
temer con tasa, y esperar sin miedo.

No cantó más Lauso, aunque bastó lo que cantado había para poner admiración en los presentes, que como todos sabían que el día antes estaba tan enamorado y tan contento de estarlo, maravillábales verle en tan pequeño espacio de tiempo tan mudado y tan otro del que solía. Y considerando bien esto, su amigo; Tirsi le dijo:

—No sé si te dé el parabién, amigo Lauso, del bien en tan breves horas alcanzado, porqué temo que no debe de ser tan firme y seguro como tú imaginas; pero todavía me huelgo de que goces, aunque sea pequeño espacio, del gusto que acarrea al alma la libertad alcanzada, pues podría ser que, conosciendo ahora a las rotas cadenas y lazos, hicieses más fuerza para romperlos, atraído de la dulzura y regalo que goza un libre entendimiento y una virtud desapasionada.

—No tengas temor alguno, discreto Tirsi—respondió Lauso—, que ninguna otra nueva asechanza sea bastante a que yo torne a poner los pies en el cepo amoroso, ni me tengas por tan liviano y antojadizo que no me haya costado ponerme en el estado en que estoy infinitas consideraciones, mil averiguadas sospechas y mil cumplidas promesas hechas al Cielo por que a la perdida luz me tornase; y pues en ella veo ahora cuán poco antes veía, yo procuraré conservarla en el mejor modo que pudiere.

—Ninguno otro será tan bueno—dijo Tirsi—como no volver a mirar lo que atrás dejas, porque perderás, si vuelves, la libertad que tanto te ha costado, y quedarás, cual quedó aquel incauto amante, con nuevas ocasiones de perpetuo llanto; y ten por cierto, Lauso amigo, que no hay tan enamorado pecho en el mundo a quien los desdenes y arrogancias excusadas no entibien y aun le hagan retirar de sus mal colocados pensamientos, y háceme creer más esta verdad saber yo quién es Silena, aunque tú jamás me lo has dicho, y saber asimismo la mudable condición suya, sus acelerados ímpetus y la llaneza (por no darle otro nombre) de sus deseos; cosas que, a no templarlas y disfrazarlas con la sin igual hermosura de que el Cielo la ha dotado, fuera por ellas de todo el mundo aborrescida.

—Verdad dices, Tirsi—respondió Lauso—, porque, sin duda alguna, la singular belleza suya y las apariencias de la incomparable honestidad de que se arrea son partes para que no sólo sea querida, sino adorada de todos cuantos la mirasen; y así, no debe maravillarse alguno que la libre voluntad mía se haya rendido a tan fuertes y poderosos contrarios: sólo es justo que se maraville de cómo me he podido escapar dellos, que, puesto que salgo de sus manos tan mal tratado, estragada la voluntad, turbado el entendimiento, descaecida la memoria, todavía me parece que puedo triunfar de la batalla.

No pasaron más adelante en su plática los dos pastores, porque a este punto vieron que, por el mismo camino que ellos iban, venía una hermosa pastora, y poco desviado della un pastor, que luego fue conocido que era el anciano Arsindo, y la pastora era la hermana de Galercio, Maurisa, la cual, como fue conocida de Galatea y de Florisa, entendieron que con algún recaudo de Grisaldo para Rosaura venía; y, adelantándose las dos a rescebirla, Maurisa llegó a abrazar a Galatea, y el anciano Arsindo saludó a todos los pastores y abrazó a su amigo Lauso, el cual estaba con grande deseo de saber lo que Arsindo había hecho después que le dijeron que en seguimiento de Maurisa se había partido; y viéndole ahora volver con ella, luego comenzó a perder con él y con todos el crédito que sus blancas canas le habían adquirido; y aun le acabara de perder si los que allí venían no supieran tan de experiencia adonde y a cuánto la fuerza del amor se extendía, y así, en los mismos que le culpaban halló la disculpa de su yerro. Y paresce que, adivinando Arsindo lo que los pastores dél adivinaban, como en satisfacción y disculpa de su cuidado les dijo:

—Oid, pastores, uno de los más extraños sucesos amorosos que por largos años en estas nuestras riberas ni en las ajenas se habrá visto. Bien creo que conoscéis y conoscemos todos al nombrado pastor Lenio, aquel cuya desamorada condición le adquirió renombre de desamorado; aquel que no ha muchos días que, por sólo decir mal de Amor, osó tomar competencia con el famoso Tirsi, que está presente; aquel, digo, que jamás supo mover la lengua que para decir mal de Amor no fuese; aquel que con tantas veras reprehendía a los que de la amorosa dolencia veía lastimados. Este, pues, tan declarado enemigo del amor, ha venido a término que tengo por cierto que no tiene el amor quien con más veras le siga, ni aun él tiene vasallo a quien más persiga, porque le ha hecho enamorar de la desamorada Gelasia, aquella cruel pastora que al hermano de esta—señalando a Maurisa—, que tanto en la condición se le parece, tuvo el otro día, como vistes, con el cordel a la garganta para fenecer a manos de su crueldad sus cortos y mal logrados días. Digo, en fin, pastores, que Lenio el desamorado muere por la endurescida Gelasia, y por ella llena el aire de sospiros y la tierra de lágrimas; y lo que hay más malo en esto es que me parece que el amor ha querido vengarse del rebelde corazón de Lenio, rindiéndole a la más dura y esquiva pastora que se ha visto, y conosciéndolo él, procura ahora en cuanto dice y hace reconciliarse con el Amor, y, por los mismos términos que antes le vituperaba, ahora le ensalza y honra; y, con todo esto, ni el amor se mueve a favorescerle ni Gelasia se inclina a remediarle, como lo he visto por los ojos, pues no ha muchas horas que, viniendo yo en compañía de esta pastora, le hallamos en la fuente de las Pizarras, tendido en el suelo, cubierto el rostro de un sudor frío y anhelando el pecho con una extraña priesa. Lleguéme a él y conocíle, y con el agua de la fuente le rocié el rostro con que cobró los perdidos espíritus, y sentándome junto a él le pregunté la causa de su dolor, la cual él me dijo sin faltar punto, contándomela con tan tierno sentimiento, que le puso en esta pastora, en quien creo que jamás cupo señal de compasión alguna. Encarecióme la crueldad de Gelasia y el amor que la tenía, y la sospecha que en él reinaba de que el Amor le había traído a tal estado por vengarse en un solo punto de las muchas ofensas que le había hecho. Consoléle yo lo mejor que supe, y, dejándole libre del pasado parasismo, vengo acompañando a esta pastora y a buscarte a ti, Lauso, para que, si fueres servido, volvamos a nuestras cabañas, pues ha ya diez días que dellas nos partimos, y podrá ser que nuestros ganados sientan la ausencia nuestra más que nosotros la suya.

—No sé si te responda, Arsindo—respondió Lauso—, que creo que más por cumplimiento que por otra cosa me convidas a que a nuestras cabañas nos volvamos, teniendo tanto que hacer en las ajenas, cuanto la ausencia que de mí has hecho estos días lo ha mostrado. Pero, dejando lo más que en esto te pudiera decir para mejor sazón y coyuntura, tórname a decir si es verdad lo que de Lenio dices, porque, si así es, podré yo afirmar que ha hecho Amor en estos días de los mayores milagros que en todos los de su vida ha hecho, como son rendir y avasallar el duro corazón de Lenio y poner en libertad el tan sujeto mío.

—Mira lo que dices—dijo entonces Orompo—, amigo Lauso, que, si el Amor te tenía sujeto, como hasta aquí has significado, ¿cómo el mismo Amor ahora te ha puesto en la libertad que publicas?

—Si me quieres entender, Orompo—replicó Lauso—, verás que en nada me contradigo, porque digo, o quiero decir, que el amor que reinaba y reina en el pecho de aquella a quien yo tan en extremo quería, como se encamina a diferente intento que el mío, puesto que todo es amor, el efecto que en mí ha hecho es ponerme en libertad y a Lenio en servidumbre; y no me hagas, Orompo, que cuente con estos otros milagros.

Y, diciendo esto, volvió los ojos a mirar al anciano Arsindo, y con ellos dijo lo que con la lengua callaba, porque todos entendieron que el tercero milagro que pudiera contar fuera ver enamoradas las canas de Arsindo de los pocos verdes años de Maurisa, la cual todo este tiempo estuvo hablando aparte con Galatea y Florisa diciéndoles cómo otro día sería Grisaldo en el aldea en hábito de pastor y que allí pensaba desposarse con Rosaura en secreto, porque en público no podía, a causa que los parientes de Leopersia, con quien su padre tenía concertado de casarle, habían sabido que Grisaldo quería faltar en la prometida palabra, y en ninguna manera querían que tal agravio se les hieciese; pero que, con todo esto, estaba Grisaldo determinado de corresponder antes a lo que a Rosaura debía que no a la obligación en que a su padre estaba.

—Todo esto que os he dicho, pastora—prosiguió Maurisa—, mi hermano Galercio me dijo que os lo dijese, el cual a vosotras con este recaudo venía; pero la cruel Gelasia, cuya hermosura lleva siempre tras sí el alma de mi desdichado hermano, fue la causa que él no pudiese venir a deciros lo que he dicho, pues, por seguir a ella, dejó de seguir el camino que traía, fiándose de mí como de hermana. Ya habéis entendido, pastoras, a lo que vengo; decidme do está Rosaura para decírselo o decídselo vosotras, porque la angustia en que mi hermano queda puesto no consiente que un punto más aquí me detenga.

En tanto que la pastora esto decía, estaba Galatea considerando la amarga respuesta que pensaba darle y las tristes nuevas que habían de llegar a los oídos del desdichado Grisaldo; pero viendo que no excusaba de darlas y que era peor detenerla, luego le contó todo lo que a Rosaura había sucedido, y cómo Artandro la llevaba, de que quedó maravillada Maurisa, y al instante quisiera dar la vuelta a avisar a Grisaldo si Galatea no la detuviera preguntándole qué se habían hecho las dos pastoras que con ella y con Galercio se habían ido, a lo que respondió Maurisa:

—Cosas te pudiera contar dellas, Galatea, que te pusieran en mayor admiración que no es la en que a mí me ha puesto el suceso de Rosaura; pero el tiempo no me da lugar a ello; sólo te digo que la que se llamaba Leonarda se ha desposado con mi hermano Artidoro por el más sotil engaño que jamás se ha visto, y Teolinda, la otra, está en término de acabar la vida o de perder el juicio, y sólo la entretiene la vista de Galercio, que, como se parece tanto a la de mi hermano Artidoro, no se aparta un punto de su compañía, cosa que es a Galercio tan pesada y enojosa cuanto le es dulce y agradable la compañía de la cruel Gelasia. El modo como esto pasó te contaré más despacio, cuando otra vez nos veamos, porque no será razón que por mi tardanza se impida el remedio que Grisaldo puede tener en su desgracia, usando en remediarla la diligencia posible, porque, si no ha más que esta mañana que Artandro robó a Rosaura, no se podrá haber alejado tanto de estas riberas que quite la esperanza a Grisaldo de cobrarla, y más si yo aguijo los pies como pienso.

Parecióle bien a Galatea lo que Maurisa decía, y así, no quiso más detenerla; sólo le rogó que fuese servida de tornarla a ver lo más presto que pudiese para contarle el suceso de Teolinda y lo que haría en el hecho de Rosaura. La pastora se lo prometió, y, sin más detenerse, despidiéndose de los que allí estaban, se volvió a su aldea, dejando a todos satisfechos de su donaire y hermosura; pero quien más sintió su partida fue el anciano Arsindo, el cual, por no dar claras muestras de su deseo, se hubo de quedar tan solo sin Maurisa cuanto acompañado de sus pensamientos. Quedaron también las pastoras suspensas de lo que de Teolinda habían oído, y en extremo deseaban saber su suceso. Y estando en esto oyeron el claro son de una bocina que a su diestra mano sonaba, y volviendo los ojos a aquella parte vieron encima de un recuesto algo levantado dos ancianos pastores que en medio tenían un antiguo sacerdote, que luego conoscieron ser el anciano Telesio; y habiendo uno de los pastores tocado otra vez la bocina, todos tres se bajaron del recuesto y se encaminaron hacia otro que allí junto estaba, donde, subidos, de nuevo tornaron a tocarla, a cuyo son de diferentes partes se comenzaron a mover muchos pastores para venir a ver lo que Telesio quería, porque con aquella señal solía él convocar todos los pastores de aquella ribera cuando quería hacerles algún provechoso razonamiento, o decirles la muerte de algún conocido pastor de aquellos contornos, o para traerles a la memoria el día de alguna solemne fiesta o el de algunas tristes exequias. Teniendo, pues, Aurelio, y casi todos los más pastores que allí venían, conocida la costumbre y condición de Telesio, todos se fueron acercando adonde él estaba, y cuando llegaron ya se habían juntado; pero como Telesio vio venir tantas gentes y conosció cuán principales todos eran, bajando de la cuesta, los fue a rescebir con mucho amor y cortesía, y con la misma fue de todos rescibido, y llegándose Aurelio a Telesio le dijo:

—Cuéntanos, si fueres servido, honrado y venerable Telesio, qué nueva causa te mueve a querer juntar los pastores destos prados. ¿Es, por ventura, de alegres fiestas, o de tristes y fúnebres sucesos? ¿O quiéresnos mostrar alguna cosa pertenesciente al mejoramiento de nuestras vidas? Dinos, Telesio, lo que tu voluntad ordena, pues sabes que no saldrán las nuestras de todo aquello que la tuya quisiere.

—Págueos el Cielo, pastores —respondió Telesio—, la sinceridad de vuestras intenciones, pues tanto se conforman con la de aquel que sólo vuestro bien y provecho pretende. Mas, por satisfacer al deseo que tenéis de saber lo que quiero, quiéroos traer a la memoria la que debéis tener perpetuamente del valor y fama del famoso y aventajado pastor Meliso, cuyas dolorosas exequias se renuevan y se irán renovando de año en año tal día como mañana, en tanto que en nuestras riberas hubiere pastores y en nuestras almas no faltare el conoscimiento de lo que se debe a la bondad y valor de Meliso. A lo menos, de mí os sé decir que en tanto que la vida me durare no dejaré de acordaros a su tiempo la obligación en que os tiene puestos la habilidad, cortesía y virtud del sin par Meliso, y así ahora os la acuerdo, y os advierto que mañana es el día en que se ha de renovar el desdichado, donde tanto bien perdimos como fue perder la agradable presencia del prudente pastor Meliso. Por lo que a la bondad suya debéis y por lo que a la intención que tengo de serviros estáis obligados, os ruego, pastores, que mañana, al romper del día, os halléis todos en el valle de los Cipreses, donde está el sepulcro de las honradas cenizas de Meliso, para que allí, con tristes cantos y piadosos sacrificios, procuremos aligerar la pena, si alguna padece, a aquella venturosa alma que en tanta soledad nos ha dejado.

Y diciendo esto, con el tierno sentimiento que la memoria de la muerte de Meliso le causaba, sus venerables ojos se llenaron de lágrimas, acompañándole en ellas casi los más de los circunstantes, los cuales, todos de una mesma conformidad, se ofrecieron de acudir otro día adonde Telesio les mandaba, y lo mismo hicieron Timbrio y Silerio, Nísida y Blanca, por parecerles que no sería bien dejar de hallarse en ocasión tan piadosa y en junta de tan célebres pastores como allí imaginaron se juntarían. Con esto se despidieron de Telesio y tornaron a seguir el comenzado camino de la aldea; mas no se habían apartado mucho de aquel lugar, cuando vieron venir hacia ellos al desamorado Lenio, con semblante tan triste y pensativo que puso admiración en todos; y tan transportado en sus imaginaciones venía, que pasó lado con lado de los pastores sin que los viese; antes, torciendo el camino a la izquierda mano, no hubo andado muchos pasos cuando se arrojó al pie de un verde sauce, y, dando un recio y profundo sospiro, levantó la mano y poniéndola por el collar del pellico, tiró tan recio que le hizo pedazos hasta abajo, y luego se quitó el zurrón del lado, y, sacando dél un pulido rabel, con grande atención y sosiego se le puso a templar, y, a cabo de poco espacio, con lastimada y concertada voz, comenzó a cantar de manera que

forzó a todos los que le habían visto a que se parasen a escucharle hasta el fin
de su canto, que fue éste:

LENIO

¡Dulce Amor, ya me arrepiento
de mis pasadas porfías;
ya de hoy más confieso y siento
que fue sobre burlerías
levantado su cimiento;
ya el rebelde cuello erguido
humilde pongo y rendido
al yugo de tu obediencia;
ya conozco la potencia
de tu valor extendido!

Sé que puedes cuanto quieres,
y que quieres lo imposible;
sé que muestras bien quién eres
en tu condición terrible,
en tus penas y placeres,
y sé, en fin, que yo soy quien
tuvo siempre a mal tu bien,
tu engaño por desengaño,
tus certezas por engaño,
por caricias tu desdén.

Estas cosas bien sabidas,
han ahora descubierto
en mis entrañas rendidas
que tú solo eres el puerto
do descansan nuestras vidas;
tú la implacable tormenta
que al alma más atormenta
vuelves en serena calma;
tú eres gusto y luz del alma,
y manjar que la sustenta.

Pues esto juzgo y confieso,
aunque tarde vengo en ello,
tiempla tu rigor y exceso,
Amor, y del flaco cuello
aligera un poco el peso.

Al ya rendido enemigo
no se ha de dar el castigo
como a aquel que se defiende;
cuanto mas que aquí se ofende
quien ya quiere ser tu amigo.

Salgo de la pertinacia
do me tuvo mi malicia,
y el estar en tu desgracia,
y apelo de tu justicia
ante el rostro de tu gracia.
Que, si a mi poco valor
no le aquilata el favor
de tu gracia conoscida,
presto dejaré la vida
en las manos del dolor.

Las de Gelasia me han puesto
en tan extraña agonía
que, si más porfía en esto,
mi dolor y su porfía
sé que acabaran bien presto.
¡Oh dura Gelasia, esquiva,
zahareña, dura, altiva!
¿Por qué gustas, di, pastora,
que el corazón que te adora
en tantos tormentos viva?

Poco fue lo que cantó Lenio; pero lo que lloró fue tanto que allí quedara deshecho en lágrimas si los pastores no acudieran a consolarle. Mas como él los vio venir y conoció entre ellos a Tirsi, sin más detenerse, se levantó y se fue a arrojar a sus pies, abrazándole estrechamente las rodillas, y, sin dejar las lágrimas, le dijo:

—Ahora puedes, famoso pastor, tomar justa venganza del atrevimiento que tuve de competir contigo, defendiendo la injusta causa que mi ignorancia me proponía. Ahora digo que puedes levantar el brazo, y con algún agudo cuchillo traspasar este corazón donde cupo tan notoria simpleza como era no tener al Amor por universal señor del mundo. Pero de una cosa te quiero advertir: que, si quieres tomar al justo la venganza de mi yerro, que me dejes con la vida que sostengo, que es tal que no hay muerte que se le compare.

Había ya Tirsi levantado del suelo al lastimado Lenio, y, teniéndole abrazado, con discretas y amorosas palabras procuraba consolarle diciéndole:

—La mayor culpa que hay en las culpas, Lenio amigo, es el estar pertinaces en ellas; porque es de condición de demonios el nunca arrepentirse de los yerros cometidos, y, asimismo, una de las principales causas que mueve y fuerza a perdonar las ofensas es ver el ofendido arrepentimiento en el que ofende, y más cuando está el perdonar en manos de quien no hace nada en hacerlo, pues su noble condición le tira y compele a que lo haga, quedando más rico y satisfecho con el perdón que con la venganza, como se ve esto a cada paso en los grandes señores y reyes, que más gloria granjean en perdonar las injurias que en vengarlas. Y pues tú, Lenio, confiesas el error en que has estado y conosces ahora las poderosas fuerzas del Amor y entiendes dél que es señor universal de nuestros corazones, por este nuevo conoscimiento y por el arrepentimiento que tienes, puedes estar confiado y vivir seguro que el generoso y blando Amor te reducirá presto a sosegada y amorosa vida; que si ahora te castiga con darte la penosa que tienes, hácelo porque le conozcas y porque después tengas y estimes en más la alegre que sin duda piensa darte.

A estas razones añadieron otras muchas Elicio y los demás pastores que allí estaban, con las cuales pareció que quedó Lenio algo más consolado, y luego les contó cómo moría por la cruel pastora Gelasia, exagerándoles la esquiva y desamorada condición suya y cuán libre y exenta estaba de pensar en ningún efecto amoroso, encareciéndoles también el insufrible tormento que por ella el gentil pastor Galercio padecía, de quien ella hacía tan poco caso, que mil veces le había puesto en términos de desesperarse. Mas después que por un rato en estas cosas hubieron razonado, tornaron a seguir su camino, llevando consigo a Lenio, y, sin sucederles otra cosa, llegaron al aldea, llevándose consigo Elicio a Tirsi, Damón, Erastro, Lauso y Arsindo. Con Daranio se fueron Crisio, Orfenio, Marsilio y Orompo. Florisa y las otras pastoras se fueron con Galatea y con su padre, Aurelio, quedando primero concertado que otro día, al salir del alba, se juntasen para ir al valle de los Cipreses, como Telesio les había mandado, para celebrar las exequias de Meliso, en las cuales, como ya está dicho, quisieron hallarse Timbrio, Silerio, Nísida y Blanca, que con el venerable Aurelio aquella noche se fueron.

FIN DEL LIBRO QUINTO DE GALATEA

SEXTO Y ULTIMO LIBRO
DE GALATEA

Apenas habían los rayos del dorado Febo comenzado a despuntar por la más baja línea de nuestro horizonte, cuando el anciano y venerable Telesio hizo llegar a los oídos de todos los que en el aldea estaban el lastimero son de su bocina, señal que movió a los que le escucharon a dejar el reposo de los pastorales lechos y acudir a lo que Telesio pedía. Pero los primeros que en esto tomaron la mano fueron Elicio, Aurelio, Daranio y todos los pastores y pastoras que con ellos estaban, no faltando las hermosas Nísida y Blanca y los venturosos Timbrio y Silerio, con otra cantidad de gallardos pastores y bellas pastoras que a ellos se juntaron y al número de treinta llegarían, entre los cuales iban la sin par Galatea, nuevo milagro de hermosura, y la recién desposada Silveria, la cual llevaba consigo a la hermosa y zahareña Belisa, por quien el pastor Marsilio tan amorosas y mortales angustias padecía. Había venido Belisa a visitar a Silveria y darle el parabién del nuevo rescibido estado, y quiso asimismo hallarse en tan célebres exequias como esperaban serían las que tantos y tan famosos pastores celebraban. Salieron, pues, todos juntos de la aldea, fuera de la cual hallaron a Telesio con otros muchos pastores que le acompañaban, todos vestidos y adornados de manera que bien mostraban que para triste y lamentable negocio habían sido juntados. Ordenó luego Telesio, porque con intenciones más puras y pensamientos más reposados se hiciesen aquel día los solemnes sacrificios, que todos los pastores fuesen juntos por su parte y desviados de las pastoras, y que ellas lo mismo hiciesen, de que los menos quedaron contentos y los más no muy satisfechos, especialmente el apasionado Marsilio, que ya había visto a la desamorada Belisa, con cuya vista quedó tan fuera de sí y tan suspenso cual lo conocieron bien sus amigos Orompo, Crisio y Orfenio, los cuales, viéndole tal, se llegaron a él, y Orompo le dijo:

—Esfuerza, amigo Marsilio, esfuerza y no des ocasión con tu desmayo a que se descubra el poco valor de tu pecho; ¿qué sabes si el Cielo, movido a compasión de tu pena, ha traído a tal tiempo a estas riberas a la pastora Belisa para que las remedie?

—Antes para más acabarme, a lo que yo creo— respondió Marsilio—, habrá ella venido a este lugar, que de mi ventura esto y más se debe temer; pero yo haré, Orompo, lo que mandas, si acaso puede conmigo en este duro trance más la razón que mi sentimiento.

Y con esto volvió más algo en sí Marsilio, y luego los pastores por una parte, y las pastoras por otra, como de Telesio estaba ordenado, se comenzaron a encaminar al valle de los Cipreses, llevando todos un maravilloso silencio, hasta que admirado Timbrio de ver la frescura y belleza del claro Tajo por do caminaban, vuelto a Elicio, que al lado le venía, le dijo:

—No poca maravilla me causa, Elicio, la incomparable belleza de estas frescas riberas, y no sin razón, porque quien ha visto, como yo, las espaciosas del nombrado Betis, y las que visten y adornan el famoso Ebro, y al conocido Pisuerga, y en las apartadas tierras ha paseado las del santo Tíber y las amenas del Po, celebrado por la caída del atrevido mozo, sin dejar de haber rodeado las frescuras del apascible Sebeto, grande ocasión había de ser la que a maravilla me moviese de ver otras algunas.

—No vas tan fuera de camino en lo que dices, según yo creo, discreto Timbrio—respondió Elicio—, que con los ojos no veas la razón que de decirlo tienes; porque, sin duda, puedes creer que la amenidad y frescura de las riberas deste río hacen notoria y conoscida ventaja a todas las que has nombrado, aunque entrase en ellas las del apartado Janto, y del conoscido Anfriso, y el enamorado Alpheo; porque tiene y ha hecho cierto la experiencia que, casi por derecha línea, encima de la mayor parte de estas riberas, se muestra un Cielo luciente y claro, que, con un largo movimiento y con vivo resplandor, parece que convida a regocijo y gusto al corazón que dél está más ajeno. Y si ello es verdad que las estrellas y el Sol se mantienen, como algunos dicen, de las aguas de acá abajo, creo firmemente que las deste río sean en gran parte ocasión de causar la belleza del Cielo que le cubre, o creeré que Dios, por la mesma razón que dicen que mora en los cielos, en esta parte haga lo más de su habitación. La tierra que lo abraza, vestida de mil verdes ornamentos, parece que hace fiesta y se alegra de poseer en sí un don tan raro y agradable; y el dorado río, como en cambio, en los abrazos della dulcemente entretejiéndose, forma como de industria mil entradas y salidas, que a cualquiera que las mira llenan el alma de placer maravilloso, de donde nasce que, aunque los ojos tornen de nuevo muchas veces a mirarle, no por eso dejan de hallar en él cosas que les causen nuevo placer y nueva maravilla. Vuelve, pues, los ojos, valeroso Timbrio, y mira cuánto adornan sus riberas las muchas aldeas y ricas caserías que por ellas se ven fundadas. Aquí se ve en cualquiera sazón del año andar la risueña Primavera con la hermosa Venus en hábito sucinto y amoroso, y Céfiro, que la acompaña, con la madre Flora delante esparciendo a manos llenas varias y odoríferas flores. Y la industria de sus moradores ha hecho tanto, que la Naturaleza, encorporada con el Arte, es hecha artífice y connatural del Arte, y de entrambas a dos se ha hecho una tercia Naturaleza, a la cual no sabré dar nombre. De sus cultivados jardines, con quien los huertos Espérides y de Alcino pueden callar; de los espesos bosques, de los pacíficos olivos, verdes laureles y acopados mirtos; de sus abundosos pastos, alegres valles y vestidos collados, arroyos y fuentes que en esta ribera se hallan, no se espere que yo diga más, sino que, si en alguna parte de la Tierra los campos Elíseos tienen asiento, es, sin duda, en esta. ¿Qué diré de la industria de las altas ruedas, con cuyo continuo movimiento sacan las aguas del profundo río y humedecen abundosamente las eras que por largo espacio están apartadas? Añádese a todo esto criarse en estas riberas las más hermosas y discretas pastoras que en la redondez del suelo pueden hallarse, para cuyo testimonio, dejando aparte el que la experiencia nos muestra y lo que tú, Timbrio, ha que estás en ellas y has visto, bastará traer, por ejemplo, a aquella pastora que allí ves, ¡oh Timbrio!

Y, diciendo esto, señaló con el cayado a Galatea, y, sin decir más, dejó admirado a Timbrio de ver la discreción y palabras con que había alabado las riberas del Tajo y la hermosura de Galatea. Y respondiéndole que no se le podía contradecir ninguna cosa de las dichas en aquéllas y en otras entretenían la pesadumbre del camino, hasta que, llegados a vista del valle de los Cipreses, vieron que dél salían casi otros tantos pastores y pastoras como los que con ellos iban. Juntáronse todos, y con sosegados pasos comenzaron a entrar por el sagrado valle, cuyo sitio era tan extraño y maravilloso, que, aun a los mismos que muchas veces le habían visto, causaba nueva admiración y gusto. Levántanse en una parte de la ribera del famoso Tajo, en cuatro diferentes y contrapuestas partes, cuatro verdes y apacibles collados, como por muros y defensores de un hermoso valle que en medio contienen, cuya entrada en él por otros cuatro lugares es concedida, los cuales mismos; collados estrechan de modo, que vienen a formar cuatro largas y apacibles calles, a quien hacen pared de todos lados altos infinitos cipreses, puestos por tal orden y concierto, que hasta las mesmas ramas de los unos y de los otros paresce que igualmente van cresciendo, y que ninguna se atreve a pasar ni salir un punto más de la otra. Cierran y ocupan el espacio que entre ciprés y ciprés se hace mil olorosos rosales y suaves jazmines, tan juntos y entretejidos como suelen estar en los vallados de las guardadas viñas las espinosas zarzas y puntuosas cambroneras. De trecho en trecho de estas apacibles entradas se ven correr, por entre la verde y menuda yerba, claros y fréseos arroyos de limpias y sabrosas aguas, que en las faldas de los mismos collados tienen su nascimiento. Es el remate y fin de estas calles una ancha y redonda plaza, que los recuestos y los cipreses forman, en medio de la cual está puesta una artificiosa fuente de blanco y precioso mármol fabricada, con tanta industria y artificio hecha, que las vistosas del conoscido Tíbuli, y las soberbias de la antigua Tinachria no le pueden ser comparadas. Con el agua de esta maravillosa fuente se humedecen y sustentan las frescas yerbas de la deleitosa plaza; y lo que más hace a este agradable sitio digno de estimación y reverencia es ser previlegiado de las golosas bocas de los simples corderuelos y mansas ovejas, y de otra cualquier suerte de ganado; que sólo sirve de guardador y tesorero de los honrados huesos de algunos famosos pastores, que, por general decreto de todos los que quedan vivos en el contorno de aquellas riberas, se determina y ordena ser dignos y merecedores de tener sepultura en este famoso valle. Por esto se veían entre los muchos y diversos árboles que por las espaldas de los cipreses estaban, en el lugar y distancia que había dellos hasta las faldas de los collados, algunas sepulturas, cuál de jaspe y cuál de mármol fabricadas, en cuyas blancas piedras se leían los nombres de los que en ellas estaban sepultados. Pero la que más sobre todas resplandecía, y la que más a los ojos de todos se mostraba, era la del famoso pastor Meliso, la cual, apartada de las otras, a un lado de la ancha plaza, de lisas y negras pizarras y de blanco y bien labrado alabastro hecha parecía. Y en el mismo punto que los ojos de Telesio la miraron, volviendo el rostro a toda aquella agradable compañía, con sosegada voz y lamentables acentos les dijo:

—Veis allí, gallardos pastores, discretas y hermosas pastoras; veis allí, digo, la triste sepultura donde reposan los honrados huesos del nombrado Meliso, honor y gloria de nuestras riberas. Comenzad, pues, a levantar al Cielo los humildes corazones, y con puros afectos, abundantes lágrimas y profundos sospiros, entonad los santos himnos y devotas oraciones, y rogadle tenga por bien de acoger en su estrellado asiento la bendita alma del cuerpo que allí yace.

Y, en diciendo esto, se llegó a un ciprés de aquellos, y, cortando algunas ramas, hizo dellas una funesta guirnalda, con que coronó sus blancas y venerables sienes, haciendo señal a los demás que lo mismo hiciesen, de cuyo ejemplo movidos todos, en un momento se coronaron de las tristes ramas, y, guiados de Telesio, llegaron a la sepultura, donde lo primero que Telesio hizo fue inclinar las rodillas y besar la dura piedra del sepulcro. Hicieron todos lo mismo, y algunos hubo que, tiernos con la memoria de Meliso, dejaban regado con lágrimas el blanco mármol que besaban. Hecho esto, mandó Telesio encender el sacro fuego, y en un momento alrededor de la sepultura se hicieron muchas, aunque pequeñas hogueras, en las cuales solas ramas de ciprés se quemaban, y el venerable Telesio, con graves y sosegados pasos, comenzó a rodear la pira y a echar en todos los ardientes fuegos alguna cantidad de sacro y oloroso incienso, diciendo cada vez que lo esparcía alguna breve y devota oración a rogar por el alma de Meliso encaminada, al fin de la cual levantaba la tremante voz, y todos los circunstantes, con triste y piadoso acento, respondían: "Amén, amén", tres veces, a cuyo lamentable sonido resonaban los cercados collados y apartados valles, y las ramas de los altos cipreses y de los otros muchos árboles, de que el valle estaba lleno, heridas de un manso céfiro que soplaba, hacían y formaban un sordo y tristísimo susurro, casi como en señal de que por su parte ayudaban a la tristeza del funesto sacrificio. Tres veces rodeó Telesio la sepultura, y tres veces dijo las piadosas plegarias, y otras nueve se escucharon los llorosos acentos del "amén", que los pastores repetían. Acabada esta ceremonia, el anciano Telesio se arrimó a un subido ciprés que a la cabeza de la sepultura de Meliso se levantaba, y con volver el rostro a una y otra parte hizo que todos los circunstantes estuviesen atentos a lo que decir quería, y luego, levantando la voz todo lo que pudo concerder la antigüedad de sus años, con maravillosa elocuencia comenzó a alabar las virtudes de Meliso, la integridad de su inculpable vida, la alteza de su ingenio, la entereza de su ánimo, la graciosa gravedad de su plática y la excelencia de su poesía, y, sobre todo, la solicitud de su pecho en guardar y cumplir la santa religión que profesado había, juntando a éstas otras tantas y tales virtudes de Meliso, que, aunque el pastor no fuera tan conocido de todos los que a Telesio escuchaban, sólo por lo que él decía quedaran aficionados a amarle si fuera vivo, y a reverenciarle después de muerto. Concluyó, pues, el viejo su plática diciendo:

—Si a do llegaron, famosos pastores, las bondades de Meliso, y adonde llega el deseo que tengo de alabarlas, llegara la bajeza de mi corto entendimiento, y las flacas y pocas fuerzas adquiridas de mis tantos y tan cansados años no me acortaran la voz y el aliento, primero este Sol que nos alumbra le viérades bañar una y otra vez en el grande Océano que yo cesara de la comenzada plática; mas, pues esto en mi marchita edad no se permite, suplid vosotros mi falta, y mostraos agradecidos a las frías cenizas de Meliso, celebrándolas en la muerte como os obliga el amor que él os tuvo en la vida. Y puesto que a todos en general nos toca y cabe parte de esta obligación, a quien en particular más obliga es a los famosos Tirsi y Damón, como a tan conocidos amigos y familiares suyos, y así les ruego, cuan encarecidamente puedo, correspondan a esta deuda supliendo y cantando ellos, con más reposada y sonora voz, lo que yo he faltado llorando con la trabajosa mía.

No dijo más Telesio, ni aun fuera menester decirlo para que los pastores se moviesen a hacer lo que se les rogaba; porque luego, sin replicar cosa alguna, Tirsi sacó su rabel, e hizo señal a Damón que lo mismo hiciese, a quien acompañaron luego Elicio y Lauso y todos los pastores que allí instrumentos tenían, y a poco espacio formaron una tan triste y agradable música, que, aunque regalaba los oídos, movía los corazones a dar señales de tristeza, con lágrimas que los ojos derramaban. Juntábase a esto la dulce armonía de los pintados y muchos pajarillos que por los aires cruzaban, y algunos sollozos que las pastoras, ya tiernas y movidas con el razonamiento de Telesio y con lo que los pastores hacían, de cuando en cuando de sus hermosos pechos arrancaban; y era de suerte que, concordándose el son de la triste música y el de la alegre armonía de los jilguerillos, calandrias y ruiseñores, y el amargo de los profundos gemidos, formaba todo junto un tan extraño y lastimoso concepto, que no hay lengua que encarecerlo pueda. De allí a poco espacio, cesando los demás instrumentos, solos los cuatro de Tirsi, Damón, Elicio y de Lauso se escucharon, los cuales, llegándose al sepulcro de Meliso, a los cuatro lados del sepulcro, señal por donde todos los presentes entendieron que alguna cosa cantar querían, y así les prestaron un maravilloso y sosegado silencio, y luego el famoso Tirsi, con levantada, triste y sonora voz, ayudándole Elicio, Damón y Lauso, de esta manera comenzó a cantar:

TIRSI

Tal cual es la ocasión de nuestro llanto,
no sólo nuestro, mas de todo el suelo,
pastores, entonad el triste canto.

DAMÓN

El aire rompan, lleguen hasta el cielo
los suspiros dolientes, fabricados
entre justa piedad y justo duelo.

ELICIO

Serán de tierno humor siempre bañados
mis ojos, mientras viva la memoria,
Meliso, de tus hechos celebrados.

LAUSO

Meliso, digno de inmortal historia,
digno que goces en el Cielo santo
de alegre vida y de perpetua gloria.

TIRSI

Mientras que a las grandezas me levanto
de cantar sus hazañas, como pienso,
pastores, entonad el triste canto.

DAMÓN

Como puedo, Meliso, recompenso
a tu amistad: con lágrimas vertidas,
con ruegos píos y sagrado incienso.

ELICIO

Tu muerte tiene en llanto convertidas
nuestras dulces pasadas alegrías,
y a tierno sentimiento reducidas.

LAUSO

Aquellos claros, venturosos días,
donde el mundo gozó de tu presencia,
se han vuelto en noches miserables, frías.

TIRSI

¡Oh muerte, que con presta violencia
tal vida en poca tierra reduciste!
¿A quién no alcanzará tu diligencia?

DAMÓN

Después, ¡oh muerte!, que aquel golpe diste
que echó por tierra nuestro fuerte arrimo,
de yerba el prado ni de flor se viste.

ELICIO

Con la memoria deste mal reprimo
el bien, si alguno llega a mi sentido,
y con nueva aspereza me lastimo.

LAUSO

¿Cuándo suele cobrarse el bien perdido?
¿Cuándo el mal sin buscarle no se halla?
¿Cuándo hay quietud en el mortal ruido?

TIRSI

¿Cuándo de la mortal fiera batalla
triunfó la vida, y cuándo, contra el tiempo,
se opuso o fuerte arnés o dura malla?

DAMÓN

Es nuestra vida un sueño, un pasatiempo,
un vano encanto que desaparece
cuando más firme pareció en su tiempo.

ELICIO

Día que al medio curso se escurece,
y le sucede noche tenebrosa,
envuelta en sombras que el temor ofrece.

LAUSO

Mas tú, pastor famoso, en venturosa
hora pasaste deste mar insano
a la dulce región maravillosa.

TIRSI

Después que en el aprisco veneciano
las causas y demandas decidiste
del gran pastor del ancho suelo hispano;

DAMÓN

Después también que con valor sufriste
el trance de fortuna acelerado,
que a Italia hizo, y aun a España, triste;

ELICIO

Y después que, en sosiego reposado,
con las nueve doncellas solamente
tanto tiempo estuviste retirado,

LAUSO

Sin que las fieras armas del oriente
ni la francesa furia inquietase
tu levantada y sosegada mente,

TIRSI

Entonces quiso el Cielo que llegase
la fría mano de la muerte airada,
y en tu vida el bien nuestro arrebatase.

DAMÓN

Quedó tu suerte entonces mejorada,
quedó la nuestra a un triste amargo lloro
perpetua, eternamente condenada.

ELICIO

Viose el sacro virgíneo hermoso coro
de aquellas moradoras del Parnaso,
romper llorando sus cabellos de oro:

LAUSO

A lágrimas movió el doliente caso
al gran competidor del niño ciego,
que entonces de dar luz se mostró escaso.

TIRSI

No entre las armas y el ardiente fuego
los tristes teucros tanto se afligieron
con el engaño del astuto griego,
como lloraron, como repitieron
el nombre de Meliso los pastores,
cuando informados de su muerte fueron.

DAMÓN

No de olorosas variadas flores
adornaron sus frentes, ni cantaron
con voz suave algún cantar de amores.

De funesto ciprés se coronaron,
y en triste repetido amargo llanto
lamentables canciones entonaron.

ELICIO

Y así, pues, hoy el áspero quebranto
y la memoria amarga se renueva,
pastores, entonad el triste canto,

que el duro caso que a doler nos lleva
es tal, que será pecho de diamante
el que a llorar en él no se conmueva.

LAUSO

El firme pecho, el ánimo constante
Que en las adversidades siempre tuvo
este pastor por mil lenguas se cante,

como al desdén que de contino hubo
en el pecho de Filis indignado
cual firme roca contra el mar estuvo.

TIRSI

Repítanse los versos que ha cantado,
queden en la memoria de las gentes
por muestras de su ingenio levantado.

DAMÓN

Por tierras de las nuestras diferentes
lleve su nombre la parlera fama
con pasos prestos y alas diligentes.

ELICIO

Y de su casta y amorosa llama
ejemplo tome el más lascivo pecho
y el que en ardor menos cabal se inflama.

LAUSO

¡Venturoso Meliso, que, a despecho
de mil contrastes fieros de fortuna,
vives ahora alegre y satisfecho!

TIRSI

Poco te cansa, poco te importuna
esta mortal bajeza que dejaste,
llena de más mudanzas que la Luna.

DAMÓN

Por firme alteza la humildad trocaste,
por bien el mal, la muerte por la vida:
tan seguro temiste y esperaste.

ELICIO

De esta mortal, al parecer, caída,
quien vive bien, al cabo se levanta,
cual tú, Meliso, a la región florida,

donde por más de una inmortal garganta
se despide la voz, que gloria suena,
gloria repite, dulce gloria canta;

donde la hermosa clara faz serena
se ve, en cuya visión se goza y mira
la suma gloria más perfecta y buena.

Mi flaca voz a tu alabanza aspira
y tanto cuanto más crece el deseo,
tanto, Meliso, el miedo le retira.

Que aquello que contemplo ahora, y veo
con el entendimiento levantado,
del sacro tuyo sobrehumano arreo,

tiene mi entendimiento acobardado,
y sólo paro en levantar las cejas
y en recoger los labios de admirado.

LAUSO

Con tu partida, en triste llanto dejas
cuantos con tu presencia se alegraban,
y el mal se acerca, porque tú te alejas.

TIRSI

En tu sabiduría se enseñaban
los rústicos pastores, y, en un punto,
con nuevo ingenio y discreción quedaban.

Pero llegóse aquel forzoso punto
donde tú te partiste y do quedamos
con poco ingenio y corazón difunto.

Esta amarga memoria celebramos
los que en la vida te quisimos tanto
cuanto ahora en la muerte te lloramos.

Por esto, al son de tan confuso llanto,
cobrando de contino nuevo aliento,
pastores, entonad el triste canto.

Lleguen do llega el duro sentimiento
las lágrimas vertidas y sospiros,
con quien se aumenta el presuroso viento.

Poco os encargo, poco sé pediros;
más habéis de sentir que cuanto ahora
puede mi atada lengua referiros.

Mas, pues Febo se ausenta, y descolora
la Tierra, que se cubre en negro manto,
hasta que venga la esperada aurora,
pastores, cesad ya del triste canto.

Tirsi, que comenzado había la triste y dolorosa elegía, fue el que puso fin, sin que le pusiesen por un buen espacio a las lágrimas todos los que el lamentable canto escuchado habían. Mas, a esta sazón, el venerable Telesio les dijo:

—Pues habemos cumplido en parte, gallardos y comedidos pastores, con la obligación que al venturoso Meliso tenemos, poned por ahora silencio a vuestras tiernas lágrimas, y dad algún vado a vuestros dolientes sospiros, pues ni por ellas ni ellos podemos cobrar la pérdida que lloramos; y puesto que el humano sentimiento no pueda dejar de mostrarle en los adversos acaecimientos, todavía es menester templar la demasía de sus accidentes con la razón que al discreto acompaña; y aunque las lágrimas y sospiros sean señales del amor que se tiene al que se llora, más provecho consiguen las almas por quien se derraman con los píos sacrificios y devotas oraciones que por ellas se hacen, que si todo el mar Océano por los ojos de todo el mundo hecho lágrimas se destilase. Y por esta razón, y por la que tenemos de dar algún alivio a nuestros cansados cuerpos, será bien que, dejando lo que nos resta de hacer para el venidero día, por ahora visitéis vuestros zurrones, y cumpláis con lo que Naturaleza os obliga.

Y en diciendo esto, dio orden como todas las pastoras estuviesen a una parte del valle, junto a la sepultura de Meliso, dejando con ellas seis de los más ancianos pastores que allí había, y los demás, poco desviados della, en otra parte se estuvieron; y luego, con lo que en los zurrones traían, y con el agua de la clara fuente, satisficieron a la común necesidad de la hambre, acabando a tiempo que ya la noche vestía de una mesma color todas las cosas debajo de nuestro horizonte contenidas, y la luciente Luna mostraba su rostro hermoso y claro en toda la entereza que tiene cuando más el rubio hermano sus rayos le comunica. Pero, de allí a poco rato, levantándose un alterado viento, se comenzaron a ver algunas negras nubes, que algún tanto la luz de la casta diosa encubrían, haciendo sombras en la Tierra, señales por donde algunos pastores que allí estaban, en la rústica astrología maestros, algún venidero turbión y borrasca esperaban; mas todo paró en no más de quedar la noche parda y serena, y en acomodarse ellos a descansar sobre la fresca yerba, entregando los ojos al dulce y reposado sueño, como lo hicieron todos, si no algunos que repartieron como en centinelas la guarda de las pastoras, y la de algunas antorchas que alrededor de la sepultura de Meliso ardiendo quedaban. Pero ya que el sosegado silencio se extendió por todo aquel sagrado valle, y ya que el perezoso Morfeo había con el bañado ramo tocado las sienes y párpados de todos los presentes, a tiempo que a la redonda de nuestro polo buena parte las errantes estrellas andado habían, señalando los puntuales cursos de la noche, en aquel instante, de la mesma sepultura de Meliso se levantó un grande y maravilloso fuego, tan luciente y claro, que en un momento todo el escuro valle quedó con tanta claridad como si el mismo Sol le alumbrara; por la cual improvisa maravilla, los pastores que despiertos junto a la sepultura estaban cayeron atónitos en el suelo, deslumbrados y ciegos con la luz del transparente fuego, el cual hizo contrario efecto en los demás que durmiendo estaban, porque, heridos de sus rayos, huyó dellos el pesado sueño, y, aunque con dificultad alguna, abrieron los dormidos ojos, y viendo la extrañeza de la luz que se les mostraba, confusos y admirados quedaron; y así, cuál en pie, cuál recostado, y cuál sobre las rodillas puesto, cada uno, con admiración y espanto, el claro fuego miraba, todo lo cual visto por Telesio, adornándose en un punto de las sacras vestiduras, acompañado de Elicio, Tirsi, Damón, Lauso y de otros animosos pastores, poco a poco se comenzó a llegar al fuego, con intención de, con algunos lícitos y acomodados exorcismos, procurar deshacer o entender de do procedía la extraña visión que se les mostraba. Pero, ya que llegaban cerca de las encendidas llamas, vieron que, dividiéndose en dos partes, en medio dellas parecía una tan hermosa y agraciada ninfa que en mayor admiración les puso que la vista del ardiente fuego. Mostraba estar vestida de una rica y sotil tela de plata, recogida y retirada a la cintura, de modo que la mitad de las piernas se descubrían, adornadas con unos coturnos o calzado justo dorados, llenos de infinitos lazos de listones de diferentes colores; sobre la tela de plata traía otra vestidura de verde y delicado cendal, que, llevado a una y a otra parte por un ventecillo que mansamente soplaba, extremadamente parecía; por las espaldas traía esparcidos los más luengos y rubios cabellos que jamás ojos humanos vieron, y sobre ellos una guirnalda sólo de verde laurel compuesta; la mano derecha ocupaba con un alto ramo de amarilla y vencedora palma, y la izquierda con otro de verde y pacífica oliva, con los cuales ornamentos tan hermosa y admirable se mostraba, que a todos los que la miraban tenía colgados de su vista; de tal manera, que, desechando de sí el temor primero, con seguros pasos alrededor del fuego se llegaron, persuadiéndose que de tan hermosa visión ningún daño podía sucederles. Y estando, como se ha dicho, todos transportados en mirarla, la bella ninfa abrió los brazos a una y a otra parte, e hizo que las apartadas llamas más se apartasen y dividiesen, para dar lugar a que mejor pudiese ser mirada, y luego, levantando el sereno rostro, con gracia y gravedad extrañas a semejantes razones dio principio:

—Por los efectos que mi improvisa vista ha causado en vuestros corazones, discreta y agradable compañía, podéis considerar que no en virtud de malignos espíritus ha sido formada esta figura mía que aquí se os representa, porque una de las razones por do se conosce ser una visión buena o mala es por los efectos que hace en el ánimo de quien la mira; porque la buena, aunque cause en él admiración y sobresalto, el tal sobresalto y admiración vienen mezclados con un gustoso alboroto, que a poco rato le sosiega y satisface; al revés de lo que causa la visión perversa, la cual sobresalta, descontenta, atemoriza y jamás asegura. Esta verdad os aclarará la experiencia cuando me conozcáis y yo os diga quién soy y la ocasión que me ha movido a venir de mis remotas moradas a visitaros. Y porque no quiero teneros colgados del deseo que tenéis de saber quién yo sea, sabed, discretos pastores y bellas pastoras, que yo soy una de las nueve doncellas que en las altas y sagradas cumbres del Parnaso tienen su propia y conoscida morada. Mi nombre es Calíope; mi oficio y condición es favorecer y ayudar a los divinos espíritus, cuyo loable ejercicio es ocuparse en la maravillosa y jamás como debe alabada ciencia de la Poesía: yo soy la que hice cobrar eterna fama al antiguo ciego natural de Esmirna, por él solamente famosa; la que hará vivir el mantuano Títiro por todos los siglos venideros, hasta que el tiempo se acabe; y la que hace que se tengan en cuenta, desde la pasada hasta la edad presente, los escritos tan ásperos como discretos del antiquísimo Enio. En fin, soy quien favoresció a Cátulo, la que nombró a Horacio, eternizó a Propercio, y soy la que con inmortal fama tiene conservada la memoria del conoscido Petrarca, y la que hizo bajar a los escuros infiernos y subir a los claros cielos al famoso Dante; soy la que ayudó a tejer al divino Ariosto la variada y hermosa tela que compuso; la que en esta patria vuestra tuvo familiar amistad con el agudo Boscán y con el famoso Garcilaso, con el doctor y sabio Castillejo y el artificioso Torres Naharro, con cuyos ingenios, y con los frutos dellos, quedó vuestra patria enriquescida y yo satisfecha; yo soy la que moví la pluma del celebrado Aldana, y la que no dejó jamás al lado de don Fernando de Acuña, y la que me precio de la estrecha amistad y conversación que siempre tuve con la bendita alma del cuerpo que en esta sepultura yace, cuyas exequias, por vosotros celebradas, no sólo han alegrado su espíritu, que ya por la región eterna se pasea, sino que a mí me han satisfecho de suerte que, forzada, he venido a agradeceros tan loable y piadosa costumbre como es la que entre vosotros se usa; y así, os prometo, con las veras que de mi virtud pueden esperarse, que, en pago del beneficio que a las cenizas de mi querido y amado Meliso habéis hecho, de hacer siempre que en vuestras riberas jamás falten pastores que en la alegre ciencia de la Poesía a todos los de las otras riberas se aventajen; favoresceré asimismo siempre vuestros consejos, y guiaré vuestros entendimientos, de manera que nunca deis torcido voto cuando decretéis quién es merecedor de enterrarse en este sagrado valle: porque no será bien que, de honra tan particular y señalada, y que sólo es merescida de los blancos y canoros cisnes, la vengan a gozar los negros y roncos cuervos. Y así, me parece que será bien daros alguna noticia ahora de algunos señalados varones que en esta vuestra España viven, y algunos en las apartadas Indias a ella sujetas, los cuales, si todos o alguno dellos su buena ventura le trujere a acabar el curso de sus días en estas riberas, sin duda alguna le podéis conceder sepultura en este famoso sitio. Junto con esto, os quiero advertir que no entendáis que los primeros que nombrare son dignos de más honra que los postreros, porque en esto no pienso guardar orden alguna: que, puesto que yo alcanzo la diferencia que el uno al otro y los otros a los otros hacen, quiero dejar esta declaración en duda, porque vuestros ingenios en entender la diferencia de los suyos tengan en qué ejercitarse, de los cuales darán testimonio sus obras. Irélos nombrando como se me vinieren a la memoria, sin que ninguno se atribuya a que ha sido favor que yo le he hecho en haberme acordado dél primero que de otro, porque, como digo, a vosotros, discretos pastores, dejo que después les deis el lugar que os paresciere que de justicia se les debe. Y para que con menos pesadumbre y trabajo a mi larga relación estéis atentos, haréla de suerte que sólo sintáis disgusto por la brevedad della.

Calló diciendo esto la bella ninfa, y luego tomó una arpa que junto a sí tenía, que hasta entonces de ninguno había sido vista, y, en comenzándola a tocar, parece que comenzó a esclarecerse el Cielo, y que la Luna, con nuevo y no usado resplandor, alumbraba la Tierra; los árboles, a despecho de un blando céfiro que soplaba, tuvieron quedas las ramas; y los ojos de todos los que allí estaban no se atrevían a abajar los párpados, porque aquel breve punto que se tardaban en alzarlos no se privasen de la gloria que en mirar la hermosura de la ninfa gozaban; y aun quisieran todos que todos sus cinco sentidos se convirtieran en el de oír solamente: con tal extrañeza, con tal dulzura, con tanta suavidad tocaba la arpa la bella musa, la cual después de haber tañido un poco, con la más sonora voz que imaginarse puede, en semejantes versos dio principio:

CANTO DE CALÍOPE

Al dulce son de mi templada lira
prestad, pastores, el oído atento:
oiréis cómo en mi voz y en él respira
de mis hermanas el sagrado aliento.
Veréis cómo os suspende, y os admira,
y colma vuestras almas de contento,
cuando os dé relación, aquí en el suelo,
de los ingenios que ya son del Cielo.

Pienso cantar de aquellos solamente
a quien la Parca el hilo aun no ha cortado,
de aquellos que son dignos justamente
de en tal lugar tener señalado,
donde, a pesar del tiempo diligente,
por el laudable oficio acostumbrado
vuestro, vivan mil siglos sus renombres,
sus claras obras, sus famosos nombres.

Y el que con justo título merece
gozar de alta y honrosa preeminencia,
un don Alonso es en quien floresce
del sacro Apolo la divina ciencia;
y en quien con alta lumbre resplandece
de Marte el brío y sin igual potencia,
de Leyva tiene el sobrenombre ilustre,
que a Italia ha dado, y aun a España, lustre.

Otro del mismo nombre, que de Arauco
cantó las guerras y el valor de España,
el cual los reinos donde habita Glauco
pasó y sintió la embravescida saña,
no fue su voz, no fue su acento rauco,
que uno y otro fue de gracia extraña,
y tal, que Ercilla, en este hermoso asiento,
merece eterno y sacro monumento.

Del famoso don Juan de Silva os digo
que toda gloria y todo honor merece,
así por serle Febo tan amigo,
como por el valor que en él florece.
Serán desto sus obras buen testigo,
en las cuales su ingenio resplandece
con claridad que al ignorante alumbra
y al sabio agudo a veces le deslumbra.

Crezca el número rico de esta cuenta
aquel con quien la tiene tal el Cielo,
que con febeo aliento le sustenta,
y con valor de Marte acá en el suelo.
A Homero iguala si escrebir intenta,
y a tanto llega de su pluma el vuelo
cuanto es verdad que a todos es notorio
el alto ingenio de don Diego Osorio.

Por cuantas vías la parlera fama
puede loar un caballero ilustre,
por tantas su valor claro derrama,
dando sus hechos a su nombre lustre.
Su vivo ingenio su virtud inflama
más de una lengua a que, de lustre en lustre,
sin que cursos de tiempos las espanten,
de don Francisco de Mendoza canten.

¡Feliz don Diego de Sarmiento, ilustre,
y Carvajal famoso, producido
de nuestro coro y de Ipocrene lustre,
mozo en la edad, anciano en el sentido,
de siglo en siglo irá, de lustre en lustre,
a pesar de las aguas del olvido,
tu nombre, con tus obras excelentes,
de lengua en lengua y de gente en gentes!

Quiéroos mostrar por cosa soberana,
en tierna edad, maduro entendimiento,
destreza y gallardía sobrehumana,
cortesía, valor, comedimiento,
y quien puede mostrar en la toscana
como en su propia lengua aquel talento
que mostró el que cantó la casa de Este:
un don Gutierre Carvajal es éste.

Tú, don Luis de Vargas, en quien veo
maduro ingenio en verdes pocos días,
procura de alcanzar aquel trofeo
que te prometen las hermanas mías;
mas tan cerca estás de él, que, a lo que creo,
ya triunfas, pues procuras por mil vías
virtuosas y sabias que tu fama
resplandezca con viva y clara llama.

Del claro Tajo la ribera hermosa
adornan mil espíritus divinos,
que hacen nuestra edad más venturosa
que aquella de los griegos y latinos.
Dellos pienso decir sola una cosa:
que son de vuestro talle y honra dignos
tanto cuanto sus obras nos lo muestran,
que al camino del Cielo nos adiestran.

Dos famosos doctores, presidentes
en las ciencias de Apolo, se me ofrecen,
que no más que en la edad son diferentes,
y en el trato e ingenio se parecen.
Admíranlos ausentes y presentes,
y entre unos y otros tanto resplandecen
con su saber altísimo y profundo,
que presto han de admirar a todo el mundo.

Y el nombre que me viene más a mano
destos dos que a loar aquí me atrevo
es del doctor famoso Campuzano,
a quien podéis llamar segundo Febo.
El alto ingenio suyo, el sobrehumano
discurso nos descubre un mundo nuevo,
de tan mejores Indias y excelencias
cuanto mejor que el oro son las ciencias.

Es el doctor Suárez, que de Sosa
el sobrenombre tiene, el que se sigue,
que de una y otra lengua artificiosa
lo más cendrado y lo mejor consigue.
Cualquiera que en la fuente milagrosa,
cual él la mitigó, la sed mitigue,
no tendrá que envidiar al docto griego,
ni a aquel que nos cantó el troyano fuego.

Del doctor Baca, si decir pudiera
lo que yo siento de él, sin duda creo
que cuantos aquí estáis os suspendiera:
tal es su ciencia, su virtud y arreo.
Yo he sido en ensalzarle la primera
del sacro coro, y soy la que deseo
eternizar su nombre en cuanto al suelo
diere su luz el gran señor de Delo.

Si la fama os trujere a los oídos,
de algún famoso ingenio maravillas,
conceptos bien dispuestos y subidos
y ciencias que os asombren en oíllas,
cosas que paran sólo en los sentidos
y la lengua no puede referillas,
el dar salida a todo dubio y traza,
saber que es el licenciado Daza.

Del maestro Garay las dulces obras
me incitan sobre todos a alabarle;
tú, Fama, que al ligero tiempo sobras,
ten por heroica empresa el celebrarle.
Verás cómo en él más fama cobras,
Fama, que está la tuya en ensalzarle,
que hablando de esta fama, en verdadera
fias de trocar la fama de parlera.

Aquel ingenio que al mayor humano
se deja atrás, y aspira al que es divino,
y, dejando a una parte el castellano,
sigue el heroico verso del latino;
el nuevo Homero, el nuevo mantuano,
es el maestro Córdoba, que es digno
de celebrarse en la dichosa España,
y en cuanto el Sol alumbra y el mar baña.

De ti, el doctor Francisco Díaz, puedo
asegurar a estos mis pastores
que, con seguro corazón y ledo
pueden aventajarse en tus loores.
Y si en ellos yo ahora corta quedo,
debiéndose a tu ingenio los mayores,
es porque el tiempo es breve, y no me atrevo
a poderte pagar lo que te debo.

Luján, que con la toga merescida
honras el propio y el ajeno suelo,
y con tu dulce musa conoscida
subes tu fama hasta el más alto Cielo,
yo te daré después de muerto vida,
haciendo que, en ligero y presto vuelo,
la fama de tu ingenio único, solo,
vaya del nuestro hasta el contrario polo.

El alto ingenio y su valor declara
un licenciado tan amigo vuestro
cuanto ya sabéis que es Juan de Vergara,
honra del siglo venturoso nuestro.
Por la senda que él sigue, abierta y clara,
yo mesma el paso y el ingenio adiestro,
y, adonde él llega, de llegar me pago,
y en su ingenio y virtud me satisfago.

Otros os quiero nombrar, porque se estime
y tenga en precio mi atrevido canto,
el cual hará que ahora más le anime,
y llegue allí donde el deseo levanto.
Y es éste que me fuerza y que me oprime
a decir sólo de él y cantar cuanto
canto de los ingenios más cabales:
el licenciado Alonso de Morales.

Por la difícil cumbre va subiendo
al templo de la Fama, y se adelanta,
un generoso mozo, el cual, rompiendo
por la dificultad que más espanta,
tan presto ha de llegar allá, que entiendo
que en profecía ya la fama canta
del lauro que le tiene aparejado
al licenciado Hernando Maldonado.

La sabia frente de laurel honroso
adornada veréis de aquel que ha sido
en todas ciencias y artes tan famoso,
que es ya por todo el orbe conoscido.
Edad dorada, siglo venturoso,
que gozar de tal hombre has merescido:
¿cuál siglo, cuál edad ahora te llega,
si en ti está Marco Antonio de la Vega?

Un Diego se me viene a la memoria,
que de Mendoza es cierto que se llama,
digno que sólo dél se hiciera historia
tal, que llegara allí donde su fama.
Su ciencia y su virtud, que es tan notoria,
que ya por todo el orbe se derrama,
admira los ausentes y presentes
de las remotas y cercanas gentes.

Un conoscido el alto Febo tiene,
¿qué digo un conoscido?, un verdadero
amigo, con quien sólo se entretiene,
que es de toda ciencia tesorero.
Y es este que de industria se detiene
a no comunicar su bien entero,
Diego Durán, en quien contino dura
y durará el valor, ser y cordura.

¿Quién pensáis que es aquel que en voz sonora
sus ansias canta regaladamente,
aquel en cuyo pecho Febo mora,
el docto Orfeo y Arión prudente?
Aquel que, de los reinos del aurora
hasta los apartados de Occidente,
es conoscido, amado y estimado
por el famoso Lopez Maldonado.

¿Quién pudiera loaros, mis pastores,
un pastor vuestro amado y conoscido,
un pastor mejor de cuantos son mejores,
que de Fílida tiene el apellido?
La habilidad, la ciencia, los primores,
el raro ingenio y el valor subido
de Luis de Montalvo, le aseguran
gloria y honor mientras los cielos duran.

El sacro Ibero, de dorado acanto,
de siempre verde yedra y blanca oliva
su frente adorne, y en alegre canto
su gloria y fama para siempre viva,
pues su antiguo valor ensalza tanto,
que al fértil Nilo de su nombre priva,
de Pedro de Liñán la sotil pluma,
de todo el bien de Apolo cifra y suma.

De Alonso de Baldés me está incitando
el raro y alto ingenio a que dél cante,
y que os vaya, pastores, declarando
que a los más raros pasa, y va adelante.
Halo mostrado ya, y lo va mostrando
en el fácil estilo y elegante
con que descubre el lastimado pecho
y alaba el mal que el fiero amor le ha hecho.

Admíreos un ingenio en quien se encierra
todo cuanto pedir puede el deseo,
ingenio que, aunque vive acá en la tierra,
del alto cielo es su caudal y arreo.
Ora trate de paz, ora de guerra,
todo cuanto yo miro, escucho y leo
del celebrado Pedro de Padilla,
me causa nuevo gusto y maravilla.

Tú, famoso Gaspar Alonso, ordenas,
según aspiras a inmortal subida,
que yo no pueda celebrarte apenas,
si te he de dar loor a tu medida.
Las plantas fertilísimas amenas
que nuestro celebrado monte anida,
todas ofrescen ricas laureolas
para ceñir y honrar tus sienes solas.

De Cristóbal de Mesa os digo cierto
que puede honrar vuestro sagrado valle;
no sólo en vida, mas después de muerto
podéis con justo título alaballe.
De sus heroicos versos el concierto,
su grave y alto estilo, pueden dalle
alto y honroso nombre, aunque callara
la fama de él y yo no me acordara.

Pues sabéis cuánto adorna y enriquesce
vuestras riberas Pedro de Ribera,
dadle el honor, pastores, que merece,
que yo seré en honrarle la primera.
Su dulce musa, su virtud, ofresce
un sujeto cabal donde pudiera
la fama y cien mil famas ocuparse,
y en solos sus loores extremarse.

Tú, que de Luso el sin igual tesoro
trujiste en nueva forma a la ribera
del fértil río a quien el lecho de oro
tan famoso le hace adonde quiera;
con el debido aplauso y el decoro
debido a ti, Benito de Caldera,
y a tu ingenio sin par, prometo honrarte,
y de lauro y de yedra coronarte.

De aquel que la cristiana poesía
tan en su punto ha puesto en tanta gloria,
hagan la fama y la memoria mía
famosa para siempre su memoria.
De donde nasce adonde muere el día,
la ciencia sea y la bondad notoria
del gran Francisco de Guzmán, que el arte
de Febo sabe, ansí como el de Marte.

Del capitán Salcedo está bien claro
que llega su divino entendimiento
al punto más subido, agudo y raro
que puede imaginar el pensamiento.
Si le comparo, a él mismo le comparo,
que no hay comparación que llegue a cuento
de tamaño valor, que la medida
ha de mostrar ser falta o ser torcida.

Por la curiosidad y entendimiento
de Tomás de Gracián, dadme licencia
que yo le escoja en este valle asiento
igual a su virtud, valor y ciencia,
el cual, si llega a su merescimietno,
será de tanto grado y preeminencia
que, a lo que creo, pocos se le igualen:
tanto su ingenio y sus virtudes valen.

Ahora, hermanas bellas, de improviso
Bautista de Bivar quiere alabaros
con tanta discreción, gala y aviso,
que podáis, siendo musas, admiraros.
No cantará desdenes de Narciso,
que a Eco solitaria cuestan caros,
sino cuidados suyos, que han nascido
entre alegre esperanza y triste olvido.

Un nuevo espanto, un nuevo asombro y miedo
me acude y sobresalta en este punto,
sólo por ver que quiero y que no puedo
subir de honor al más subido punto
al grave Baltasar, que de Toledo
el sobrenombre tiene, aunque barrunto
que de su docta pluma el alto vuelo
le ha de subir hasta el empíreo Cielo.

Muestra en un ingenio la experiencia,
que en años verdes y en edad temprana
hace su habitación ansí la ciencia,
como en la edad madura, antigua y cana.
No entraré con alguno en competencia
que contradiga una verdad tan llana,
y más si acaso a sus oídos llega
que lo digo por vos, Lope de Vega.

De pacífica oliva coronado,
ante mi entendimiento se presenta
ahora el sacro Betis, indignado,
y de mi inadvertencia se lamenta.
Pide que, en el discurso comenzado,
de los raros ingenios os dé cuenta
que en sus riberas moran, y yo ahora
harélo con la voz muy más sonora.

Mas ¿qué haré, que en los primeros pasos
que doy descubro mil extrañas cosas,
otros mil nuevos Pindos y Parnasos,
otros coros de hermanas más hermosas,
con que mis altos bríos quedan lasos,
y más cuando, por causas milagrosas,
oigo cualquier sonido servir de Eco
cuando se nombra el nombre de Pacheco?

Pacheco es este con quien tiene Febo
y las hermanas tan discretas mías
nueva amistad, discreto trato y nuevo
desde sus tiernos y pequeños días.
Yo desde entonces hasta ahora llevo
por tan extrañas desusadas vías
su ingenio y sus escritos, que han llegado
al título de honor más encumbrado.

En punto estoy donde, por más que diga
en alabanza del divino Herrera,
será de poco fruto mi fatiga,
aunque le suba hasta la cuarta esfera.
Mas, si soy sospechosa por amiga,
sus obras y su fama verdadera
dirán que en ciencias es Hernando solo
del Ganges al Nilo y de uno al otro polo.

De otro Fernando quiero daros cuenta,
que de Cangas se nombra, en quien se admira
el suelo, y por quien vive y se sustenta
la ciencia en quien al sacro lauro aspira.
Si al alto Cielo algún ingenio intenta
de levantar y de poner la mira,
póngala en este sólo, y dará al punto
en el más ingenioso y alto punto.

De don Cristóbal, cuyo sobrenombre
es de Villarroel, tened creído
que bien merece que jamás su nombre
toque las aguas negras del olvido.
Su ingenio admire, su valor asombre,
y el ingenio y valor sea conoscido
por el mayor extremo que descubre
en cuanto mira el Sol o el suelo encubre.

Los ríos de elocuencia que del pecho
del grave antiguo Cicerón manaron;
los que al pueblo de Atenas satisfecho
tuvieron y a Demóstenes honraron;
los ingenios que el tiempo ha ya deshecho,
que tanto en los pasados se estimaron,
humíllense a la ciencia alta y divina
del maestro Francisco de Medina.

Puedes, famoso Betis, dignamente,
al Mincio, al Arno, al Tibre aventajarte,
y alzar contento la sagrada frente
y en nuevos anchos senos dilatarte,
pues quiso el cielo, que en tu bien consciente,
tal gloria, tal honor, tal fama darte,
cual te la adquiere a tus riberas bellas
Baltasar de Alcázar, que está en ellas.

Otro veréis en quien veréis cifrada
del sacro Apolo la más rara ciencia,
que, en otros mil sujetos derramada,
hace en todos de sí grave aparencia.
Mas, en este sujeto mejorada,
asiste en tantos grados de excelencia,
que bien puede Mosquera, el licenciado,
ser como el mismo Apolo celebrado.

No se desdeña aquel varón prudente,
que de ciencias adorna y enriquece
su limpio pecho, de mirar la fuente
que en nuestro monte en sabias aguas cresce;
antes, en la sin par clara corriente
tanto la sed mitiga, que floresce
por ello el claro nombre acá en la tierra
del gran doctor Domingo de Becerra.

Del famoso Espinel cosas diría
que exceden al humano entendimiento,
de aquellas ciencias que en su pecho cría,
el divino de Febo sacro aliento;
mas, pues no puede de la lengua mía
decir lo menos de lo más que siento,
no diga más sino que al Cielo aspira,
ora tome la pluma, ora la lira.

Si queréis ver en una igual balanza
al rubio Febo y colorado Marte,
procurad de mirar al gran Carranza,
de quien el uno y otro no se parte.
En él veréis, amigas, pluma y lanza
con tanta discreción, destreza y arte,
que la destreza, en partes dividida,
la tiene a ciencia y arte reducida.

De Lázaro Luis Iranzo, lira
templada había de ser más que la mía,
a cuyo son cantase el bien que inspira
en él el Cielo y el valor que cría.
Por las sendas de Marte y Febo aspira
a subir do la humana fantasía
apenas llega, y él, sin duda alguna,
llegará contra el hado y la fortuna.

Baltasar de Escobar, que ahora adorna
del Tíber las riberas tan famosas,
y con su larga ausencia desadorna
las del sagrado Betis espaciosas;
fértil ingenio, si por dicha torna
al patrio amado suelo, a sus honrosas
y juveniles sienes les ofrezco
el lauro y el honor que yo merezco.

¿Qué título, qué honor, qué palma o lauro
se le debe a Juan Sanz que de Zumeta
se nombra, si del indo al rojo mauro
cual su musa no hay otra tan perfecta?
Su fama aquí de nuevo le restauro
con deciros, pastores, cuán acepta
será de Apolo cualquier honra y lustre
que a Zumeta hagáis que más le lustre.

Dad a Juan de las Cuevas el debido
lugar, cuando se ofrezca en este asiento,
pastores, pues lo tiene merescido
su dulce musa y raro entendimiento.
Sé que sus obras del eterno olvido,
a despecho y pesar del violento
curso del tiempo, librarán su nombre,
quedando con un claro alto renombre.

Pastores, si le viéredes, honraldo
al famoso varón que os diré ahora;
y en graves dulces versos celebraldo,
como a quien tanto en ellos se mejora.
El sobrenombre tiene de Bivaldo;
de Adam el nombre, el cual ilustra y dora
con su florido ingenio y excelente
la venturosa nuestra edad presente.

Cual suele estar de variadas flores
adorno y rico el más florido mayo,
tal de mil varias ciencias y primores
está el ingenio de don Juan Aguayo.
Y, aunque más me detenga en sus loores,
sólo sabré deciros que me ensayo
ahora, y que otra vez os diré cosas
tales que las tengáis por milagrosas.

De Juan Gutiérrez Rufo el claro nombre
quiero que viva en la inmortal memoria,
y que al sabio y al simple admire, asombre
la heroica que compuso ilustre historia.
Dele el sagrado Betis el renombre
que su estilo merece; denle gloria
los que pueden y saben; déle el Cielo
igual la fama a su encumbrado vuelo.

En don Luis de Góngora os ofrezco
un vivo raro ingenio sin segundo;
con sus obras me alegro y enriquezco
no sólo yo, mas todo el ancho mundo.
Y si, por lo que os quiero, algo merezco,
haced que su saber alto y profundo
en vuestras alabanzas siempre viva,
contra el ligero tiempo y muerte esquiva.

Ciña el verde laurel, la verde yedra,
y aun la robusta encina, aquella frente
de Gonzalo Cervantes Saavedra,
pues la deben ceñir tan justamente.
Por él la ciencia más de Apolo medra;
en él Marte nos muestra el brío ardiente
de su furor, con tal razón medido,
que por él es amado y es temido.

Tú, que de Celidón, con dulce plectro,
heciste resonar el nombre y fama,
cuyo admirable y bien limado metro
a lauro y triunfo te convida y llama,
rescibe el mando, la corona y cetro,
Gonzalo Gómez, de esta que te ama,
en señal que merece tu persona
el justo señorío de Elicona.

Tú, Dauro, de oro conoscido río,
cuál bien ahora puedes señalarte,
y con nueva corriente y nuevo brío
al apartado Idaspe aventajarte,
pues Gonzalo Mateo de Berrío
tanto procura con su ingenio honrarte,
que ya tu nombre la parlera fama,
por él, por todo el mundo le derrama.

Tejed de verde lauro una corona,
pastores, para honrar la digna frente
del licenciado Soto Barahona,
varón insigne, sabio y elocuente.
En él el licor santo de Elicona,
si se perdiera en la sagrada fuente,
se pudiera hallar, ¡oh extraño caso!,
como en las altas cumbres de Parnaso.

De la región antartica podría
eternizar ingenios soberanos,
que si riquezas hoy sustenta y cría,
también entendimientos sobrehumanos.
Mostrarlo puedo en muchos este día,
y en dos os quiero dar llenas las manos:
uno, de Nueva España y nuevo Apolo;
del Perú el otro: un sol único y solo.

Francisco, el uno, de Terrazas, tiene
el nombre acá y allá tan conoscido,
cuya vena caudal nueva Ipocrene
ha dado al patrio venturoso nido.
La mesma gloria al otro igual le viene,
pues su divino ingenio ha producido
en Arequipa eterna primavera,
que este es Diego Martínez de Ribera.

Aquí debajo de felice estrella,
un resplandor salió tan señalado,
que de su lumbre la menor centella
nombre de Oriente al Occidente ha dado.
Cuando esta luz nasció, nasció con ella
todo el valor; nasció Alonso Picado;
nasció mi hermano y el de Palas junto,
que ambas vimos en el vivo trasunto.

Pues si he de dar la gloria a ti debida,
gran Alonso de Estrada, hoy eres digno
que no se cante así tan de corrida
tu ser y entendimiento peregrino.
Contigo está la Tierra enriquescida
que al Betis mil tesoros da contino,
y aun no da el cambio igual: que no hay tal paga
que a tan dichosa deuda satisfaga.

Por prenda rara de esta tierra ilustre,
claro don Juan te nos ha dado el Cielo,
de Avalo gloria y de Ribera lustre,
honra del propio y del ajeno suelo.
Dichosa España, do por más de un lustre
muestra serán tus obras y modelo
de cuanto puede dar Naturaleza
de ingenio claro y singular nobleza.

El que en la dulce patria está contento,
las puras aguas de Limar gozando,
la famosa ribera, el fresco viento
con sus divinos versos alegrando,
venga, y veréis, por suma deste cuento,
su heroico brío y discreción mirando,
que es Sancho de Ribera en toda parte
Febo primero y sin segundo Marte.

Este mismo famoso insigne valle
un tiempo al Betis usurpar solía
un nuevo Homero, a quien podemos dalle
la corona de ingenio y gallardía.
Las gracias le cortaron a su talle,
y el Cielo en todas lo mejor le enviar
este ya en vuestro Tajo conoscido,
Pedro de Montesdoca es su apellido.

En todo cuanto pedirá el deseo,
un Diego ilustre de Aguilar admira,
un águila real que en vuelo veo
alzarse a do llegar ninguno aspira.
Su pluma entre cien mil gana trofeo,
que, ante ella, la más alta se retira;
su estilo y su valor tan celebrado
Guanuco lo dirá, pues lo ha gozado.

Un Gonzalo Fernández se me ofresce,
gran capitán del escuadrón de Apolo,
que hoy de Sotomayor ensoberbece
el nombre con su nombre heroico y solo.
En verso admira, y en saber florece
en cuanto mira el uno y otro polo,
y si en la pluma en tanto grado agrada,
no menos es famoso por la espada.

De un Enrique Garcés, que al piruano
reino enriquece, pues con dulce rima,
con sutil, ingeniosa y fácil mano,
a la más ardua empresa en él dio cima,
pues en dulce español al gran toscano
nuevo lenguaje na dado y nueva estima
¿quién será tal que la mayor le quite,
aunque el mismo Petrarca resuscite?

Un Rodrigo Fernández de Pineda,
cuya vena inmortal, cuya excelente
y rara habilidad gran parte hereda
dél licor sacro de la equina fuente,
pues cuanto quiere de él no se le veda,
pues de tal gloria goza en Occidente,
tenga también aquí tan larga parte,
cual la merecen hoy su ingenio y arte.

Y tú, que al patrio Betis has tenido
lleno de envidia y, con razón, quejoso
de que otro cielo y otra tierra han sido
testigos de tu canto numeroso,
alégrate, que el nombre esclarescido
tuyo, Juan de Mestanza, generoso,
sin segundo será por todo el suelo
mientras diere su luz el cuarto cielo.

Toda la suavidad que en dulce vena
se puede ver, veréis en uno solo,
que al son sabroso de su musa enfrena
la furia al mar, el curso al dios Eolo.
El nombre deste es Baltasar de Orena,
cuya fama del uno al otro polo
corre ligera, y del Oriente a ocaso,
por honra verdadera de Parnaso.

Pues de una fértil y preciosa planta,
de allá traspuesta en el mayor collado
que en toda la Tesalia se levanta,
planta que ya dichoso fruto ha dado,
callaré yo lo que la fama canta
del ilustre don Pedro de Alvarado,
ilustre, pero ya no menos claro,
por su divino ingenio, al mundo raro.

Tú, que con nueva musa extraordinaria,
Cairasco, cantas del amor el ánimo
y aquella condición del vulgo varia
donde se opone al fuerte el pusilánimo;
si a este sitio de la Gran Canaria
vinieres, con ardor vivo y magnánimo
mis pastores ofrecen a tus méritos
mil lauros, mil loores beneméritos.

¿Quién es, ¡oh anciano Tormes!, el que niega
que no puedes al Nilo aventajarte,
si puede sólo el licenciado Vega
más que Títiro al Mincio celebrarte?
Bien sé, Damián, que vuestro ingenio llega
do alcanza deste honor la mayor parte,
pues sé, por muchos años de experiencia,
vuestra tan sin igual virtud y ciencia.

Aunque el ingenio y la elegancia vuestra,
Francisco Sánchez, se me concediera,
por torpe me juzgara y poco diestra,
si a querer alabaros me pusiera.
Lengua del Cielo única y maestra
tiene de ser la que por la carrera
de vuestras alabanzas se dilate,
que hacerlo humana lengua es disparate.

Las raras cosas y en estilo nuevas
que un espíritu muestran levantado,
en cien mil ingeniosas, arduas pruebas,
por sabio conoscido y estimado,
hacen que don Francisco de las Cuevas
por mí sea dignamente celebrado,
en tanto que la fama pregonera
no detuviere su veloz carrera.

Quisiera rematar mi dulce canto
en tal sazón, pastores, con loaros
un ingenio que al mundo pone espanto
y que pudiera en éxtasis robaros.
En él cifro y recojo todo cuanto
he mostrado hasta aquí y he de mostraros:
Fray Luis de León es el que digo,
a quien yo reverencio, adoro y sigo.

¿Qué modos, qué caminos o qué vías
de alabar buscaré para que el nombre
viva mil siglos de aquel gran Matías
que de Zúñiga tiene el sobrenombre?
A él se den las alabanzas mías,
que, aunque yo soy divina y él es hombre,
por ser su ingenio, como lo es, divino,
de mayor honra y alabanza es digno.

Volved el presuroso pensamiento
a las riberas de Písuerga bellas:
veréis que aumentan este rico cuento
claros ingenios con quien se honran ellas.
Ellas no sólo, sino el firmamento,
do lucen las claríferas estrellas,
honrarse puede bien cuando consigo
tenga allá los varones que aquí digo.

Vos, Damasio de Frías, podéis solo
loaros a vos mismo, pues no puede
hacer, aunque os alabe el mismo Apolo,
que en tan justo loor corto no quede.
Vos sois el cierto y el seguro polo
por quien se guía aquel que le sucede
en el mar de las ciencias buen pasaje,
propicio viento y puerto en su viaje.

Andrés Sanz de Portillo, tú, me envía
aquel aliento con que Febo mueve
tu sabia pluma y alta fantasía,
porque te dé el loor que se te debe.
Que no podrá la ruda lengua mía,
por más caminos que aquí tiente y pruebe,
hallar alguno así cual le deseo
para loar lo que en ti siento y veo.

Felicísimo ingenio, que te encumbras
sobre el que más Apolo ha levantado,
y con tus claros rayos nos alumbras
y sacas del camino más errado:
y aunque ahora con ella me deslumbras,
y tienes a mi ingenio alborotado,
yo te doy sobre muchos palma y gloria,
pues a mí me la has dado, doctor Soria.

Si vuestras obras son tan estimadas,
famoso Cantoral, en toda parte,
serán mis alabanzas excusadas,
si en nuevo modo no os alabo y arte.
Con las palabras más calificadas,
con cuanto ingenio el Cielo en mí reparte,
os admiro y alabo aquí callando,
y llego do llegar no puedo hablando.

Tú, Hierónymo Baca y de Quiñones,
si tanto me he tardado en celebrarte,
mi pasado descuido es bien perdones,
con la enmienda que ofrezco de mi parte.
De hoy más en claras voces y pregones,
en la cubierta y descubierta parte
del ancho mundo, haré con clara llama
lucir tu nombre y extender tu fama.

Tu verde y rico margen, no de nebro,
ni de ciprés funesto enriquescido,
claro, abundoso y conoscido Ebro,
sino de lauro y mirto florescido,
ahora como puedo le celebro,
celebrando aquel bien que han concedido
el Cielo a tus riberas, pues en ellas
moran ingenios claros más que estrellas.

Serán testigos desto dos hermanos,
dos luceros, dos soles de poesía,
a quien el Cielo con abiertas manos
dio cuanto ingenio y arte dar podía.
Edad temprana, pensamientos canos,
maduro trato, humilde fantasía,
labran eterna y digna laureola
a Lupercio Leonardo de Argensola.

Con santa envidia y competencia santa
parece que el menor hermano aspira
a igualar al mayor, pues se adelanta
y sube do no llega humana mira.
Por esto escribe y mil sucesos canta
con tan suave y acordada lira,
que este Bartolomé menor merece
lo que al mayor, Lupercio, se le ofresce.

Si el buen principio y medio de esperanza
que el fin ha de ser raro y excelente,
en cualquier caso ya mi ingenio alcanza
que el tuyo has de encumbrar, Cosme Pariente.
Y así puedes con cierta confianza
prometer a tu sabia honrosa frente
la corona que tiene merescida
tu claro ingenio, tu inculpable vida.

En soledad, del Cielo acompañado,
vives, ¡oh gran Morillo!, y allí muestras
que nunca dejan tu cristiano lado
otras musas más santas y más diestras.
De mis hermanas fuiste alimentado,
y ahora, en pago dello, nos adiestras,
y enseñas a cantar divinas cosas,
gratas al Cielo, al suelo provechosas.

Turia, tú que otra vez con voz sonora
cantaste de tus hijos la excelencia,
si gustas de escuchar la mía ahora,
formada no en envidia o competencia,
oirás cuánto tu fama se mejora
con los que yo diré, cuya presencia,
valor, virtud, ingenio, te enriquecen
y sobre el Indo y Ganges te engrandecen.

¡Oh tú, don Juan Coloma, en cuyo seno
tanta gracia del Cielo se ha encerrado,
que a la envidia pusiste en duro freno
y en la fama mil lenguas has criado,
con que del gentil Tajo al fértil Reno
tu nombre y tu valor va levantado!
Tú, Conde de Elda, en todo tan dichoso,
haces el Turia más que el Po famoso.

Aquel en cuyo pecho abunda y llueve
siempre una fuente que es por él divina,
y a quien el coro de sus lumbres nueve
como a señor con gran razón se inclina,
a quien único nombre se le debe
de la etíope hasta la gente austrina,
don Luis Garcerán es sin segundo,
maestro de Montesa y bien del mundo.

Merece bien en este insigne valle,
lugar ilustre, asiento conoscido,
aquel a quien la fama quiere dalle
el nombre que su genio ha merecido.
Tenga cuidado el Cielo de loalle,
pues es del Cielo su valor crescido:
el Cielo alabe lo que yo no puedo
del sabio don Alonso Rebolledo.

Alzas, doctor Falcón, tan alto el vuelo,
que al águila caudal atrás te dejas,
pues te remontas con tu ingenio al Cielo
y deste valle mísero te alejas.
Por esto temo y con razón recelo
que, aunque te alabe, formarás mil quejas
de mí, porque en tu loa noche y día
no se ocupan la voz y lengua mía.

Si tuviera, cual tiene la fortuna,
la dulce poesía varia rueda,
ligera y más movible que la Luna,
que ni estuvo, ni está, ni estará queda,
en ella, sin hacer mudanza alguna,
pusiera sólo a Micez Artieda,
y el más alto lugar siempre ocupara,
por ciencias, por ingenio y virtud rara.

Todas cuantas bien dadas alabanzas
diste a raros ingenios, ¡oh Gil Polo!,
tú las mereces solo y las alcanzas,
tú las alcanzas y mereces solo.
Ten ciertas y seguras esperanzas
que en este valle un nuevo mausoleo
te harán estos pastores, do guardadas
tus cenizas serán y celebradas.

Cristóbal de Virués, pues se adelanta
tu ciencia y tu valor tan a tus años,
tu mismo aquel ingenio y virtud canta
con que huyes del mundo los engaños.
Tierna, dichosa y bien nascida planta,
yo haré que en propios reinos y en extraños
el fruto de tu ingenio levantado
se conozca, se admire y sea estimado.

Si conforme al ingenio que nos muestra
Silvestre de Espinosa, así se hubiera
de loar, otra voz más viva y diestra,
más tiempo y más caudal menester fuera.
Mas pues la mía a su intención adiestra,
yo le daré por paga verdadera,
con el bien que del dios de Delo tiene,
el mayor de las aguas de Ipocrene.

Entre éstos, como Apolo, venir veo,
hermoseando al mundo por su vista,
al discreto galán García Romero,
dignísimo de estar en esta lista.
Si la hija del humido Peneo,
de quien ha sido Ovidio coronista,
en campos de Tesalia le hallara,
en él y no en laurel se transformara.

Rompe el silencio y santo encerramiento,
traspasa el aire, al Cielo se levanta
de fray Pedro de Huete aquel acento
de su divina musa, heroica y santa.
Del alto suyo raro entendimiento
cantó la fama, ha de cantar y canta,
llevando, para dar al mundo espanto,
sus obras por testigos de su canto.

Tiempo es ya de llegar al fin postrero,
dando principio a la mayor hazaña
que jamás emprendí, la cual espero
que ha de mover al blando Apolo a saña,
pues, con ingenio rústico y grosero,
a dos soles que alumbran vuestra España
—no sólo a España, mas al mundo todo—
pienso loar, aunque me falte el modo.

De Febo la sagrada honrosa ciencia,
la cortesana discreción madura,
los bien gastados años, la experiencia,
que mil sanos consejos asegura;
la agudeza de ingenio, el advertencia
en apuntar y en descubrir la escura
dificultad y duda que se ofrecen,
en estos soles dos sólo florescen.

En ellos un epílogo, pastores,
del largo canto mío ahora hago,
y a ellos enderezo los loores
cuantos habéis oído, y no los pago:
que todos los ingenios son deudores
a estos de quien yo me satisfago;
satisfácese dellos todo el suelo,
y aun los admira, porque son del Cielo.

Estos quiero que den fin a mi canto,
y a una nueva admiración comienzo;
y si pensáis que en esto me adelanto,
cuando os diga quién son, veréis que os venzo.
Por ellos hasta el Cielo me levanto,
y sin ellos me corro y me avergüenzo:
Tal es Láinez, tal es Figueroa,
dignos de eterna y de incesable loa.

No había aún bien acabado la hermosa ninfa los últimos acentos de su sabroso canto, cuando, tornándose a juntar las llamas, que divididas estaban, la cerraron en medio, y luego poco a poco consumiéndose, en breve espacio desapareció el ardiente fuego y la discreta musa delante de los ojos de todos, a tiempo que ya la clara aurora comenzaba a descubrir sus frescas y rosadas mejillas por el espacioso Cielo dando alegres muestras del venidero día. Y luego el venerable Telesio, poniéndose encima de la sepultura de Meliso, y rodeado de toda la agradable compañía que allí estaba prestándole todos una agradable atención y extraño silencio, de esta manera comenzó a decirles:

—Lo que esta pasada noche en este mismo lugar y por vuestros mismos ojos habéis visto, discretos y gallardos pastores y hermosas pastoras, os habrá dado a entender cuán acepta es al Cielo la loable costumbre que tenemos de hacer estos anales sacrificios y honrosas exequias por las felices almas de los cuerpos que por decreto vuestro en este famoso valle tener sepultura merescieron. Dígoos esto, amigos míos, por que de aquí adelante con más fervor y diligencia acudáis a poner en efecto tan santa y famosa obra, pues ya veis de cuán raros y altos espíritus nos ha dado noticia la bella Calíope, que todos son dignos, no sólo de las vuestras, pero de todas las posibles alabanzas. Y no penséis que es pequeño el gusto que he rescibido en saber por tan verdadera relación cuán grande es el número de los divinos ingenios que en nuestra España hoy viven, porque siempre ha estado y está en opinión de todas las naciones extranjeras que no son muchos, sino pocos, los espíritus que en la ciencia de la poesía en ella muestran que le tienen levantado, siendo tan al revés como se parece, pues cada uno de los que la ninfa ha nombrado al más agudo extranjero se aventaja, y darían claras muestras dello si en esta nuestra España se estimase en tanto la poesía como en otras provincias se estima.

Y así, por esta causa, los insignes y claros ingenios que en ella se aventajan, con la poca estimación que dellos los príncipes y el vulgo hacen, con solos sus entendimientos comunican sus altos y extraños conceptos, sin osar publicarlos al mundo, y tengo para mí que el Cielo debe de ordenarlo de esta manera, porque no merece el mundo ni el mal considerado siglo nuestro gozar de manjares al alma tan gustosos. Mas porque me parece, pastores, que el poco sueño de esta pasada noche y las largas ceremonias nuestras os tendrán algún tanto fatigados y deseosos de reposo, será bien que, haciendo lo poco que nos falta para cumplir nuestro intento, cada uno se vuelva a su cabaña o al aldea, llevando en la memoria lo que la musa nos deja encomendado.

Y en diciendo esto se abajó de la sepultura, y tornándose a coronar de nuevas y funestas ramas, tornó a rodear la pira tres veces, siguiéndole todos y acompañándole, en algunas devotas oraciones que decía. Esto acabado, teniéndole todos en medio, volvió el grave rostro a una y otra parte, y, bajando la cabeza, y mostrando agradescido semblante y amorosos ojos, se despidió de toda la compañía, la cual, yéndose quién por una y quién por otra parte de las cuatro salidas que aquel sitio tenía, en poco espacio se deshizo y dividió toda, quedando solos los del aldea de Aurelio, y con ellos Timbrio, Silerio, Nísida y Blanca, con los famosos pastores Elicio, Tirsi, Damón, Lauso, Erastro, Daranio, Arsindo y los cuatro lastimados, Orompo, Marsilio, Crisio y Orfenio, con las pastoras Galatea, Florisa, Silveria y su amiga Belisa, por quien Marsilio moría. Juntos, pues, todos estos, el venerable Aurelio les dijo que sería bien partirse luego de aquel lugar para llegar a tiempo de pasar la siesta en el arroyo de las Palmas, pues tan acomodado sitio era para ello. A todos pareció bien lo que Aurelio decía, y luego con reposados pasos hacia donde él dijo se encaminaron. Mas como la hermosa vista de la pastora Belisa no dejase reposar los espíritus de Marsilio, quisiera él, si pudiera y le fuera lícito, llegarse a ella y decirle la sin razón que con él usaba; mas, por no perder el decoro que a la honestidad de Belisa se debía, estábase el triste más mudo de lo que había menester su deseo. Los mismos efectos y accidentes hacía Amor en las almas de los enamorados Elicio y Erastro, que cada cual por sí quisiera decir a Galatea lo que ya ella bien sabía. A esta sazón dijo Aurelio:

—No me parece bien, pastores, que os mostréis tan avaros que no queráis corresponder y pagar lo que debéis a las calandrias y ruiseñores y a los otros pintados pajarillos que por entre estos árboles con su no aprendida y maravillosa armonía os van entreteniendo y regocijando; tocad vuestros instrumentos y levantad vuestras sonoras voces, y mostradles que el arte y destreza vuestra en la música a la natural suya se aventajan; y con tal entretenimiento sentiremos menos la pesadumbre del camino y los rayos del Sol, que ya parece que van amenazando el rigor con que esta siesta han de herir la Tierra.

Poco fue menester para ser Aurelio obedecido, porque luego Erastro tocó su zampoña, y Arsindo su rabel, al son de los cuales instrumentos, dando todos la mano a Elicio, él comenzó a cantar de esta manera:

ELICIO

Por lo imposible peleo,
y, si quiero retirarme,
ni paso ni senda veo:
que, hasta vencer o acabarme,
tras sí me lleva el deseo.
Y aunque sé que aquí es forzoso
antes morir que vencer,
cuando estoy más peligroso,
entonces vengo a tener
mayor fe en lo más dudoso.

El Cielo, que me condena
a no esperar buena andanza,
me da siempre a mano llena,
sin las sombras de esperanza,
mil certidumbres de pena.
Mas mi pecho valeroso,
que se abrasa y se resuelve
en vivo fuego amoroso,
en contracambio, le vuelve
mayor fe en lo más dudoso.

Inconstancia, firme duda,
falsa fe, cierto temor,
voluntad de amor desnuda,
nunca turban el amor
que de firme no se muda,
vuele el tiempo presuroso,
suceda ausencia o desdén,
crezca el mal, mengüe el reposo,
que yo tendré por mi bien
mayor fe en lo más dudoso.

¿No es conoscida locura
y notable desvarío
querer yo lo que ventura
me niega, y el hado mío
y la suerte no asegura?
De todo estoy temeroso;
no hay gusto que me entretenga,
y, en trance tan peligroso,

me hace el amor que tenga
mayor fe en lo más dudoso.

    Alcanzo de mi dolor
que está en tal término puesto,
que llega donde el amor,
y el imaginar en esto,
tiempla en parte su rigor.
De pobre y menesteroso,
doy a la imaginación
alivio tan congojoso
porque tenga el corazón
mayor fe en lo más dudoso.

    Y más ahora, que vienen
de golpe todos los males;
y, para que más me penen,
aunque todos son mortales,
en la vida me entretienen.
Mas, en fin, si un fin hermoso
nuestra vida en honra sube,
el mío me hará famoso,
porque en muerte y vida tuve
mayor fe en lo más dudoso.

Parecióle a Marsilio que lo que Elicio había cantado tan a su propósito hacía que quiso seguirle en el mismo concepto; y así, sin esperar que otro le tomase la mano, al son de los mismos instrumentos de esta manera comenzó a cantar:

MARSILIO

    ¡Cuán fácil cosa es llevarse
el viento las esperanzas
que pudieron fabricarse
de las vanas confianzas
que suelen imaginarse!
Todo concluye y fenece;
las esperanzas de amor,
los medios que el tiempo ofrece;
mas en el buen amador
sola la fe permanece.

Ella en mí tal fuerza alcanza
que, a pesar de aquel desdén,
lleno de desconfianza,
siempre me asegura un bien
que sustenta la esperanza.
Y aunque el amor desfallece
en el blanco, airado pecho
que tanto mis males crece,
en el mío, a su despecho,
sola la fe permanece.

Sabes, Amor, tú, que cobras
tributo de mi fe cierta,
y tanto en cobrarle sobras
que mi fe nunca fue muerta,
pues se aviva con mis obras,
Y sabes bien que descrece
toda mi gloria y contento
cuanto más tu furia crece,
y que en mi alma de asiento
sola la fe permanece.

Pero si es cosa notoria,
y no hay poner duda en ella,
que la fe no entra en la gloria,
yo, que no estaré sin ella,
¡qué triunfo espero o victoria?
Mi sentido desvanece
con el mal que se figura;
todo el bien desaparece;
y, entre tanta desventura,
sola la fe permanece.

Con un profundo sospiro dio fin a su canto el lastimado Marsilio; y luego Erastro, dando su zampoña, sin más detenerse, de esta manera comenzó a cantar:

ERASTRO

En el mal que me lastima
y en el bien de mi dolor,
es mi fe de tanta estima,
que ni huye del temor,

ni a la esperanza se arrima.
No la turba o desconcierta
ver que está mi pena cierta
en su difícil subida,
ni que consumen la vida
fe viva, esperanza muerta.

   Milagro es éste en mi mal;
mas eslo porque mi bien,
si viene, venga a ser tal,
que, entre mil bienes, le den
la palma por principal.
La fama, con lengua experta,
dé al mundo noticia cierta
que el firme amor se mantiene
en mi pecho, a donde tiene
fe viva, esperanza muerta.

   Vuestro desdén riguroso
y mi humilde merecer,
me tienen tan temeroso,
que, ya que os supe querer,
ni puedo hablaros, ni oso.
Veo de contino abierta
a mi desdicha la puerta,
y que acabo poco a poco,
porque con vos valen poco
fe viva, esperanza muerta.

   No llega a mi fantasía
un tan loco desvaneo,
como el pensar que podría
el menor bien que deseo
alcanzar por la fe mía.
Podéis, pastora, estar cierta,
que el alma rendida acierta
a amaros cual merecéis,
pues siempre en ella hallaréis
fe viva, esperanza muerta.

   Calló Erastro, y luego el ausente Crisio, al son de los mismos instrumentos, de esta suerte comenzó a cantar:

CRISIO

Si a las veces desespera
del bien la firme afición,
quien desmaya en la carrera
de la amorosa pasión,
¿qué fruto o qué premio espera?
Yo no sé quién se asegura
gloria, gustos y ventura
por un ímpetu amoroso,
si en él y en el más dichoso
no es fe la fe que no dura.

En mil trances ya sabidos
se han visto, y en los de amores,
los soberbios y atrevidos,
al principio vencedores
y a la fin quedar vencidos.
Sabe el que tiene cordura
que en la firmeza se apura
el triunfo de la batalla,
y sabe que, aunque se halla,
no es fe la fe que no dura.

En el que quisiere amar
no más de por su contento,
es imposible dudar
en su vano pensamiento
la fe que se ha de guardar.
Si en la mayor desventura
mi fe tan firme y segura
como en el bien no estuviera,
yo mismo della dijera:
no es fe la fe que no dura.

El ímpetu y ligereza
de un nuevo amador insano,
los llantos y la tristeza,
son nubes que en el verano
se deshacen con presteza.
No es amor el que le apura,
sino apetito y locura,

pues cuando quiere, no quiere;
no es amante el que no muere,
no es fe la fe que no dura.

A todos pareció bien la orden que los pastores en sus canciones guardaban, y con deseo atendían a que Tirsi o Damón comenzasen; mas presto se le cumplió Damón, pues, en acabando Crisio, al son de su mismo rabel, cantó de esta manera:

DAMÓN

Amarili, ingrata y bella,
¿quién os podrá enternecer,
si os vienen a endurescer
las ansias de mi querella
y la fe de mi querer?
¡Bien sabéis, pastora, vos
que, en el amor que mantengo,
a tan alto extremo vengo,
que, después de la de Dios,
sola es fe la fe que os tengo!

Y puesto que subo tanto
en amar cosa mortal,
tal bien encierra mi mal,
que al alma por él levanto
a su patria natural.
Por esto conozco y sé
que tal es mi amor tan luengo
como muero y me entretengo,
y que, si en amor hay fe,
sola es fe la fe que os tengo.

Los muchos años gastados
en amorosos servicios,
del alma los sacrificios,
de mi fe y de mis cuidados
dan manifiestos indicios.
Por esto no os pediré
remedio al mar que sostengo,
y si, a pedírosle vengo,
es, Amarili, porque
sola es fe la fe que os tengo.

En el mar de mi tormenta
jamás he visto bonanza,
y aquella alegre esperanza
con quien la fe se sustenta
de la mía no se alcanza.
Del amor y de fortuna
me quejo; mas no me vengo,
pues por ellas a tal vengo,
que, sin esperanza alguna,
sola es fe la fe que os tengo.

El canto de Damón acabó de confirmar en Timbrio y en Silerio la buena opinión que del raro ingenio de los pastores que allí estaban habían concebido; y más cuando, a persuasión de Tirsi y de Elicio, el ya libre y desdeñoso Lauso, al son de la flauta de Arsindo, soltó la voz en semejantes versos:

LAUSO

Rompió el desdén tus cadenas
falso amor, y a mi memoria
él mismo ha vuelto la gloria
de la ausencia de tus penas.
Llame mi fe quien quisiere
antojadiza, y no firme,
y en su opinión me confirme
como más le pareciere.

Diga que presto olvidé,
y que de un sotil cabello
que un soplo pudo rompello,
colgada estaba mi fe.
Digan que fueron fingidos
mis llantos y mis sospiros,
y que del amor los tiros
no pasaron mis vestidos.

Que no el ser llamado vano
y mudable me atormenta,
a trueco de ver exenta
mi cerviz del yugo insano.
Sé yo bien quién es Silena

y su condición extraña,
y que asegura y engaña
su apacible faz serena.

A su extraña gravedad
y a sus bajos bellos ojos,
no es mucho dar los despojos
de cualquiera voluntad.
Esto en la vista primera;
mas, después de conoscida,
por no verla, dar la vida
y más, si más se pudiera.

Silena del Cielo y mía
muchas veces la llamaba,
porque tan hermosa estaba
que del Cielo parecía;
mas ahora, sin recelo,
mejor la podré llamar
serena falsa del mar
que no Silena del Cielo.

Con los ojos, con la pluma,
con las veras y los juegos,
de amantes vanos y ciegos
prende innumerable suma.
Siempre es primero el postrero;
mas el más enamorado
al cabo es tan mal tratado
cuanto querido el primero.

¡Oh, cuánto más se estimara
de Silena la hermosura,
si el proceder y cordura
a su belleza igualara.
No le falta discreción;
mas empléala tan mal,
que le sirve de dogal
que ahoga su presunción.

Y no hablo de corrido,
pues sería apasionado;
pero hablo de engañado

y sin razón ofendido.
Ni me ciega la pasión,
ni el deseo de su mengua,
que siempre siguió mi lengua
los términos de razón.

Sus muchos antojos varios,
su mudable pensamiento,
le vuelven cada momento
los amigos en contrarios.
Y pues hay por tantos modos
enemigos de Silena,
o ella no es toda buena,
o son ellos malos todos.

Acabó Lauso su canto, y, aunque él creyó que ninguno le entendía, por ignorar el disfrazado nombre de Silena, más de tres de los que allí iban la conoscieron y aun se maravillaron que la modestia de Lauso a ofender alguno se extendiese; principalmente a la disfrazada pastora, de quien tan enamorado le habían visto. Pero en la opinión de Damón, su amigo, quedó bien disculpado, porque conoscía el término de Silena y sabía el que con Lauso había usado, y de lo que no dijo se maravillaba. Acabó, como se ha dicho, Lauso, y como Galatea estaba informada del extremo de la voz de Nísida, quiso, por obligarla, cantar ella primero; y por esto, antes que otro pastor comenzase, haciendo señal a Arsindo que en tañer su flauta procediese, al son della, con su extremada voz, cantó de esta manera:

GALATEA

Tanto cuanto el amor convida y llama
al alma con sus gustos de aparencia,
tanto más huye su mortal dolencia
quien sabe el nombre que le da la fama.

Y el pecho puesto a su amorosa llama,
armado de una honesta resistencia,
poco puede empecerle su inclemencia,
poco su fuego y su rigor la inflama.

Segura está quien nunca fue querida,
ni supo querer bien, de aquella lengua
que en su deshonra se adelgaza y lima;

mas si el querer y el no querer da mengua,
¿en qué ejercicios pasará la vida
la que más que al vivir la honra estima?

Bien se echó de ver en el canto de Galatea que respondía al malicioso de Lauso, y que no estaba mal con las voluntades libres, sino con las lenguas maliciosas y los ánimos dañados, que, en no alcanzando lo que quieren, convierten el amor que un tiempo mostraron en un odio malicioso y detestable, como ella en Lauso imaginaba; pera quizá saliera deste engaño si la buena condición de Lauso conosciera y la mala de Silena no ignorara. Luego que Galatea acabó de cantar, con corteses palabras rogó a Nísida que lo mismo hiciese; la cual, como era tan comedida, como hermosa, sin hacerse de rogar, al son de la zampoña de Florisa cantó de esta suerte:

NÍSIDA

Bien puse yo valor a la defensa
del duro encuentro y amoroso asalto;
bien levanté mi presunción en alto
contra el rigor de la notoria ofensa.

Mas fue tan reforzada y tan intensa
la batería, y mi poder tan falto,
que, sin cogerme Amor de sobresalto,
me dio a entender su potestad inmensa.

Valor, honestidad, recogimiento,
recato, ocupación, esquivo pecho,
Amor con poco premio lo conquista.

Así que, para huir el vencimiento,
consejos jamás fueron de provecho:
de esta verdad testigo soy de vista.

Cuando Nísida acabó de cantar y acabó de admirar a Galatea y a los que escuchado la habían, estaban ya bien cerca del lugar adonde tenían determinado de pasar la siesta; pero en aquel poco espacio le tuyo Belisa para cumplir lo que Silveria le rogó, que fue que algo cantase; la cual, acompañándola el son de la flauta de Arsindo, cantó lo que se sigue:

BELISA

Libre voluntad exenta,
atended a la razón
que nuestro crédito aumenta;
dejad la vana afición,
engendradora de afrenta.
Que, cuando el alma se encarga
de alguna amorosa carga,
a su gusto es cualquier cosa
composición venenosa
con jugo de adelfa amarga.

Por la mayor cantidad
de la riqueza subida
en valor y en calidad,
no es bien dada ni vendida
la preciosa libertad.
¿Pues quién se pondrá perdella
por una simple querella
de un amador porfiado,
si cuanto bien hay criado
no se compara con ella?

Si es insufrible dolor
tener en prisión esquiva
el cuerpo libre de amor,
tener el alma cautiva
¿no será pena rnayor?
Sí será, y aun de tal suerte,
que remedio a mal tan fuerte
no se halla en la paciencia,
en años, valor o ciencia,
porque sólo está en la muerte.

Vaya, pues, mi sano intento
lejos deste desvarío;
huya tan falso contento;
rija mi libre albedrío
a su modo el pensamiento;
mi tierna cerviz exenta
no permita ni consienta
sobre sí el yugo amoroso,

> por quien se turba el reposo
> y la libertad se ausenta.

Al alma del lastimado Marsilio llegaron los libres versos de la pastora, por la poca esperanza que sus palabras prometían de ser mejoradas sus obras; pero, como era tan firme la fe con que la amaba, no pudieron las notorias muestras de libertad que había oído hacer que él no quedase tan sin ella como hasta entonces estaba. Acabóse en esto el camino de llegar al arroyo de las Palmas, y, aunque no llevaran intención de pasar allí la siesta, en llegando a él, y en viendo la comodidad del hermoso sitio, él mismo a no pasar adelante les forzara. Llegados, pues, a él, luego el venerable Aurelio ordenó que todos se sentasen junto al claro y espejado arroyo, que por entre la menuda yerba corría, cuya nascimiento era al pie de una altísima y antigua palma, que, por no haber en todas las riberas del Tajo sino aquélla, y otra que junto a ella estaba, aquel lugar y arroyo el de las Palmas era llamado; y, después de sentados, con más voluntad y llaneza que de costosos manjares, de los pastores de Aurelio fueron servidos, satisfaciendo la sed con las claras y frescas aguas que el limpio arroyo les ofrecía; y, en acabando la breve y sabrosa comida, algunos de los pastores se dividieron y apartaron a buscar algún apartado y sombrío lugar donde restaurar pudiesen las no dormidas horas de la pasada noche; y sólo se quedaron solos los de la compañía y aldea de Aurelio, con Timbrio, Silerio, Nísida y Blanca, Tirsi y Damón, a quien les pareció ser mejor gustar de la buena conversación que allí se esperaba, que de cualquier otro gusto que el sueño ofrecerles podía. Adivinada, pues, y casi conoscida esta su intención de Aurelio, les dijo:

—Bien será, señores, que los que aquí estamos, ya que entregarnos al dulce sueño no habemos querido, que este tiempo que le hurtamos no dejemos de aprovecharle en cosa que más de nuestro gusto sea; y la que a mí me parece que no podrá dejar de dárnosle es que cada cual, como mejor supiere, muestre aquí la agudeza de su ingenio, proponiendo alguna pregunta o enigma, a quien esté obligado a responder el compañero que a su lado estuviere; pues con este ejercicio se granjearán dos cosas: la una, pasar con menos enfado las horas que aquí estuviéremos; la otra, no cansar tanto nuestros oídos con oír siempre lamentaciones de amor y endechas enamoradas.

Conformáronse todos luego con la voluntad de Aurelio, y, sin mudarse del lugar do estaban, el primero que comenzó a preguntar fue el mismo Aurelio, diciendo de esta manera:

AURELIO

> ¿Cuál es aquel poderoso
> que desde Oriente a Occidente,
> es conocido y famoso?

A veces, fuerte y valiente;
otras, flaco y temeroso;
quita y pone la salud,
muestra y cubre la virtud
en muchos más de una vez;
es más fuerte en la vejez
que en la alegre juventud.

Múdase en quien no se muda
por extraña preeminencia;
hace temblar al que suda,
y a la más rara elocuencia
suele tornar torpe y muda;
con diferentes medidas
anchas, cortas y extendidas
mide su ser y su nombre,
y suele tomar renombre
de mil tierras conoscidas.

Sin armas vence al armado,
y es forzoso que le venza,
y, aquel que más le ha tratado,
mostrando tener vergüenza,
es el más desvergonzado,
y es cosa de maravilla
que, en el campo y en la villa,
a capitán de tal prueba
cualquier hombre se le atreva
aunque pierda en la rencilla.

Tocó la respuesta de esta pregunta al anciano Arsindo, que junto a Aurelio estaba; y, habiendo un poco considerado lo que significar podía, al fin le dijo:

—Paréceme, Aurelio, que la edad nuestra nos fuerza a andar más enamorados de lo que significa tu pregunta que no de la más gallarda pastora que se nos pueda ofrecer, porque, si no me engaño, el poderoso y conocido que dices es el vino, y en él cuadran todos los atributos que le has dado.

—Verdad dices, Arsindo—respondió Aurelio—, y estoy para decir que me pesa de haber propuesto pregunta que con tanta facilidad haya sido declarada; mas di tú la tuya, que al lado tienes quien te la sabrá desatar, por más añudada que venga.

—Que me place—dijo Arsindo.

Luego propuso la siguiente:

ARSINDO

¿Quién es quien pierde el color
donde se suele avivar,
y luego torna a cobrar
otro más vivo y mejor?
Es pardo en su nacimiento,
y después negro atezado,
y al cabo tan colorado,
que su vista da contento.

No guarda fueros ni leyes,
tiene amistad con las llamas,
visita a tiempo las camas
de señores y de reyes.
Muerto, se llama varón,
y vivo, hembra se nombra;
tiene el aspecto de sombra;
de fuego la condición.

Era Damón el que al lado de Arsindo estaba, el cual, apenas había acabado Arsindo su pregunta, cuando le dijo:

—Paréceme, Arsindo, que no es tan escura tu demanda como lo que significa, porque, si mal no estoy en ella, el carbón es por quien dices que muerto se llama varón, y encendido y vivo brasa, que es nombre de hembra, y todas las demás partes le convienen en todo como esta; y si quedas con la mesma pena que Aurelio por la facilidad con que tu pregunta ha sido entendida, yo os quiero tener compañía en ella, pues Tirsi, a quien toca responderme, nos hará iguales.

Y luego dijo la suya

DAMÓN

¿Cuál es la dama polida,
aseada y bien compuesta,
temerosa y atrevida,
vergonzosa y deshonesta
y gustosa y desabrida?
Si son muchas —porque asombre—,
mudan de mujer el nombre
en varón; y es cierta ley
que va con ellas el rey
y las lleva cualquier hombre.

—Bien es, amigo Damón—dijo luego Tirsi—, que salga verdadera tu porfía, y que quedes con la pena de Aurelio y Arsindo, si alguna tienen, porque te hago saber que sé que lo que encubre tu pregunta es la carta y el pliego de cartas.

Concedió Damón lo que Tirsi dijo, y luego Tirsi propuso de esta manera:

TIRSI

¿Quién es la que es toda ojos
de la cabeza a los pies,
y a veces, sin su interés,
causa amorosos enojos?
También suele aplacar riñas,
y no le va ni le viene,
y, aunque tantos ojos tiene,
se descubren pocas niñas;
tiene nombre de un dolor
que se tiene por mortal,
nace bien y nace mal,
enciende y tiempla el amor.

En confusión puso a Elicio la pregunta de Tirsi, porque a él tocaba responder a ella, y casi estuvo por darse, como dicen, por vencido; pero, a cabo de poco, vino a. decir que era la celosía, y, concediéndolo Tirsi, luego Elicio preguntó lo siguiente:

ELICIO

Es muy escura, y es clara;
tiene mil contrariedades,
encúbrenos las verdades,
y al cabo nos las declara.
Nasce a veces de donaire;
otras, de altas fantasías,
y suele engendrar porfías
aunque trate cosas de aire.

Sabe su nombre cualquiera,
hasta los niños pequeños;
son muchas y tienen dueños
de diferente manera.
No hay vieja que no se abrace

con una de estas señoras;
son de gusto algunas horas:
cuál cansa, cuál satisface.

Sabios hay que se desvelan
por sacarles los sentidos,
y algunos quedan corridos
cuanto más sobre ello velan.
Cuál es nescia, cuál curiosa,
cuál fácil, cuál intricada,
pero sea o no sea nada,
decidme qué es cosa y cosa.

No podía Timbrio atinar con lo que significaba la pregunta de Elicio, y casi comenzó a correrse de ver que más que otro alguno se tardaba en la respuesta; mas ni aun por eso venía en el sentido della; y tanto se detuvo, que Galatea, que estaba después de Nísida, dijo:

—Si vale a romper la orden que está dada, y puede responder el que primero supiere, yo por mí digo que sé lo que significa la propuesta enigma, y estoy por declararla si el señor Timbrio me da licencia.

—Por cierto, hermosa Galatea— respondió Timbrio—, que conozco yo que así como a mí me falta, os sobra a vos ingenio para aclarar mayores dificultades; pero, con todo eso, quiero que tengáis paciencia hasta que Elició la torne a decir, y, si de esta vez no la acertare, confirmarse ha con más veras la opinión que de mi ingenio y del vuestro tengo.

Tornó Elicio a decir su pregunta, y luego Timbrio declaró lo que era, diciendo:

—Con lo mismo que yo pensé que tu demanda, Elicio, se escurecía, con eso mismo me parece que se declara, pues el último verso dice que te digan qué es cosa y cosa, y así yo te respondo a lo que me dices, y digo que tu pregunta es el qué es cosa y cosa, y no te maravilles haberme tardado en la respuesta, porque más me maravillara yo de mi ingenio si más presto respondiera, el cual mostrará quién es en el poco artificio de mi pregunta, que es ésta:

TIMBRIO

¿Quién es el que, a su pesar,
mete sus pies por los ojos,
y, sin causarles enojos,
les hace luego cantar?
El sacarlos es de gusto,
aunque, a veces, quien los saca,
no sólo su mal no aplaca,
mas cobra mayor disgusto.

A Nísida tocaba responder a la pregunta de Timbrio; mas no fue posible que la adevinasen ella ni Galatea, que se le seguían; y viendo Orompo que las pastoras se fatigaban en pensar lo que significaba, les dijo:

—No os canséis, señoras, ni fatiguéis vuestros entendimientos en la declaración deste enigma, porque podría ser que ninguna de vosotras en toda su vida hubiese visto la figura que la pregunta encubre, y así no es mucho que no deis en ella; que si de otra suerte fuera, bien seguros estábamos de vuestros entendimientos, que, en menos espacio, otras más dificultosas hubiérades declarado; y por esto, con vuestra licencia, quiero yo responder a, Timbrio y decirle que su demanda significa un hombre con grillos, pues cuando saca los pies de aquellos ojos que él dice, o es para ser libre, o para llevarle al suplicio. Porque veáis, pastoras, si tenía yo razón de imaginar que quizá ninguna de vosotras había visto en toda su vida cárceles ni prisiones.

—Yo por mí sé decir—dijo Galatea—que jamás he visto aprisionado alguno.

Lo mismo dijeron Nísida y Blanca, y luego Nísida propuso su pregunta en esta forma:

NÍSIDA

Muerde el fuego, y el bocado
es daño y bien del mordido;
no pierde sangre el herido,
aunque se ve acuchillado;
mas, si es profunda la herida,
y de mano que no acierte,
causa al herido la muerte,
y en tal muerte está su vida.

Poco se tardó Galatea en responder a Nísida, porque luego le dijo:

—Bien sé que no me engaño, hermosa Nísida, si digo que a ninguna cosa se puede mejor atribuir tu enigma que a las tijeras de despabilar, y a la vela o cirio que despabilan; y si esto es verdad, como lo es, y quedas satisfecha de mi respuesta, ahora la mía, que no con menos facilidad espero que será declarada de tu hermana que yo he hecho la tuya.

Y luego la dijo, que fue esta:

GALATEA

Tres hijos que de una madre
nascieron con ser perfecto,
y de un hermano era nieto

el uno, y el otro padre;
y estos tres tan sin clemencia
a su madre maltrataban.
que mil puñadas la daban,
mostrando en ello su ciencia.

Considerando estaba Blanca lo que podía significar la enigma de Galatea, cuando vieron atravesar corriendo, por junto al lugar donde estaban, dos gallardos pastores, mostrando en la furia con que corrían que alguna cosa de importancia les forzaba a mover los pasos con tanta ligereza, y luego, en el mismo instante, oyeron unas dolorosas voces, como de personas que socorro pedían; y con este sobresalto, se levantaron todos y siguieron el tino donde las voces sonaban, y a pocos pasos salieron de aquel deleitoso sitio y dieron sobre la ribera del fresco Tajo—que por allí cerca mansamente corría—; y apenas vieron el río, cuando se les ofreció a la vista la más extraña cosa que imaginar pudieran, porque vieron dos pastoras, al parecer, de gentil donaire, que tenían a un pastor asido de las faldas del pellico con toda la fuerza a ellas posible porque el triste no se ahogase, porque tenía ya el medio cuerpo en el río y la cabeza debajo del agua, forcejeando con los pies por desasirse de las pastoras, que su desesperado intento estorbaban, las cuales ya casi querían soltarle, no pudiendo vencer al tesón de su porfía con las débiles fuerzas suyas. Mas en esto llegaron los dos pastores que corriendo habían venido, y, asiendo al desesperado, le sacaron del agua a tiempo que ya todos los demás llegaban, espantándose del extraño espectáculo, y más lo fueron cuando conoscieron que el pastor que quería ahogarse era Galercio, el hermano de Artidoro, y las pastoras eran Maurisa, su hermana, y la hermosa Teolinda, las cuales, como vieron a Galatea y a Florisa, con lágrimas en los ojos, corrió Teolinda a abrazar a Galatea, diciendo:

—¡Ay, Galatea, dulce amiga y señora mía, cómo ha cumplido esta desdichada la palabra que te dio de volver a verte y a decirte las nuevas de su contento!

—De que le tengas, Teolinda— respondió Galatea—, holgaré yo tanto, cuanto te lo asegura la voluntad que de mí para servirte tienes conoscida; mas parésceme que no acreditan tus ojos tus palabras, ni aun ellas me satisfacen de modo que imagine buen suceso de tus deseos.

En tanto que Galatea con Teolinda esto pasaba, Elicio y Arsindo, con los otros pastores, habían desnudado a Galercio, y, al desceñirle el pellico que, con todo el vestido, mojado estaba, se le cayó un papel del seno, el cual alzó Tirsi, y abriéndole, vio que eran versos, y por no poderlos leer, por estar mojados, encima de una alta rama le puso al rayo del Sol para que se enjugase. Pusieron a Galercio un gabán de Arsindo, y el desdichado mozo estaba como atónito y embelesado, sin hablar palabra alguna, aunque Elicio le preguntaba qué era la causa que a tan extraño término le había conducido; mas por él respondió su hermana Maurisa, diciendo:

—Alzad los ojos, pastores, y veréis quién es la ocasión que al desgraciado de mi hermano en tan extraños y desesperados puntos ha puesto.

Por lo que Maurisa dijo, alzaron los pastores los ojos, y vieron encima de una pendiente roca que sobre el río caía una gallarda y dispuesta pastora, sentada sobre la mesma peña, mirando con risueño semblante todo lo que los pastores hacían, la cual fue luego de todos conoscida por la cruel Gelasia.

—Aquella desamorada, aquella desconocida—siguió Maurisa—, es, señores, la enemiga mortal deste desventurado hermano mío, el cual, como ya todas estas riberas saben, y vosotros no ignoráis, la ama, la quiere y la adora, y, en cambio de los continuos servicios que siempre le ha hecho, y de las lágrimas que por ella ha derramado, esta mañana, con el más esquivo y desamorado desdén que jamás en la crueldad pudiera hallarse, le mandó que de su presencia se partiese y que ahora ni nunca jamás a ella tornase; y quiso tan de veras mi hermano obedecerla, que procuraba quitarse la vida por excusar la ocasión de nunca traspasar su mandamiento, y si, por dicha, estos pastores tan presto no llegaran, llegado fuera ya el fin de mi alegría y el de los días de mi lastimado hermano.

En admiración puso lo que Maurisa dijo a todos los que la escucharon, y más admirados quedaron cuando vieron que la cruel Gelasia, sin moverse del lugar donde estaba, y sin hacer cuenta de toda aquella compañía que los ojos en ella tenía puestos, con un extraño donaire y desdeñoso brío, sacó un pequeño rabel de su zurrón, y, parándosele a templar muy despacio, a cabo de poco rato, con voz en extremo buena, comenzó a cantar de esta manera:

GELASIA

¿Quién dejará, del verde prado umbroso
las frescas yerbas y las frescas fuentes?
¿Quién de seguir con pasos diligentes
la suelta liebre o jabalí cerdoso?

¿Quién, con el son amigo y sonoroso,
no detendrá las aves inocentes?
¿Quién, en las horas de la siesta ardientes,
no buscará en las selvas el reposo,

por seguir los incendios, los temores,
los celos, iras, rabias, muertes, penas
del falso amor, que tanto aflige al mundo?

Del campo son y han sido mis amores;
rosas son y jazmines mis cadenas;
libre nascí y en libertad me fundo.

Cantando estaba Gelasia, y en el movimiento y ademán de su rostro la desamorada condición suya descubría. Mas apenas hubo llegado al último verso de su canto, cuando se levantó con una extraña ligereza; y como si de alguna cosa espantable huyera, así comenzó a correr por la peña abajo, dejando a los pastores admirados de su condición y confusos de su corrida; mas luego vieron qué era la causa della con ver al enamorado Lenio, que, con tirante paso, por la mesma peña subía, con intención de llegar adonde Gelasia estaba; pero no quiso ella aguardarle, por no faltar de corresponder en un solo punto a la crueldad de su propósito. Llegó el cansado Lenio a lo alto de la peña, cuando ya Gelasia estaba al pie della, y viendo que no detenía el paso, sino que con más presteza por la espaciosa campaña le tendía, con fatigado aliento y laso espíritu se sentó en el mismo lugar donde Gelasia había estado, y allí comenzó con desesperadas razones a maldecir su ventura y la hora en que alzó la vista a mirar a la cruel pastora Gelasia; y, en aquel mismo instante, como arrepentido de lo que decía, tornaba a bendecir sus ojos y a tener por dichosa y buena la ocasión que en tales términos le tenía; y luego, incitado y movido de un furioso accidente, arrojó lejos de sí el cayado, y, desnudándose el pellico, lo entregó a las aguas del claro Tajo, que junto al pie de la peña corría, lo cual visto por los pastores que mirándole estaban sin duda creyeron que la fuerza de la enamorada pasión le sacaba de juicio, y así Elicio y Erastro comenzaron a subir la peña para estorbarle que no hiciese algún otro desatino que le costase más caro; y, puesto que Lenio los vio subir, no hizo otro movimiento alguno, sino fue sacar de su zurrón su rabel, y con un nuevo y extraño reposo se tornó a sentar, y vuelto el rostro hacia donde su pastora huía, con voz suave y de lágrimas acompañada, comenzó a cantar de esta suerte:

LENIO

¿Quién te impele, cruel? ¿Quién te desvía?
¿Quién te retira del amado intento?
¿Quién en tus pies veloces alas cría,
con que corres ligera más que el viento?
¿Por qué tienes en poco la fe mía,
y desprecias el alto pensamiento?
¿Por qué huyes de mí? ¿Por qué me dejas?
¡Oh, más dura que mármol a mis quejas!

¿Soy, por ventura, de tan bajo estado
que no merezca ver tus ojos bellos?
¿Soy pobre? ¿Soy avaro? ¿Hasme hallado
en falsedad desde que supe vellos?

La condición primera no he mudado.
¿No pende del menor de tus cabellos
mi alma? Pues ¿por qué de mí te alejas?
¡Oh, más dura que mármol a mis quejas!

Tome escarmiento tu altivez sobrada
de ver mi libre voluntad rendida;
mira mi antigua presunción trocada
y en amoroso intento convertida.
Mira que contra Amor no puede nada
la más exenta descuidada vida.
Detén el paso ya. ¿Por qué le aquejas?
¡Oh, más dura que mármol a mis quejas!

Vime cual tú te ves, y ahora veo
que como fui jamás espero verme:
tal me tiene la fuerza del deseo;
tal quiero, que se extrema en no quererme.
Tú has ganado la palma, tú el trofeo
de que Amor pueda en su prisión tenerme
tú me rendiste, y tú ¿de mí te quejas?
¡Oh, más dura que mármol a mis quejas!

En tanto que el lastimado pastor sus dolorosas quejas entonaba, estaban los demás pastores reprehendiendo a Galercio su mal propósito, afeándole el dañado intento que había mostrado. Mas el desesperado mozo a ninguna cosa respondía, de que no poco Maurisa se fatigaba, creyendo que, en dejándole solo, había de poner en ejecución su mal pensamiento. En este medio, Galatea y Florisa, apartándose con Teolinda, le preguntaron qué era la causa de su tornada, y si, por ventura, había sabido ya de su Artidoro, a lo cual ella respondió llorando:

—No sé qué os diga, amigas y señoras mías, sino, que el Cielo quiso que yo hallase a Artidoro, para que enteramente le perdiese; porque habréis de saber que aquella mal considerada y traidora hermana mía, que fue el principio de mi desventura, aquella mesma ha sido la ocasión del fin y remate de mi contento, porque sabiendo ella, así como llegamos con Galercio y Maurisa a su aldea, que Artidoro estaba en una montaña no lejos de allí con su ganado, sin decirme nada se partió a buscarle; hallóle, y fingiéndose ser yo—que para sólo este daño ordenó el Cielo que nos pareciésemos—, con poca dificultad le dio a entender que la pastora que en nuestra aldea le había desdeñado era una su hermana que en extremo le parecía; en fin, le contó por suyos todos los pasos que yo por él he dado, y los extremos de dolor que he padecida; y como las entrañas del pastor estaban tan tiernas y enamoradas, con harto menos que la traidora le dijera fuera dél creída, como la creyó, tan en mi perjuicio, que sin aguardar que la fortuna mezclase en su gusto algún nuevo impedimiento, luego en el mismo instante dio la mano a Leonarda de ser su legítimo esposo, creyendo que se lo daba a Teolinda. Veis aquí, pastoras, en qué ha parado el fruto de mis lágrimas y sospiros; veis aquí ya arrancada de raíz toda mi esperanza; y, lo que más siento, es que haya sido por la mano que a substentarla estaba más obligada. Leonarda goza de Artidoro por el medio del falso engaño que os he contado, y puesto que ya él lo sabe, aunque debe de haber sentido la burla, hala disimulado, como discreto. Llegaron luego al aldea las nuevas de su casamiento, y con ellas las del fin de mi alegría; súpose también el artificio de mi hermana, la cual dio por disculpa ver que Galercio, a quien tanto ella amaba, por la pastora Gelasia se perdía, y que así le pareció más fácil reducir a su voluntad la enamorada de Artidoro, que no la desesperada de Galercio; y que, pues los dos eran uno solo en cuanto a la apariencia y gentileza, que ella se tenía por dichosa y bien afortunada con la compañía de Artidoro. Con esto se disculpa, como he dicho, la enemiga de mi gloria. Y así yo, por no verla gozar de la que de derecho se me debía, dejé el aldea y la presencia de Artidoro, y, acompañada de las más tristes imaginaciones que imaginarse pueden, venía a daros las nuevas de mi desdicha en compañía de Maurisa, que asimismo viene con intención de contaros lo que Grisaldo ha hecho después que supo el hurto de Rosaura. Y esta mañana, al salir del Sol, topamos con Galercio, el cual, con tiernas y enamoradas razones, estaba persuadiendo a Gelasia que bien le quisiese; mas ella, con el más extraño desdén y esquiveza que decirse puede, le mandó que se le quitase delante y que no fuese osado de jamás hallarla, y el desdichado pastor, apretado de tan necio mandamiento y de tan extraña crueldad, quiso cumplirle haciendo lo que habéis visto. Todo esto es lo que por mí ha pasado, amigas mías, después que de vuestra presencia me partí. Ved ahora si tengo más que llorar que antes, y si se ha aumentado la ocasión para que vosotras os ocupéis en consolarme, si acaso mi mal recibiese consuelo.

No dijo más Teolinda, porque la infinidad de lágrimas que le vinieron a los ojos, y los sospiros que del alma arrancaba, impidieron el oficio a la lengua; y aunque las de Galatea y Florisa quisieron mostrarse expertas y elocuentes en consolarla, fue de poco efecto su trabajo. Y, en el tiempo que entre las pastoras estas razones pasaban, se acabó de enjugar el papel que Tirsi a Galercio del seno sacado había, y, deseoso de leerle, lo tomó, y vio que de esta manera decía:

GALERCIO A GELASIA

¡Angel de humana figura,
furia con rostro de dama,

fría y encendida llama
donde mi alma se apura!
Escucha las sinrazones
de tu desamor causadas,
de mi alma trasladadas
en estos tristes renglones.

No escribo por ablandarte,
pues con tu dureza extraña
no valen ruegos ni maña,
ni servicios tienen parte.
Escríbote por que veas
la sinrazón que me haces,
y cuál mal que satisfaces
al valor de que te arreas.

Que alabes la libertad
es muy justo, y razón tienes;
mas mira que la mantienes
sólo con la crueldad,
y no es justo lo que ordenas:
querer sin ser ofendida,
sustentar tu libre vida
con tantas muertes ajenas.

No imagines que es deshonra
que te quieran todos bien,
ni que está en usar desdén
depositada tu honra.
Antes, templando el rigor
de los agravios que haces,
con poco amor satisfaces
y cobras nombre mejor.

Tu crueldad me da a entender
que las sierras te engendraron,
o que los montes formaron
tu duro, indomable ser:
que en ellos es tu recreo,
y en los páramos y valles,
do no es posible que halles
quien te enamore el deseo.

En una fresca espesura
una vez te vi sentada,
y dije: "Estatua es formada
aquella de piedra dura."
Y aunque el moverte después
contradijo a mi opinión,
"En fin, en la condición
—dije—, más que estatua es."

Y ¡ojalá que estatua fueras
de piedra, que. yo esperara
que el Cielo por mí cambiara
tu ser, y en mujer volvieras!
Que Pigmalión no fue
tanto a la suya rendido,
como yo te soy y he sido,
pastora, y siempre seré.

Con razón, y de derecho,
del mal y bien me das pago:
pena por el mal que hago,
gloria por el bien que he hecho.
En el modo que me tratas
tal verdad es conoscida:
con la vista me das vida,
con la condición me matas.

Dese pecho que se atreve
a esquivar de Amor los tiros,
el fuego de mis sospiros
deshaga un poco la nieve.
Concédase al llanto mío,
y al nunca admitir descanso,
que vuelva agradable y manso
un solo punto tu brío.

Bien sé que habrás de decir
que me alargo, y yo lo creo;
pero acorta tú el deseo
y acortaré yo el pedir.
Mas, según lo que me das
en cuantas demandas toco,
a ti te importa muy poco

que pida menos o más.

Si de tu extraña dureza
pudiera reprehenderte,
y aquella señal ponerte
que muestra nuestra flaqueza,
dijera, viendo tu ser,
y no así como se enseña:
"Acuérdate que eres peña,
y en peña te has de volver."

Mas seas peña o acero,
duro mármol o diamante,
de un acero soy amante,
a una peña adoro y quiero.
Si eres ángel disfrazado,
o furia, que todo es cierto,
por tal ángel vivo muerto,
y por tal furia, penado.

Mejor le parescieron a Tirsi los versos de Galercio que la condición de Gelasia, y quiriéndoselos mostrar a Elicio, viole tan mudado de color y de semblante que una imagen de muerto parescía; llegóse a él, y cuando le quiso preguntar si algún dolor le fatigaba, no fue menester esperar su respuesta para entender la causa de su pena, porque luego oyó publicar entre todos los que allí estaban cómo los dos pastores que a Galercio socorrieron eran amigos del pastor lusitano con quien el venerable Aurelio tenía concertado de casar a Galatea, los cuales venían a decirle cómo de allí a tres días el venturoso pastor vendría a su aldea a concluir el felicísimo desposorio, y luego vio Tirsi que estas nuevas más nuevos y extraños accidentes de los causados habían de causar en el alma de Elicio; pero, con todo esto, se llegó a él y le dijo:

—Ahora es menester, buen amigo, que te sepas valer de la discreción que tienes, pues en el peligro mayor se muestran los corazones valerosos; y asegúrote que no sé quién a mí me asegura que ha de tener mejor fin este negocio de lo que tú piensas. Disimula y calla, que, si la voluntad de Galatea no gusta de corresponder de todo en todo a la de su padre, tú satisfarás la tuya, aprovechándote de las nuestras, y aun de todo el favor que te puedan ofrecer cuantos pastores hay en las riberas deste río y en las del manso Henares, el cual favor yo te ofrezco, que bien imagino que el deseo que todos han conocido que yo tengo de servirles les obligará a hacer que no salga en vano lo que aquí te prometo.

Suspenso quedó Elicio viendo el gallardo y verdadero ofrecimiento de Tirsi, y no supo ni pudo responderle más que abrazarle estrechamente y decirle:

—El Cielo te pague, discreto Tirsi, el consuelo que me has dado, con el cual, y con la voluntad de Galatea, que, a lo que creo, no discrepará de la nuestra, sin duda, entiendo que tan notorio agravio como el que se hace a todas estas riberas en desterrar dellas la rara hermosura de Galatea no pase adelante.

Y tornándole a abrazar, tornó a su rostro la color perdida; pero no tornó al de Galatea, a quien fue oír la embajada de los pastores como si oyera la sentencia de su muerte. Todo lo notaba Elicio, y no lo podía disimular Erastro, ni menos la discreta Florisa, ni aun fue gustosa la nueva a ninguno de cuantos allí estaban. A esta sazón ya el Sol declinaba su acostumbrada carrera, y así, por esto como por ver que el enamorado Lenio había seguido a Gelasia, y que allí no quedaba otra cosa que hacer, trayendo a Galercio y a Maurisa consigo, toda aquella compañía movió los pasos hacia el aldea, y, al llegar junto a ella, Elicio y Erastro se quedaron en sus cabañas, y con ellos Tirsi, Damón, Orompo, Crisio, Marsilio, Arsindo y Orfenio se quedaron, con otros algunos pastores, y de todos ellos, con corteses palabras y ofrecimientos, se despidieron los venturosos Timbrio, Silerio, Nísida y Blanca, diciéndoles que otro día se pensaban partir a la ciudad de Toledo, donde había de ser el fin de su viaje, y, abrazando a todos los que con Elicio quedaban, se fueron con Aurelio, con el cual iban Florisa, Teolinda y Maurisa, y la triste Galatea, tan congojada y pensativa, que, con toda su discreción, no podía dejar de dar muestras de extraño descontento; con Daranio se fueron su esposa Silveria y la hermosa Belisa. Cerró en esto la noche, y parecióle a Elicio que con ella se le cerraban todos los caminos de su gusto; y si no fuera por agasajar con buen semblante a los huéspedes que tenía aquella noche en su cabaña, él la pasara tan mala que desesperara de ver el día. La mesma pena pasaba el mísero Erastro, aunque con más alivio, porque, sin tener el respeto a nadie, con altas voces y lastimeras palabras maldecía su ventura y la acelerada determinación de Aurelio. Estando en esto, ya que los pastores habían satisfecho a la hambre con algunos rústicos manjares, y algunos dellos entregádose en los brazos del reposado sueño, llegó a la cabaña de Elicio la hermosa Maurisa, y, hallando a Elicio a la puerta de su cabaña, le apartó y le dio un papel, diciéndole que era de Galatea, y que le leyese luego, que, pues ella a tal hora le traía, entendiese que era de importancia lo que en él debía de venir. Admirado el pastor de la venida de Maurisa, y más de ver en sus manos papel de su pastora, no pudo sosegar un punto hasta leerle; y, entrándose en su cabaña, a la luz de una raja de teoso pino, le leyó, y vio que así decía:

GALATEA A ELICIO

"En la apresurada determinación de mi padre está la que yo he tomado de escrebirte, y en la fuerza que me hace la que a mí mesma me he hecho hasta llegar a este punto. Bien sabes en el que estoy, y sé yo bien que quisiera verme en otro mejor para pagarte algo de lo mucho que conozco que te debo; mas si el Cielo quiere que yo quede con esta deuda, quéjate dél, y no de la voluntad mía. La de mi padre quisiera mudar, si fuera posible; pero veo que no lo es, y así no lo intento. Si algún remedio por allá imaginas, como en él no intervengan ruegos, ponle en efecto, con el miramiento que a tu crédito debes y a mi honra estás obligado. El que me dan por esposo y el que me ha de dar sepultura viene pasado mañana: poco tiempo te queda para aconsejarte, aunque a mí me quedará harto para arrepentirme. No digo más, sino que Maurisa es fiel y yo desdichada."

En extraña confusión pusieron a Elicio las razones de la carta de Galatea, pareciéndole cosa nueva, así el escribirle, pues hasta entonces jamás lo había hecho, como el mandarle buscar remedio a la sinrazón que se le hacía; mas, pasando por todas estas cosas, sólo paró en imaginar cómo cumpliría lo que le era mandado, aunque en ello aventurase mil vidas, si tantas tuviera. Y no ofreciéndosele otro algún remedio sino el que de sus amigos esperaba, confiado en ellos se atrevió a responder a Galatea con una carta que dio a Maurisa, la cual de esta manera decía:

ELICIO A GALATEA

"Si las fuerzas de mi poder llegaran al deseo que tengo de serviros, hermosa Galatea, ni la que vuestro padre os hace, ni las mayores del mundo fueran parte para ofenderos; pero, comoquiera que ello sea, vos veréis ahora, si la sinrazón pasa adelante, cómo yo no me quedo atrás en hacer vuestro mandamiento por la vía mejor que el caso pidiere. Asegúreos esto la fe que de mí tenéis conoscida, y haced buen rostro a la fortuna presente, confiada en la bonanza venidera: que el Cielo, que os ha movido a acordaros de mí y a escribirme, me dará valor para mostrar que en algo merezco la merced que me habéis hecho; que, como sea obedeceros, ni recelo ni temor serán parte para que yo no ponga en efecto lo que a vuestro gusto conviene y al mío tanto importa. No más, pues lo más que en esto ha de haber sabréis de Maurisa, a quien yo he dado cuenta dello; y si vuestro parecer con el mío no se conforma, sea yo avisado, por que el tiempo no se pase, y con él la razón de nuestra ventura, la cual os dé el Cielo como puede, y como vuestro valor merece."

Dada esta carta a Maurisa, como está dicho, le dijo asimismo cómo él pensaba juntar todos los más pastores que pudiese, y que todos juntos irían a hablar al padre de Galatea pidiéndole por merced señalada fuese servido de no desterrar de aquellos prados la sin par hermosura suya; y cuando esto no bastase, pensaba poner tales inconvenientes y miedos al. lusitano pastor que él mismo dijese no ser contento de lo concertado; y cuando los ruegos y astucias no fuesen de provecho alguno, determinaba usar la fuerza, y con ella ponerla en su libertad; y esto con el miramiento de su crédito, que se podía esperar de quien tanto la amaba. Con esta resolución se fue Maurisa, y ésta mesma tomaron luego los pastores que con Elicio estaban, a quien él dio cuenta de sus pensamientos y pidió favor y consejo en tan arduo caso. Luego Tirsi y Damón se ofrescieron de ser aquellos que al padre de Galatea hablarían. Lauso, Arsindo y Erastro, con los cuatro amigos Orompo, Marsilio, Crisio y Orfenio, prometieron de buscar y juntar para el día siguiente sus amigos, y poner en obra con ellos cualquiera cosa que por Elicio les fuese mandada. En tratar lo que más al caso convenía y en tomar este apuntamiento se pasó lo más de aquella noche, y, a la mañana venida, todos los pastores se partieron a cumplir lo que prometido habían, si no fueron Tirsi y Damón, que con Elicio se quedaron. Y aquel mismo día tornó a venir Maurisa a decir a Elicio cómo Galatea estaba determinada de seguir en todo su parecer. Despidióla Elicio con nuevas promesas y confianzas, y con alegre semblante y extraño alborozo estaba esperando el siguiente día, por ver la buena o mala salida que la fortuna daba a su hecho. Llegó en esto la noche, y, recogiéndose con Damón y Tirsi a su cabaña, casi todo el tiempo della pasaron en tantear y advertir las dificultades que en aquel negocio podían suceder, si acaso no movían a Aurelio las razones que Tirsi pensaba decirle. Mas Elicio, por dar lugar a los pastores que reposasen, se salió de su cabaña y se subió en una verde cuesta que frontera de ella se levantaba, y allí, con el aparejo de la soledad, revolvía en su memoria todo lo que por Galatea había padecido y lo que temía padecer, si el Cielo a sus intentos no favorescía; y sin salir de esta imaginación, al son de un blando céfiro, con voz suave y baja, comenzó a cantar de esta manera:

ELICIO

Si deste hirviente mar y golfo insano,
donde tanto amenaza la tormenta,
libro la vida de tan dura afrenta
y toco el suelo venturoso y sano,

al aire alzadas una y otra mano,
con alma humilde y voluntad contenta,
haré que Amor conozca, el Cielo sienta
que el bien les agradezco soberano.

Llamaré venturosos mis sospiros,
mis lágrimas tendré por agradables,
por refrigerio el fuego en que me quemo.

Diré que son de Amor los recios tiros
dulces al alma, al cuerpo saludables;
y que en su bien no hay medio, sino extremo.

Cuando Elicio acabó su canto, comenzaba a descubrirse por las orientales puertas la fresca aurora, con sus hermosas y variadas mejillas, alegrando el suelo, aljofarando las yerbas y pintando los prados, cuya deseaba venida comenzaron luego a saludar las parleras aves con mil suertes de concertadas cantilenas. Levantóse en esto Elicio, y tendió los ojos por la espaciosa campaña; descubrió no lejos dos escuadras de pastores, los cuales, según le paresció, hacia su cabaña se encaminaban, como era la verdad, porque luego conosció que eran sus amigos Arsindo y Lauso, con otros que consigo traían, y los otros, Orompo, Marsilio, Crisio y Orfenio, con todos los más amigos que juntar pudieron. Conoscidos, pues, de Elicio, bajó de la cuesta para ir a recebirlos, y, cuando ellos llegaron junto de la cabaña, ya estaban fuera della Tirsi y Damón, que a buscar a Elicio iban. Llegaron en esto todos los pastores, y con alegre semblante unos a otros se rescibieron. Y luego Lauso, volviéndose a Elicio, le dijo:

—En la compañía que traemos puedes ver, amigo Elicio, si comenzamos a dar muestras de querer cumplir la palabra que te dimos; todos los que aquí ves vienen con deseo de servirte, aunque en ello aventuren las vidas; lo que falta es que tú no la hagas en lo que más conviniere.

Elicio, con las mejores razones que supo, agradesció a Lauso y a los demás la merced que le hacían, y luego les contó todo lo que con Tirsi y Damón estaba concertado de hacerse para salir bien con aquella empresa. Parecióles bien a los pastores lo que Elicio decía, y así, sin más detenerse, hacia el aldea se encaminaron, yendo delante Tirsi y Damón, siguiéndoles todos los demás, que hasta veinte pastores serían, los más gallardos y bien dispuestos que en todas las riberas del Tajo hallarse pudieran; y todos llevaban intención de que, si las razones de Tirsi no movían a que Aurelio la hiciese en lo que le pedían, de usar en su lugar la fuerza, y no consentir que Galatea al forastero pastor se entregase, de que iba tan contento Erastro, como si el buen suceso de aquella demanda en sólo su contento de redundar hubiera, porque, a trueco de no ver a Galatea ausente y descontenta, tenía por bien empleado que Elicio la alcanzase, como lo imaginaba, pues tanto Galatea le había de quedar obligada.

El fin deste amoroso cuento e historia, con los sucesos de Galercio, Lenio y Gelasia, Arsindo y Maurisa, Grisaldo, Artandro y Rosaura, Marsilio y Belisa, con otras cosas sucedidas a los pastores hasta aquí nombrados, en la segunda parte de esta historia se prometen, la cual, si con apacibles voluntades esta primera viere rescibida, tendrá atrevimiento de salir con brevedad a ser vista y juzgada de los ojos y entendimiento de las gentes.

FIN

LA CRÍTICA LITERARIA

TODO SOBRE LITERATURA CLÁSICA, RELIGIÓN, MITOLOGÍA, POESÍA, FILOSOFÍA...

La Crítica Literaria es la librería y distribuidor oficial de Ediciones Ibéricas, Clásicos Bergua y la Librería-Editorial Bergua fundada en 1927 por Juan Bautista Bergua, crítico literario y célebre autor de una gran colección de obras de la literatura clásica.

Nuestra página web, LaCriticaLiteraria.com, es el portal al mundo de la literatura clásica, la religión, la mitología, la poesía y la filosofía. Ofrecemos al lector libros de calidad de las editoriales más competentes.

LEER LOS LIBROS GRATIS ONLINE
www.LaCriticaLiteraria.com

La Crítica Literaria no sólo está dedicada a la venta de libros nacional e internacional, también permite al lector la oportunidad de leer la colección de Ediciones Ibéricas gratis online, acceso gratuito a mas que 100.000 páginas de estas obras literarias.

LaCriticaLiteraria.com ofrece al lector un importante fondo cultural y un mayor conocimiento de la literatura clásica universal con experto análisis y crítica. También permite leer y conocer nuestros libros antes del adquisición, y tener la facilidad de compra online en forma de libros tradicionales y libros digitales (ebooks).

COLECCIÓN LA CRÍTICA LITERARIA

Nuestra nueva **"Colección La Crítica Literaria"** ofrece lo mejor de los clásicos y análisis de la literatura universal con traducciones, prólogos, resúmenes y anotaciones originales, fundamentales para el entendimiento de las obras más importantes de la antigüedad.

Disfrute de su experiencia con nosotros.

www.LaCriticaLiteraria.com